近代文学研究叢刊18

宇野浩二文学の書誌的研究

増田周子　著

和泉書院

目次

I

目次

I

宇野浩二家系図について

宇野浩二は大正八年に発表した「蔵の中」で文壇にデヴューする。その饒舌な語り口は、菊池寛らが、〝大阪落語〟のようなと謗ったが、大正期の文芸において、一種独特の異彩を放っている。佐藤春夫が「秋風一夕話」(「随筆」大正13年10・11月号)で、芥川龍之介を都会人過ぎて、「自己を露骨に語る野蛮に耐へない心情」に「窮屈なチヨツキを着て」いると評した。宇野浩二は芥川龍之介のように「窮屈なチヨツキ」を着るようなことは終生なかった。芥川龍之介は、名工が鑿で丹念に彫るように、一字一句を練りに練った端正な楷書体で作品を書いた。喋りすぎるぐらいお喋りな宇野浩二の文体は、大正期の文芸において、この芥川龍之介と対照的な位置を占めるのではないかと思う。

川端康成は、エッセイ「末期の眼」(「文藝」昭和8年12月号)の中で、「芸術家は一代にして生れるものでないと、私は考へてゐる。父祖の血が幾代かを経て、一輪咲いた花である。例外も少しあらうが、現代日本作家だけを調べても、その多くは旧家の出である」と述べている。人は誰でも真面目に努力さえすれば、すべての人々が芸術家になれるというものではない。芸術家としての才能は、努力以外に、その人間固有に備えた天性の特別なものが大きくあるのであろう。芸術家は「一代にして生まれるもの」でなく、代々の芸術的教養が伝わって生まれてくる一面があるとすれば、宇野浩二の饒舌な語り口も、宇野浩二一代で培われたものではなかろう。何世代にもわたって受け継がれた素質であったと考えられる。とすれば、宇野浩二の先祖や生い立ちについての調査も必要であろう。

宇野浩二は「身内の事」を書いたエッセイ「遠方の思出」の「その六　父母の思出」（『遠方の思出』昭和16年5月20日発行、昭和書房）のなかで、自ら『宇野家系図　一軸』を、次のように紹介している。

「滋野姓

「清和天皇御子貞之親王九代

「滋野幸広（海野弥平四郎代々用雁金之紋）――幸氏（海野小太郎左衛門尉）――幸継（海野信濃守於同所十万町――幸家――氏広――氏経（海野平次　織田信長不用風諫故切腹）――氏行（海野小左衛門食㆓居於泉州㆒毎祈㆓大鳥明神㆒武門再興）――氏道―幸勝（海野平次右衛門　従大阪度々被招㆑不㆑応良輔之寸雖有曽不行　童名槌千代以㆓大鳥明神㆒称㆓氏神㆒曽大鳥明神者日本武尊也室者）――幸経――幸成――行辰――幸則――孝教（宇野源次兵衛　延享年中）――幸久――氏景（宇野武右衛門　宝暦年中）――景龍（宇野新左衛門　明和年中）――顕興（宇野彦兵衛門　天明年中）――真則（宇野良右衛門　弘化年中）――格（宇野善三郎姓滋野嘉永二己酉年十月出番明治二己年十月四日被大阪府権少属云云）――六三郎（善三郎長男也）」

宇野浩二は、この系図を「私が二十歳の頃、母から見せられたものであるが、その頃は殆ど興味がなかつたが、七八年前、ふと机の引出の中から発見した時、その中の『本国　信濃』といふ所と、海野小太郎といふ所と『織田信長不用風諫故切腹』といふ所とに一種の興味を覚えたので、それを思ひ出して、ここに写してみた」のであると述べている。川端康成は「文学的自叙伝」で「私が北條泰時三十一代かの末孫といふ、疑はしい系図がある」といい、宇野浩二も川端康成と同様に、「旧家の出」であったようだ。

さて、宇野浩二が「遠方の思出」で紹介している「宇野家系図　一軸」なるものが実際に存在するのか、それが確認された報告はまだない。宇野浩二の生涯を描いた評伝としては、水上勉『宇野浩二伝上・下』（昭和46年10月11

日・11月25日発行、中央公論社）がある。榎本隆司は『国文学解釈と鑑賞別冊〈研究情報と資料〉』（昭和61年11月20日発行、至文堂）で、水上勉『宇野浩二伝上・下』を「身近に見た宇野をとらえて余人の知らぬ作家像を彫り上げている。とくに、『先生の実像をみつめたい』と苦心の踏査を重ねた水上の力作は、作家の方法をさぐって示唆に富んでいる」と評した。水上勉の『宇野浩二伝上・下』は、宇野浩二の父の福岡にある碑文を探しだすなど、伝記的事実の新発見が多くあるだけでなく、評伝文学としても傑出している。だが、水上勉『宇野浩二伝上・下』は、宇野家系図について、宇野浩二の「遠方の思出」の記述をそのまま引用しているだけにすぎない。そこで、宇野浩二の遺族、宇野守道氏が所蔵されている『宇野家系図　一軸』を閲覧させていただいたので、この機会に、それを紹介しておきたい。

宇野家系図は巻物の形態、幅十八糎である。題簽は横一糎六粍、縦十三糎七粍で、『宇野家系図　一軸』とある。この『宇野家系図　一軸』の全文を次にあげる。

宇野家系図　本国信濃
滋　野　姓
清和天皇御子貞元親王九代
∴滋野幸広　海野弥平四郎代々用雁金之紋
幸氏　海野小太郎　左衛門尉
幸継

海野信濃守於同所賜十萬町
幸家　海野小太郎　後信濃守
幸方　小次郎
氏廣　海野左近

氏経　海野平次　織田信長不用風諫故切腹

氏行　海野小左衛門食ニ居於泉州一毎祈ニ大鳥明神一武門再興　号大龍院茲雲霊現居士

氏光

氏道

孝次

幸勝　海野平次右衛門　従大阪度々被レ招不レ応良輔之寸雖有曽不レ行　童名槌千代以ニ大鳥明神一稱ニ氏神一曽大鳥明神者日本武尊也室者　内藤左衛門尉女亡　号高松院快風涼然居士

幸経　海野又次郎　元禄年間

幸成　海野又左衛門　常応居士

行辰　海野又兵衛

幸則　海野忠左衛門当代享保年中諸家系譜御改可差出之所因眼疾及延引云云

女　貞照尼

幸春

幸教　宇野源次兵衛　延享年中

幸久　宇野源次兵衛

氏景　宇野武右衛門　宝暦年中

景龍　宇野新左衛門　明和年中

顕　興　宇野彦兵衛門　天明年中

真　則　宇野良右衛門　弘化年中

格　宇野善三郎姓称滋野嘉永二己酉年十月出番
明治二己年十月四日被任大坂府権少属云云

六三郎　善三郎長男也
宇野きよう宝珠京螢大姉（昭和一〇・一〇・一五没）

崎太郎　信誉法道居士（昭和一九・二・二八没）

格次郎・号・浩二・文徳院全誉貫道浩章居士
（昭和三六・九・二一寂）
日本芸術院会員昭和二四・四・一文部大臣高瀬荘太郎
従四位勲三等瑞宝章昭和三六・九・二一特旨を以て位
記を追賜せられる昭和三六・九・二六・内閣

絹子　誓誉絹善大姉（昭和二一・二・二六没）

玉子　慈照院浩誉玉窓大姉（昭和三八・一二・六没）

守道

富子

和夫

友子

田中俊行——田中千裕

例えば、渋川驍は『宇野浩二論』（昭和49年8月30日発行、中央公論社）の「年譜」のなかで、「『宇野家系図』という巻物によると、彼の家は、信濃の滋野家から出たもので、初代は幸広といい、十四代の孝教が宇野家を創設した。その七代目が祖父格《いたる》で、彼の名は、それから取られたものだという」と記している。「『宇野家系図』という巻物によると」と書いているが、渋川驍も水上勉と同様に、直接『宇野家系図』なるものを確認しなかったようだ。渋川驍が「初代は幸広といい、十四代の孝教」と書くのは誤りで、これは宇野浩二の「遠方の思出」の記述の間違いをそのまま踏襲しているのである。宇野浩二は、前述の如く、滋野幸経以降を「幸成——行辰——幸則——幸教

（宇野源次兵衛延享年中）」と記した。しかし、『宇野家系図』によれば、幸経には幸成、幸教の二人の男子と、その二人の間に一人の女子がいる。宇野家はその長男の「幸成――行辰――幸則」の家系ではなく、次男の幸教の末裔なのだ。すなわち、宇野家を創設した幸教は十四代ではなく、十一代の幸成の弟なのである。

宇野浩二が系図の冒頭で「清和天皇御子貞之親王九代」と書いているのは「清和天皇御子貞元親王九代」が正しい。国史大系『尊卑分脈第三篇』でも明らかである。この他、ここではいちいち指摘しないが、宇野浩二の「遠方の思出」とさきにあげた『宇野家系図　一軸』とを比べて見れば明らかなように、宇野浩二の「遠方の思出」には、宇野浩二の写し間違いや省略が多くある。

さて、『宇野家系図　一軸』には、「本国信濃」「滋野姓」とあり、宇野家は信州の名門滋野家の出である。滋野氏は、東信濃の古代から中世の名族である。東信濃では古くから海野、祢津、望月の三氏を滋野三氏と呼んでいた。黒坂周平によると、滋野氏の「祖は『滋野系図』などによると、清和天皇の子貞保親王で、その孫善渕王という人はなく、また滋野氏が清和源氏であるという確証もない」（『長野県歴史人物大事典』平成元年7月16日発行、郷土出版社）という。平安時代の初め、八六八年、滋野恒蔭が信濃介に、八七〇年、滋野善根が信濃守になった。その頃東信濃に勢力をはっていた海野、祢津、望月などの土豪が、国司として赴任してきた名門滋野氏と血縁関係を結び、中央に直結するために、滋野氏と名乗るようになったのではないかと、黒坂周平は推定する。また、『上田小県誌第一巻』（昭和55年5月20日発行、小県上田委員会）では、滋野氏が出てくる文献は、「延暦一八年（七九九）滋野宿祢船白なるものが『日本後紀』に見える最初のもので、この人はのち弘仁一四年（八二三）になって朝臣姓を賜って」いると述べる。これらから考えると、滋野家は、清和天皇在位の八五七～八五九年の天安年間以前から存在していた名門の旧家であったといえる。

次に「海野弥平四郎代々用雁金之紋」とある「雁金之紋」についてである。千鹿野茂の『日本家紋総鑑』（平成

5年3月25日発行、角川書店）によると、「雁紋は信濃の豪族であった清和源氏頼季流の真田、海野の代表家紋といわれた関係から、その一門の諸氏が用いたので、信濃地方に比較的多く分布」しているという。宇野浩二は「文壇紋章調べ」（「文藝通信」昭和9年4月1日発行、第2巻4号）で、「家の紋章は『丸に横木瓜』ですが、恰好が悪いので、変へ紋として『龍膽車』を使つてゐます。」と回答している。この木瓜紋を武家で最初に家紋に使用したのは朝倉氏である。朝倉氏は広景の時、越前の国に移り繁栄したので、木瓜紋は越前から北陸地方にかけて広まった。だが、現在の紋章は必ずしも、その祖先とは一致しない場合が多い。雁金紋から如何なる変遷で木瓜紋に変ったのか、詳かでない。

この『宇野家系図　一軸』に出ている人物で、『源平盛衰記』や『吾妻鏡』や『平家物語』の戦記物語に登場する人々がいる。宇野浩二は歴史や史伝には関心がなかったのであろうか。「遠方の思出」ではそのことに全く触れていない。

系図の最初に出てくる滋野幸広は、諸本によっては、「宇野弥平四郎行平」、「宇野平四郎行広」、「海野弥平四郎行弘」となっているが、『源平盛衰記』巻第二十七の「信濃横田川原軍の事」や巻第二十九の「源氏軍配分の事」のなかに、その名前が記されている。屋島の平家が山陽・南海を従えて勢を盛り返してきたので、木曽義仲は討手を差し向けたが、備中の水島で大敗した。『平家物語』巻第八の「水島合戦」には、「源氏の方の侍大将海野の弥平四郎うたれにけり」と、海野幸広がいわゆるこの水島合戦で討死したことが描かれている。このことは、『源平盛衰記』巻第三十三の「源平水島軍の事」にも書かれている。

また、海野幸氏についても、『吾妻鏡』には、巻三、巻九、巻十、巻十三、巻十四、巻十五、巻十六、巻十七といったように、いたるところにその名前が見える。さきに記すのを忘れたが、「滋野系図」（『群書系図部集第六』昭和48年11月10日発行、続群書類従完成会）がある。「滋野系図」は、幸氏について、「左衛門尉志水冠者義高ノ伴シテ、鎌倉へ下向。義高没落時　忠勤被召捕。頼朝却而感之。賜海野本領。任兵衛尉。日本無双弓名人八人ノ中也。故実堪能被知人。」と記している。『吾妻鏡』には、幸氏の弓馬に関する記録が多い。幸氏は弓馬の術に長じた人であったようだ。『吾妻鏡』巻三には、幸氏の少年時代、元暦元年（一一八四年）四月、木曽義仲の子義高が頼朝の人質となった時、幸氏が随従し、義仲が敗れて義高が鎌倉を脱出しようとしたとき、幸氏が義高の帳台に入り、身代わりになって、義高の脱出を助けた逸話などが描かれている。

次に海野左近である。建仁三年（一二〇三年）、頼家の弟実朝が三代将軍となり、幕府の実権が北条氏に移ったが、政情不安が続いた。建暦三年（一二一三年）、信濃の泉小次郎親平の北条義時打倒の企てが発覚し、幕府侍所別当和田義盛の子らも処罰を受けた。これに激怒した和田一族が兵を挙げた。『吾妻鏡』には、この和田合戦で戦死した信濃武士六名中に、海野左近の名が見られる。源氏がたであった海野家が、頼家追討以後には信濃守護となって北条氏についていたのである。

「織田信長不用風諫故切腹」したという氏経（海野平次）ら以下の人々について記した文献を深し出すことが出来なかった。大方のご教示をお願いする次第である。

近世期以後の宇野浩二家

前掲「宇野浩二家系図について」（関西大学「国文学」平成7年12月20日発行）で、宇野浩二の御遺族、宇野守道氏が所蔵されていた『宇野家系図　一軸』を紹介した。その時、この系図について、宇野浩二自身が、「遠方の思出」（「早稲田文学」昭和11年4月1日発行、3巻4号）で言及していることを記した。それ以外に、宇野浩二は、この家系図について、もっと早い時期、それも文壇にデヴューする以前に、小品集『清二郎　夢見る子』（大正2年4月20日発行、白羊社書店）で、とりあげている。『清二郎　夢見る子』は、「著者自からの序」で述べているように、友人と「一つ追憶風のものばかりを材にして、小説とも小品ともつかない様なものを一ダズンばかり書いて見ようぢやないか」と雑談したことがきっかけとなって、描かれた断片集である。宇野浩二は『清二郎　夢見る子』を書き終えた時、「小さな私の生の序曲が開かれた様に私には思へる。」とも書いている。宇野浩二が、清二郎を自分になぞらえて、幼少期の淡い思い出を、パステル画を描くようにメルヘンチック風に綴ったのが『清二郎　夢見る子』である。この『清二郎　夢見る子』には、宇野浩二が幼少年時代、大阪で育った明治末年の宗右衛門町界隈、北新地、堀江などの花柳界や、祖父、祖母、伯父、母などの肉親に関する追憶など、二十三篇の小品が描かれている。そのうちの一篇「与力の心」に、「本国信濃――話の初めをここから書きたく思ふ――それは清二郎の家の系図の初めに書かれてある。幾年月をけみして、今はもう消えかかつて居る文字である。」と、記されている。

宇野浩二は、明治二十七年、三歳で父を亡くし、遺産は父の亡姉の夫入江寛司に預けられた。だが、入江家はのちに没落し、父の遺産も全てなくなってしまい、大阪市南区宗右衛門町の母方の伯父福岡正朔の家に寄宿した。『清二郎　夢見る子』の「与力の心」はその頃の出来事を描いている。

幼なかった清二郎が、母方の祖母につれられて、長柄のお墓参りに行った。天満の与力町を俥で通る時、祖母は俥を止めて、「あれがお前の家《うち》の旧屋敷《やしき》やわいな」と教える。小さい清二郎はいつの間にか涙ぐむ。祖母は与力であるお祖父さんのことを「そのひとは、着物の裏に紅絹《もみ》をつける事をよろこんで」馬と太刀《たち》に親しむことの代りに、「男のくせに三味《しゃみ》が上手で、歌が上手で歌舞《かぶ》と甘い接吻に日を送った」「女子《をなご》の腐った様な男、若しくは腰抜け与力とその名が高い」と、小さい清二郎に話すのである。「さうして又、系図や、おや〳〵や、さうして長柄の墓は、年と共に清二郎には忘られ勝ちであるけれど、かの荒れ果てた草原を背景にして、又かの謀反の与力の心を、彼は今も尚忘れる事が出来ない。」という。

幼ない宇野浩二は、父の死後、母と別居して祖母に育てられた。その祖母から、このような祖父や一家の没落したぐち話を聞かされて育ったのであろう。祖母が語る「男のくせに三味が上手で、歌が上手で歌舞と甘い接吻に日を送つた」といわれる祖父は、どちらかといえば仕事一途の立身出世をめざす、権力志向型の男性ではなかったようだ。三味線や歌謡の趣味、道楽に生きた人のようである。宇野浩二は、祖母の語る、そういう祖父に、自分と同じ資質をみいだしていたのかもしれない。宇野浩二は、作家になったのち、ゴシップ記事「宇野浩二の三味線」（「文章倶楽部」大正13年1月1日発行）の伝えるところによると、仕事部屋に三味線を置き、婦人に三味線稽古をしてもらっていたという。「男のくせに三味《しゃみ》が上手で、」「腰抜け与力とその名」が高かったと語る祖母の話に、感化されていたのであろうか。祖母の話は、幼少年期の宇野浩二の人間形成に、多大な影響を与えたものと思われる。

そういえば、宇野浩二は、信州の山々をこよなく愛した。そして、諏訪の芸者、原とみに思いを馳せ、「一と踊」

（「新潮」大正10年5月1日発行）、「山恋ひ」（「中央公論」大正11年8月1日発行）、「続山恋ひ」（「中央公論」大正11年9月1日発行）などの作品で、信州の山々を描いた。また、戦争中の昭和二十年、長野県東筑摩郡に疎開し、松本市に移り住んだ。このように、信州に、宇野浩二が執着したのは、『宇野家系図　一軸』の冒頭に、「本国信濃」とあり、宇野家の出自が信濃であったことと無縁ではなかったであろうと推察される。

さて、一般に、系図というものは、どこまで信憑性があるものであろうか。下剋上の成り上がり者が、現在の自分の地位を誇示するために、虚構をとりまぜて、創作することもあり得たであろう。そこで、この『宇野家系図　一軸』の記述に、どこまで信をおいてよいかということである。拙稿「宇野浩二家系図について」では、主に、古代から中世期について報告した。そこで、今回は、近世期以後について調べてみたいと思う。

ここで、近世期以後における『宇野家系図　一軸』を、次に掲げておく。

幸則　海野忠左衛門当代享保年中諸家系譜御改可差出之所因眼疾及延引云云

女　貞照尼

幸春

幸教　宇野源次兵衛　延享年中

幸久　宇野源次兵衛

氏景　宇野武右衛門　宝暦年中

景龍　宇野新左衛門　明和年中

顕興

宇野彦兵衛門　天明年中

真則
宇野良右衛門　弘化年中

格
宇野善三郎姓称滋野嘉永二己酉年十月出番
明治二己年十月四日被任大坂府権少属云云

六三郎　善三郎長男也
宇野きよう宝珠京螢大姉（昭一〇・一〇・一五没）

崎太郎　信誉法道居士（昭和一九・二・二八没）

格次郎・号・浩二・文徳院全誉貫道浩章居士

（昭和三六・九・二一寂）
日本芸術院会員昭和二四・四・一文部大臣高瀬荘太郎
従四位勲三等瑞宝章昭和三六・九・二一特旨を以て位
記を追賜せられる昭和三六・九・二六・内閣

絹子　誓誉絹善大姉（昭和二一・二・二六没）

玉子　慈照院浩誉玉窓大姉（昭和三八・一二・六没）

守道

富子

和夫

友子

田中俊子——田中千裕

近世大坂に関する古文書で、享保十五年（一七三〇）から慶応三年（一八六七）までの大阪役人関係古文書は、大阪府立中之島図書館の郷土資料室に所蔵されている。『大坂武鑑』（五冊）、『大坂袖鑑』（十冊）、一枚摺『御役録』（二十七枚、コピー分四十部）、『大阪府職員録』などである。『宇野家系図　一軸』に、記録されている人々は、それらの古文書にどのように出てくるのであろうか。大阪府立中之島図書館の郷土資料室に所蔵されている、最も古い『大坂袖鑑全』（書林上本町三丁目、毛馬八郎左衛門、享保十五年戌ノ歳）の「右西御組与力同心町同御屋敷付」（33頁）に宇野源次兵衛宅が次のようにある。

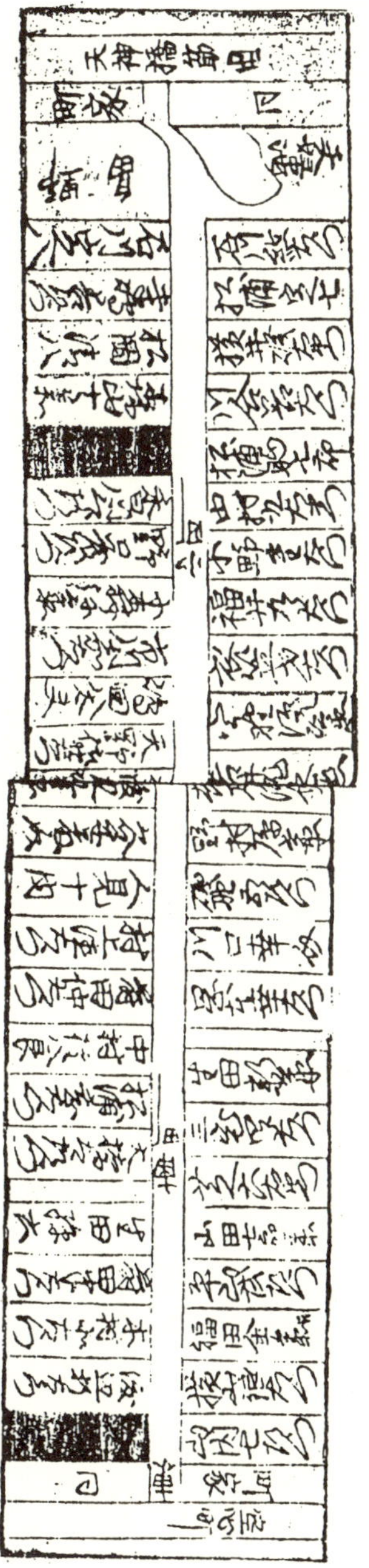

天神橋筋西から東へ、夫婦池から十軒目に、宇野源次兵衛の名前がでている。さきにあげた『宇野家系図　一軸』には、宇野源次兵衛なる人物は二人見られる。すなわち、幸教（宇野源次兵衛　延享年中）と幸久（宇野源次兵衛）である。享保十五年の『大坂袖鑑全』に出てくる宇野源次兵衛は、幸教か、幸久か、そのどちらであろうか。

系図によれば、幸教（宇野源次兵衛）は、幸成（海野又左衛門　常応居士）の弟で、海野家は幸成のあと、その子の行辰（海野又兵衛）、そして、孫の幸則（海野忠左衛門）が継いだ。しかし、系図に、幸則のところに「海野忠左衛門当代享保年中諸家系譜御改可差出之所因眼疾及延引云云」と記録されているように、享保年中に、幸則が眼を患ったので、分家である幸成（海野又左衛門）の弟、幸教（宇野源次兵衛　延享年中）が継いだのであろう。系図では、宇野源次兵衛という同名に惑わされ、幸教と幸久の区別がつかなく、幸教を延享年中と誤記したのではないだろうか。系図の幸教（宇野源次兵衛）の「延享年中」の記載は、その子の幸久（宇野源次兵衛）のところに書くべきところを誤ったのであろう。信濃時代からの、「海野」姓を、幸教（宇野源次兵衛）は、「宇野」に改姓したのである。幸教（宇野源次兵衛）は「延享年中」より前に実在したのである。なぜなら、享保十五戌の歳の『大坂袖鑑全』に「宇野源次兵衛」が出てくるからである。『大坂袖鑑全』に「海野源次兵衛」でなく、「宇野源次兵衛」とあることは、この享保十五年には、「海野」でなく、「宇野」の姓を名乗っていたことはたしかのようだ。

次に、『大坂武鑑』（大阪錦城大手錦町南屋勘四郎、同上本町二丁目三木屋吉左衛門、延享二年）の十七頁「右西御組与力同心町同御屋敷付」に、先の延享十五戌ノ歳版と全く同じ居住地に、宇野武右衛門の名前がある。宇野武右衛門は、『大坂武鑑』（天満九丁目浪花書舗神崎屋清兵衛、明和頭改正）にも、その名前がみられる。『宇野家系図　一軸』によると、宇野武右衛門は、通称氏景といい、宝暦年中（一七五一〜一七六四年）に活躍した。延享二年は一七四四年、明和元年は一七六四年なので、当然、宝暦年中には、家系図の記載通り実在していたのである。

また、『大坂武鑑』（書林大坂天満天神鳥井内神崎屋清兵衛、天明元年丑秋改）に、前述と同じ居住地に、宇野新左衛門の名前がある。『宇野家系図　一軸』では、宇野新左衛門は、通称景龍といい、「明和年中」と記されている。明和は、一七六四年から一七七二年である。『大坂武鑑』（書林大坂天満天神鳥井内神崎屋清兵衛、安永四年乙未幼春）、安永四年は、一七七五年であり、天明元年は一七八一年なので、『大坂武鑑』に出て来る宇野新左衛門と系図の新左衛門は、時代的に符合する。

宇野彦兵衛門は、通称顕興といい、系図には、「天明年中」と記載されている。さきの天明元年版の『大坂武鑑』には、宇野新左衛門の名前が記されていることは、前述した。彦兵衛門が、家督を相続するのは、天明元年以後であろう。大阪府立中之島図書館に所蔵されている、一枚摺『御役録』（天満九丁目神崎屋清兵衛、天明七年）の、与力同心屋敷地図の、夫婦池西から東へ十軒目に、宇野彦兵衛門の名前が確認される。この一枚摺には、宇野家の家紋、「丸に四方木瓜」が出ている。宇野浩二は、「文壇紋章調べ」（「文藝通信」昭和9年4月1日発行）で、「家の紋章は『丸に横木瓜』ですが」と言っていたが、「四方」と「横」を勘違いしたのであろう。

『宇野家系図　一軸』では、この宇野彦兵衛門、通称顕興の直ぐあとに、宇野良右衛門、通称真則となっている。宇野彦兵衛門は、「天明年中」とあり、宇野良右衛門は「弘化年中」とある。天明は、一七八一年から一七八九年であり、弘化は、一八四四年から一八四七年である。すなわち、系図では、寛政、享和、文化、文政、天保時代の、一七八九年から一八四三年までの部分が大きく欠落しているのである。この期間を、『大坂武鑑』、『御役録』、『大坂袖鑑全』から補ってみる。

景龍の新左衛門の名前を襲名した、宇野新左衛門の名前が、寛政十年から、文政三年までの古文書の与力同心屋敷図に出てくる。それは、次の①から⑩の古文書である。

①『大坂武鑑』（書林大坂天満天神裏門西砂原書舗神崎屋清兵衛、寛政十年改）
②一枚摺『御役録』（書林大坂天満天神裏門西砂原書舗神崎屋清兵衛、寛政十年）
＊表面の「西御組同心御役附」の箇所の、「牢屋敷取締役預詰合役」に、宇野新左衛門の名がある。
③『大坂袖鑑全』（書林大坂心斎橋通唐物町南へ入河内屋太助、享和二戌八朔改）
④『大坂袖鑑全』（書林大坂心斎橋通唐物町南へ入河内屋太助、享和三亥年頭改）
⑤一枚摺『御役録』（天満天神裏門筋西砂原書舗神崎屋清兵衛板、享和四年）
＊表面の「西御組同心御役附」の箇所の、「塩噌」役に、宇野新左衛門とある。
⑥『大坂袖鑑全』（書林大坂心斎橋通唐物町南へ入河内屋太助、文化三寅八朔）
⑦一枚摺『御役録』（書林大坂心斎橋通唐物町南へ入河内屋太助、文化四年）
＊表面の『西御組同心御役附』の箇所には、「組頭」「筆頭」「諸御用調役」「寺社役」「川役」「地方役」「吟味役」「遠国極印」「勘定役」「御会役・鉄砲・糸割符」「御普請」「御石」「小買物」「御蔵」「塩噌」「書役」「牢屋敷取締役」「同預詰合役」「町相付」「唐物取締定役」「火事役」「盗賊改」「定町廻」の役があり、さきに「塩噌」役であったのが、ここでは「御普請」役の箇所に、新左衛門の名前がある。
⑧『大坂袖鑑全』（書林大坂谷町三丁目丹波屋栄蔵、心斎橋小久宝寺町加賀屋弥助、文化十一年頭改）

⑨一枚摺『御役録』（書林大坂天満十町目かうりんすじ西へ入鳴尾町神崎屋利右衛門、文化十三年戌年頭改）
＊表面の「西御組同心御役附」の箇所に、「勘定役」宇野新左衛門とある。
⑩一枚摺『御役録』（書林大坂天満鳴尾町堀川御堂東へ入神崎屋利右衛門、文政元年寅年頭改）
＊表面の「西御組同心御役附」の箇所に、「地方役」宇野新左衛門とある。

この新左衛門については、通称は判明しない。同心として有能であったらしく、寛政七年（一七九八年）に「牢屋敷取締役預詰会役」から、文政元年（一八一八年）には、「地方役」までに出世している。

宇野新左衛門以外にも、『宇野家系図　一軸』に出てこない人物がいる。それは、宇野住右衛門である。宇野住右衛門については、次の①から㉑までの古文書にある。

①一枚摺『御役録』（書林大坂天満鳴尾町堀川御堂東へ入神崎屋金四良板、文政六未年頭改正）の与力同心屋敷図に、「宇野住右衛門　同幾太郎」とある。
＊表面の「西御組同心御役附」の箇所の「地方役」に、宇野住右衛門とある。
②一枚摺『御役録』（書林大坂天満鳴尾町堀川御堂東入神崎屋金四郎、文政七申年頭改正）
＊表面の「西御組同心御役附」の箇所の「地方役」に、〝兵庫／西宮／上ケ／知万〟と角書され、宇野住右衛門の名前が記されている。
③一枚摺『御役録』（書林大坂天満鳴尾町堀川御堂東へ入神崎屋金四郎板、文政十亥年頭改正）の与力同心屋敷図に、「宇野住右衛門　同幾太郎」とある。
＊表面の「西御組同心御役附」の箇所の「牢屋敷取締役」に、宇野住右衛門とある。
④一枚摺『御役録』（表面のみのコピー保存のため、版元未詳、文政十三年（天保元年））
＊表面の「西御組同心御役附」の箇所の「組頭筆頭」に、宇野住右衛門とある。

⑤一枚摺『御役録』（書林大坂天満鳴尾町堀川御堂東へ入神崎屋金四郎板、天保二卯八朔改正）の与力同心屋敷図に、「宇野住右衛門　同勇之丞」とある。
＊表面の「西御組同心御役附」の箇所の「組頭筆頭」「諸御用調役」それぞれに、宇野住右衛門とある。
⑥一枚摺『御役録』（書林大坂天満鳴尾町神崎屋金四郎板、天保四己年頭改正）の与力同心屋敷図に、「宇野住右衛門　同勇之丞」とある。
＊表面の「西御組同心御役附」の箇所の「筆頭」に、宇野住右衛門とある。
⑦『大坂袖鑑全』（書林正本屋利兵漥　天保六未歳改正）二十頁の「西御組与力衆名附録同御組同心衆　五十人」、女夫池より東へわたる順の十番目に「宇野住右衛門　同新三郎」とある。
⑧一枚摺『御役録』（表面のみのコピー保存のため、版元未詳、天保六年八朔）
＊表面の「西御組同心御役附」の箇所の「組頭筆頭」「諸御用調役」に、それぞれ、宇野住右衛門とある。
⑨一枚摺『御役録』（書林天満鳴尾町神崎屋金四郎蔵板、天保七申年頭改正）の与力同心屋敷図に、「宇野住右衛門　同新三郎」とある。
＊表面の「西御組同心御役附」の箇所の「筆頭」「諸御用調役」に、それぞれ、宇野住右衛門とある。
⑩一枚摺『御役録』（表面のみのコピー保存のため、版元未詳、天保七年八朔）
＊表面の「西御組同心御役附」の箇所の「組頭筆頭」「諸御用調役」に、それぞれ、宇野住右エ門とある。
⑪『大坂袖鑑全』（書林大坂本町天神橋通正本屋利兵漥、天保八酉歳改正）の「西御組与力衆名附録同御組同心衆五十人」に、居住地、女夫池より東へわたる順の十番目に、「宇野住右エ門　同」とある。
⑫一枚摺『御役録』（表面のみのコピー保存のため、版元未詳、天保八年頭）
＊表面の「西御組同心御役附」の箇所の「組頭筆頭」「諸御用調役」に、それぞれ、宇野住右エ門とある。

⑬一枚摺『御役録』（表面のみのコピー保存のため、版元未詳、天保九年頭）
＊表面の「西御組同心御役附」の箇所の「組頭筆頭」「諸御用調役」に、それぞれ、宇野住右ヱ門とある。
⑭一枚摺『御役録』（表面のみのコピー保存のため、版元未詳、天保九年八朔）
＊表面の「西御組同心御役附」の箇所の「組頭筆頭」「諸御用調役」に、それぞれ、宇野住右ヱ門とある。
⑮『大坂袖鑑全』（書林大坂本町天神橋通正本屋利兵渚　天保十亥歳改正）二十頁の「西御組与力衆名附録同御組同心衆　五十人」に「宇野住右ヱ門　同勝之丞」とある。
⑯一枚摺『御役録』（表面のみのコピー保存のため、版元未詳、天保十年年頭）
＊表面の「西御組同心御役附」の箇所の「組頭筆頭」「諸御用調役」に、それぞれ、宇野住右ヱ門とある。
⑰一枚摺『御役録』（表面のみのコピー保存のため、版元未詳、天保十二年年頭）
＊表面の「西御組同心御役附」の箇所の「組頭筆頭」「諸御用調役」に、それぞれ、宇野住右ヱ門とある。
⑱一枚摺『御役録』（表面のみのコピー保存のため、版元未詳、天保十二年八朔）
＊表面の「西御組同心御役附」の箇所の「組頭筆頭」「諸御用調役」に、それぞれ、宇野住右ヱ門とある。
⑲一枚摺『御役録』（書林天満鳴尾町神崎屋金四郎蔵板、天保十二丑歳頭改正）の与力同心屋敷図に「宇野住右ヱ門同勝之丞」とある。
⑳一枚摺『御役録』（表面のみのコピー保存のため、版元未詳、天保十三年年頭）
＊表面の「西御組同心御役附」の箇所の「組頭筆頭」「諸御用調役」に、それぞれ、宇野住右ヱ門とある。
㉑一枚摺『御役録』（表面のみのコピー保存のため、版元未詳、天保十四年八朔）
＊表面の「西御組同心御役附」の箇所の「組頭筆頭」「諸御用調役」のそれぞれに、宇野住右ヱ門とある。

このように、宇野住右ヱ門についての名前は、文政六年（一八二三年）から天保十四年（一八四三年）にかけて、おびただしく頻出する。この二十年間にわたって、この古文書に記録されている①から㉑までの宇野住右ヱ門は同一人なのであろうか。それとも子が親の名前住右ヱ門を世襲したのであろうか。①③には幾太郎の名前が、⑤⑥には勇之丞の名前が、⑦⑨には新三郎の名前が、⑮⑲には勝之丞の名前が見られる。それらの名前の関係が判明しないので、なんとも断定しがたいが、住右ヱ門は複数いたのではないだろうか。

次に『宇野家系図　一軸』に出てくる宇野良右衛門、通称真則についてである。系図では「弘化年中」と記されているが、次のように、宇野良右衛門は、弘化よりも前に、家督を相続したのであろう、すなわち天保十四年の古文書に、その名前が見える。

①一枚摺『御役録』（表面のみのコピー保存のため、版元未詳、天保十四年八朔）

＊表面の「筆頭」「諸御用調役」に、それぞれ、宇野良右衛門とある。

②一枚摺『御役録』（表面のみのコピー保存のため、版元未詳、天保十五年年頭）

＊表面の「西御組同心御役附」の箇所の「組頭筆頭」と「諸御用調役」に、それぞれ、宇野良右衛門とある。

③一枚摺『御役録』（書林天満鳴尾町神崎屋金四郎蔵板、弘化三丙午年頭改正）の与力同心屋敷図に「宇野良右衛門　同八太郎」とある。

＊表面の「西御組同心御役附」の箇所の「組頭筆頭」と「諸御用調役」に、それぞれ、「宇野良右衛門　同八太郎」とある。

次に宇野善三郎についてである。宇野善三郎は通称格といい、さきの『清二郎　夢見る子』の「与力の心」に描かれた宇野浩二の祖父である。この宇野善三郎については、次の①から⑯の古文書に名前が記録されている。

①一枚摺『御役録』（書林天満鳴尾町神崎屋金四郎蔵板、嘉永六丑歳年頭改正）の与力同心屋敷図に、宇野善三郎と

ある。
②一枚摺『御役録』（書林天満鳴尾町神崎屋金四郎、嘉永七寅八朔改）の与力同心屋敷図に、宇野善三郎とある。
＊表面の「西御組同心御役附」の箇所の「定町廻」役に、宇野善三郎とある。
③一枚摺『御役録』（書林天満鳴尾町神崎屋金四郎、安政三辰年頭改）の与力同心屋敷図に、宇野善三郎とある。
④一枚摺『御役録』（表面のみのコピー保存のため、版元未詳、安政五年年頭）
＊表面の「西御組同心御役附」の箇所の「欠所」と「盗賊捕方」役に、それぞれ、宇野善三郎とある。また、「東西御同心御仮役」の「地方役」に宇野善三郎とある。
⑤一枚摺『御役録』（書林天満鳴尾町神崎屋金四郎板、安政七申歳頭改）の与力同心屋敷図に、宇野善三郎とある。
＊表面の「西御組同心御役附」の箇所の「物書役」と「盗賊捕方」役に、それぞれ、宇野善三郎とある。
⑥一枚摺『御役録』（表面のみのコピー保存のため、版元未詳、万延元年）
＊表面の「西御組同心御役附」の箇所の「物書役」と「地方役」と「捕方」役に、宇野善三郎とある。
⑦一枚摺『御役録』（表面のみのコピー保存のため、版元未詳、万延元年八朔）
＊表面の「西御組同心御役附」の箇所の「物書役」に、宇野善三郎とある。また、「東西御与力御仮役」の「地方役」に宇野善三郎とある。
⑧一枚摺『御役録』（表面のみのコピー保存のため、版元未詳、万延二年）
＊表面の「西御組同心御役附」の箇所の「盗賊捕方」と「物書役」に、それぞれ宇野善三郎とある。
⑨一枚摺『御役録』（書林天満鳴尾町神崎屋　文久三亥八朔改）の与力同心屋敷図に、宇野善三郎とある。
＊表面の「西御組同心御役附」の箇所の「盗賊捕方」に、宇野善三郎とある。また「東西御同心御仮役」の「地方役」に宇野善三郎とある。

⑩一枚摺『御役録』（表面のみのコピー保存のため、版元未詳、文久三年八朔改）の与力同心屋敷図に、宇野善三郎とある。

＊表面の「西御組同心御役附」の箇所の「御普請」、「盗賊捕方」に宇野善三郎とある。また「東西御与力御仮役」の「地方役」に宇野善三郎とある。

⑪一枚摺『御役録』（表面のみのコピー保存のため、版元未詳、元治元年八朔）

＊表面の「西御組同心御役附」の箇所の「盗賊捕方」に宇野善三郎とある。

⑫一枚摺『御役録』（表面のみのコピー保存のため、版元未詳、元治二年年頭）

＊表面の「西御組同心御役附」の箇所の「御普請」に宇野善三郎とある。

⑬一枚摺『御役録』（書林天満鳴尾町神崎屋金四郎板、元治二年丑歳頭改）の与力同心屋敷図に、宇野善三郎とある。

＊表面の「西御組同心御役附」の箇所の「盗賊方定詰掛」に、宇野善三郎とある。

⑭一枚摺『御役録』（表面のみのコピー保存のため、版元未詳、慶応元年八朔）の与力同心屋敷図に、宇野善三郎とある。

＊表面の「西御組同心御役附」の箇所の「割符」に宇野善三郎とある。また「東西御同心御仮役」の「地方役」に宇野善三郎とある。

⑮一枚摺『御役録』（表面のみのコピー保存のため、版元未詳、慶応二年八朔）の与力同心屋敷図に、宇野善三郎とある。

＊表面の「西御組同心御役附」の箇所の「盗賊捕方」に宇野善三郎とある。また「東西御同心御仮役」の「地方役」に宇野善三郎とある。

⑯一枚摺『御役録』（表面のみのコピー保存のため、版元未詳、慶応三年年頭）の与力同心屋敷図に、宇野善三郎と

ある。

＊表面の「東西御同心御仮役」の「地方役」に宇野善三郎とある。

宇野善三郎については、これらの古文書以外にも、『大阪府職員録』に、明治期の記録が、次のようにある。

①『大阪府職員録』（御用御書物所北久太郎町四丁目河内屋正助、製本所本町心斎橋東へ入河内屋真七、明治初年六月改）の八頁の「大鑑察」に「取締掛」「義貧院掛」として、「少属藤原　宇野格」とある。

②『大阪府職員録』（御用御書物所北久太郎町四丁目河内屋正助、製本所本町心斎橋東へ入河内屋真七、明治二年）の六頁に、「糺獄方兼書記　宇野善三郎」とある。

③『大阪府職員録』（御用御書物所北久太郎町四丁目河内屋正助、製本所本町心斎橋東へ入河内屋真七、明治三年）の三頁に、「捕亡長　宇野権少属」とある。この「宇野権少属」は宇野善三郎であろう。なぜなら、『宇野家系図一軸』に、宇野善三郎は「明治二己十月四日被任大阪府権少属云云」とあるからである。

以上で大阪府立中之島図書館の郷土資料室に所蔵されている古文書類における近世期の宇野家の記録の調査は終る。これらによると、宇野家に遺されていた『宇野家系図　一軸』は、寛政から天保にかけて、すなわち一七八九年から一八四三年の期間、それは宇野彦兵衛門から宇野良右衛門の間のところに、欠落があるが、しかし、信憑性の高いものであると判断せざるを得ない。『大坂武鑑』『大坂袖鑑』『御役録』は、主に士族の居住地図であるために、宇野家の祿高や、その人物の生没年月日などが一切判明しないのは残念である。宇野家は、宇野幸教の享保十五年（一七三〇年）から、祖父の宇野格の明治の代まで、現在の大阪市与力町に屋敷を構えていたのである。

水上勉が『宇野浩二伝上』（昭和46年10月11日発行、中央公論社）で、「宇野格は、江戸末期に、大坂天満与力町で与力をしていた」といい、渋川驍も『宇野浩二論』（昭和49年8月20日発行、中央公論社）の「年譜」で、「この格は、通称善三郎といい、天満の与力」と書いている。しかし、宇野家は宇野幸教から格に至るまで、代々「与力」でなく、「同心」であった。

宇野浩二『苦の世界』書誌的周辺

宇野浩二は、大正八年四月一日発行の、「文章世界」に発表した「蔵の中」で世に出た。巧妙な語り口で、独自の世界を開拓したが、この作品に対する当時の文壇での評価は、のち、宇野浩二自身が「毀誉褒貶半半であった」(1)と記しているが、後掲「宇野浩二文学における同時代評」(2)で明らかにしたように、「毀誉褒貶半半」というより、むしろ「毀」の批評の方が多かった。菊池寛が「何うして落語か何かのやうな形式を取らなければならないのか」(3)と否定的に評価し、田中純「創作列評(二)」(4)、細田源吉「一瞥した四月の作品」(5)、中村星湖「四月の小説」(6)等が、菊池寛の批評を踏襲した。だが、正宗白鳥が「空想も描写も紛々たる凡庸作家中に異彩を放つてゐる」(7)と、「蔵の中」を絶賛し、宇野浩二は一躍新進作家と認められたのである。この正宗白鳥の月旦が、宇野浩二を文壇に大きく押し出す流れを作った。そして、大正八年九月一日発行の「解放」に発表した文壇第二作目の「苦の世界」は、一転して、肯定的な評価が占める。すなわち、木蘇穀は、「我々が別に深く省みもしないで通り過ぎ勝ちな世界に対して斯く迄情味に満ちた詩を見出し得る人!」(8)といい、「表現はさうしたものにしつくり合つたフレツシユそのものといつてもいいスタイルだ!」と、菊池寛が否定的に「落語か何かのやうな」といったスタイルそのものを高く評価するのである。また、宮島新三郎も、「苦の世界」を「兎に角面白い」、「当代第一流のストーリー・テーラーの名に恥ぢない」(9)と評し、佐藤春夫も、「素人くさいところが一つもない。さうしてその自由自在な筆つきには、隅から隅まで用心が行き届き、一種鮮やかな手腕」だと、その才能を激賞したのであった。[10]「苦の世界」は世評高く、宇野浩二の新進作家としての地位を確立した作品であるだけでなく、宇野浩二の代表作である。しかし、「苦の世界」は、その成立について複雑なところがある。本稿では主に「苦の世界」の書誌的諸問題についてみていきたいと思う。

一、『苦の世界』初出発表について

『苦の世界』の初出発表について、渋川驍は、『宇野浩二全集第一巻』（昭和43年7月25日発行、中央公論社）の「あとがき」で、次のように記している。

「その一」の初めの二節を、大正七年八月、『大学及大学生』に『二人の話』の題名で発表。つぎに、「その一」の五節をまとめて、初めて『苦の世界』の題名で、大正八年九月、『解放』に発表。「その二」は、『筋のない小説』の題名で、大正九年一―二月、『解放』に発表。「その三」は、『迷へる魂』の題名で、大正九年四月、『中央公論』に発表。「その四」は、『人の身の上』の題名で、大正九年七月、『雄弁』に発表。「その五」は、『ある年の瀬』の題名で、大正十年一月、『大観』に発表。「その六」は、著者の記憶では、『ことごとく作り話』という題名で、大正十年五月頃『週刊朝日』に発表したということだが、『週刊朝日』の前身である『旬刊朝日』が、大正十一年二月の創刊なので、それに該当するものがなく、現在その掲載誌は不明。

渋川驍が「著者の記憶」では、というのは、宇野浩二が、『苦の世界〈岩波文庫〉』（昭和27年2月25日発行、岩波書店）の「あとがき」で、「「その六」は、『ことごとく作り話』といふ題で、大正十年の、たしか、五月ごろの

『週刊朝日』に、発表した」と書いていることを指しているようだ。

この掲載誌が未詳であった「ことごとく作り話」の初出が判明したのは、ごく最近のことであって、石割透が「宇野浩二『苦の世界』―〈絵を描かない画家〉の物語」（『日本の文学8』平成2年12月発行、有精堂出版）で、「雄弁」（大正9年9月1日発行）であることを指摘した。「ことごとく作り話」は、雑誌「雄弁」に発表されたときの題名は「作り話」である。では、なぜ宇野浩二の記憶には「週刊朝日」があったのであろうか。また、いつ「作り話」を「ことごとく作り話」と改めたのか。このことに関して、石割透は何も言及していない。どういう事情によるのであろうか。正確なことはよくわからないが、この「作り話」は、のち「悉く作り話」と改題・改稿されて、昭和二年六月十九日発行の、「週刊朝日」に、再掲載されたのである。宇野浩二には、この時の「週刊朝日」が記憶にあったのであろう。『苦の世界』は、宇野浩二の代表作であるにもかかわらず、ごく最近まで、その初出さえが判明しなかったというところがあった。このことは芥川龍之介文学研究などに比べると、宇野浩二文学研究がいかに立ち遅れているかを示している。

現行『苦の世界』を、その構成順に、初出雑誌名、発行年月日等の書誌的なことを、先ず、最初にまとめておく。＊印は注記である。初出末尾に付されている作者の付記など、『苦の世界』の単行本や、全集ではすべて省かれているので、ここでそれらをあげておく。

①「苦の世界」（「解放」大正8年9月1日発行、第1巻4号、11〜68頁）

＊「一、私といふ人間」「二、浮世風呂」「三、難儀な生活」「四、無為の人々」「五、をんなの始末」「六、嘗ては子供であつた人々」の六節から成る。現行『苦の世界』の「その一」の部分である。本文のあとに一行あけて、次のように宇野浩二は記している。

それから、三人は花屋敷に行つて、如何に面白くメリイ・ゴオ・ラウンドに乗つて長い時間を遊び暮したか、如何に泉水に生捕られてゐる獺が面白いと言つて、時の移るのを忘れて鮨をやり過して、看守に叱られたか、如何に「桃から生れた桃太郎」の唱歌に聞き惚れて、三人が果は泣き出したか、如何にをんなが突然帰つて来たか、如何に又別のヒステリイの女子が現れたか、そしてそれから、そしてそれから……仲々この話は男女の仲が話題となつてゐるだけに、連綿と尽きないのである。だが、これだけの話でさへ、「下手の長談義」なる話手には、終になつて行く程面白くなくなつたやうな次第であるから、こゝで一先未定稿として、「読切」としておく。

②「筋のない小説―続『苦の世界』―」(『解放』大正9年1月1日発行、第2巻1号、26〜60頁)

＊「一、憐れな老人等」「二、花屋敷にて」「三、私の伯父の一生」の三節から成る。現行『苦の世界』の「その二」の前半部分である。

③「筋のない小説〔接前〕―続『苦の世界』―」(『解放』大正9年2月1日発行、第2巻2号、61〜90頁)

＊「四、浮世の二人男」「五、輪廻の世界」の節から成る。その末尾に次のような作者付記がある。

親愛なる読者諸君！紳士及淑女！作者はこゝに再び諸君に向つてお詫しなければならない。「苦の世界」のこと、書いても書いても尽きないのは、諸君も先刻お察しのことであらう。作者としては、これで、つひ無駄なことを喋り過ぎてゐながら、時々ふつと余り話が長くなるのに気がついて、言ひたいこと、話したいことを随分切り捨てゝゐるのである。それ等の切り捨て方が、話した方よりももつと筋立つたことであるかも知れなかつたと思へる程、切り捨てゝゐるのである。とはいふものゝ、又書いたことを消して、切り捨てた話を入れようなぞといふのも、もう作者には少し面倒になつて来た。そしてまだこの話が纏まりもなく、終らないことを作者は、小説家としての手際のないことに、恥ぢ入る次第である。

この物語は、日本流の言葉で言ふと、輪廻の世界で、西洋流に、アンドレエフといふ男の言葉を借りると、車の輪の廻るやうな永遠の世界なのである。だが、そんな言葉を無暗に連発してゐると、首筋の辺がむづ〳〵して来るが、兎に角私は約束しよう、もう一度続篇をつゞけて書けば、何とか小説らしくきまりがつきさうに思ふ。又浪花節の切口上ではないが、鶴丸のその後は如何、山本のその後は如何、里見の女房の芸者は、話手梅野のその後は、そしてをんなは、問題の中心である彼女が又如何に屢々梅野を悩ますか、彼は下宿を出て何処に行つたか?…多分作者はこの後篇をつゞけて書くつもりではあるが、これは又これとして、読切としておかう。

(一月十八日。以上を校正するに当つて一筆――この稿は一月号のと合はして一篇の小説を成す作者の意図であつた。ところが、題名の「筋のない小説」といふのが災をなしたのか、全部昨年の十一月に完成して、大鐙閣に送つてあつたにも拘らず、一月号の雑誌編輯の都合上、切断されたものである。作者と及び彼の作「筋のない小説」のために一言弁解しておく)

なお、この部分は現行『苦の世界』の「その二」の後半部分にあたる。

④「迷へる魂」(「中央公論」大正9年4月1日発行、第35巻4号、247〜298頁)

＊「一、発端」「二、発端の続」「三、津田沼行き」「四、『うき草や……』」の四節から成る。本文の終りに一行あけて、「又しても『苦の世界』である、だから、これから未だつゞくのである。」という付記がついている。なお、同誌の奥付けに「大正九年二月一日発行」とあるのは誤植である。現行『苦の世界』の「その三」の部分である。

⑤「人の身の上」(「雄弁」大正9年7月1日発行、第11巻7号、374〜398頁)

＊「はしがき」「一、半田六郎」「二、桂庵にて」の三節から成る。現行『苦の世界』の「その四」の部分である。

⑥「ある年の瀬」(「大観」大正10年1月1日発行、第4巻1号、313〜332頁)

＊「一」〜「四」からなる。末尾に、「(『苦の世界』の内、九・十二・六)」と脱稿年月日が記されている。現行『苦の世

界』の「その五」の部分である。

⑦「作り話」（「雄弁」大正9年9月1日発行、第11巻9号、335〜353頁）

＊末尾に「――『人の身の上』の中――（・九八）」とあり、「九八」は、脱稿年月大正九年八月を示すのであろうか。現行『苦の世界』の「その六」の部分である。

この「作り話」は、「悉く作り話」と改題されて、「週刊朝日」（昭和2年6月19日発行、第11巻28号、14〜17頁）に再掲された。

二、「二人の話」と現行『苦の世界』の「その一」との関係について

宇野浩二は、「苦の世界」を「解放」（大正8年9月1日発行）に発表する一年程前に、「二人の話」を「大学及大学生」（大正7年8月1日発行）に発表している。

この「二人の話」は、現行『苦の世界』の「その一」の部分の、「一、私といふ人間」と「二、浮世風呂」の個所にあたる。「解放」の「苦の世界」は、この「二人の話」の部分に、「三、難儀な生活」から「六、嘗ては子供であつた人々」までを書き加えて発表されたのである。

宇野浩二は、のち、この「二人の話」について、「私の小説道―この一篇を旧き文学と生活の友広津和郎に―」（「新潮」昭和2年1月1日発行）の中で、次のように述べている。

　私は彼（秋庭俊彦）の好意で、『二人の話』といふ二十五枚の小説を、彼の雑誌に載せてもらつた。渡す時、彼に「小品のつもりだつたが、小説になつたもんだから、二十五枚になつたんだが、話が二つに割れてるのが

一寸失敗だが、さう悪いものではないつもりだ。二人の話なんて、「何々の話」といふ題の多い今時、気がひけるが、全く二人の男の話に違ひないし、今いゝ題が思ひつかないんだ」と私はいつた。

「二人の話」は、「苦の世界」のように、「一、私といふ人間」「二、浮世風呂」という形式に、章分けはされていない。構成のうえにおいて明らかにわかるように区分されていない。だが、内容において、「二人の話」は、宇野浩二が「話が二つに割れてゐる」「全く二人の男の話」というように、あくまでも貧乏な上に、ヒステリイのをんなに悩まされる「私」という「無名な絵師」である男の話と、酒に泥酔して、首縊りを加勢する男との、〃二人の男の話〃が中心である。「私」と、首縊りを加勢する「男」とが、どちらも同じ比重を持って、並列的に描かれている。「二人の話」は「苦の世界」の「その一」の部分の全体の五分の二にあたる。「二人の話」が「苦の世界」と改題された時、〃二人の話〃はその章題にも採用されない。「一、私といふ人間」と「二、浮世風呂」という章題で象徴されるように、「二人」でなく「私」に力点が移行するのである。そして、「五、をんなの始末」という章題が書き加えられるように「苦の世界」では、ヒステリイのをんなの占める役割が大きくなる。「二人の話」では、「私」と首縊り自殺を加勢した男との二人を描こうとしていたが、「苦の世界」では、をんなを中心に、「私」と「私」を取り巻く人物を書く、という形に変化していく。「二、浮世風呂」に登場する首縊り自殺を加勢した男は、「私」の周囲の人々の中で、苦悩の日々を送っている人間の、一挿話として扱われているのである。同様に、「三、難儀な生活」では、「私」の勤務している本屋の主人の山本が、彼の母のヒステリイに苦しめられている様を、「四、無為の人々」では、「私」が勤めていた本屋のすぐ近くの宿屋にいた鶴丸という法学生の怠惰な生活ぶりと、彼の苦悩の日々の始まりの由来などを、「五、をんなの始末」では、「私」が、公周旋業者の里見に依頼して、「私」と暮していたヒステリイのをんなを、うまくごまかして、芸者にさせようとする話を、「六、嘗ては子供であった人々」では、をんなが、芸者家にいくのを見送った「私」と山本が、鶴丸の下宿に集まり、やつれた顔を寄せあっていた。というように、それぞれさまざまな人々の〝苦の世界〟が描かれている。

〝苦の世界〟という言葉は、「二人の話」では出てこないが、「苦の世界」と改題、改稿したとき、「二、浮世風呂」のなかで、すなわち、「私」と「首縊りを加勢する男」の二人が、料理屋で酒を飲む場面で、男が「酒をつけてくれ。やつぱし酒、酒!……〳〵「さゝでしのがんせ苦の世界つてね……」という具合に出てくる。また、さきに述べたように、「二人の話」では章題もない。「苦の世界」の作品世界の特色である、戯作風なスタイル、例えば、「一、私といふ人間」の章題横に、「ヒステリイの女子に悩まさるゝこと／町の楽隊に向つて心に叫ぶこと」と、その内容要旨を個条書きするようなスタイルが、まだ「二人の話」では成立していなかった。この章題に続いて、「～のこと」という文で、二つの内容を簡単に表す体裁をとったことは、西鶴の、『日本永代蔵』の巻の一「目録」に、例えば、

初午は乗つて来る仕合
　江戸にかくれなき俄分限
　　泉州水間寺利生の銭

とある形態を模したものと考えられる。「二、浮世風呂」というタイトルも、戯作者式亭三馬の「浮世風呂」を、すぐに連想させる。さきの、「さゝでしのがんせ苦の世界」も、「月夜がらす」という江戸末期の小唄からとったものであり、「さゝ」は酒のことで、「酒で、凌がんせ苦の世界じやえ」ともいう。宇野浩二の近世文学に対する傾倒ぶりがうかがえる。「二人の話」から「苦の世界」(「解放」)への変貌は、作品世界へのスタイルの確立でもあった。

では、「二人の話」と「解放」に発表された「苦の世界」(現行の「その一」)、すなわち「一、私といふ人間」「二、浮世風呂」の部分とは、その本文テキストにおいて、どのような関係にあるであろうか、その異同についてみてみたい、と思う。

「二人の話」（「大学及大学生」大正7年8月1日発行）は、次の書き出しではじまっている。

私たちは——母とをんな（妻と呼ぶよりも少くとも私にだけは、斯う云ふ方がよく感じが出るので）と、そして私とは——暑い八月の日々を、郊外のとある家の、六畳の座敷一室を借りて暮してゐた。

これが、「苦の世界」（「解放」大正8年9月1日発行）では、次のようになっている。

その頃、かれこれ一年近くの間、私たち、私の母と私のをんな（妻と呼ぶよりも、少くとも私にだけは、斯う言ふ方がよく感じが出るのだ。）とそして私とは、東京府下渋谷町の、或竹屋の奥の六畳の座敷を、間借して住んでゐたのであつた。

このあと、「二人の話」では、をんなは、「その前の年の秋二ケ月ばかりの間、三十里ほど離れた或る地方の町で、芸者に出てゐたのであつた。」と書かれていて、さきに、芸者時代のをんなと「私」の交流が描かれる。一方、「苦の世界」では、このあと、「をんな」・「私」・「母」の三人の間借生活ぶりが丁寧に説明される。そして、をんなの芸者時代は、「さて——元来私のをんなといふ者は」という言葉を用いて、「私」が回想するという形で描写されるのである。すなわち、最初の書き出しの順序は、完全に「二人の話」と「苦の世界」では逆の形をとっている。このように、構成上では、違いがみられるが、その内容においてでは、「二人の話」と「苦の世界」の〝その一〟は、大きな変化はない。だが、詳細に検討すると、本文はかなり加筆されている。原稿用紙にして、約十五枚分が増加している。ここでは、「をんな」を「彼女」に、「矢張り」を「やつぱし」に、あるいは、句読点の異同や語句の改変などの修辞上の訂正や表現の技巧上の問題をとり扱わないことにする。内容のうえで重要と思われる異同箇所についてのみ問題にしたい。

「二人の話」から「苦の世界」への本文異同で、「郊外のとある家」となっていた下宿場所を、「東京府下渋谷町の、或竹屋」とするなど、全体的に具体的、かつ丁寧に描写されていることが分る。一目瞭然なのは、をんなの記述が増えていることである。をんなのヒステリイが、どんどんエスカレートしていき、「私」の本業である絵をかくことさえ出来なくなっていく様が、手にとるように感じられる。これは、「二人の話」では、あくまで、「私」と首縊りを加勢した「男」の二人を書こうという意識であったのに対し、「苦の世界」では、をんなを中心に、「私」をとりまく人物の〝苦の世界〟を描こうとした。そして、のちに「をんなの始末」の伏線となるように、宇野浩二が思い図ったからではないか。これほど、突発的なヒステリーの発作を度々起こすようでは、「をんな」を「始末」する理由も、読者に理解できるであろう。

また、「二人の話」では、風呂屋で出会う男の話に移行する前に、次のような記述がみられる。

> その中に私は電車の停留所に来てしまつた。——こんな風にだら〳〵と取り止めもない話をつゞけて来て、私は一体何を話すつもりだつたらう。さうだ、あの話だつた、あのお湯屋で会つた男の話だつた。して見ると、今迄の私の話は前置きでも何でもない、ほんの無駄話、愚痴話だつた。許してくれ給へ。

この言葉の「無駄話」「愚痴話」という言い方にも、江戸時代の滑稽本の影響が感じられる。式亭三馬の『浮世床』は、「髪結いの順番を待つ各種の人びとの無駄話しを書き並べて庶民の日常生活の雰囲気[11]」を出したものであるらしいが、宇野浩二も、かなり近世戯作文学を意識していたらしい。また、「二人の話」では、「(こんな風に話してゐたら、未だ未だ肝心のところへ行かない。早く終りに急がう。)」とある。さきの「二、浮世風呂」へ移行する時の、前置きの文とともに、かなり読者を考慮した書きぶりである。戯作文学では、「読者見物の好みに合わせるため、往々にして読者見物の協力を頭から予想してかからねばならぬ[12]」ために、「趣向」という方法をとるそうだ。宇野浩二のこうした、読者を意識した態度は、戯作文学を受容したものといえるであろう。

しかし、「二人の話」から「苦の世界」に改変するとき、このような読者に媚びるような表現は、かなり省かれている。これは「二人の話」と「苦の世界」の中間に書かれた「蔵の中」(「文章世界」大正8年4月1日発行)について、田中純が「余り必要でもないことをうんと沢山書きこんで、読者をはぐらかしたり欠伸をさせたりして、それを傍から見て楽しまうとして居るやうな人の悪さが見える。[4]」と評したことや、菊池寛が「此の題材を扱ふのに、何うして落語か何かのやうな形式を取らなければならないのか、もう少し真面目な筆致で書いても充分ユーモアは、出ると思ふ[3]」と謗ったことを考えに入れたのではないか。「蔵の中」によって、文壇デヴューは果したものの、第二作目の「苦の世界」は、宇野浩二の作家としての力量の有無を定める大切な作品であった。それだけに、「蔵の中」における評論家の時評を、宇野浩二が、「苦の世界」を発表するにあたって、かなり意識したのであろう。

三、単行本『苦の世界』について

大正八年九月から大正十年一月にかけて、雑誌に発表された「苦の世界」が、現在の構成に纏められるのは、初出発表から二十八年も経過した戦後になってからである。『苦の世界』は単行本によって、その構成に変化があるので、大正期の初収から現在に至るまでの『苦の世界』の単行本、及び文学全集収録本について、発行年月日順に、次にあげることにする。＊印は注記である。収録作品名は、「苦の世界」のみをあげ、他の収録作品名は省く。ここで問題にしたいのは、『苦の世界』のどの章が含まれているかである。§印には、『苦の世界』の章名を記しておく。

Ⓐ『苦の世界』（大正9年5月20日発行、聚英閣）

§苦の世界その一（私といふ人間／浮世風呂／三、難儀な生活／四、無為の人々／五、をんなの始末／六、嘗ては子供であつた人々）／苦の世界その二（一、哀れな老人等／二、花屋敷にて／三、私の伯父の一生／四、浮世の二人男／五、

流転世界）
＊この本には、〝巻頭小説〟として、「苦の世界」の前に「あの頃の事」が収録され、「苦の世界」の扉には、〝(第一部)〟とある。

Ⓑ『迷へる魂』（大正10年11月20日発行、金星堂）
§迷へる魂（其一、津田沼行／其二、人の身の上／其三、或る年の瀬／其四、悉く作り話／其五、人心）

Ⓒ『苦の世界〈代表的名作選集44〉』（大正14年9月26日発行、新潮社）
§解題（編者識）／苦の世界（一、私といふ人間／二、浮世風呂／三、難儀な生活／四、無為の人々／五、をんなの始末／六、嘗ては子供であつた人々）
＊「解題」には、「『苦の世界』は、大正八年九月「解放」誌上に発表せるもの。「蔵の中」は、大正八年四月「文章世界」に発表せるもので、これは作者の第一作である。二作共にその特色を最も鮮かに示すことによつて、作者をして、一躍文壇に名をなさしめた傑作であり、某批評家の如き、新しき西鶴の出現として、此等の作を迎へた。苦労人風の世味人情味は、独得の巧妙なる話術と相待つて、当時の文壇に驚く可き新風と目されたものである。／編者識」とある。また、同書収録の「苦の世界」の末尾に、次の作者付記がある。
（作者いふ。「苦の世界」はこの題で、大正七年八月号の雑誌「解放」に発表したものであります。これだけの読切のものであります。しかし、その後大正八年につゞいて別の題で、その頃の雑誌「中央公論」、「改造」等に、この物語の続篇に相当するものを、この作の二倍程発表して、後「苦の世界」第一部、第二部、（その他）として別に単行本に出したことがあります。その意味で、これは「苦の世界」の「第一部」だけであります。）
ここで、宇野浩二が大正七年八月号というのは誤りで、大正八年九月号が正しい。また、「その頃の雑誌『中央公論』『改造』等」というのは、「中央公論」「解放」等の記憶違いであろう。

Ⓓ『広津和郎・葛西善蔵・宇野浩二集〈現代日本文学全集48〉』（昭和4年11月10日発行、改造社）

§苦の世界（前篇）（一、私といふ人間／二、浮世風呂／三、難儀な生活／四、無為の人々／五、をんなの始末）／苦の世界（後篇）（一、哀れな老人等／二、花屋敷にて／三、私の伯父の一生／四、浮世の二人男／五、流転世界）

Ⓔ『苦の世界〈改造文庫・第2部193〉』（昭和7年11月11日発行、改造社）

§苦の世界その一（一、私といふ人間／二、浮世風呂／三、難儀な生活／四、無為の人々／五、をんなの始末）／苦の世界その二（一、哀れな老人達／二、花屋敷にて／三、私の伯父の一生／四、浮世の二人男／五、流転世界）／苦の世界その三（一、さ迷へる魂その一／二、さ迷へる魂その二／三、津田沼行その一／四、津田沼行その二）／苦の世界その四（一、人の身の上その一／二、人の身の上その二）

Ⓕ『苦の世界〈文藝春秋選書25〉』（昭和24年12月23日発行、文藝春秋新社）

§苦の世界その一（一、私といふ人間／二、浮世風呂／三、難儀な生活／四、無為の人びと／五、をんなの始末）／苦の世界その二（一、あはれな老人達／二、花屋敷にて／三、私の伯父の一生／四、浮世の二人男／五、流転世界）／苦の世界その三（一、さ迷へる魂／二、さ迷へる魂／三、津田沼行その一／四、津田沼行その二）／苦の世界その四（一、人の身の上その一／二、人の身の上その二）／苦の世界その五（一、ある年の瀬その一／二、ある年の瀬その二／三、ある年の瀬その三／四、ある年の瀬その四）／苦の世界その六（一、ことごとく作り話その一／二、ことごとく作り話その二）

Ⓖ『広津和郎・葛西善蔵・宇野浩二集〈現代日本小説大系33〉』（昭和25年7月10日発行、河出書房）

§苦の世界その一（一、私といふ人間／二、浮世風呂／三、難儀な生活／四、無為の人びと／五、をんなの始末）／苦の世界その二（一、あはれな老人たち／二、花屋敷にて／三、私の伯父の一生／四、浮世の二人男／五、流転世界）

Ⓗ『苦の世界〈岩波文庫〉』（昭和27年2月25日発行、岩波書店）

§苦の世界その一（一、私といふ人間／二、浮世風呂／三、難儀な生活／四、無為の人びと／五、をんなの始末）／苦の世界その二（一、あはれな老人たち／二、花屋敷にて／三、私の伯父の一生／四、浮世の二人男／五、流転世界）／苦の世界その三（一、さ迷へる魂その一／二、さ迷へる魂その二／三、津田沼行その一／四、津田沼行その二）／苦の世界その四（一、人の身の上その一／二、人の身の上その二）／苦の世界その五（一、ある年の瀬その一／二、ある年の瀬その二／三、ある年の瀬その三／四、ある年の瀬その四）／苦の世界その六（一、ことごとく作り話その一／二、ことごとく作り話その二）

Ⓘ『広津和郎・宇野浩二集〈日本現代文学全集58〉』（昭和39年4月19日発行、講談社）

§苦の世界（前篇）（一、私といふ人間／二、浮世風呂／三、難儀な生活／四、無為の人々／五、をんなの始末）／苦の世界（後篇）（一、哀れな老人等／二、花屋敷にて／三、私の伯父の一生／四、浮世の二人男／五、流転世界）

Ⓙ『宇野浩二全集第一巻』（昭和43年7月25日発行、中央公論社）

§苦の世界その一（一、私といふ人間／二、浮世風呂／三、難儀な生活／四、無為の人びと／五、をんなの始末）／苦の世界その二（一、あはれな老人たち／二、花屋敷にて／三、私の伯父の一生／四、浮世の二人男／五、流転世界）／苦の世界その三（一、さ迷へる魂その一／二、さ迷へる魂その二／三、津田沼行その一／四、津田沼行その二）／苦の世界その四（一、人の身の上その一／二、人の身の上その二）／苦の世界その五（一、ある年の瀬その一／二、ある年の瀬その二／三、ある年の瀬その三／四、ある年の瀬その四）／苦の世界その六（一、ことごとく作り話その一／二、ことごとく作り話その二）

Ⓚ『広津和郎・宇野浩二・葛西善蔵集〈日本近代文学大系40〉』（昭和45年7月10日発行、角川書店）

§苦の世界その一（私といふ人間／浮世風呂／三、難儀な生活／四、無為の人々／五、をんなの始末／六、嘗ては子供であつた人々）／苦の世界その二（一、哀れな老人等／二、花屋敷にて／三、私の伯父の一生）

これら単行本における『苦の世界』の本文テキストと雑誌初出との関係において、注目されることは、章題の変更、伏字の問題、登場人物の名前がなおされていることなどであろう。

まず、章題についてみてみる。章題が変っているところが七個所ある。

一、初出「苦の世界」（「解放」大正8年9月1日発行）では、「五、をんなの始末」が単行本では、「をんな」の横の傍点が省かれたり、あるいは、つけられたりした。それを表にしてみると、次のようである。Ⓐ～Ⓚは前記単行本を示す。

Ⓔ・Ⓕ・Ⓖ・Ⓗ・Ⓙ	初出Ⓐ・Ⓒ・Ⓓ・Ⓘ・Ⓚ
五、をんなの始末	五、をんなの始末

二、初出「筋のない小説―続『苦の世界』―」（「解放」大正9年1月1日発行）では、「一、憐れな老人等」とあったのが、単行本では「一、哀れな老人等」「一、哀れな老人達」「一、あはれな老人達」「一、あはれな老人たち」と漢字表記が四通りの変化をしている。それらは、次の通りである。

初出	Ⓐ・Ⓓ・Ⓘ・Ⓚ	Ⓔ	Ⓕ	Ⓖ・Ⓗ・Ⓙ
一、憐れな老人等	一、哀れな老人等	一、哀れな老人達	一、あはれな老人達	一、あはれな老人たち

三、初出「筋のない小説（接前）―続『苦の世界』―」（「解放」大正9年2月1日発行）では、「五、輪廻の世界」であったのが単行本では「五、流転世界」に変更され、それが現行の『苦の世界』まで踏襲されている。

四、初出雑誌及び単行本ⒶⒸにおいては、「五、をんなの始末」と「六、嘗ては子供であつた人々」の二つの章に分かれていたが、Ⓓ『現代日本文学全集48』（昭和4年11月10日発行）以後、「六、嘗ては子供であつた人々」の章題を省き、この二つの章を、「五、をんなの始末」の一つにまとめてしまった。

五、初出「迷へる魂」（「中央公論」大正9年4月1日発行）には「一、発端」「二、発端の続」「三、津田沼行き」「四、『うき草や……』」とあったのを、単行本では、次のように変えている。

初出	Ⓑ『迷へる魂』	Ⓔ・Ⓕ・Ⓗ・Ⓙ
一、発端	其一、津田沼行	一、さ迷へる魂その一
二、発端の続	一、	二、さ迷へる魂その二
三、津田沼行き	二、	三、津田沼行その一
四、『うき草や…』	三、	四、津田沼行その二
	四、	

六、初出「人の身の上」（「雄弁」大正9年7月1日発行）は、「はしがき」「一、半田六郎」「二、桂庵にて」で構成されていた。単行本では、「はしがき」が削除されて、次の表のようになった。

初　出	Ⓑ『迷へる魂』	Ⓔ・Ⓕ・Ⓗ・Ⓙ
はしがき	其二、人の身の上	
一、半田六郎	一、	一、人の身の上その一
二、桂庵にて	二、	二、人の身の上その二

七、初出「ある年の瀬」（『大観』大正10年1月1日発行）には、「一」「二」「三」「四」とあるのを、単行本では、左記の如くに変化している。

初出	Ⓑ『迷へる魂』	Ⓕ・Ⓗ・Ⓙ
ある年の瀬	其三　或る年の瀬	
一	一	一、ある年の瀬その一
二	二	二、ある年の瀬その二
三	三	三、ある年の瀬その三
四	四	四、ある年の瀬その四

次は、伏字の問題である。初出「筋のない小説」の「二、花屋敷にて」の章には多くの伏字個所があった。

その伏字が、単行本では起こされているのである。例えば、初出で「その女を、たとへ知らずにとは言ひながら、□□□□□□□□□□□、憎み、愛し……どうしたらいゝのだ？――それは□□□□□□□なのだ。」（39頁8～9行）とあったのが、「その女をたとへ知らずにとは言ひながら、彼から寝取つた男を恨み、憎み、愛し……どうしたらいゝのだ？――それは彼の実の父親なのだ。」（Ⓐ『苦の世界』189頁3～4行）と単行本では、伏字がおこされている。また、初出の「花屋敷にて」の桃太郎が鬼が島を征伐した挿話のところで、次のようなかなりの長文が伏字になっている。

　その私の相手の女といふのは、その家のお神の妹《ママ》であつた。□□□□□、□□□□□□□□、□□□□□□、□□□□□、□□□□□□□□□□、□□□□□□□□□□、□□□□□□□□□□□□□□□□、□□□□□□

□□□□□□□□□。□□□□□□□□□、□□□□□□□□□□、□□□□□□□□、□□□□□□□□□□□□□□□□、「□□□、□□□□□□□□□□、□□□□□□□□□□□□□□□□□□□。□□□□□□□□□□□□□□□□□□□□□□□□□……□□□、□□□□□□□□、□□□□□□□□□□□□□□□□□、□□□□□□□□□□□、」□□□□、□□□□□□□□□□□□□□□。□□□□□□□□□□□□□□□□□□、□□□□□□□□□□、□□□□□□□□□□□□□□□、□□□□□□□□□□□□、□□□□□□□□□□□□□□□□□□□□□□□□□□。ところが、或日二階に三人連の客が上つて、（初出48頁6～12行）

それが、Ⓐ『苦の世界』では、次のように改められている。

その私の相手の女といふのは、その家のお上の妹であつた。その頃は、それ等の家々では、私のみならず、客が上ると、○○○新聞紙を於いて、それに客の下駄をのせ、客の着物はくる〳〵と帯で巻いて、同じく○○○置くのが例であつた。始めて上つた者には、女がさうしてから、さて押入を開けて、その下の板を一枚外して見せながら、「あなた、○○○○があつたら、下駄と着物を持つて、こゝへ入つて下さいね。そこから一間ほど這つて行つたら裏口の路次に出られますから……いゝえ板張りですけれど、毎日一度づゝ雑巾掛けをするんですから、汚くなんかありませんよ、」と言つて、初心の者を驚かしたものであつた。それが私くらゐになると、さうして自分の下駄と、帯で巻いた着物を○○○置いて、○○寝るといふことが、何とも言へぬ、泥棒になつたやうな興味が湧くのだつた。ところが、或日二階に三人連の客が上つて、（Ⓐ『苦の世界』205頁7行～206頁3行）

さらに、この若干残された伏字が、その後、昭和四年のⒹ『現代日本文学全集48』では、すべて埋められたのである。さきの残された伏字個所を順番にあげてみると、「部屋の隅に」「部屋の隅に」「もしもの事」「部屋の隅に」

となっている。そして、最後の「〇〇寝るといふ」は、「寝るといふ」と、二字分の伏字個所がとられている。

この長文の伏字個所は、主人公「私」が「今から六七年も前に、いやもう八九年も前」に通いつめた銘酒を飲ませることを看板にして私娼をおいていた「銘酒屋」での出来事を描いているところである。現在「私」は、「二十八歳」であるから、「八九年も前」というと、ちょうど二十歳頃ということである。銘酒屋の「お上」の妹のもとへ、ほぼ毎日行くのだが、ふとしたことで、姉の「お上」とも関係を持ってしまう、という「私」の悪夢のような浅ましい話を説明している。

宇野浩二は、エッセイ「蒲団の中」(「女性」大正13年5月1日発行)で、出世作「蔵の中」について、その題名を決定する前は、「蒲団の中」という題であったが、「内容に幾分風紀に触れさうな疑ひのある点があつたので、原稿の下検閲を内務省に乞うたところが、一二個所伏せ字にするところと、表題が少し穏当でないからといふ注意」があったので、「蔵の中」という題名に改めたと述べている。この、大正八年、九年は、かなり検閲を意識したのであろう。思想上の問題でなく、風俗壊乱の取り締りを危惧して、作者か、雑誌編集者かが伏せ字にしたのであろう。

最後に、登場人物の名前の変更についてである。

初出「人の身の上」(「雄弁」大正9年7月1日発行)では、桂庵の里見が途中から、急に吉田になっている。初出「作り話」とⒷ『迷へる魂』では、「黒柳」から「田原」に、「鳥丸」から「松平」に人名を変えている。この章だけに登場する人物であるので、「黒柳」でも、「田原」でもよく、また「鳥丸」でも、「松平」でもよい。あえて変更する必然性があまりわからない。モデルとの関係からであろうか。この他にも、名前の変更については、Ⓑ『迷へる魂』の「其一、津田沼行」「其二、人の身の上」を、昭和七年版Ⓔ『苦の世界』にくみ入れたときに、主人公「私」の名前は、「梅野」から「住友」へ変わった。結局Ⓔ『苦の世界』は、〝その一〟は、「梅野」であるが、〝その二〟の終わりから「住友」に変わり〝その三〟〝その四〟は、「住友」になっている。

初出雑誌発表から単行本にする過程で、異同の特記すべき点を指摘してきたが、それ以外に本文では「大して決して」を「決して決して」や、「おツ」を「おツと!」などの表記上の改稿も多数みられるが、内容を変える程の書き換えはない。また、初出につけ加えられた、「後書」や「はしがき」は、単行本では全て省かれた。

四、中篇『苦の世界』から長篇『苦の世界』へ

長篇小説「苦の世界」を考える場合、この作品が、現行のような形態で成立する以前に、中篇『苦の世界』と、それとは別の書名の、『迷へる魂』(大正10年11月20日発行、金星堂)が存在したことに注目してよいであろう。この『迷へる魂』は、「其一」から「其五」までで構成されている。それが、のち、「其五」の部分だけを省き、長篇『苦の世界』の「その三」から「その六」までに編入されたのである。宇野浩二が『迷へる魂』執筆当初において、『迷へる魂』は、『苦の世界』と独立した作品として、構想していたのであろうか、それとも、あくまでも『苦の世界』の物語として執筆したのであろうか。そこで『迷へる魂』の初出について見てみたい。

単行本『迷へる魂』の「其一」の部分にあたるところの、初出「迷へる魂」(「中央公論」大正9年4月1日発行)には、単行本では省略されるが、その末尾に、「又しても『苦の世界』である、だから、これから未だつゞくのである。」とある。さらに、単行本『迷へる魂』の「其三」にあたる初出「ある年の瀬」(「大観」大正10年1月1日発行)にも、その末尾に「(『苦の世界』の内)」と記載されている。つまり、宇野浩二は、『迷へる魂』収録作品を、その執筆当初から、『苦の世界』の物語の一部分として執筆していたのである。また、この『迷へる魂』に収録される作品等を書く前に出版された、つまり『苦の世界』の最初の本である。大正九年五月二十日に発行された『苦

の世界』においても、その扉に「苦の世界（第一部）」と明記していた。

要するに、最初の単行本『苦の世界』を出版する時において、宇野浩二は、『苦の世界』を完結したものとして、意識せず、その続篇「第二部」を想定していたようだ。

では、なぜ『迷へる魂』を『苦の世界』の第二部として出版しなかったのであろうか。単行本『迷へる魂』には、どこを見ても、「苦の世界」の続篇とか、「苦の世界」第二部という記載はなく、『苦の世界』とは独立した、別個の単行本の形態をとって発行された。『苦の世界』第一部は聚英閣、『迷へる魂』は金星堂と出版社が異なることも一因ではあろうが、根本的には、『苦の世界』のをんなのモデルである、伊沢きみ子の死に、起因していると思われる。

そのことを述べる前に、中篇『苦の世界』（大正9年5月20日発行、聚英閣）の内容について書いてみる。

売れない画家である「私」は、芸者家から逃げてきたをんなと母の三人で暮すことになる。正式に身請けしたわけでは、勿論ないので、追手を逃れて偽名で、六畳一間での間借りの日々である。「私」は、画をかくこともできず、勤め先をみつけて生活が始まった。平常は、はにかみ屋で、可憐でかわいい女が、一旦ヒステリイを起こすと、手がつけられなくなる。六畳一間の狭い空間での生活、経済的にも逼迫した状態、それらがヒステリイの誘因となり、私のはっきりしない態度と、周りの者のおどおどした態度に、加速度的にヒステリイの症状が、回数も程度も増してくる。

Holiday も Hell-day となり、家にもいられないから、銭湯に出かけ、そこで昼寝をしながら、酒飲み男と友達になり、首吊り男の話を聞く。やっと自分らしさを取り戻せる場がみつかったかに思えるが、銭湯にまでをんなが顔を現わし、それも難しいことのようになる。母親も、とうとう家出するという、最悪の状況になった。

勤め先の出版社の山本も、母親のヒステリイに悩まされており、四十一歳の今も独身であった。出版社が倒産し、失職する。「私」は何とかして、をんなと別れようと画策する。をんなは、自ら再び芸者になると言い、横浜の芸者家に落ち着き先が決定し、やっと別れて行く。

一方、下宿近くの法学士鶴丸も、芸者朝顔をめぐって、父親と恋敵の状態になる。いろんな問題をかかえた三人が、一日中、花屋敷で遊んだ。帰宅した「私」のもとに、をんなはわずか一日で舞い戻り、一騒動が起こる。やっとのことで、をんなを芸者家へ帰すことで落着くが、まだまだ〝苦の世界〟は続くのである。

「私」とヒステリイの女を軸に、周りの人々の息詰まりそうな〝苦の世界〟であるが、宇野浩二は、それを独特の饒舌体の文体で、飄々と語りかけている。近世文学の戯作風なスタイルを駆使し、大阪人特有の逞しさとうらはらの物悲しさが漂っている。中篇『苦の世界』は、これはこれとして、内容においてまとまりのある作品を成している。

しかし、中篇『苦の世界』は、一日で舞い戻るような、唐突で、何をしでかすかしれない、をんなと「私」のその後は？　また、偽名で暮らす二人の「狭い東京の一室」から、「横浜と東京」へと広がったエリアの中での二人の話と、それを取り巻く人々は？　と、その続篇を期待させる設定であり、この登場人物がその後どうなるのか、と読者の興味を惹起させる。宇野浩二自身も、意欲を持って次から次へと書き進めていくつもりであったに違いない。このことは、宇野浩二が中篇『苦の世界』の最終章にあたる部分の、初出「筋のない小説（接前）—続『苦の世界』—」（「解放」大正9年2月1日発行）の末尾に付した作者付記で、「多分作者はこの後篇をつづけて書くつもりではある」といい、「もう一度続篇をつゞけて書けば、何とか小説らしくきまりがつきさうに思ふ」と記していることからも推察できる。また、同時に、「話手梅野のその後は、そしてをんなは、問題の中心である彼女が又如何に屢々梅野を悩ますか」と、その続篇の内容を予告している。そして、ここで注意したいことは、中篇『苦の世界』の中心が「をんな」であることを、明確にしていることである。

宇野浩二は、『苦の世界』の続篇において、私と「問題の中心である」をんなを骨子に、それを取り巻く人々の、その後を書こうという意図をもっていたことが明らかであった、といえる。

しかし、ちょうどその頃、をんなのモデルである、伊沢きみ子が、自殺してしまうのである。西橋茂樹「伊沢きみ子の死についての一報告―宇野浩二『苦の世界』のモデル―」（「語文」平成3年12月5日発行）によると、伊沢きみ子が死亡したのは、大正八年八月七日であった。しかし、宇野浩二が、伊沢きみ子の死を知ったのは、きみ子が自殺した直後ではなかったようである。初出「人の身の上」（「雄弁」大正9年7月1日発行）の「はしがき」に、きみ子が死んでから「約三か月後の或日のこと、そのことを彼の友達から報告されて知つたやうな次第なのである」とあるが、伊沢きみ子の死を扱った、「人心」（「中央公論」大正9年1月1日発行）や「続軍港行進曲」（「中央公論」昭和2年4月1日発行）も、宇野浩二は、友人広津和郎と思われる人間から、きみ子が死亡して、約三ヶ月後に、その自殺の事実を知らされたと描いている。

さきの「筋のない小説」は、「二月号の雑誌編輯の都合上、切断」され、大正九年一月と、二月に分けて発表されたものである。二月号の末尾に付された作者付記には、「全部昨年の十一月に完成して、大鐙閣に送つてあつた」とあるので、「筋のない小説」は、大正八年十一月には、脱稿されていたようだ。また、「苦の世界」（「解放」大正8年9月1発行）の末尾には、なんとかうまく騙してをんなと別れた「私」が、山本・鶴丸と三人で連れ出って花屋敷へ遊びに行って帰ってきた次の日、をんなが突然帰ってくることなど、「筋のない小説」の内容の、ほぼ全てを、予告している。すなわち、初出「苦の世界」を書きあげた、大正八年九月には、「筋のない小説」の内容は、既に、宇野浩二の胸中にあり、大正八年十一月迄に、その内容を作品化したということになる。とすれば、「筋のない小説」は、発表時期は、きみ子の死を題材にした「人心」と同年同月の、大正九年一月、またその翌月であるが、宇野浩二が、きみ子の自殺の事実を知る前に書かれたものといえる。つまり、中篇『苦の世界』の部分は、全て、宇野浩二が、きみ子の死を知らないままで、執筆したのであった。

宇野浩二は、生活費をえるために、田丸勝之助の匿名で大正五年四月二十七日に『誰にも出来る株式相場』を、古本店主加藤好造のはじめた蜻蛉館書店から刊行した。蛎殻町の銘酒屋にいた伊沢きみ子を宇野浩二が知ったのはこの頃である。伊沢きみ子は、当時警視総監をつとめ、のち台湾総督となった伊沢多喜男の姪にあたる。間もなく二人は同棲し、西片町の家に母と三人で暮すことになった。渋川驍の「年譜」(13)によると、大正五年十月、伯父の正朔が危篤に陥ったので、宇野浩二の母は、その看病のため大阪におもむいた。その留守に西片町の家をたたんで、中渋谷九百七十番地の竹屋「竹種」の貸間に移ったのである。そのとき、宇野浩二は「水上潔」の仮名を使った。宇野浩二は、翌年四月に蜻蛉館書店の編集者となり、「処女文壇」を編集したが、「処女文壇」は第五号で廃刊となる。そこで生活はいよいよ苦しく、「ついに年末、きみ子と別れて、家を解散し、神田錦町の下宿錦水館」に移った。中篇『苦の世界』は、そのきみ子との経緯を描いた物語であって、きみ子が死亡するという、突発的な事件のない限り、『苦の世界』は、をんなを中心とした話として、まだまだ続いていたと思える。しかし、実在の、伊沢きみ子が自殺したことで、私とをんな中心の『苦の世界』の構想が、根底から崩れてしまったのである。今迄は、をんなの惹き起こす数々の思いもよらぬ出来事を、膨らませたり、誇張してみたりすれば、『苦の世界』は成立した。だが、「人心」(「中央公論」大正9年1月1日発行)の中で、広津和郎と目される人物「東」が、きみ子の死を伝えて、「君、君の『苦の世界』は到頭本当の悲劇に終つたよ、」という。実在の、伊沢きみ子の死をもって、「苦の世界」のをんな中心の物語は終了したのであった。宇野浩二自身も、をんな中心の『苦の世界』の最初の構想を、改めねばならない必然性にせまられた。

そこで、次の、初出「迷へる魂」(「中央公論」大正9年4月1日発行)では、主人公に、半田六郎という新しい人物を登場させたのである。「迷へる魂」の内容を簡単に説明すると、次の通りである。

やっとの思いで、困り者のヒステリイをんなとは別れたが、下宿屋の勘定書におびえる日々だった。「私」は仕事を求め、偶然出会った半田六郎のすすめに従い、津田沼まで出かける。半田や、芸者上がりの夫人に、ヒステリイをんなの話をするが、夫人はたいそうその話に興味を示す。知らない土地の、慣れぬ家で過ごした一日を思い、半田の案内で海の向うのをんなのいる某町方面を眺めていると、ヒステリイをんなのありし日の、さ迷う姿が走馬灯のように浮かんでは消え、思わず涙を流す場面が描かれている。それから三日間、津田沼滞在中に、「私」は彼等に、浜の真砂と尽きぬヒステリイをんなの話を続けるのである。

この、「迷へる魂」の中では、半田六郎夫妻と、「私」とヒステリイをんなの、どちらの方にウエイトがあるか判らぬ位に、混在した描き方をしている。すなわち、「迷へる魂」では、をんなを中心に描くというスタイルを、百八十度変更させてはいないのであった。

完全に、をんな中心の『苦の世界』の物語を変貌させたのは、「人の身の上」(「雄弁」大正9年7月1日発行)からであった。「人の身の上」の「はしがき」では、宇野浩二は、「物語の中心人物であつた」をんなが、突然死亡し、「彼の周囲の状態も、人々も、つまり彼の境遇はけろりと変つてしまつた」と述べ、「『苦の世界』『筋のない小説』『迷へる魂』(それ等の外篇として『人心』)とつゞいて来たこの物語を、出来れば少し話し方を変へて、読者諸君に目見えようと決心した次第である。」(傍点増田)と記している。

「話し方を変へて」ということで、これ迄をんなを中心に描いてきた『苦の世界』を、方向転換し、「『迷へる魂』の主人公」の半田六郎を、これから続く『苦の世界』の、大きな柱に据えたのである。

ここで、注目したいのは、雑誌初出発表の「迷へる魂」についての、芥川龍之介の批評である。芥川龍之介は、「四月の月評四」(「東京日日新聞」大正9年4月13日発行)において、「宇野浩二氏の『迷へる魂』(中央公論)は、例に依つて達者なものである、『一』『二』よりは『三』『四』の方が好い。『三』だけでも短篇が一つ出来さうな気がする」と、「迷へる魂」の「三」と「四」を賞賛したのである。

芥川の褒めた「三」と「四」は、半田夫妻の住む津田沼での場面である。すなわち、芥川は、「私」とをんなを舞台にした「一」「二」の「東京」ではなく、半田六郎を中心とする「津田沼」の部分を「好い」と評した。とりわけ、「『三』だけでも短篇が一つ出来さうな気がする」と、「三」を評価したのである。「三」は、半田の細君を、かなりクローズアップしている場面である。

宇野浩二は、のち、芥川龍之介について回想するとき、この「迷へる魂」を、芥川龍之介が「ひどく激賞したこと」について、たびたび言及している。宇野浩二にとっては、忘れられない批評の一つであったのであろう。

宇野浩二は、この、芥川の批評がきっかけとなったのか、次の「人の身の上」(「雄弁」大正9年7月1日発行)の「はしがき」では、「『迷へる魂』に於いて、半田六郎に就いて極く僅しか語らなかった(中略)そこで、作者はこの長物語のこの最後の篇に於いて、彼の稍々詳しい人となりと共に、現在の『私』といふ人物の立場から、今は昔のこの物語に現はれた人々を回想するといふ工夫にして(中略)長々しいこの物語を終らうと思ふのである」と記している。要するに、芥川龍之介の、「『三』だけでも短篇が一つ出来さうな気がする」の指摘に示唆され、「人の身の上」では、勿論、津田沼を舞台に、半田六郎を主人公に、詳細に描くのである。顔つきから性格まで、半田六郎の「詳しい人となり」が表現される。

また、宇野浩二は、「人の身の上」の「はしがき」で、この「人の身の上」を、「長物語の最後の篇」と書き、この「長々しいこの物語を終らうと思ふのである」と述べている。が、「今は昔のこの物語に現はれた人々を回想するといふ工夫」が「人の身の上」では十分になされたといいかねたのであろうか。つまり、「この物語に現はれた人々」といいながら、この「人の身の上」では、桂庵の里見しか描かれてなかった。そこで、桂庵の里見以外の人々を、「作り話」（『雄弁』大正9年9月1日発行）や「ある年の瀬」（『大観』大正10年1月1日発行）で書き進めていく。「ある年の瀬」では、木戸参三や山本長兵衛を、「作り話」では、主に山本長兵衛を登場させるのである。

要するに、「人の身の上」「ある年の瀬」「作り話」は、半田六郎を中心として「現在の『私』といふ人物の立場」から、今迄登場した「人々を回想する」ことが試みられる。

さて、このように見ていくと、伊沢きみ子の死を宇野浩二が知る以前の、中篇『苦の世界』と、それを知った後で描いた「迷へる魂」、「人の身の上」、「ある年の瀬」、「作り話」では、明らかに中心人物も、宇野浩二の書く姿勢も、異なってくるのである。そこで、宇野浩二は、『苦の世界』第二部などとはせず、『迷へる魂』という、『苦の世界』とは別の書名で、出版することにしたのではなかろうか。

ところで、大正期まで中篇小説であった『苦の世界』が、長篇小説へと変化していくのは、昭和七年の、『苦の世界〈改造文庫〉』（昭和7年11月11日発行、改造社）からである。この改造文庫版は、「その一」から「その四」までで構成されている。「その一」「その二」は、中篇『苦の世界』での部分であり、「その三」「その四」は、『迷へる魂』（大正10年11月20日発行、金星堂）の部分を、組み入れたものである。昭和七年に、これまで、中篇小説として位置していた『苦の世界』を、「その三」「その四」を増補し、長篇小説へと変貌させていくのは興味深い。宇野浩二にとって、昭和七年とはいかなる年であったのか。

渋川驍は、前述の「年譜」の「昭和七年」の項では、次のように記している。

十二月九日、四年間の休止期間をへて、小出楢重をモデルとした本格的な復活第一作「枯木のある風景」を、当時、『改造』の記者をしていた上林暁に渡した。五年間にわたる上林の督促の結果であった。

宇野浩二は、病気療養中、作家活動を停止していた。その宇野浩二が、昭和八年一月に、「枯木のある風景」を「改造」に発表し、華々しく文壇に復帰する。その時期のことを、宇野浩二は、のち、『枯木のある風景・枯野の夢

〈岩波文庫〉』（昭和29年9月5日発行、岩波書店）の「あとがき」で、次のように回想している。

私は、昭和三年に大病をしたので、それから三四年の間、小説を書くことから遠ざかつた、といふより、小説が書けなかつた。しかし、書けないながらも、こんどはこれまでのと違つたものを書きたいといふ気もちが心の底にあつたのか、いつからとなく、（いや、昭和六年の初め頃から、）小出楢重のことを書いてみよう、と思ひ立つた。（中略）小出の画集を側において、少しづつ書きはじめた。それが昭和七年の六月上旬であつた。ところが、初めの十六枚ぐらゐを書くと、そこでパツタリ行きづまつてしまつて、その十六枚を書き直し書き直しするうちに、三箇月ほど立つた。（傍点増田）

宇野浩二は、昭和七年六月上旬頃、「これまでのと違つたものを書きたいといふ気もち」で、「枯木のある風景」を起稿しはじめ、リアリズムの文学へ向かったのである。「これまでのと違つたもの」という、「これまでの」ものとは、宇野浩二の意識に、「苦の世界」や「蔵の中」などに代表される初期の饒舌体の作風が、あったであろう。「これまでのと違つたもの」を書くことによって、作家として文壇に再起をかけていた。ちょうど同じ時期に、『苦の世界』の中篇から長篇への改篇を試みたのである。

日本近代文学館に所蔵されている宇野浩二の「日記」を見ると、「昭和七年八月十一日(木)」のところに、「改造社出版部の村上敦君来訪。『苦の世界』三部を一つにまとめて『改造文庫』出版する事となる」とある。

しかし、昭和七年の改造文庫版では「苦の世界」は、現行の「その四」までしか、収録されなかった。現行の「その六」までは、既に大正十年までに執筆され、発表されていたのに、改造文庫版では、「その一」～「その四」までしか収録しなかった。それはなぜであったか。

宇野浩二は、「僕の作品に就て文学に志す若き人々へ」（「新潮」昭和3年10月1日発行）で、「この『さ迷へる魂』と題する『苦の世界』の第三編は、僕の愛する作の一つである。その題で、以前本を出したが、余り知る人はないだらう。僕は『苦の世界』を纏めて、『上中下』として出版したいと思つてゐる。」と述べている。

宇野浩二がここでいう『さ迷へる魂』とは、初出「迷へる魂」（「中央公論」大正9年4月1日発行）をさす。宇野浩二は、昭和三年になっても、「迷へる魂」を、『苦の世界』の第三篇とみなして、「『苦の世界』を纏めて『上中下』として出版したい」と考えていた。すなわち、「上」は、「苦の世界その一」の部分であり、「中」は「苦の世界その二」の部分である。そして「下」は、初出「迷へる魂」と「人の身の上」との部分であろう。「人の身の上」の「はしがき」で、「この長物語のこの最後の篇に於いて、（中略）この物語を終らうと思ふのである」と述べている。つまり、昭和七年の改造文庫版の『苦の世界』は、「人の身の上」で『苦の世界』を終ろうという意識と、昭和三年に、「上中下」として出版したいと考えたことに基づいて、発刊したのであろう。

しかし、『苦の世界』は不思議な作品である。「上中下」という形の昭和七年の改造文庫版にも、宇野浩二は満足できなかったようだ。戦後になって、『苦の世界』はまた一変するのである。昭和二十四年に『苦の世界』（昭和24年12月23日発行、文藝春秋新社）でその五「ある年の瀬」、その六「ことごとく作り話」を収録し、現行の形に整えた。

このように、伊沢きみ子の死亡によって、途中で、をんなから、半田六郎へと、『苦の世界』の中心人物が変わったり、そして、現行『苦の世界』が成立するのに、ずいぶんと時間が経過した。現行の『苦の世界』は、その一・その二がをんなを中心に、その三がをんなと半田六郎を中心に、その四〜その六は、半田六郎中心とするというように、それぞれ、異なる描き方のものが組み合わさっている。そこで、長篇『苦の世界』を通読してみると、一見、全体としての有機的なつながりが希薄で、まとまりがないように見受けられる。言いかえると、前半部（その一・その二）と後半部の間に、かなりの断層を感じ、それが、どこまでいっても完全に埋め尽くされたとは言い難いのである。

注

（1）「あとがき」（『蔵の中〈改造文庫〉』昭和14年8月16日発行、改造社）
（2）「千里山文学論集」（平成5年3月20日発行、第49号、関西大学大学院）
（3）「四月の文壇」（「東京日日新聞」大正8年4月3日発行）
（4）「読売新聞」（大正8年4月3日発行）
（5）「文章世界」（大正8年5月1日発行、第14巻5号）
（6）「太陽」（大正8年5月1日発行、第25巻5号）
（7）「雑誌月評」（「読売新聞」大正8年8月7日発行、8日発行）
（8）「文芸時評」（「批評」大正8年10月1日発行、第8号）
（9）「九月文壇の印象」（「早稲田文学」大正8年10月1日発行、第167号）
（10）「『苦の世界』と『妖婆』〈創作月旦(3)〉」（「新潮」大正8年10月1日発行、第31巻4号）
（11）本田康雄「滑稽本」（『日本古典文学史の基礎知識』昭和50年2月25日発行、有斐閣）
（12）中野三敏「戯作の世界」（同右）
（13）『宇野浩二論』（昭和49年8月30日発行、中央公論社）

宇野浩二「枯木のある風景」論
――絵画の構図との関連――

一

宇野浩二は、昭和元年に神経衰弱を病み、入退院をくり返した。芥川龍之介は遺稿「或阿呆の一生」(「改造」昭和2年10月1日)の四十九「㷃」で、その宇野浩二について、次のように描いている。

彼の友だちの一人は発狂した。彼はこの友だちにいつも或親しみを感じてゐた。それは彼にはこの友だちの孤独の、――軽快な仮面の下にある孤独の人一倍身にしみてわかる為だつた。彼はこの友だちの発狂した後、二三度この友だちを訪問した。

「君や僕は悪鬼につかれてゐるんだね。世紀末の悪鬼と云ふやつにねえ。」

この友だちは声をひそめながら、こんなことを彼に話したりした。が、それから二三日後には或温泉宿へ出かける途中、薔薇の花さへ食つてゐたといふことだつた。彼はこの友だちの入院した後、いつか彼のこの友だちに贈つたテラコツタの半身像を思ひ出した。それはこの友だちの愛した「検察官」の作者の半身像だつた。彼はゴオゴリイも狂死したのを思ひ、何か彼等を支配してゐる力を感じずにはゐられなかつた。

宇野浩二は、昭和二年六月に斎藤茂吉の紹介で小峰病院に入院した。見舞いに行った芥川龍之介が、昭和二年七月に自殺した。宇野浩二も、昭和四年三月初めには一時重体となった。しかし、四月末には奇跡的に快癒し、昭和五年・六年・七年の三ヵ年間は、専ら静養につとめたのである。その間、広津和郎や谷崎精二など、ごく親しい知人とのわずかな交際があっただけで、作家としての創作活動は、ほぼ停止状態にあった。そうした宇野浩二が、昭和八年一月に、小出楢重の描いた「枯木のある風景」という絵のタイトルをそのままつかった短篇小説を「改造」に発表し、堂々たる文壇復帰を果したのである。この「枯木のある風景」は、「枯野の夢」などと一緒に、単行本『枯木のある風景』（昭和9年3月5日発行、白水社）に収録された。その巻末にある「跋（創作余談）」で、宇野浩二は、「枯木のある風景」の執筆動機、および進捗状態を次のように述べている。長い引用になるが、「枯木のある風景」に関する部分の全てをあげておく。

『枯木のある風景』は、友人鍋井克之から二三年前、「小出楢重が死ぬ一二年前から画技がますます冴えて来ると共に肉体が次第に衰へて来、仕舞には目がしよぼしよぼして老人のやうな目つきになり、嘗て一種の能弁だつたのが吃のやうに物がうまく云へなくなり、それを漫画のやうに云ふと、頭ばかりが益々大きくなり、それを支へる肉体が次第次第に瘠せ細つた挙句、すーつと死んでしまつた、」といふ意味の言葉を聞いただけで、当の小出楢重には一二度合《ママ》つた切り、その住居を訪問した事は一度もなく、画家の生活も苦労も少しも知らなかつたが、それを成るべく写実的に書かうと思つて、それをいよいよ書かうと思ひ立つたのは六月上旬からで、初めの十六枚ぐらゐ書いたのを書いたり書き直したりするうちに三ヶ月ほど立《(ママ)》つた。併し、九夏三伏の苦熱と戦ひながら、原稿紙を汗でよごさぬように、始終手首に天花粉をつけながら、完成するかしないか見当のつかぬ小説を書きつづけるのが何時となく楽しみになつた。私が完成する楽しみより、それを作る過程の楽しさを知つたのは、この『枯木のある風景』を書きつづけた時からである。然し、余りはかばかしく行かないので、一度投げ出して、『枯野の夢』を二枚ばかり書き出した事があつたが、これを後廻しにしては、折角の今までの苦労が無駄になるし、これからの創作の為めにも、また先きの長い修業の為めにも、と思つて、『枯野の夢』の書出の二枚を一時篋底にしまひ、書き出してから三ヶ月ほど後、やつとあの書出を構想したのである。この作は、私に満足とまで行かない作品ではあるが、よい修業になつた事と、『小出楢重画集』と二冊の随筆集を参考にしたほかは殆ど全部空想で構想した事とで、私に愛着のある作品である。

また、宇野浩二は後年になっても「小出楢重」（「美術手帖」昭和24年2月1日発行）で、次のように回想している。

この小説を書きはじめたのは、昭和七年の六月のはじめ頃であるが、小出の晩年のことを、（若い日の事をも入れて、）なんとかして、書きたい、とおもつたのは、小出がなくなつてから間もない頃であつた。それで、私は、まづ、小出の随筆集を、すみからすみまで、読んで、「これ」とおもふところに、シルシを、つけた。それから、小出の死後に、いくつかの雑誌に、出た、小出について書かれた評論を、よんで、切りぬいておいて、それを、参考にした。

「跋（創作余談）」や「小出楢重」らによれば、宇野浩二が「枯木のある風景」を書くのに「参考」にしたのは、『小出楢重画集』（昭和7年5月、春鳥会）と「二冊の随筆集」、「小出について書かれた評論」である。では、その「二冊の随筆集」とは何を指しているのであろうか。油絵画家小出楢重は、昭和六年二月十三日、芦屋で、満四十三歳の短い生涯を閉じた。小出楢重は、その生前に、次の四冊の書物を刊行している。

(1)『楢重雑筆』（昭和2年1月、中央美術社）
(2)『自由画に就ての心がまへ』（昭和4年3月、浜寺双葉幼稚園）未確認。
(3)『めでたき風景』（昭和5年5月5日発行、創元社）
(4)『油絵新技法』（昭和5年10月20日発行、アトリエ社）

いずれも小出楢重自装、題字も小出楢重のレタリング、それに自筆挿画入りの極めて美しく、優雅に凝った瀟洒な書物である。この四冊のうち「枯木のある風景」に直接関係してくる随筆集は、(1)と(3)、すなわち『楢重雑筆』と『めでたき風景』の二冊の随筆集であろう。では、宇野浩二が「参考」にした「小出について書かれた評論」とは一体なにをさすか。渋川驍の『宇野浩二論』(昭和49年8月30日発行、中央公論社)に、日本近代文学館が所蔵している「宇野浩二日記」(日記は刊行されていない)の一部分が引用されている。それによると、昭和七年五月三十日付の「宇野浩二日記」に、「小出君の材料を覚える為に、『みづゑ』の小出追悼号をしらべる」と記されているという。美術雑誌「みづゑ」昭和六年四月発行は、「小出楢重追悼」(第三一四号)を特集している。この追悼号には、次の人々が小出楢重について語っている。

小出楢重君の追憶　鍋井　克之
哭小出君　黒田重三郎
小出君「自画像」の三本筋　田辺信太郎
小出君を悼む　木村　荘八

宇野浩二が「参考」にしたという「小出について書かれた評論」というのは、これら「みづゑ」に掲載された追悼文などのことであろう。

小説「枯木のある風景」の作品世界に、宇野浩二が執筆に「参考」とした『小出楢重画集』・『楢重雑筆』・『めでたき風景』・「みづゑ」小出楢重追悼号がどのように関係してくるのか、小説と素材の関連について、追求してみたいと思う。

二

「枯木のある風景」に登場する人物は、島木新吉、古泉圭造、八田弥作、入井市造の四人である。四人はともに画家であり、それぞれにモデルが存在する。島木新吉は鍋井克之、古泉圭造は小出楢重、八田弥作は黒田重三郎、入井市造は国枝完治である。六年前、島木新吉と古泉圭造は浪華洋画研究所（大正十三年四月に創設された信濃橋洋画研究所）を創設した。二人だけでは手がたりないので、彼等の共通の友だちで、同じ大阪に在住する八田弥作・入井市造に講師を頼み、以来今日までつづいている。

紀元節の朝、珍しく大雪が積ったので、島木新吉が奈良へ写生に行くところから小説は始まる。島木新吉と古泉圭造は、同じ大阪出身で、白馬会洋画研究所を経て、同じ美術学校へ入学した同級生である。島木新吉が風景画を得意とし、古泉圭造が人物画を得意とする。島木新吉は古泉圭造の人と芸術を認め、また、古泉圭造も島木新吉の人と芸術を認めていた。

島木新吉は奈良の高畠の雪景の下書きをしながら、古泉圭造のことを思いつづけた。「枯木のある風景」は、小出楢重をモデルにしながら、直接それを描くのではなく、鍋井克之をモデルにした島木新吉の回想の中に現われるだけである。そして、島木新吉の回想の特徴は、常に島木新吉が古泉圭造を訪問することにある。島木新吉が古泉圭造を訪ねる度に、「只者でない印象」を受け、作品世界が進行していくという構成になっている。

作品中島木新吉は、古泉圭造を四回訪問する。最初の訪問は、美術学校を卒業して大阪の生家に帰った時である。「無口な偏窟者」である古泉を訪問してもおもしろくないであろうと思っていた島木が、友人に誘われ、訪問する。その時、島木は「古泉の妙に落ち着いた物のいひぶり」から、これは只者でないという印象を受けた。それは漠然としたものであった。そして、訪問のたびに、「只者でない」古泉の特異な才能を感じるのである。四回の訪問のうち、最も重要なのは三回目である。この時の訪問は、「最初から最後まで島木が受身の形」になった。島木は二つの出来事に驚嘆する。一つは、「版で刷《す》つたやうな十点」以上のフランス人形の油絵を妻から無理矢理描かされながらも、それが「一点の駄作」もないことである。もう一つは、「かなり大きな絵の下書きらしい二つの素描で、一つは古泉の得意な人物画で、他は古泉にはめづらしい風景画」であった。その二つは、「裸婦写生図」と「枯木のある風景」の素描である。古泉は、「今までの、写実一点張りは、これで（再び『裸婦写生図』を指さして）当分打ち切りにして、これからは、芭蕉風に、写実と空想の混合酒《カクテル》を試みてみよと思ふんや。題して『枯木のある風景』といふのはどうや」という。古泉の「只者」でない才能が具体的に示されるのである。島木が訪問するごとに、古泉の画業に対するひたむきな熱意とその特異さで、豊穣な才能が明らかにされていく。

小説「枯木のある風景」は、島木新吉の古泉圭造訪問という過去の回想から、現在に立ちかえる。島木新吉の奈良滞在中、島木とは連絡なく、別の宿に八田弥作と入井市造とがきている。この二人は、夕食後、たがいに古泉圭造の画業を品評するのである。ところが、古泉圭造の死の知らせをうけて、奈良駅にかけつけると、その待合室におもいがけなく、島木を発見した。三人が古泉の家に着くと、故人の遺骸の安置された部屋には、絶筆の一つである三十号の油絵「枯木のある風景」と未完成のまま残された、三十号の油画の下書きの「裸婦写生図」がおかれていた。島木はその二つの絵を見くらべ、見つめた。そして、「枯木のある風景」は、「島木は、しかし、『枯木のある風景』にも異常な敬意をはらつたが、『裸婦写生図』の方により多くの敬意をはらつた」と結ばれるのである。なぜ、島木は「裸婦写生図」の方に「より多くの敬意をはらつた」のであろうか。「枯木のある風景」は、島木の四回目の訪問、それは古泉の死でもって終るのである。

三

正宗白鳥は「宇野浩二論」(「中央公論」昭和9年3月1日)のなかで、「枯木のある風景」について、次のような、かなり手きびしい批評を行った。

「枯木のある風景」は、芸術家を取扱つてゐる小説だから、作者は、意識的に、或は無意識的に、作中人物に託して自分の芸術観を述べてゐると見て差支へあるまい。「写実と空想のコクテール」説なら、何の奇もなく、それを「芭蕉風に」試みると考へたところに、作者の新しい意図があるのであらう。この作者も、他の多くの日本作家と同様に芭蕉の精神に復帰して、そこに文学的安立の地を見つけたのであらうか。「枯木のある風景」にしろ、「枯野の夢」にしろ、「旅に病んで夢は枯野をかけめぐる」とか「枯枝に烏の留りけり秋の暮」とかいふ芭蕉の俳諧の精神と風趣を腹に捉ゑて、現代の写実をなし、或は現代らしい空想を発揮したのであらう。しかし、この作者は、本道の見当はついたにしても、まだ実際の作品に於て、それを生かし、それを完成させてはゐない。それは今後の作者の努力に待たなければならぬ。

そして、正宗白鳥はさらに続けて、次のように批判する。

「枯木のある風景」は二度読んで見たが、古泉といふ画家なんかから受ける印象は極めて稀薄だ。「鬼気人にせまる」といふ作者自身の評語は、空虚な文字に過ぎないので、鬼気や妖気の影も差してやしない。

正宗白鳥は「画家なんかから受ける印象は極めて稀薄だ」と、島木新吉、八田弥作、入井市造ら三人の回想、会話によってとらえられた古泉圭造を主軸に、「枯木のある風景」を読んだのである。たしかに、さきの「跋(創作余談)」にあるように、宇野浩二が「枯木のある風景」を執筆する動機になったのは友人鍋井克之から、「小出楢重が死ぬ一二年前から画技がますます冴えて来ると共に肉体が次第に衰へて」来たということを聞いたからであろう。「枯木のある風景」においても、「漫画」のようないい方をすると、「頭ばかりが大きくなつて、それを支へる肉体が、頭が大きくなればなるほど、終にしだいしだいに瘠せ細つて行つて、終に大きな頭と大きな手だけが残つて、その肉体がすーツと幽霊のやうに消えてしまつた」と死んだ古泉圭造について描かれている。だが、宇野浩二は、「我観の文学」（「文藝」昭和14年7月1日）のなかで、「あの小説の内幕を述べると、あれは、手を附ける二三年前から腹案を持つてゐて、最初は小出楢重を正面から書くつもりであつたのであるが、何分小出には、一度か二度しか、それも、ちよつとしか、会つた事がないので、それは到底出来ないことと諦めて」いたという。宇野浩二は「枯木のある風景」において「小出楢重を正面」から描くことを最初から放棄していたのである。「手を附ける二三年前から腹案」を持っていたのは、何分にも「一度か二度しか」会った事のない、小出楢重に関してではなかった。宇野浩二が小出楢重の人間性や人柄に興味を覚えたのではなく、彼の描く芸術、絵画そのものに何よりも好奇の目を向けていたのであろう。つまり、「枯木のある風景」においては、古泉圭造という人間像よりも、古泉圭造の表現したところの絵画そのもの即ち芸術意識を描くことが、小説一篇の主題であった。

「枯木のある風景」に登場する島木新吉らの人物にモデルがあるように、この小説のなかで描かれる絵画についても、実在の絵がある。ここでは古泉圭造の絵に限定して、小出楢重の絵をあげておく。小説に出て来る順に、それをあげてみたい。出典については、『生誕100年小出楢重展』図録（１９８７年発行、「生誕100年小出楢重展」実行委員会）を参照した。

①奈良の風景

　小出楢重「奈良風景」大正五年十月、第十四回関西美術会展に出品。

②雪景

小出楢重「雪」昭和二年九月四日～十月四日、第十四回二科展（東京府美術館）に出品。
③フランス人形
小出楢重「フランス人形」
④裸婦写生図　下書き
小出楢重「アトリエ風景」素描、昭和六年九月三日～十月四日、第十八回二科展（東京府美術館）に出品。
⑤『夏の郊外』
小出楢重「六月の郊外風景」昭和五年九月四日～十月四日、第十七回二科展（東京府美術館）に出品。
⑥枯木のある風景
小出楢重「枯木のある風景」昭和六年九月三日～十月四日、第十八回二科展（東京府美術館）に出品。
⑦出世作「一家族」G賞
小出楢重「Nの家族」大正八年九月十日～三十日、第六回二科展（上野竹之台陳列館）に、広津和郎、鍋井克之らのすすめで出品。樗牛賞を授賞。
⑧ある娘の像　K賞
小出楢重「少女於梅之像」大正九年九月一日～二十九日、第七回二科展（上野竹之台陳列館）に出品。二科賞を受賞。
⑨雪の風景
小出楢重「雪」昭和二年九月四日～十月四日、第十四回二科展（東京府美術館）に出品。
⑩郊外の風景
小出楢重「六月の郊外風景」昭和五年九月四日～十月四日、第十七回二科展（東京府美術館）に出品。

⑪卓上の蔬菜

小出楢重「卓上蔬菜」昭和二年九月四日〜十月四日、第十四回二科展（東京府美術館）に出品。

⑫卓上の牡丹

小出楢重「牡丹」昭和四年九月三日〜十月四日、第十六回二科展（東京府美術館）に出品。

宇野浩二はこれらの小出楢重の絵画を「枯木のある風景」において、島木新吉、八田弥作、入井市造の登場人物を借りて、存分に論じつくす。宇野浩二が「枯木のある風景」を書くのに『小出楢重画集』を「参考」にしたことは、さきに引用し、紹介した「跋（創作余談）」にある通りである。しかし、ここで注意したいのは、これらの十二点のすべての絵が『小出楢重画集』に掲載されているのではないことである。『小出楢重画集』に出てくるのは、②⑨「雪」、⑥「枯木のある風景」、⑦「Nの家族」、⑧「少女於梅の像」、⑪「卓上蔬菜」、⑫「牡丹」である。宇野浩二は『小出楢重画集』が刊行されたのを見て、そこではじめて小出楢重の油絵に興味を覚えたのではない。また『小出楢重画集』一冊だけを手元において、「枯木のある風景」を構想し、執筆したのではない。宇野浩二は、「小出楢重」（前出）のなかで、「小出とは、ふしぎな縁のやうなもので、その晩年ちかくに、手紙の『やりとり』はしたけれど、したしく、つきあつたことがない。私は、小出を、一ど、見かけたことがあるだけであり、小出に逢つたのは、ただ一度である」と述べている。小出楢重とは「ただ一度」逢っただけの関係であった。宇野浩二が小出楢重を知ったのは、小出楢重が鍋井克之の友人であったからであろう。宇野浩二が「はじめて小出に逢つた」のも、「大正八年の秋」に「鍋井の家」であった。宇野浩二の最初の童話集『海の夢山の夢』（大正9年1月18日発行、聚英閣）の装幀、挿絵を鍋井克之を仲介して手掛けてもらう。

興味深いことは、宇野浩二が昭和三年という時期に、小出楢重の油絵を実際に購入していることである。宇野浩二は「回想の美術」（「新美術」昭和18年8月1日）のなかで、次のように語っている。

その時の二科会に、小出は、たしか、『周秋蘭立像』という支那美人をかいた百号に近い大作と、裸体画を二つ出していた。私は、その時の小出の絵を見て、二つの裸体画の一つの方がほしくなった。（私の家は美術館の近くにあるので、そこで開かれる大抵の展覧会を見に行くが、陳列されている絵は関心することはしばしばあっても、それは容易に買えないからでもあるが、ほしいと思うことは滅多にないので、これは稀であった。）それで、私は、いろいろと思案した末に、まわりくどい言葉で、月賦ででも……と相談と頼みの手紙を小出に書いた。

小出楢重の「周秋蘭立像」が出品されたのは、昭和三年九月三日から十月四日まで、東京府美術館で開催された第十五回二科展である。この時、小出楢重は、「周秋蘭立像」のほか、「横たわる裸女A」と「横たわる裸女B」の二つの裸体画をも出品した。渋川驍の『宇野浩二論』（前出）によると、日本近代文学館に小出楢重の宇野浩二に宛てた書簡が所蔵されているという。それによると、昭和三年十月十七日付と同年十二月二十四日付の宇野浩二宛の小出楢重書簡には、いずれも五十円受け取ったことが記述されていて、昭和五年八月四日付の書簡には「今日突然のお手続に全く驚かされました。それに五十円を送つてもらひ、これも頗る恐縮です。これは折角の御厚意だからもらつておきます。それにしても、もう相当にもらつたのですから、あとはもう決して送つて下さる必要はありませんから、そのつもりでこれで打ち切つて下さい」とあるという。宇野浩二が、この時、小出楢重の裸体画を分割で購入したのは、先の図録によると「横たわる裸女A」である。

宇野浩二は、小出楢重の絵画を何としても手に入れたいと思ったようである。宇野浩二のご遺族にあたる宇野和夫氏にこの絵について尋ねたところ、つい最近まで自宅で保存していたのだが、現在は芦屋市立美術博物館が所蔵しているとのことであった。昭和三年から昭和五年にかけて、宇野浩二は精神異常から回復していても、まだ自宅療養のため出費が多いときであり、ほとんど文筆活動を停止していて、文筆からの収入が減少していた時期であった。経済的に不自由しているにもかかわらず、小出楢重の「横たわる裸女A」を購入しているところをみると、いかに宇野浩二が小出楢重の絵に執着していたか、宇野浩二が小出楢重の絵に強い関心、愛着をもっていたかわかる。偶然、宇野浩二が『小出楢重画集』を入手して、小出楢重の画業に関心を寄せたといったような代物ではない。宇野浩二は、昭和二年から六年の間、大患から「枯木のある風景」執筆による文壇復帰を果す間、ちょうどその頃、東京上野桜木町に住んでいたということもあって、上野の展覧会には気晴らしによく出かけて行ったのであろう。展覧会で、小出楢重の作品を目の当たりにし、新鮮な感動を覚えたのである。小出楢重の画技がますます冴えわたり、その才能が著しく発揮されていくのに驚嘆したのであった。

武田麟太郎は、広津和郎との対談「散文精神」（「文藝」昭和14年6月1日）で、次のように発言した。

　あの作品で小出楢重が、写実と象徴とのカクテル、そんなものでゆかうといふところがありますね。あの言葉は何んでもないやうだけれど、つまり、それは言葉としては平凡なひびきしか持つてゐないし、生じつかの人でも、言葉の洒落たあやとして、使へるか使へないか、宇野さんが本当に自分でさう感じた、そこまで来た作品だと、僕は思ふのです。「枯木のある風景」がさういふ意味で一転機であり、名作である、―と僕はさう思つてゐますけれども、……。だからあの小説には、小出さんのあの絵を原色版で挿入すべきですがね。といふことは、宇野さんはあの絵をみんなが知つてゐるといふことを、あの絵の良さを感じ攝つてゐる、といふことを―前提にしてあの小説を書いてゐられるやうですね。

この武田麟太郎の発言に対して、宇野浩二は、「我観の文学」（前出）で「武田麟太郎ともあらう人が、以ての外の考へ」である。「鳥羽憎正の鳥獣戯画とかダ・ギンチの『モナ・リザ』のやうな世に知られた名画であれば、さういふ事も云へるであらうが、それにしても、小説に絵画や彫刻が出る場合、その題名だけで、『あの絵をみんなが知つてゐる』などと考へて、小説を書く作者があらうか。あれば大間抜《まぬけ》である」という。武田麟太郎は錯覚したのであろう。宇野浩二の小説「枯木のある風景」によって、はじめて小出楢重の絵「枯木のある風景」が話題になり、

「みんなが知つてゐる」ようになったのである。宇野浩二は「あの絵は、小出の生きてゐるうちに殆んど誰も知らなくて、大抵遺作展覧会で初めて見たのである。私（たち）は、これまで（生前）は、写実的過ぎる絵ばかり書いてゐた小出が、あのやうな、写実的であつて、然も写実的でない絵を書き残してゐたことに、驚異の目を見張つたのであつた」とも述べている。宇野浩二のその「驚異の目を見張つた」衝撃が、「枯木のある風景」執筆のモチーフであった。

さて、武田麟太郎は、小出楢重の「あの絵」、すなわち「枯木のある風景」の絵を「原色版で挿入すべき」であると主張した。小説「枯木のある風景」を理解・鑑賞する上で、それは必ずしも必要ではないであろう。ただ、宇野浩二が小出楢重の絵画のどこに驚嘆したのか、「枯木のある風景」執筆の動機を探る上において、実在した小出楢重の絵画をここにあげておくことも無駄ではないであろう。「枯木のある風景」には、さきに述べたように、実際に存在した小出楢重の絵画十二点を想定して作品は描かれている。それらすべてをここで取りあげる必要もないであろう。小説「枯木のある風景」の中軸をなしている小出楢重の絵画、すなわち、⑩「六月の郊外風景」、⑥「枯木のある風景」、④「裸婦写生図」の三点を、「原色版」でというわけにはいかないが、とりあえず、ここに掲げることにする。

④「裸婦写生図」

⑩「六月の郊外風景」

⑥「枯木のある風景」

小説「枯木のある風景」では、⑩の「六月の郊外風景」は、「郊外の風景」という画題で出ていて、八田弥作がこの絵の構図を「画面の下半分が夏の野原で、近景にカンナの花壇があつて、左手に叢があつて、その向かうに森のはづれが見えて、右手に西洋館の一部がちよつと覗いてゐて、野原の向かうのちやうど地平になるとこに、バラック建ての平家と、それと同じ高さに見える遠い丘があつて、その家の前に電信柱が二本立つてゐて、下の道があることを現してあつて、画面の上三分の一に夏らしい紅味《あかみ》がかかつた空が見える…」と説明する。

⑥の「枯木のある風景」については、島木新吉が「こつちの風景は、何《なん》や見おぼえのあるやうな景色やな」というと、古泉圭造が、前に書いた「夏の郊外」の風景を、「今は夏と違《ちご》て、花とか叢《くさむら》とかいふ雑物《ざふもつ》はあれへんし、もしあつたかて、此方が冬の神さんになつて、いらん雑物は此方で勝手に枯らしてしもて、書いたろと思てんね……」「今度の風景は、その雑物をみんな取つて、こつちの絵ェ（『裸婦写生図』を指さしながら）の裸婦の横たはつてる辺に、枯木の丸太を四五本横倒しにおいたろと思てんね。それだけで、後はまだ思案ちゆうや。……今までの、写実一点張りは、これで（再び『裸婦写生図』を指さして）当分打ち切りにして、これからは、芭蕉風に、写実と空想の混合酒《カクテエル》を試みてみよと思ふんや。題して『枯木のある風景』といふのはどうや」と弁じるのである。

④の「裸婦写生図」については「裸婦と人物（自画像）とを一緒に取り入れてゐる、――くはしくいふと、裸婦を前景（画面の下方）に横たはらせ、背景の中央にそれを写生する横むきの画家（自画像）と、その画家と同じ大きさくらゐの画架を対立させ、その背景の左側と右側に煙突のついた暖炉半分と壁掛半分とを対立させ、なほ前景の裸婦の下に支那寝台の上部をのぞかせてゐる」とくわしく描写されている。

宇野浩二は、小出楢重の死後、昭和六年九月三日から十月四日までに開催された第十八回二科美術展に、小出楢重の遺作、油彩二十四点、素描七点、ガラス絵五点が特別陳列され、[1] そのなかの油絵「枯木のある風景」、素描「裸婦写生図」を見て、感嘆したのである。その前年の九月四日から十月四日にかけて開かれた第十七回二科美術展に出品された小出楢重の「六月の郊外風景」を思い出し、それと著しく変貌していたからである。写実的過ぎる絵ばかり描いていた小出楢重が、「枯木のある風景」では、高圧線の鉄骨の上に黒い「鳥」のような物体を描くのである。作中の古泉圭造は「芭蕉風に、写実と空想の混合酒《カクテエル》を試みてみよと思ふんや」というが、それは「枯枝に烏のとまりけり秋の暮」のような芭蕉の句の世界を描いたのではない。宇野浩二は八田弥作に「それが、人間やないか。僕が『鬼気人にせまる』感じがした」といわしめているのである。当時、宇野浩二以外に、小出楢重の「枯木のある風景」に注目し、このように批評した人はいなかった。児島喜久雄の「二科展評(二)—小出楢重君の芸術—」(「東京朝日新聞」昭和6年9月9日)には、「M君の母の像」「少女お梅の像」「ソンムラールの宿」「窓」といった作品は取りあげられているが、油絵「枯木のある風景」、あるいは素描「裸婦写生図」などは、その題名さえもあげられることなく、全く等閑視されている。

宇野浩二は、小出楢重の芸術が写実から抽象風に変化したことに、衝撃をうけたことだけではなかった。なによりも、宇野浩二が新鮮な感動を覚えたのは、「枯木のある風景」の「大胆不敵」な「構図」である。しかも、小出楢重の絵を見れば、説明するまでもなく写実に描いた「六月の郊外風景」と同じ「構図」の上に、それを描いているのである。さらに未完成で終った素描「裸婦写生図」も、裸婦を描く自分をカンバスの中に登場させ、枯木の丸太を女の裸体に、高圧線の鉄柱を画架に、左右端の木を煙突と壁掛に見立てられる。「裸婦写生図」も、「六月の郊外風景」や「枯木のある風景」の「構図」と同じなのである。小出楢重は、わずか一・二年の間に、同じ「構図」をもって、「六月の郊外風景」、「枯木のある風景」、「裸婦写生図」と、三様の世界を追求しようとしたのである。「枯木のある風景」で満足することなく、さらなる精進と発展を志した小出楢重の芸術魂に、宇野浩二は敬意をはらった。だからこそ、小説「枯木のある風景」は、「島木は、しかし、『枯木のある風景』にも異常な敬意をはらつたが、『裸婦写生図』の方により多くの敬意をはらつた」と結ばれるのである。この「裸婦写生図」とは、原題は

「アトリエ風景」という21.5×16.4㎝の素描であったのだが、「枯木のある風景」では、故意に「枯木のある風景」と同じ三十号の絵にし、「郊外の風景」「枯木のある風景」らとの関連を際立たせている点は、実に興味深い。

宇野浩二は、さきに引用した「跋（創作余談）」のなかで、「枯木のある風景」の「初めの十六枚ぐらゐ書いたのを書いたり書き直したりするうちに三ケ月ほど立つた」と書いている。「枯木のある風景」の書き出しの十五六枚には四苦八苦したようだ。「我観の文学」（前出）でも、その難渋ぶりを具体的に、「あの五十枚の小説の最初の十五六枚を、三箇月程の間、書き直し書き潰しして、五百枚ぐらゐ費した」と回想している。はじめの十五六枚部分の「島木が数年前に書いたことのある高畠の風景で、いま島木が目の前に見出した風景は、それらの点景がことごとく深い雪におほはれてゐるために、これがあの高畠かと思はれるほど、別の魅力で島木の目を引きつけた」という、「枯木のある風景」の主題の伏線ともなる記述を得て、ようやく書くことができたのではないかと思われる。

小出楢重の二冊の随筆集と「枯木のある風景」について言及する予定であったが、次の機会にしたい。

注

（1）『生誕九十年小出楢重展』図録（1978年9月2日〜10月1日発行、西宮市大谷記念美術館）

宇野浩二「枯木のある風景」論

――その素材・その他――

一

「改造」昭和八年一月に発表された「枯木のある風景」は、宇野浩二にとって一つの節目となる大事な作品である。宇野浩二は、昭和二年の春、突然の精神病の大病に倒れ、それ以後、六年間にわたる長い休業期間を過ごした。その宇野浩二が文壇再起を果たした第一作が、この「枯木のある風景」なのである。しかも「枯木のある風景」は、これまでの宇野浩二の作風を大きく一変させている。菊池寛に大阪落語のようなと評された、初期の「蔵の中」や「苦の世界」のもつ、誇張した身振り、口ぶりによる饒舌的な作風とは打って変わっていた。初期のお喋りな文体のなかにあったユーモアやペーソスがうすれ、宇野浩二は、この「枯木のある風景」を契機に変貌していったのである。

宇野浩二が「枯木のある風景」を発表した昭和八年の文壇は、大正末年からプロレタリア文学に抑えられ沈黙がちであった既成の大家、中堅作家たちが復活した年でもある。すなわち、昭和八年三月には、徳田秋声が「町の踊り場」を、六月には谷崎潤一郎が「春琴抄」を、九月には宇野千代が「色ざんげ」等の秀作を発表した。大正末年から登場したプロレタリア文学の新人作家たちによって文壇は席捲された。しかし、昭和六・七年頃はプロレタリア文学は官憲の苛烈な弾圧によって運動組織が壊滅し、急激に退潮していった。そして、この昭和八年ごろから昭和十年代にかけて、日本文学史上、かつてない多彩な、実りある文学作品を数多く生み出した。いわゆる、〝文芸復興〟である。大正期に活躍した宇野浩二が六年振りに「枯木のある風景」を発表し、文壇復帰を果したことは、〝文芸復興〟を象徴する文学史的事件といってもよい。

筆者はさきに、拙稿「『枯木のある風景』論―絵画の構図との関連―」(「言語文化研究」平成10年2月号)で、宇野浩二の「枯木のある風景」の描くモチーフや主題が、古泉という画家の人物像にあるのではなく、古泉が書き上げたところの絵画の構図にあることを指摘した。古泉のモデルとなった小出楢重とは、宇野浩二は実際に一、二度しか面識がなかった。そのために、宇野浩二は、『小出楢重画集』と二冊の随筆集、及び「小出楢重追悼」(「みづゑ」第314号)などを参考にして、直接知り得なかった小出楢重を書く手掛かりとして「枯木のある風景」を執筆した。宇野浩二は独自な小出楢重の晩年像を描くのに、初期の「苦の世界」や、「恋愛合戦」のように、長々と世間話のように、語りつづける饒舌体の手法を採用するわけにはいかなかったのである。「枯木のある風景」一篇の主眼が小出楢重という人物でなく、古泉の肉体が病気で衰弱しても成熟していく絵画の構図にあったので、それは笑い話のようには描けず、宇野浩二はこれまでの作風を一変して、写実の手法を用いたのである。本稿では「枯木のある風景」の同時代評、作品と小出楢重の二冊の随筆集との関係、「枯木のある風景」の中で、古泉が写実一点張りの「裸婦写生図」を当分打ち切りにして、「芭蕉風に、写実と空想の混合酒を試みてみよと思ふんや」と「枯木のある風景」について語った「芭蕉」というのが、どうして出てきたかということを問題にしてみたいと思う。

二

「枯木のある風景」は、宇野浩二が六年もの長い空白期間をおいて発表した作品であるだけに、当時、文壇のトピックになったと思われる。しかし、「枯木のある風景」が文芸時評などで取り上げられ、批評されるということは、意外にもすくなかった。宇野浩二の病気が精神病であっただけに、宇野浩二の回復が本物であるかどうか、見極めがたく、批評家たちは敬遠したのであろうか。「枯木のある風景」を文芸時評で取り上げ問題にしたのは、宇野浩二と同世代の作家であった久米正雄と室生犀星の二人だけであった。それしか管見に入らなかった。

久米正雄は「吉例年頭月評（六）―中堅作家の一群・宇野、横光、岸田氏等の作品―」（「読売新聞」昭和8年1月10日発行）で、次のように「枯木のある風景」を評した。

久しぶりで、宇野浩二の小説、「枯木のある風景」（改造）に接したのは、ふと文壇的な会合などに出て、親しい旧知の顔を見出で、思はず手を握りに寄り添つて行くやうな思ひだつた。

が、此の旧知の小説面は、決して皺が寄つた訳ではないが、著しく変つてゐた。前の一世を風靡した宇野風の文体、綿々と語り継ぎ、語り呆ける話風は姿を消して、其代り何か重厚な、質素な風格が生じ、前のやうに反感を催させる所など、一ケ所も無くなつたのは、進歩か油ツ気が脱けたのか。

此小説は、其上、兼々私たちに親しい「心境小説」である。二人の画人の心境に托して、芸術家の相互尊敬と圧迫感とを物語つた、謂はゞ古風な感想小説である。が、小説としては、確に「本筋に入つて」ゐる。たゞ遺憾なのは、此の作の中核をなすべき「枯木のある風景」その他の画が、画面だけは察せられるが、画因の説明でなくて、画と同じ程に描けてゐたらと思ふ。それに文章上から云へば、二月堂のお水取りを、括弧の中で管々と説明したりするのは、一寸どうかと思ふ。

室生犀星は、この久米正雄の批評について、「所謂扱つた批評」に過ぎない、「枯木のある風景」という作品の中に「手を入れて掻き廻して見てからの批評ではなかつた」と非難した。すなわち、室生犀星は、「中年層から呼びかける（青・中・老の文芸観）(2)―宇野浩二は復活してゐる―」（「都新聞」昭和8年2月10日発行）で、次のように述べたのである。

僕は曾て宇野浩二氏に起き上ることを「日本国民」誌上で進めたが、「改造」一月号の「枯木のある風景」を見て凄みがこの作家の頭のなかにあることを感じた。作中の人間が人間くささよりも、変な言葉だが妙に霊感とか何とかいふものの匂ひを上らせてゐる。鬼気とまではゆかないが宇野の作品ではうまいものであり、奥の方から引ずり出した脳味噌みたいなものが閃いてゐた。久米正雄氏の批評が読売新聞に出てゐたが所謂扱つた批評にすぎなかつた。あの作品のなかに手を入れて掻き廻して見てからの批評ではなかつた。僕は「枯木のある風景」で、宇野浩二がわざとらしく、枯木二三本書いてやろかといふのではなくて、宇野の気持もすでに枯木の美しさを知つてゐるどころか、それに黒い点を打つて上の方に人間がゐるのだといふ作中の人物をあつかふあたり、狙ひといふのか気持をすわらせてゐるといふのか、とにかく僕は宇野浩二のために彼の昔よくつかつた言葉でいふのなら、めでたく声高く万歳を三唱したのであつた。既成作家をまるでゴミ屋か何かのやうにこきおろした輩に、永い間堪忍をできるだけして書きあげたあの作品を見せて遣りたかった。僕は宇野浩二と仲はよくない方であるかも知れんが、あゝ宇野浩二も書き出したなと鳥渡感激したくらゐであつた。

佐藤春夫の、ハイカラも燻しがかかりハイカラだか何だか分らないままに、面白くなつてゆく楽しみある。我が宇野浩二が肩で風を切るやうなバカな真似をしないで、「枯木のある風景」あたりからのつそりと出て来て喜ひ《ママ》たいものだ。この人こそ生れ立てのやうにきつぱりとした顔で、今の直木三十五の一晩四十枚などといふ芸当を、とうの昔に苦もなくやつてのけた宇野浩二を僕は喝采して迎へたいのだ。宇野浩二よ、今年は書いて書いてもう一遍世の中をあつと云はせてくれ。

室生犀星が「僕は曾て宇野浩二氏に起き上ることを『日本国民』誌上ですすめたが」というのは、「小説くさくない小説」（昭和7年8月1日発行）を指す。そこで室生犀星は、那須辰造の短編「小鳥の話」（「雄雞」）を「初々しくてよい作品であつた」と批評した際に、「新しい作家が日本ですぐ疲れてしまうのは、書かせて荒らされるよりも作者の心得が足りない場合が多いのだ。いくら書かせようとしても書く方でそれを控えて居ればいいのだが、いい気になつて永い作家生活を荒頽させるのは見るに忍びない、それは宇野浩二君のやうに書けば書くほどよくなる作家もあるが、さういふ作家は稀にしかゐないのだ」と、宇野浩二に言及していた。

室生犀星が、宇野浩二の「枯木のある風景」による復活を「僕は宇野浩二と仲はよくない方であるかも知れんが、あゝ宇野浩二も書き出したなと鳥渡感激したくらゐであつた」という、その「感激」は、室生犀星らをはじめとする大正文壇の既成作家たちの共通の思いであったであろうと思われる。すなわち、プロレタリア文学やモダニズム系の新興芸術派などの新人作家たちが文壇を謳歌した昭和の初年代において、久米正雄のように大衆小説に活路を見出すのでなく、沈黙をよぎなくされていた大正文壇の既成作家たちにとっては、宇野浩二の復活は他人事ではなかった。「あゝ宇野浩二も書き出したな」、それでは自分も書き出さねばならないなと、刺激され、勇気づけられたのである。「幼年時代」（「中央公論」大正8年8月1日発行）、「性に目覚める頃」（「中央公論」大正8年10月1日発行）などの自伝小説を発表し、ナイーブな抒情性と感覚的な文体が認められ、宇野浩二らと同時期に文壇に華々しく登場した室生犀星も、「あにいもうと」（「文藝春秋」昭和9年7月1日発行）にはじまる「女の国」（「改造」昭和10年3月1日発行）など、かつての抒情小説家から大きく脱皮し、市井の男女のむき出しの感情生活をリアルに描いて文壇に復活して行くのである。宇野浩二の「枯木のある風景」一篇は、大正文壇の既成作家たちにいわゆる〝文芸復興〟の気運をつくりあげた、昭和文学史上、重要な位置を占める作品でもあったのである。

三

宇野浩二は「跋（創作余談）」（『枯木のある風景』昭和9年3月5日発行、白水社）や「小出楢重」（「美術手帖」昭和24年2月1日発行）で、「枯木のある風景」を書くのに、「『小出楢重画集』と二冊の随筆集」それから「小出の死後に、いくつかの雑誌に、出た、小出について書かれた評論」を「参考」にしたと述べている。小説と「参考」にした素材との関係について、保昌正夫は『現代作品の造形とモデル』（「国文学解釈と鑑賞」昭和59年11月5日発行、第49巻14号、至文堂）で、「構想はともかく、事実を負うているところが少なからずある作」と指摘した。さらに、中山際子は「宇野浩二論－『枯木のある風景』と小出楢重を一視座として－」（お茶の水女子大学「国文」平成元年7月15日発行、第71号）で、「しかし私見によれば、作品の叙述には故小出の随筆をはじめ、没後の追悼文や『小出楢重画集』所載の小出論からかなり直接的な素材を得ており、この作品の事実性の根は更に深いようである」と、したうえで、宇野浩二が「参考」にした「素材」と作品の叙述を具体的に詳細に追求している。そして、中山際子は、「枯木のある風景」において、宇野浩二が「参考」にした「素材のある部分の割合は全体の約四分の一強に及ぶ」ことを明らかにした。しかし、「作品のテーマに関わる『枯木のある風景』についての古泉の創作意識には、特に宇野が参考にしたと思われる文章はない」といい、「素材を主観によって作品叙述に融かし込むことを敢えて避ける姿勢である。私はこれを、一度しか面識のない小出を歪曲せず、等身大に作品に定着させようとする宇野の方法であったと考える」と指摘している。しかし、宇野浩二は「素材を主観によって作品叙述に融かし込むことを敢えて避ける姿勢」であったのか。そのことをもうすこし注意深く見てみる必要があるのではないかと思う。例えば、

「枯木のある風景」に「島木は古泉から聞いた話はどんな古いものでも覚えてゐた。その中に、『骨人』といふのと『胃のサボタアジュ――一名、行路病者になりそこねた話』と云ふのとがある」と書かれ、その二つのエピソードを紹介した部分がある。その一つのエピソード「骨人」は、『楢重雑筆』に収録されているエッセイである。小出楢重がやせぎすの身体、すなわち骨人であり、そのために困ったということを書いた文章である。小出楢重の『楢重雑筆』収録の「骨人」には、次のようにあった。

> 　急に冷気を覚える朝など、蜻蛉が凍えて地に落ちてゐるのを屢見る事がある。私は身につまされて憐れに思ひ、拾つて帰つて火鉢や手で温めてやると急に元気づいて部屋中を飛を《ママ》び廻る事があるが、しかし、何んと云つても天上陰気が回ぐつて来たのだから致方がない結局死骸となつて横は《ママ》つてしまう。私は蜻蛉の如く秋になれば死骸となりはしないが、もう心の奥から変な冷気が込み上つて来るのを覚える、心細さは限り無いのである。
>
> 　かくて、秋から冬、晩春から初夏まで、私は寒い〳〵と云ひつゞけて暮すのである、寒くないのが夏だけといつていゝ位ひだ。
>
> 　その真夏でさへも、私は印度洋で風邪を引いた事を覚えてゐる。八月の印度洋は毎日梅雨の如く湿気と風とで陰鬱を極めるので、とう〳〵風邪を引いて笑はれた、骨人の悲しみは冷気と陰気にある。

これが「枯木のある風景」には、次のように出てくる。

　「急に冷気を覚える朝など、よく蜻蛉が凍えて地べたに落ちてる事がある。僕はそれを見ると身につまされて憐れに思ひ、拾つて来て火鉢や手エで温めてやると、急に元気づいて一時は息を吹きかへすけど、何というても秋冷の気イにはかなはん、結局、死骸になつてしまひよる。僕は蜻蛉みたいに秋が来ても死骸にはなれへんけど、何やもう心の奥から冷気がこみあがつて来て心細さ限りなしや。だから、秋から冬、冬から初夏まで、僕は寒い寒いと云ひつづけて暮らす、寒うないのは真夏だけや。が、その真夏でさへ印度洋で風邪をひいた覚えがあるし、それから、毎年の八月の末の美術館の中でもさうや、無数の下手くそな絵エを鑑査してると、その中日頃から、絵の食ひ過ぎと胃の中にたまつてるパン屑が混合して、中毒をおこすとみえて下痢を催す。それで懐炉を腹にあてて、残暑の炎天を上野の山をあるく辛さは考へてもぞつとする、骨人の悲しみは冷気にも熱気にも負けるらしい。」

この二つの文章を比べて見ると、若干の違いがあることが分かる。まず、文体であるが『楢重雑筆』では地の文として用いているが、「枯木のある風景」は、大阪弁の会話体に変えている。しかも、興味深いことは、『楢重雑筆』とは「骨人の悲しみは冷気にも熱気にも負けるらしい」と微妙に違うことである。『楢重雑筆』では、真夏でさえ風邪を引いたのは「印度洋」という、日本から離れた地理的に特別な場所においてであった。真夏で風邪を引くのは、あくまでも特殊な環境においてである。それは例外として印度洋での風邪が書かれていた。しかし、宇野浩二は、「それから、毎年の八月の末の美術館の中でもさうや」と新たに書き加えることによって、冬の「冷気」だけでなく、夏の「熱気」にも負ける、古泉の弱々しい肉体のイメージを微妙につくりあげているのである。素材を宇野浩二の主観によって、作品叙述に融かし込むことを敢えて避けたとはいえないであろう。「枯木のある風景」は、一見すると、素材をそのまま取り入れ、共通語で書かれた文章を、ただ大阪弁で語らせることによって、その人物造型に生彩を与えるということのみで、「小出を歪曲せず、等身大に作品を定着」させようとしたのではなかった。素材がそのまま、何ら改竄されていなくても、その素材の使われるところ、、構成によって、本来の内容とはちがう意味を付加することがある。それを意図的に宇野浩二は企てている。それはどういうところかというと、小出楢重のエッセイ「芦屋風景」(『めでたき風景』収録)を素材として使用したところである。「枯木のある風景」には、島木が夫の古泉に職人のするような仕事を強いる妻が良妻であるか、悪妻であるか、そんな風に考えさせたもとは、さきほど停車場の待合室で読んでいた本（古泉の随筆集）の中のつぎの文句であったと、小出楢重の「芦屋風景」の文章をそのまま引用しているのである。その文章は次の通りである。

今の処、何んと云つても私が思ふ存分の勝手気まゝを遠慮なく振舞ひ得る場所はたゞ一枚のカンヴスの上の仕事だけである、こゝでは万事をあきらめる必要が無い。私の慾望のありだけをつくす事が許されてゐるのだと云つていゝと思ふ。

画家と云ふものがどんな辛い目に会つても、悪縁の如く絵をあきらめないのも無理のない事かもしれない。

小出楢重のエッセイ「芦屋風景」では、住んで二年になる芦屋が南仏ニースと気候や趣が似通っていることが書かれている。しかし、風景画をかくのには、南仏と芦屋との「悲しい相違」がある。風景画を描くのに重大な要素であるところの建築が「文化住宅博覧会」で、南仏の「古風な石造の家や別荘の積み重なりの美しき立体感」が芦屋にはない。自分の衣食住に関して、「非常に気むづかしく、神経質で気ままで」あるが、「万事を自分の心のまゝに出来得ない」から、「何もかもあきらめて」いるという。さきにあげた「今の処、何と云つても……」という文章は、その文脈で書かれていたのである。しかし、「枯木のある風景」では、古泉の妻は「社交家」で、「どしどし自分で絵の買ひ手をみつけて来て、古泉を働かせる」、「フランス人形を「版で刷つたやうな十点以上の同じ絵」を描く職人のような仕事を強ひるのである。小出龍太郎『聞書き小出楢重』（昭和56年4月25日発行、中央公論美術出版）によると、小出重子夫人らが「枯木のある風景」には「どうにもこうにも迷惑な話」と激怒したというように、古泉の妻は、金に執着する俗物として設定されている。そして、古泉の妻は、「かなり明かるいてきぱきした性格」であったから、古泉は「一切の俗事を妻にまかしきりにした」ところ、「この任しきりの度があまりすぎたので、古泉をもつともわるい意味の『父さん坊ちゃん』にしてしまつたのではないであらうか。」「さあ、お父さんこれこれの絵をお書きなさい」、「あの絵は私が何とかしますから」という状態までに進んだのではないかと、島木は推量というより断定した。先の「芦屋風景」の文章は、この妻と関連づけて挿入されるのである。小出楢重が「私が思ふ存分の勝手気まゝを遠慮なく振舞ひ得る場所はたゞ一枚のカンヴスの上の仕事」だけであると書いたのは、妻とは無関係であった。それが「枯木のある風景」では、本来の意味内容とは全くちがって、悪妻が原因だと創作されるのである。「枯木のある風景」における素材の問題は、そういう点を注意深く詳細に読みとっていかねばならないであろう。ただ機械的に素材と作品の叙述を対比させてみても、宇野浩二が「構想の七分どほり空想」というそのことが見えてこないであろう。

四

渋川驍『宇野浩二論』(昭和49年8月30日発行、中央公論社)に、宇野浩二の未発表の日記(日本近代文学館所蔵)が部分的に引用されている。「枯木のある風景」の執筆経過に関係する宇野浩二の日記をあげると、それは次の如くである。

昭和七年五月三十日「『高天ケ原』を読み直しをする。午食後、小説構想の方向を変へて、小出君の材料を覚える為に、『みづゑ』の小出追悼号をしらべる。」

昭和七年七月六日「創作書き直し、十四枚のところ。(略)創作第一枚より書き直さうと思ふ。」

昭和七年十一月一日「夕食前から『さ・え・ら』を読み出して、小説の案できかゝる。」

昭和七年十一月八日「やうやく小説の道が本当につきかけ二枚目にかゝつたが、疲れたので、この辺で止めることにする。」

昭和七年十一月十三日「創作やうやく興乗り三枚になる。いよ〳〵うまく行けさうなり。」

昭和七年十二月九日「昨夜眠れず。しかし、今朝は六時半頃起き、昨夜仕上げた『枯木のある風景』の最後を書き直し、五十枚にして徳広君に渡す。二人感激する。」

宇野浩二は、昭和六年初頭に、今年こそ小説を執筆して再出発しようと強い決意をしてから、約二年の歳月が経過して、ようやく「枯木のある風景」が完成したのである。最初、書きかけていた「枯野の夢」の構想がまとまらなく、昭和七年五月三十日に「小説構想の方向を変へ」て、「枯木のある風景」の執筆に取り組んだ。しかし、「枯木のある風景」も一気呵成に書きあげることが出来なかった。渋川驍の『宇野浩二論』によると、「原稿は、七月二十四日にようやく二十二枚に達したが、七月二十七日には、また再び初めから書きはじめている。八月三十日にそれは二十六枚になったが、そこで停滞し、動かなくなったので、気をかえて、『枯野の夢』に手をつけたが、これも二枚書いて筆が止ってしまった」という。前述の室生犀星の枇評にあるように、一晩に四十枚も苦もなく書いてしまったという芸当をやっていた初期の宇野浩二からは、とうてい想像も出来ないような、難渋ぶりである。宇野浩二は十一月になって、ようやく「枯木のある風景」の核のようなものをつかんだようだ。十一月一日の「夕食前から『さ・え・ら』を読み出して、小説の案ができかゝる」というのが、それである。それ以後、「興乗り」「小説の案」構想に迷いがなく、順調に書き続けるのである。現行の「枯木のある風景」の骨子がかたまり、「小説の案」が出来たのが、「夕食前から『さ・え・ら』を読み出して」からであるとすれば、その「さ・え・ら」について明らかにする必要があろう。渋川驍の『宇野浩二論』は、宇野浩二の日記をあげながら、しかし、「さ・え・ら」にては、全く言及していない。「さ・え・ら」とはなんであるのか。フランス語であるが、「読み出して」とあるので、それは書物か雑誌であろう。フランス文学に関係あるものと思われる。それに該当するのは、辰野隆の著書『さ・え・ら』である。『さ・え・ら』は昭和六年六月十日に白水社から出版された。『さ・え・ら』は「仏蘭西文学とは」「パスカル是非」等の評論十一篇と「ポオル・クロオデル」など作家「一瞥」、「鶏助」「思出」、「演劇漫筆」

「俳優の印象」「……を読む」等の章で構成された、辰野隆のフランス文芸評論エッセイ集である。なお、『さ・え・ら』は、昭和九年七月五日に普及版が発行されている。辰野隆著『さ・え・ら』の「思出」の章に、「ル・パントゥーン・デ・パントゥーン」というエッセイがある。辰野隆に詩人サン・ポル・ルウを読めと勧めてくれた、貴族コント・ド・クロオズについて語った文章である。辰野隆はパリで一週に二、三回、クロオズに会話の相手になってもらった。そのクロオズが「日本の俳句を甚だ愛好」していた。クロオズはある日、熱心に次のように語り出したというのである。

僕は俳諧に親しむやうになつてからは――日本語で読めないのが如何にも残念だが、仕方がない――仏蘭西の象徴詩などはとても及ばないとつくづく思つた。凡そ詩の最大の難関は言葉を駆使する事ではない。先づ第一に言葉の誓縄を逃れる事である。之れは永く筆に親しんだ僕自身の体験だ。するするツと抜け出すんだ。それから新たに言葉を探さなければならない。十七文字で沢山なのだ。悠々たる魂が乗心地の良ささうな貴い言葉にふうはりと乗らなければならない。さう云ふ言葉は古語の中にも現代語の中にもある。然もその言葉の発見、その言葉の連結、それは天才だけが知つている。芭蕉がそれを知つてゐた。斯う云つて、彼は泌々、芭蕉は偉いなアと繰返してゐた。

辰野隆の「ル・パントゥーン・デ・パントゥーン」は、芭蕉文学を論じたり、芭蕉の偉さを追求しようとしたものではない。フランスの貴族クロオズが日本の俳句を愛好しているおもしろさを紹介したものである。宇野浩二は、辰野隆の「ル・パントゥーン・デ・パントゥーン」の内容に感銘を受けて「小説の案できかゝる」というのではなかったようだ。辰野隆『さ・え・ら』を切っ掛けとして、芭蕉や「枯れ枝に烏止まりけり秋の暮」などの句を思いだし、「枯木のある風景」の「芭蕉風」という小説世界が広がっていったのであろう。小説の素材となった、小出楢重の実在するところの絵画「枯木のある風景」は、どう見ても「芭蕉風」ということを追求して描いた作品ではない。前面に横たわる枯木は、全裸のなまなましい女体を想起させる。小出楢重が「芭蕉風」などということを意識して、あるいはそれを主題にして描いたのではないであろう。小説「枯木のある風景」における「芭蕉風」というのは、あくまでも宇野浩二のオリジナルな見方である。宇野浩二が「枯木のある風景」において「構想の七分どほりは空想」であるということも、そのこととかかわってくるものだと思う。小説「枯木のある風景」における素材の問題は、小出楢重らのエッセイだけを問題にしても仕方ないであろう。主題にかかわる小出楢重の絵画という素材を小説ではどうあつかわれているのか、そのことが大事ではないかと思う。すくなくとも、宇野浩二が辰野隆の『さ・え・ら』を読み、芭蕉ということに気がつかなかったら、現行の「枯木のある風景」という小説世界は成立していなかったのではないか。

II

宇野浩二文学に対する同時代評

一、「蔵の中」から「転々」まで

宇野浩二は、大正二年、早稲田大学在学中、四歳から住んでいた大阪の宗右衛門町、道頓堀川の花街界隈のたたずまいや、風俗などを描いた小品集『清二郎　夢みる子』を刊行する。大阪弁のもつ、やわらかくまとわりつくような筆致で描かれたこれら小品は、宇野文学の特徴をよく示しているが、世に認められるのは、その六年後の、大正八年の「蔵の中」である。次いで、「苦の世界」、「軍港行進曲」、「恋愛合戦」などを発表する。ヒステリーの女性を登場させ、そこはかとなきユーモアに溢れ、それでいてどこか物悲しきペーソスを感じさせる人生の複雑な表裏を知った庶民の文学で、流行作家となった。

昭和二年に神経病を患い、一時作家活動を中断したが、病癒えて後、昭和八年「枯木のある風景」で華々しく復活する。大患以前のものとは、文体、内容などが著しく異なり、別人のようだと評される程であった。その後、「子の来歴」「思ひ草」「思ひ川」などの佳作を書いた。

また、大正四年「揺籃の唄の思ひ出」「国境の峠に濺ぐ涙の雨」を「少女の友」に発表して以来、二百数十篇にものぼる童話を書いている。晩年には新たに書くことこそなかったが、繰り返し童話集を刊行しており、彼の児童文学に対する熱意や考え方などを知るのに注目すべきものがある。

宇野浩二は、昭和三十六年九月、七十歳で肺結核で死去するまで、小説・童話のみならず、評論・随筆などでも大きな足跡を残しており、あらゆる分野で活躍した。

宇野浩二を、人は「文学の鬼」と称した。これは、冷静な眼で観察した身のまわりのものを描きながら、巧みに自分の世界に読者を引きずり込み、又、そうせずにはいられない宇野の文学への態度や執念を表したものであろう。

本稿では、そうした宇野浩二の文学が、同時代の人々によって、いかに評されたか、その時代時代にいかに読まれたか、その同時代評を明らかにしたいと思う。

哀れ知る頃

少女小説『哀れ知る頃』は、「家庭物語新集1」として、蜻蛉館書店より大正五年七月十九日発行された。『宇野浩二全集第12巻』収録の渋川驍作成の年譜によれば、宇野浩二は大正六年四月に、この蜻蛉館書店の編集者となり、文芸雑誌「処女文壇」を創刊している。宇野浩二は、この『哀れ知る頃』以前に、『清二郎　夢みる子』を刊行しているが、『清二郎　夢みる子』についての書評や紹介記事は見当たらない。宇野浩二について評した文献のうち一番最初のものは、この『哀れ知る頃』に附された星野水裏の「序」であろう。星野水裏は当時、「少女の友」を編集していた。その『哀れ知る頃』の「序」には次のようにある。

私が最初、宇野君の「揺籃の唄の思ひ出」を拝見した時、嘘でも何でもありません、私は、『どうしてこんなにいゝ材料と筆とを持つてゐる人を今まで知らなかつたらう。』と不思議に思つたくらゐ、又同時にどれほど喜んだか知れませんでした。

不思議に思つたと申しました処で別にどういふ訳といふ事もないので、唯当時私が、

『この人にはかういふもの、この人にはかういふものを書いて貰つたら、屹度いゝものが出来るに違ひない。』

といふやうな見当を大抵の文士仲間に付けて置いたのに、宇野君にのみさういふ見当を付けないでゐたのが、自分の大なる不明であつたといふ事を省る前、愚にも、先方の出て来たのを先づ斯う不思議に思つたといふ事なのです。

実に宇野君の取扱ふ材料と宇野君の有《も》つてゐる筆の力とは、他人の模する事を許さぬのは勿論、又当代に得がたきものである事を私はつく〴〵感ずるのでございます。

今度、宇野君の其小説が、まとまつて刊行されるといふ事を聞いて、私は我が少女諸君を始め、健全なる一般読書界の為めに、衷心深く祝するものでございます。

少女の友編集部にて

大正五年夏　　星　野　水　裏

この『哀れ知る頃』の新聞紹介記事としては、無署名「新刊紹介」（「読売新聞」大正5年7月24日発行、3～3面）がある。その「新刊紹介」は、「家庭物語新集の第一巻として出でたるもの、その内容には少女の心に優しく美しき感情を培ひ育ませる力がある。従来の安価な少女小説と選を異にす」と、四行ばかりの短文である。

クオレ物語

『クオレ物語』は、エドモンド・ド・アミイチスの原作で、宇野浩二訳として大正六年一月八日、蜻蛉館書店から発行された。「新刊紹介」（「読売新聞」大正6年2月3日発行）に、無署名で、次の簡単な紹介がある。

伊太利のエドモンド・ド・アミチスの原作で興味ある物語の中に愛と犠牲の精神を奨励した好著、小学校の教科書や英語の教科書にも抜萃され、また活動写真にもなつて広く知られている処のものである。訳文流暢。

蔵の中

「蔵の中」は、「文章世界」(大正8年4月1日発行、第14巻4号、2～51頁)に発表され、宇野浩二の出世作となった短篇である。宇野浩二はのちに、『蔵の中〈改造文庫〉』(昭和14年8月16日発行、改造社)の「あとがき」で、『蔵の中』の主な舞台になつてゐる下宿の部屋は、『屋根裏の法学士』の舞台がそれを書いてゐた時に住んでゐた下宿であつたやうに、この小説を書いた時に暮らしてゐた本郷弓町の義従兄弟の下宿を元にしたものであるが、『蔵の中の主人公その他は、楽屋を打ち明けた序に述べると、近松秋江が四分、作者の私が一分、空想(構想)が五分である。さうして、『蔵の中』のやうな書き方は、文字どほり善かれ悪しかれ、私の知らず識らずの創案と云へば己惚であらうか。しかし、或ひは、そのためか、当時、この作品に対する批評は毀誉褒貶半半であつた。

と述べている。「蔵の中」の題名の由来については、宇野浩二自身が語った「蒲団の中」(「女性」大正13年5月1日発行、第5巻6号)というエッセイや、広津和郎の「蔵の中物語」(「文藝」昭和18年5月1日、6月1日発行)に詳しいが、宇野と広津とでは、意見の若干のくい違いが見られる。宇野によると、元の題は、「或る愚な男の話」であったが、加納作次郎と広津和郎とが「この題は平凡で面白くない」と言って、「蒲団の中」という題をつけた。二人が三保の宇野のもとへ照会の手紙を寄越したので、宇野も賛成の意の返事を出した。ところが、原稿の下検閲を内務省に乞うたところ、「表題が少し穏当でないから」という注意をうけたので、宇野浩二の留守の間に、広津和郎と加納作次郎の二人が相談して「蔵の中」という題を付けたのであるという。広津和郎によると、生田長江に頼んで、「中外」に載せてもらう予定であったが、「中外」が潰れてしまったので、加納作次郎に、「文章世界」に載せてもらうように頼みに行ったら、「載せても好いと思ふんだが、併しこの題は少し困るんだがね」と言われ、また加能作次郎が、「こんな題はどんなものだろう」と、「蔵の中」という題を提案したので、広津和郎も賛成し、「宇野には事後承諾させる」ことにしたらしい。広津和郎は、「蔵の中物語」以前にも、「宇野浩二の出世作『蔵の中』由来―一昔前の思ひ出話―」（「サンデー毎日」大正15年3月28日発行、第5巻14号）で、同様のことを述べている。宇野浩二と広津和郎のどちらが正しいかは、定かではないが、結局、宇野浩二は「蔵の中」という題名に「甚だ満足」し、「蔵の中」によって、文壇に認められることになる。さて、「蔵の中」の同時代評であるが、まず、最初に、この作品を評したのは、広津和郎の「『蔵の中』を読む―宇野浩二君の処女作小説―」（「時事新報」大正8年4月1日夕刊）であった。広津和郎は、宇野の「才気」を高く認め、次の如くに評した。

宇野浩二君が四月号の「文章世界」に処女作「蔵の中」を発表する。私は彼が其作を書き上げた時、原稿のまゝ読まされた一人として、それについて此処に一寸感想を述べる。

勿論詳細な批評には亘らないつもりである。宇野君のその創作を読まうとする読者の頭に、それについてのあらかじめの先入見を与へると云ふことは、私の好むところではないからである。

私自身の気持から云ふと「蔵の中」と云ふ作の内容、及びそれを書いてゐる作者の態度、心持は、自分に近いものではないと思ふ。かなり縁遠くさへもある。それにも拘らず『蔵の中』に溢れてゐる宇野君の才気はかなり私を驚嘆させた。うまいものだと思つた。人生には、なる程、かう云ふ生活もあるかと思はせた。いろいろの事を考へさせずには置かなかつた。――それはへんてこに私の胸を震へさせた。かなり複雑でありかなり又人間的（これはいろ〳〵な意味に取れる言葉ではあるが）であるが、併し一寸私などには想像のつかない主人公の心持である。けれども、それは確に『人間』の持つてゐる一面であると云ふ事を、へんに胸に苦しく（主人公は苦しくもないだらうが）感じさせる。

宇野君の軽快な機智に富んだ文章は、その主人公の不思議な気持の波動を、そのまゝ我々の眼前に再現させてゐる。その出来栄は処女作と思へない程の成功である。或読者には此作はつまらないかも知れない。けれども又或読者には、多大の興味を与へるであらう。

芸術家としての宇野君が、果してどんな傾向に進むべき人であるか、私には予測し難い。随分いろ〳〵な複雑な「面」を持つてゐる人である。

だから、若し宇野君がこれを機会として、今後創作的生活に入るとすれば、宇野君はいろ〳〵の『味』の物を我々に見せるだらうと思ふ。此『蔵の中』とは別人の書いたものではないかと思はれるやうなものをも書きさうに思はれる。宇野君は実際いろいろなものをよく理解してゐる人である。随分広い範囲の鑑賞力を持つてゐる人である。だから、随分いろいろな計画を創作に於いて企てさうに思はれる。

そしてさう云ふ中で、どういふものが最も宇野君の特色を発揮したものとなるかは、私には今日のところ到底予想がつかない。いろ〳〵な才能の『面』の中から、たつた一つの『面』を彼が最後に大切に守るやうになるか、或はいろ〳〵な『面』をどれもこれも大切に守るやうになるか、それは解らない。――私はそれを見るためにかなり長く辛抱して待たうと思つてゐる。

宇野君が真実に、熱心に、創作的生活に入るやうになれば、大変いゝと思つてゐる。（三月二十七日）

次に、菊池寛「四月の文壇」（「東京日日新聞」大正8年4月3日発行）である。この「四月の文壇」の掲載されている〃日日文芸〃欄には、「今回芥川龍之介、菊池寛氏が入社したのを機とし本欄を新設する事になつた。一般社会と文芸界、思想界の接触を計る為と文壇の進歩の発達の為出来るだけの事をする筈である」と付記されている。

菊池寛「四月の文壇」には、「一、太陽と文章世界」の小見出しがあり、そのなかで、宇野浩二の作品について、次のように書いている。

文章世界の宇野浩二氏の（蔵の中）は、一種風変りな小説である。が、此の題材を扱ふのに、何うして落語か何かのやうな形式を取らなければならないのか、もう少し真面目な筆致で書いても充分ユーモアは、出ると思ふ。主人公の告白と云ふ形式を取りながら、作者が主人公を滑稽化しようとする所に、変な撞着が生ずるのではないかと思ふ。殊に結末の如きは宛として落語のサゲである。が、千遍一律に、妙に堅くるしいゆとりのない現代の作風の中に、かうした無駄話的な小説も、変つて居て面白いと思ふ。

この広津和郎・菊池寛の批評以外には、田中純「創作列評㈠」（「読売新聞」大正8年4月3日発行）、中村星湖「四月の小説」（「太陽」大正8年5月1日発行、第25巻5号）、細田源吉「一瞥した四月の作品」（「文章世界」大正8年5月1日発行、第14巻5号）、正宗白鳥「雑誌月評」（「読売新聞」大正8年8月7日、8日発行）がある。それらを次に挙げる。先ず田中純「創作列評㈠」（「読売新聞」大正8年4月3日発行）である。

宇野浩二氏「蔵の中」（文章世界）此作の中の説話者が屢《しばく》断つて居るやうに、実際非常に読みづらい書き方である。余り必要でもないことをうんと沢山書きこんで、読者をはぐらかしたり欠伸をさせたりして、それを傍から見て楽しまうとして居るやうな人の悪さが見える。作の最後に「おや、もう一人もゐなくなりましたね」と書き加へて居るところなど、その作者の心持を忖度して見て、私はむしろ不快に近い心持になつた。拙くても可いから、もつとまともに莫迦正直にぶつかつて貰へば、この作などももつと見応へのする作になつたかと思ふが、これでは折角の題材に、何等の厚みも附いて居ないので惜しい気がする。

次に、中村星湖「四月の小説」（「太陽」大正8年5月1日発行、第25巻5号）である。

「文章世界」で新たに紹介されてゐる宇野浩二氏の『蔵の中』といふ作は作者自身の事を書いた物かも知らぬが、その主人公の趣味性癖から、何といふ事なしに近松秋江氏を連想した。細かくもあるし、巧みでもある。

好き嫌ひから言へば、私はかういふのをあんまり好まない方だが、処女作としては近来注目すべき物の一に相違ない。

　物語が枝道へ入つたり諄くなつたり下卑て来たりすると、物語る人は、『済みません』とか『辛抱して読んで下さい』とか『たのみます』とかいふ。初めはそれがいかにも謙遜な調子に聞えたが、しまひには『たのみます』と繰返すごとに、『どうだ、おれは上手だらう』と言つてゐるやうに響いて、却つてうるさかつた。質屋のヒステリイ美人の一条は、持たせぶりで、読者を釣る手管だけだつたと思はせるのは惜しい。ヒステリイ美人が出て来る前あたりで打切つた方が好かつたかも知れぬ。

次に、細田源吉「一瞥した四月の作品」（「文章世界」大正8年5月1日発行、第14巻5号）である。

　宇野浩二氏の「蔵の中」（文章世界）は、四十を越した一作家の頽廃した独身生活を描いたものである。衣服に対する繊細な、女性的嗜好や、異性に対する特殊な趣味なぞが、一種独特の世界を示してゐる。しかし作品としては、全体が異常なエピソードの連続だけで何等内容を一貫する統整《ママ》力がない。表現もあまりに煩雑だ。それに人前で好いことのやうに自己を嘲弄するやうな、そしてそれが同時にこの作者の態度であるやうな行き方は、私は取らない。

次に、正宗白鳥「雑誌月評㈡」（「読売新聞」大正8年8月8日発行）であるが、「今年の上半期の雑誌に現はれて、私が目を触れた作物の中、どういふ物が私の頭に印象を残してゐるか、回顧して思ひ浮べることにした。すると取留めなくいろ〳〵な作家と作品とが目の先にちらついたが、その中で、幸田露伴氏の「運命」と宇野浩二氏の「蔵の中」とが、最も鮮明に私の記憶に残つてゐるのに気づいた。」と述べて、次のように記した。

　宇野浩二氏の作品は、これまで一度も読んだことがなかつたが、「蔵の中」はいゝものであつたと思ふ。文章は蕪雑で少し歯切れが悪いやうであつたが、病的人物の心理はそれに伴ふ事件とゝもになか〳〵よく描かれてあつた。落語のやうな軽い調子を用ひたところもあつても、それが悪洒落にはなつてゐなかつた。むしろ氏の才気を見ることが出来た。谷崎潤一郎氏も屢ゝかういふ病的人物を取扱つてゐるが、谷崎氏のは絢爛な文章によつて読者を眩ますばかりで、病的心理について格別深い洞察のないことが多い。宇野氏のは作者にかういふ経験や実感があるのでないかと思はれるほどに縦横に描きつくされてゐた。空想も描写も紛々たる凡庸作家中に異彩を放つてゐると、私は読んだ当時に思つたのであつたが、その後の文壇に氏に対する評判がちつともあらはれないのを見ると、私の批判力は当にならないやうだ。

つまり、正宗白鳥の「蔵の中」評によって、宇野浩二は新人作家としての文壇的地位を獲得したといえよう。宇野浩二は「蔵の中」に対する批評には「毀誉褒貶半半であつた。」というが、半半というよりは、むしろ「毀」の評価の方が多い。「毀」ともとれる批評としては、菊池寛の「四月の文壇」であり、田中純「創作列評(一)」、細田源吉「一瞥した四月の作品」、中村星湖、「四月の小説」は、この菊池寛の意見を踏襲したものといえる。それだけに、宇野浩二は、菊池寛の「四月の文壇」の批評文に拘泥したのであろう。のちに、『文学の三十年』（昭和17年8月28日発行、中央公論社）の中で、次の如くに述べている。

さうだ、私の『蔵の中』といふ小説の出た時であつたから、大正八年四月半頃であらう、菊池が『蔵の中』を批評した言葉の中に、「大阪落語のやうである、」といふ文句があつたので、私は、すぐ、葉書に、「僕のが大阪落語なら、君の『恩讐の彼方に』は新講談ではないか、」と書いた後に、「これは必ず新聞に出してもらひたい、」と附け加へておいた。これは、その頃、菊池が大阪毎日新聞社の社員になつてゐたからである。しかし、これは、速達で出したにも拘らず、とうとう出なかつた。

その他、「蔵の中」の同時代評として、「文章世界」大正八年四月号の加能作次郎「編集後記」、「文章世界」大正八年五月号に、斎藤秀堯「宇野氏の『蔵の中』に就て」丘春二「卯月雑感」などがみられるが、とりあげなかった。

苦の世界

「苦の世界」は「解放」（大正8年9月1日発行、第1巻4号、11～68頁）に発表された。長篇『苦の世界』の〝その一〟の部分にあたる。ただし、〝その一〟は、『宇野浩二全集第一巻』（昭和43年7月25日発行、中央公論社）では、「一、私といふ人間」「二、浮世風呂」「三、難儀な生活」「四、無為の人びと」「五、おんなの始末」の章から成っている。初出「解放」版では、「一、私といふ人間」「二、浮世風呂」「三、難儀な生活」「四、無為の人々」「五、をんなの始末」「六、嘗ては子供であつた人々」の章で構成されている。構成の上においても初出の「嘗ては子供であつた人々」の章を削除するなど、雑誌初出と決定版『苦の世界』とでは大幅な改稿が見られる。「蔵の中」は、友人の広津和郎が好意的に評価した以外は、菊池寛をはじめ、否定的評価であった。正宗白鳥が絶賛した以後のこの「苦の世界」評においては、一転して、肯定的評価が占めた。

次に、それらの「苦の世界」評をあげる。先ず、久米正雄・田中純・芥川龍之介・菊池寛「九月の文壇を合評す㈣」（「東京日日新聞」大正8年9月8日発行）である。発言者の名前が明記されていない。誰れの発言か、判明しないが興味深い。

「解放の宇野浩二氏の「苦の世界」を読んだが、「大正七変人」とか「トリストラム、シヤンデイと、云つたやうな随筆体小説だ。面白い。近来読んだものの中で面白いものゝ一つだ。且つて、永井荷風氏は「冷笑」を、かいて現代の八笑人的七変人的な心持をかこう《ママ》とした事があるが、宇野氏の此の小説などにこそ、ズツとさうした心持が描けて居ると思ふ」「技巧も割合完成して居る。何時かの「蔵の中」などよりも、遥かにうまくなつて居る」

「作者は下手の長談議と断つて居るが、何うして上手の長談議だ」

「お母さんが、練兵を見て居るのを、遠くから眺める所などいゝね」

「いゝけれども、彼処《あすこ》は本道の小説のよさだらう。此の小説の面白さを、湯屋で寝ころがつて話す所などにあるね」

「僕は、人を馬鹿にしたやうな、剽軽とも真面目とも別《ママ》らないやうな詠嘆主義のある所が好きだ」

「僕は、此の小説で不満な所は、あゝした強いヒステリイの女に、何うして主人公が、あんなに惹き付けられて居るかと云ふ理由が、ちつとも描けて居ないことだ」

「その点は、僕も非常に物足らなかつた」

「僕は、あの女が主人公を惹き付ける理由は閨房生活にあるのぢやないかと思ふね」

「それで理由が描けないのだ」

「兎に角面白い。あの次をかいて貰ひたいと思ふね」


そして、豊後農頭三郎「人間を土台として―正直な作家達の正直な作品―」（「時事新報」大正8年9月18日発行）は、次のように述べている。

宇野浩二氏作。「苦の世界」（解放）読んでも恥しくない作品である。出来の悪い作品に出遇ふとこちらが恥しくなるが、之は安心して読める。一種のねばりのある筆で念を入れて描いてあつて、恐ろしく没我的な男の感じた世界が、自然に現はれてゐる。この人が五本の指を挂《ママ》けてとりついてゐる世界は、どんな「長談議」にかけても尽きないものがあるだらう。この没我的な人の呼吸して耳目の動いてるかぎり、世界が在るかぎり、話は尽きないのだ。妙な作者が出てきたものだと思ふ。

佐藤春夫「『苦の世界』と『妖婆』〈創作月旦(3)〉」（「新潮」大正8年10月1日発行、第31巻4号）である。佐藤春夫は芥川龍之介の「妖婆」を「あまり力作らしく思へない」といい、「苦の世界」については、次のように記している。

宇野浩二君は兎に角異色のある作家である。第一になかなか巧い。処女作「蔵の中」を見た時から私はさう思つて居た。ところで今度「苦の世界」を読んで一層はつきりとさう思つた。宇野君には素人くさいといふところが一つもない。さうしてその自由自在な筆つきには、隅から隅まで用心が行きとどいて居る。実際それは一種鮮やかな腕である。宇野君は、よくある描写家のやうに、「私はこれから一つ是を描いて見せます」といふやうな顔つきなどは少しもしないで、ごく楽々といつの間にか一つのものを、情景なり心理なりを書き上げて見せてくれる。宇野君はその可なりの苦心をその鮮やかな効果の背後へ隠し込んでしまふほどの名手である。例へば先づ、あのお湯やの板の間で昼寝をする二人男の状態である。そのうちの一人が酒の上で首くくり男の首くくりに助勢する心理の一段である。さういふ点ではこの人は当代に（と少々誇張をして）珍らしい技倆を持つた人と言へる。「苦の世界」には、又、現世の苦しみを苦しみながらそれを貪つて味ひ楽しむといふ風な—言はゞ一種人生の通人とでも言ふべき態度があり、その態度から出てくるところの結果としてのユーモアがある。彼は何もかも知つてゐて、わざととぼけて居る。この作者はなかなか隅へは置けない。さうして人を喰つて居る。例へば、わざと同じやうな男女を三組も出して来て、話をすこしふやけさして居るところなどは、正直な批評家をまごつかせるといふものである。こんなことを浮《ママ》つかり、真にうけてこの作者を気が利かないなどと言はうものなら、「この作者の覘つたものを私は見ることが出来なかつた」と白状するやうなものである。作者の一つのロマンチック、アイロニイだとも言へるであらう。私はこの作を見て得て人が言ふかも知れないやうに、一口に不真面目と呼ぶものではない。が、それと同時に直ぐさまこの作品に飛びつかうとする心には、ちよつと待つてくれと言はうと思ふ。このひよつとこ面のうしろが何か恐ろしい顔か、悲しい顔かになつてゐるならば、さうして道化がちかしくなればなる程、厳粛さや悲しさが一層こみ上げて来ない以上は、この作者のこの作品のやうな態度の価値を私は否定する者である。この意味で「蔵の中」を唯一口にうまい、面白いと読み過した私は、今度の「苦の世界」を見るに及んでやつと「これはだんだん思ふ壺になつて来たぞ」とひとり心のなかで会心の感があつた。「苦の世界」のなかには確に「蔵の中」ではただ遊びではないかと案ぜられたこの作者の態度が、さうばかりではないことを、このをかしさのなかに真面目が必ずしも無くはないことをよく見せた。しかし気むづかしい私は、どうして（！）これ位で充分満足する者ではない。私は第一にこの作者に、何も底にないやうな場合にでも調子に乗つて道化て見せたりするやうな癖や、「親の許さぬ不義いたづら」云々といふ風な系統の文字をやたらにすき好んでわざと戯作者がる態度を幾らかひかへて貰ひたいのである―わざと浮薄がるによりエェフクチィブである場合には別として。（――私は作者に註文をする形で、今、物を言つてゐる。けれどもこんな場合に於ても、私は敢て当の宇野氏その人にそれを要求しやうとするのではない。私はやつぱり、私の日ごろの心持どほりに、「私自身の心にある宇野よ」にのみものを言ひかけてゐるのである。これは決してこの場の言ひ抜けではない。批評家は恒に己をのみ語つて、作者のためにも読者のためにも物言ふのではない、といふ私の日ごろの信条に抵触しさうに見えるのでこの点だけは敢て自分以外の人にも言つて置かう。）で、再びその宇野氏に就てであるが、私は「苦の世界」を読んで近頃ちよつと感心した。さうして文字に於ける芸人としては、何の遺憾もなくこれに満足し得るものである。同時に私は芸術家としての同君を考へるためには、もう二つ三つ読んでから本意に感心しようと用意して居る。私は宇野君のユーモアがもつと苦し紛ぎれで、もつとしどろもどろで、もつと不用意のうちに、もつと自然に現はれるやうな場合をも見たいと思ふのである。私がかう言つて求めるものは単にただ通り一ぺんの真面目をではない、私は宇野君が通り一ぺんの真面目を無視することを一向苦にしないと同時に、宇野氏特有の真面目がもつともつと発揮されるところを見たい。大に見たい。

宮島新三郎「九月文壇の印象」（「早稲田文学」大正8年10月1日発行、第167号）には、次の如くにある。

『苦の世界』に就いて　現時文壇の宇野浩二氏の『苦の世界』（解放）では、何よりも先づ物語作者としての手腕にすつかり驚嘆させられたあれだけの長い物を殆んど息もつかせずに読ませる点は、確なに《ママ》当代第一流のストーリー・テーラーの名に恥ぢない。然しそれだけでよいのか知らといふ気がする。なるほど読んでゐると面白い、ヒステリーの女に悩まされる男が書いてあつても、その男に同情するといふよりも。《ママ》如何にして悩まされたかといふことに少からぬ興味が湧いて来る。勿論女を憎む気にもなれない。たゞ〳〵話の興味が残る。『あゝ面白かつた』とは思ふが、何だか訳の分らない不満がすぐあとから起つて来るのを私はどうすることも出来なかつた。あれだけの事件を取扱つたのだから最《も》う少し何か人生といふことに就いて考へさせて貰ひたかつた。かういふと或は作者は考へるのは読者の方で勝手に考へるがよい作者は書きたいと思ふだけを書いたのであると説明するかも知れない。さう云はれゝば仕方がないけれども最《も》つと深い何物かを考へさせる暗示だけは作中にほのか《ママ》して置いて貰ひたい。これは私だけの感じであるかも知れないが。ストリーをストリーとして読んで仕舞へばよいやうな小説（勿論題材は全く考へさせることを当然要求してゐるに拘らず）のやうな感じがした、《ママ》何時かも他の場合で引合ひに出したのであるがシモンズのモウパツサンを批評した言葉を又しても私は思ひ出さずにはられ《ママ》ない。即ち『モウパツサンの書いたものは何でも面白い。偉大であると云はれてゐる何れの小説作家の作品よりも、主として興味中心である。真に偉大な作品となるには余りに興味本位である。他の如何なる芸術品の場合に於ても同じであるが、小説にあつても真に偉大な作品は非常に綿密な非常にはりつめた注意を要するからさう容易く読めるものではない私達がバルザツクを読む時には、突然非常に大きな人生のゴタ〳〵の中へ押込められたやうに感ずる。従つて此の新しい、抵抗の出来ない、忙し《ママ》ない神秘な世界を瞑想しようとする努力が私達を休ませる……私達がフローベルを読む時には、一つ々々の記述の完全と美とに酔つてぐづ〳〵手間取ることを喜ぶ。私達は詩に思ひを止めると同じやうに、この散文を瞑想するけれども私達は単に物語としてのみモウパッサンを読む。ページから眼を上げるやうなことはなく、急いで読むたゞ〳〵早く結末に達したい、どうなるのかそれか《ママ》知りたいとあせるばかりである』とシモンズは云つてゐる。

考へずに読むのは或は読者が悪いかも知れない、けれども事実に於て所謂普通の意味で面白くなくてもいろ〳〵なことを考へさせてくれる作品と、面白くても何も考へさせてくれない作品がある。宇野氏の卒直な物の見方と大胆な手法とには少からぬ注意を払ふが、作品が大体に於てポピュラライズされて行く傾向のあるのを惜しく思ふ。然しこんなことを云ふのも才人宇野氏から見れば如何にも馬鹿げて見えるであらう。

木蘇穀は、「文藝時評」(「批評」大正8年10月1日発行、第8号)で以下のように記している。

最初に「解放」を手にした私は先づ宇野浩二氏の長篇「苦の世界」を読んだ。読みながら、私の心は何の不自然もなく作者の世界へ引き込まれて行つた。私の心は常に驚嘆して居た。嘗て何処にもなかつたもの耳にぶつかつた驚きを以て。「浮世の詩人」――かういふ名称こそ本当に氏に取つて相応はしいものだ。我々が兎角あはたゞしく、別に深く省みもしないで通り過ぎ勝ちなさうした世界に対して斯く迄情味に満ちた詩を見出し得る人！　さうしてそれの表現は如何にもさうしたものにしつくりと合つたフレッシユそのものといつてもいゝスタイルだ！　他にいろ〳〵と論ずる人もあらう―しかし私はそれ丈で沢山だ。尊敬すべき人であり芸術家であると思ふ。兎角情味の稀薄な単なリポ《ママ》ートとしてしか――それも平凡極まるといつてもいゝ程の――在《マ》存《マ》し得ない作品の多い今の文壇の中にあつては本当に貴い。

「蔵の中」から「苦の世界」への一連のこれらの批評に対して、宇野浩二氏は「憚り乍ら批評家諸君！∧予が本年発表せる創作に就いて―三十九作家の感想―∨」(「新潮」大正8年12月1日発行、第31巻6号)と題し、次の如く述べている。

僕の「蔵の中」を、その発表の当時黙殺しておいて、或ひはよく分らないでそのまゝに見逃しておいて、その後それに対して正宗白鳥の声がゝりがあり、さて又世間的に少々評判のよかつた「苦の世界」が出ると、「蔵の中」の方がよかつたなどといふやうな、無定見な、人の顔色を見てからでなければ物が言へないやうな批評家は、（まあそんな者がゐるのも仕様がないし、ゐてもかまはないが、彼等のために文学上の作品がよくなつたり悪くなつたりする筈はないと僕は信ずる者であるが、兎に角よい事をしないのであるから、そんな者たちは）悪魔にでも食はれてしまふがよい。それから思ふと、見当違ひでも、真面目に思つたことのはき〳〵言へる方は、或ひは今後だん〳〵と修業を積んで、幾分かづゝでもよい批評家になつて行くかも知れないから、まだしもその方がいゝ。

耕右衛門の改名

「耕右衛門の改名」は「改造」（大正8年10月1日発行、第1巻7号、2～34頁）に掲載した短篇である。宇野浩二は、のちに、「僕の作品に就て文学に志す若き人々へ」（「文章倶楽部」昭和3年10月1日発行、第13巻10号、77～128頁）の中で「「耕右衛門の改名」といふ作を書いた。この作も好評だつた。」と述べている。しかし、「同時代評」は次の上司小剣「仲秋の創作を読む㈠―雑誌小説の批評と云ふこと―」（「読売新聞」大正8年10月2日発行）しか見当たらなかった。

宇野浩二氏の『耕右衛門の改名』といふのがある。父親から命《つ》けられた名前に悩む青年の心持ちと態度とか、明快に書けてゐる。最初に政府の帳面に登録さるゝ名前は何人も自身に命名する自由を有《も》つて居《を》らぬ。そこで私は政府の帳面に頓着なく、自分の名は自分に命《つ》けるのがよいと思つてゐる。雅号とか何んとか、そんなつもりではないのだ。併し因襲的に強権の前へ跪く心は誰れにもあつて、この国に一寸の土地を所有してゐないもの、一円の資本を卸してゐないもの、即ち郵便物の発着以外に固定した名前の必要をば多く認めないものでも、政府の帳簿に登録されてゐない名前は嘘のやうな気がする。私も曽てそんなことで悩んだゞけに、この小説に対して、面白い材料といふ以外に深い同情が注がれる。改名の手段として近所に新生の女児へ耕右衛門といふ名を命けたり、それが死んだりするのは、拵へごとでもあるまいが、出来過ぎてゐるやうだ。軽くふうわりとした中に重みもあつて何処となく、豆腐の味のする作品だ。俺は嫌ひだと言つて荷をひツくり返しに来る奴があるかも知れない。

転々

「転々」は、「文章世界」（大正8年10月1日発行、第14巻10号、77～128頁）に発表された作品である。宇野浩二は、「憚り乍ら批評家諸君！〈予が本年発表せる創作に就いて―三十九作家の感想―〉」（「新潮」大正8年12月1日発行、第31巻6号）で、「「転々」は嫌ひだ」と述べ、のちに、「あとがき」（『蔵の中〈改造文庫〉』昭和14年8月16日発行、改造社）で「転々」について、以下のように記している。

その頃、（弓町の義従兄弟の下宿に居候をしてゐた頃）私が、広津に、「これまでのやうに、適《たま》に童話ぐらゐ書いてゐては陸《ろく》な生活が出来ないし、……まあ、難儀な生活に馴れてしまつたから辛抱は出来るが、……それよりも、小説が書きたくなつたんだ。それに、小説なら、張り合ひもあるし、原稿料も多いから、早速ひとつ書いて見やうと思ふんだけど、それを、君が見て面白かつたら、君の手で何処かの雑誌に持つて行つてくれないか、」と云ふと、広津は言下に「いいだらう、」と云つた。そこで、さつそく書いたのが、『転転』といふ、八十枚の小説である。

『転転』は、これも、『屋根裏の法学士』の主人公と同名の、乙骨三作といふ法学士が下宿から下宿を転転とする、筋のあるやうな筋のないやうな小説であるが、この作品は、『屋根裏の法学士』が二十二枚であるが、八十枚あるといふ長さの関係ばかりでなく、私としては相当に骨を折つたものであつたが（尤も、その頃の私はそれほど骨は折らなかつたが、）「これなら大丈夫」と思つて広津に見せると、二三日後に読んだ広津が「あまり面白過ぎる、」と云つた。この「あまり面白過ぎる」と云ふ広津の言葉は、言ひ換へると、「あまり面白過ぎる（から、）少し困る」といふ意味に違ひないから、「そんなら、もう一つ書いてみよう、」と、即座に答へて、三日かかつて書き上げたのが『蔵の中』である。

これを見ると、発表は「蔵の中」の方が「転々」より早いが、実際は、「転々」を先に書いていたということがわかる。そこで「転々」の批評である。

菊池寛は、「十月文壇の諸事実」（「東京日日新聞」大正8年10月7日発行）で左記の如く記している。

文章世界の宇野浩二氏の「転転」を読んだが、纏つた筋と云ふ物もなく、たゞ乙骨三作と云ふ法学士兼小説家の、フラ〳〵とした日常生活を書いたものだが、文句なしに愉快な作品だ。自分は読んで居て、四五ヶ所も拍手した。かうなると立派な芸である。宇野氏の特技である。芸術品としての価値などは、別問題として兎に角此位愉快に読ませて呉れゝば有難い。日本の文壇に於て、初て上品なユーモリストが、出かゝつて居るやうに思ふ。岩野泡鳴氏や上司小剣氏の作品に時々ほの見えるユーモアなどより、もつと人を馬鹿にしたやうな、快活なユーモアだと思ふ。かうしたユーモアが、もつと自然に、擬態《ポーズ》らしくなく現はれるやうになれば、日本の文壇に今迄全く欠けて居た一角が宇野氏に依つて満されるのではないかと思ふ。

上司小剣は、「仲秋の創作を読む㈣―吉田氏から前田氏まで―」（「読売新聞」大正8年10月7日）で「宇野浩二氏の『転々』は『耕右衛門の最後』に比べて一層作者の自由性を認めることも出来るが、余り書き過ぎて、少々だらしがなさ過ぎる。」と評している。

XYZは、「文壇風聞記」（「新潮」大正8年11月1日発行、第31巻5号）で「▼乙骨三作の正体▲」と題し次のように述べている。

乙骨三作とは、皆様先刻御承知の最近売出しの作家宇野浩二君の作「転々」の主人公の名であります。三作はまことに痛快な男で、宿屋の女中を集めて、大騒ぎをしたり、下宿で三味線をかりて女に弾かせて自分で踊り廻つて小言を喰ふと云ふ場面が、宇野君の筆によつて、まことに鮮やかに描かれてゐます。それで、近頃文壇では、直ちに作の主人公と作者とを同じ人物として結びつけて考へる風がありますから、乙骨三作事実は宇野浩二と定《き》めてしまつて、宇野君が実際あんなことをするのだらうと想像してゐる人が多いやうです。ところが、宇野君の親友広津和郎君の話によると、それらは全く反対で、宇野君は一緒に旅行などしても極めて無口で、宿屋の女中の前へ出ても極めて温和しく静かであまり戯談も云はないさうです。広津君の言葉だから、まんざら嘘でもあるまい。併し「もてる事はもてるのですがね」と、広津君は宇野君を顧みて語つた。その時別に抗議もなかつたから宇野君に於ても別に御異存はない事と思ろ《ママ》ます。

又、加能作次郎は「文壇の印象―十月の創作短評―」（「文章世界」大正8年11月1日発行、第14巻11号）で「文芸と社会的興味」と題し、以下のように書いている。

宇野浩二氏の『転々』は原稿で、卒読したのではつきり印象は残つて居ないが、兎に角面白いことは此上もなく面白い作だつた。氏の作には、かなり人を馬鹿にしたやうな、擦れつからしな、遊びの気分も大分交つてゐるがあの才筆、話し振りの巧さは、一寸現文壇に類のないものだ。ただあの一種特異な作風は、氏の本質的なものか、或は態と人を食つた気持からのものか、今のところ僕には一寸分り兼ねてゐる。先月の『苦の世界』は大変評判だつたが、僕は矢張り『蔵の中』の方がよかつたと思ふ。後者の方が一層純で素直な気持で書かれてゐると思つた。而し氏の書いたもので一番すぐれたものは何んといつても例の『近松秋江論』だ。

例の「近松秋江論」というのは、大正八年九月に「文章世界」に発表され、『蔵の中』（大正8年12月24日、聚英閣）に〝序に代へて〟として巻頭に収録された。

枝川たたみちは「論壇―秋十月の雑感―」（「文章世界」大正8年11月1日発行、第14巻11号）で、読者の立場から、次の評を寄せている。

『転々』（宇野浩二氏）何といふ、立派な味のある作品だらう。この作品の様に落ちついた光のあるものに出会つた私は、ほんとに幸福な人間だ。あのヒステリカルな女と、Kと法学士とが、夜更けに荷物を運び出して、夜行巡査にとがめられて却つて、女とKが仲直りすることが出来て三人共引返すあたりは私がたまらなく好きな処だ。Iと云け《ママ》病的な女の性格が鮮明過ぎる位、はつきり描き出されて居る。しかし、だからと云つて、あの作の主人公の法学士の個性は、その鮮明な周囲の為に、その光を消されては居ない。寧ろ、周囲が鮮明になればなる程、主人公の個性はハツキリして居るのである。是と云つて、あの作品には非の打ち所はない、と私は信じて居るが、唯一寸不満に感ずるのは、あのお半と云ふ女である。彼女が如何にがら〳〵女にもせよ、借金のある男を、（宿の払をそのまゝにして逃げてしまつた法学士を）見つけ出しても、何等さうした欲求的態度を取らないで、却つて二人で又三味線騒ぎを始める。でこれは氏の描写の一つの弊であると思ふ。二つのかうした似通つた個性を持つた人間を接近せしめるのは、それは主人公の個性の光を描き出す上に、一つの障碍となりはしないだらうか。併しこれは私の考へである。氏の芸術を極愛する私の老婆心である。

能勢登羅三は「回顧して」（「文章世界」大正9年2月1日発行、第15巻2号）で、次のように述べた。

宇野氏の作品は、本誌に発表された「蔵の中」「転々」の二篇を読んだ。とにかく異常性を把持した、よい意味にしろ、悪い意味にしろユニツクな作家である。

「蔵の中」を読んだ時、読者を飲んでかかるやうな氏の態度に、馬鹿に憤恚した私は、全篇を流れる異常な感覚描写も、何んだか、アヤツリ人形の台辞を聞いてゐるやうでいやであつた。

氏自身も新潮誌上で嫌な作だと言つてゐるが、「転々」は背面から見た現実の姿とも言ふべき作で、氏自身がホントに出てゐたと思ふ。

面白い戯語染みた此の作品を裏附ける、ロマンチツクな哀傷が、現実拒否となつて、かうした人世観を醸したのであらう。此んなことを言へば宇野氏は哄笑するかも知れないが私は氏の内部には楽天的思想と、此に対応する強い世期《ママ》末的思想が、二元的に対応してゐると思ふ。氏は作品に表象されてゐる程、強い性格の人ではないのだ。

以上が、管見に入った宇野浩二の「蔵の中」「苦の世界」「耕右衛門の改名」「転々」についての同時代評である。宇野浩二が大正八年に文壇にどのような形で受け入れられたか、「毀誉褒貶」の批評のなかに、宇野浩二の文学的特異性が浮かびあがってくるであろうか。

二、「耕右衛門の工房」から「美女」まで

ここでは、宇野浩二の「耕右衛門の工房」「龍介の天上」「耕右衛門と彼の周囲」「人心」「筋のない小説」「恋愛合戦」「迷へる魂」「妄想」「美女」に対する同時代評を紹介する。大正八年十一月から大正九年六月までに発表された作品である。その間に、上記以外の作品として、宇野浩二は、童話「三疋の熊」「奇妙な楽隊」の二篇、小説「あの頃の事」「兄弟―（或る人間の手記）」「因縁事」の三篇を発表しているが、これらの作品に対しての同時代評は見当たらなかった。

耕右衛門の工房

「耕右衛門の工房」は、「新小説」（大正8年11月1日発行、第24年11号、162～207頁）に発表された。その末尾に、次の「作者申す」が付されている。

作者申す。僕は雑誌に小説のつゞき物を載せることを、読者のため及び作者自身の好みから取らない、雑誌編輯者にしても恐らくさうだらう。僕のやうに、大抵普通より長い小説の作者は殊にかういふことを考へるのである。それが非常に長い小説の場合はそれを切つて載せても、なるべくその時その時で読み切つても、差支へないやうにしたいと僕は心がけてゐる者である。だが、今度ばかりはさうはならなかつた。斯ういふ場合は大抵罪は作者にあると定つて居るが、僕のこの場合だけはさうでないのである。新小説の記者が半分でもいゝからどうしても直くれ、との強つての願ひなので、仕様がなかつたのだ。と言つて、この小説の最後の数行はそのために作者がつけたと思ふ読者及び批評家があるかも知れないが、さうではない、これはこの小説が全部完結しても、作者は撤回しないつもりである。一言弁解しておく。（十月二十三日。）

この「作者申す」は、宇野浩二の小説に対するスタイルを語っていて興味深い。雑誌に連載して小説を載せる場合、「その時その時で読み切つても、差支へないやうにしたい」というのである。そのため、次号に発表する作品は「耕右衛門の工房」とは別の題名「耕右衛門と彼の周囲」として、それだけで「読み切つても、差支へないやう」にしているのである。「作者申す」の「この小説の最後の数行はそのために作者がつけたと思ふ読者及び批評家があるかも知れない」という「最後の数行」とは、次の個所であろう。

——久吉の言葉の通り、わざ〳〵本田が釜田と犬飼との家に断りに行かなくてもよかつたのみならず、葉書さへ出すに及ばなかつたやうな、その翌日突然な出来事が起つたのであつた、その次第は次の章で読者諸君に明らかになるであらう。

しかし、長篇小説として単行本にまとめられる時、この部分は削除された。「耕右衛門の工房」には、「耕右衛門の改名」（「改造」大正8年11月1日発行、第1巻7号、2～34頁）と同じ名前の主人公耕右衛門が登場する。この耕右衛門に関しては、実在する人物がモデルとして存在したと思われる。宇野浩二は、のち「小説とモデル」（「新潮」大正14年11月1日発行、第43巻5号）の中で、すこし引用が長くなるが、次のように書いている。

どんなにモデルにされた人が迷惑し、憤慨するかといふ例を、私自身のことで二三挙げると、私がずつと前に書いた「耕右衛門の改名」といふ作の主人公のモデルは、私と同年輩の友人の彫刻家であるが、彼は当時訳があつて美術学校を半途で止めて奈良の近くにある故郷の町に帰つてゐた。その一年程前東京に画室まで建てゝゐたのに急に国へ帰つてゐた位であるから、多少面白くないことがあつたに違ひない、私はそんなに親しいといふ程ではなかつたが、学生時代は時々往来してゐた程の間柄だつた。小説「耕右衛門の改名」を書いた時分には、もう彼と二三年会はなかつた時だつたから、私がどこにゐるかも知らなかつたが、勿論仲違ひしてゐた訳ではない。彼は非常な神経家で、気の小さい人だつた。もつともモデルにされて度はづれに怒る人は神経家で気の小さい人には違ひない。自分がモデルにされたことが世界中に知れ渡つて、自分がそのために眠れないやうに、世界中の人が之れを知つて寝ずに噂してゐるやうにも感じるやうな質であらう。私は後で聞いたのであるが、「耕右衛門の改名」といふ小説に彼のことが書いてあるといふ知らせを、当時郷里にゐる彼が東京の友人から受取つた時は、夜の八時過ぎだつたが、生憎さういふものゝ出てゐる雑誌は彼の所から汽車で半時間ばかりかゝる奈良の町まで行かねば手に入らない、奈良に行く汽車はあるが、雑誌を買つて奈良から帰つて来るには、終列車にも間に合はない時間だつた、それにも拘らず彼はいきなり停車場に駈けつけて、奈良行に汽車に乗つた。そして奈良で雑誌を買ふと、中に出てゐる自分をモデルにされた小説を読み読み停車場まで帰つて来て、そこの待合室で朝の一番列車が出る迄待ち明かしたといふのである。私はそれを半年程後に人から聞いたのであるが、成程彼のやうな人ならその話は嘘でないだらうと思つた。そして奈良の駅で雑誌を持つて明かした一晩の彼の気持を考へて、私も亦煩悶した。無論、私は彼を傷つける気持でその小説を書いた訳ではない。そんなつもりで書いたのなら、彼ばかりでなく、多くの無関係な読者が読んでも不快な小説になるに違ひない。私はたゞ書いたのだ。だが、私は彼の気持を悪くしたといふことに就いてはいひやうなく済まないと思つた。といつて、小説のことであるから何ともあやまりの手紙が出しやうもないので、ついそのまゝに過ぎてしまつた。

「耕右衛門の改名」につゞいて、同じ人を題材にした小説を私は三四篇発表した。後で先にいつた第一の小説が出た時のモデルにかりた友人の憤慨を耳にしたのであるが、もつと早く聞いたら、後のものは書けなかつたかも知れない。次手ながら、大体この小説は事件そのものが余り可笑し味が勝ち過ぎてゐたのと、私の態度がしつかりしてゐなかつたので、世間の読者からは作り事に過ぎるといはれたが、実は殆ど作り事ではなく寧ろ手加減して書いた位のものだつた。

宇野浩二が「私と同年輩の友人彫刻家」であるというモデルについては、現在まだ、それが誰であるか、明らかにされていない。渋川驍は『宇野浩二論』（昭和49年8月30日発行、中央公論社）のなかに、「宇野は、私小説系統の作品を本領としていたが、ときどき他に材をとった客観的な作品を発表していた。早い時期のものでは「耕右衛門もの」という連作がある。そのなかでは、『耕右衛門の改名』（「改造」大正8年10月1日発行）が、比較的好ましい作品であろう。」と述べている。しかし渋川驍は、いわゆる「耕右衛門もの」について、「耕右衛門の改名」一篇だけを具体的に取りあげただけで、その連作の作品名さえあげていない。宇野浩二が「小説とモデル」で「『耕右衛門の改名』につづいて、同じ人を題材にした小説を私は三四篇発表した」という、その「三四篇」はどの作品にあたるのであろうか。ここで「耕右衛門もの」の作品名と発表年月日をあげておく。

①「耕右衛門の改名」（「改造」大正8年10月1日発行、第1巻7号、2～34頁）
②「耕右衛門の工房」（「新小説」大正8年11月1日発行、第24巻11号、162～207頁）
③「耕右衛門と彼の周囲」（「新小説」大正8年12月1日発行、第24巻12号、65～121頁）
④「或る奇妙な結婚の話」（「女性」大正11年5月1日発行、第1巻1号、12～43頁）

ただし、「或る奇妙な結婚の話」の主人公は、耕右衛門でなく、青年画家の、山辺俊三である。そして、「或る奇妙な結婚の話」の末尾には、「（長篇小説『或る美術家の群』の中）」とあった。渋川驍の『宇野浩二論』では全く触れられていないが、この四篇の「耕右衛門もの」は、のち「或る美術家の群」でなく、『悪童の群』（大正11年7月29日発行、太陽堂）と言う書名で、長篇小説にまとめられたのである。そのとき、「或る奇妙な結婚の話」の主人公の山辺俊三は、耕右衛門と言う名前に統一された。四篇の「耕右衛門もの」は、長篇小説『悪童の群』と改題され、その『悪童の群』の「序話」が「耕右衛門の改名」部分に、「第一話」が「耕右衛門の工房」部分に、「第二話」が「耕右衛門と彼の周囲」部分に、「第三話」が「或る奇妙な結婚の話」部分にあたる。『宇野浩二全集』には、「耕右衛門もの」は、「耕右衛門の改名」一篇だけが、第一巻に収録され、他の三篇は省かれた。

さて、「耕右衛門の工房」に対する時評であるが、無署名「十一月の雑誌から」（「時事新報」大正8年11月12日発行）と、加藤一夫「月評―再び現実主義へ（完）―」（「読売新聞」大正8年11月17日発行）の二つがあった。

無署名「十一月の雑誌から」には、次のようにある。

◇新小説　創作十篇号と題し、大小取交ぜて十篇の創作と翻訳とを載せてゐる◇天下泰平のシンボルのやうな作者宇野浩二氏（この人は作家などと呼ぶ堅若（ママ）しさではなく、どこまでも作者と呼びたい人だ）は今月の創作「耕右衛門の工房」にもニクイ程のウデを見せて、駈け出し作者の智恵なし加減を嗤つてゐる、躍起になつて「真実」が何うの「人道」が何うのと叫ばなくとも、この中には立派に「人間味」も

「真実さ」も動いてゐるよ、と云つた風な簿笑ひが憎い位だ

加藤一夫「月評―再び現実主義へ（完）―」には、次の如くにある。

宇野浩二氏には、氏の小説の表面に表はれる以外の、もしくは奥の、ある奥ゆかしいものを私は感じて居た。恐らくこれはまだ誰にも発見されないものであるかも知れないとさへ私は思つて居た。だが、段々それがうすれて来たのでないかを憂へる。「耕右衛門の工房」は、その本当によいものからだん〱離れて、世間からヤンヤ云はれるところに知らず〱深入りした様な形式がある。

龍介の天上

「龍介の天上」は、「解放」（大正8年11月1日発行、第1巻6号、158～163頁）に発表された童話である。その末尾には、次の付記がある。

右はオランダ国の詩人、ラメエ、デタの著すところ「日本童話集」の中から、翻訳したものである。デタは幾多の詩集及び小説集の著者だと聞いてゐるが、自分はまだそれ等を読む機会を得ない。一はそれ等の英訳書がないからでもある。こゝに掲げた「龍介の天上」原名「鼻」は先に掲げた英訳書からの重訳で、所々固有名詞などは読者の頭に入りやすいやうにとの老婆心から、訳者が任意に変へたところもあることを断つておく。尚デタの右の書物の中には、此の外色々興味の深い小説があるが、その中時々訳して読者の清鑑に資するつもりである。（訳者）

この付記は、宇野浩二の創作で、ラメエ、デタなる詩人は存在しない。ラメエ、デタは引っくりかえすと、デタラメエと読めるのである。芥川龍之介を諷刺して書かれた宇野浩二の代表的童話の一つで、「龍介の天上」は、『海の夢山の夢』（大正9年1月18日発行、聚英閣）、『帰れる子〈赤い鳥の本7〉』（大正10年7月20日発行、赤い鳥社）、

『母いづこ』（昭和5年10月1日発行、大日本雄弁会講談社）、『海こえ山こえ〈春陽堂少年文庫11〉』（昭和7年10月15日発行、春陽堂）、『新イソップ物語』（昭和14年4月3日発行、中央公論社）、『童話読本・四年生』（昭和16年3月5日発行、童話春秋社）、『春の日の光』（昭和16年11月25日発行、桜井書店）、『龍介の天上』（昭和21年4月20日発行、弘文社）、『話を買う話〈日本童話名作選〉』（昭和22年11月20日発行、光文社）、『ふきの下の神さま』（昭和23年12月5日発行、童話春秋社）、『海の夢山の夢〈日本童話小説文庫7〉』（昭和25年2月15日発行、小峰書店）、『文藝童話集〈世界少年少女文学全集30〉』（昭和28年9月1日発行、創元社）、『日本児童文学大系9』（昭和52年11月20日発行、ほるぷ出版）、『宇野浩二全集第9巻』（昭和44年6月25日発行、中央公論社）等に収録された。

「龍介の天上」に対する批評は、無署名「戯作『龍介の天上』」（「文章世界」大正8年12月1日発行、第14巻12号）がある。

　鶴だとかモンスタアだとか云はれて、得体の知れない作家のやうに見られてゐる宇野浩二氏は、十一月の『解放』に『龍介の天上』と云ふ珍らしい翻訳を発表してゐる。オランダの詩人ラメエ・デタの『日本童話集』の中から訳したものださうだが実は翻訳ではなくて、芥川龍之介氏を戯画化した創作であることは一読して分るであらう。いつか芥川龍之介氏が『奉教人の死』といふ作を何とか云ふ書物から翻訳したものだといつて発表して世間を騒がせたことがあつたが、そのやり方をそつくりその儘宇野氏が拝借したもので、当時芥川氏の巧妙な術策に誑されてその原書を拝見したいとか云つた人があつたさうだが、気の早い人は宇野氏にも同様の申込をしたかも知れぬ。宇野氏も中々人が悪るい《ママ》。それは余談として、さて鵺だのモンスタアだのと怖がられてゐる宇野浩二氏は、あの戯作によつて実は始終周囲に気をまはしてゐる極めて小心な人であることを、デタラ・メエな翻訳を借りて世間に発表したもので、早く龍介を天上させてしまひ、次にあの小槌を拾つたと云はれる心王羅漢も天上させてしまひたいやうなところも見える。そしてその次には宇野氏自身小槌をふるつて鼻を高くしたいと云ふ算段らしいといふ京童も居る。

耕右衛門と彼の周囲

「耕右衛門と彼の周囲」は、「新小説」（大正8年12月1日発行、第24年12号、65～121頁）に発表された。

この作品の同時代評としては、次の二つが管見に入った。

邦枝完二「歳暮の事だから―真の意味の滑稽小説家―」（「時事新報」大正8年12月5日発行）は、次のように評した。

　小説は演説では御座りませぬ単なる発見でも御座りませぬ。勿論報告である筈は御座りませぬ。と云ふ処で、私は芸術（芸術といふ言葉がぎごちないなら芸）を、無闇矢鱈に小六ケ敷い、理屈ツぽいものにしたくはないと思ふので御座ります。少し余裕のあるのんびりした作品に出会ふと、心に透《ママ》があるとか、遊びがあるとか云つて、理屈屋さんは手もなく蔑して仕舞ふやうで御座りますがそれぢや世の中を毎日金貸しのやうなしかめツ面で押し通さなければならず、随分と味のない話では御座りませぬか。

　こんな訳合から、仮令そこにどんなヨタがあるにせよ、どんなアスビがあるにせよ、私は宇野浩二氏の作品を、やんややんやの大喝采で歓迎してゐるので御座ります。今月も氏は「新小説」に「耕右衛門と彼の周囲」といふ作品を発表して居ります。矢張り何といふ事もなくたあいのない小説で、理屈屋さん達には正に軽蔑を次乗さる程、しかく尤もらしくないもので御座ります。が、その尤もらしくない、のほほんとした裡に、小憎らしい程の「味」を持つて居りまする。

　いつぞや私は寄席の中で次のやうな出来事を見た事が御座りました。それは、何かの拍子に一人の客が、一二間離れてゐる客の事を「この馬鹿野郎」と云つたので御座ります。と、また其方の男も「手めえの方が馬鹿野郎だ」と云ひ返しました。「何を云やがるこの馬鹿野郎」「馬鹿野郎は貴様の事だ」そこで馬鹿野郎のなすりツことなり、実際何方が馬鹿だか、馬鹿のけじめが付かなくなつたので御座ります。するとこの時、遥後の障子際にゐた一人の客が、突然皮肉な声を上げて、「両方とも馬鹿」だと申しました。

何んと皆さん。私は真物の滑稽小説家（所謂滑稽小説家と称する安手の茶碗とは、大いにその趣を異にする）宇野浩二氏を、「両方とも馬鹿だ」と叫んだ、この寄席の客に例へたいのですが、如何で御座りませう。

が、それはさて置き、今月号の「耕右衛門とその周囲」は、「転々」や「耕右衛門の改名」に比較すると、角力でいふ大関と前頭筆頭位の相違が御座ります。民衆詩人大山鳴動などを引摺り出して、思はず読者に微笑を洩らさせる手際は、いつもながら天晴々々と推賞致しますが、それにしても、ちといゝ気になり過ぎて書き飛した憾みがありはしませぬか。愛読者の一人として、自重々々とやつて置く。

次に水谷勝「師走の文壇を許す㈣—神近さんから宇野氏まで—」（「読売新聞」大正8年12月5日発行）である。

「耕右衛門と彼の周囲」（新小説）宇野浩二氏の作。これはシラツプだ。酒ぢやない。聡明な氏が、ある概念に人物をはめ込まうとする態度が肯けない。こんな作を書かずにはゐられない氏の心の滲み出た作が、ほんとの氏の芸術なのではなからうかと思ふ。私は一日も早く氏が、紙上の散歩をやめて、さうした道に踏み出されることを望む。

人心

「人心」は、「中央公論」（大正9年1月1日発行、第35巻1号、250～314頁）に発表された。その「はしがき」に次の如くある。

私は小説家であります、日本文壇の小説家の末席に列するの光栄を有する、極めて新参者の小説家の一人であります。名前ですか、名前はどうかお預かりを願ひたい、言はなくても、色々と話してゐるうちには、賢明なる諸君のうちには略々お察しになる方もありませうが、どうか私自身の口から申上げることだけはお許し下さい。

経歴ですか、それは殆ど何の経歴もなしに三十歳になつたと言ふのが最も適当な言ひ方でせうか、私は嘗て家庭らしい家庭に育つたことがなく、と言つてひしく〱と他人の鞭に叩かれて仕上げられたといふ訳でもなく、そしていつか三十歳になつた迄、元より財産もなく、と言つて職業らしい職業にも就いたことがない、諸君、『ボツカチオ』といふ歌劇に、一人の旅の学生が、「君は何の修業をされたか？」と聞かれて、「恥かしながら、何にも。……たが、二課目ばかり、少々……」と答へるところがあるのを御存知ですか、「何々を？」と相手に問はれて、旅の学生が答へて言ふのに、「酒と女に就いて少々ばかり。」

あの言ひ方を借りますと、私も、「二課目ばかり、少々……」と答へませうか、「何々を？」と諸君が聞かれるならば、「金と女に就いて少々ばかり、」と答へませうか。「待ち給へ、」と諸君の内に、「君の女に就いての小説を嘗て読んだことがあるが、察するところ、君は一年生も二年生もやらないで、つまり正当の課程を踏まないで、少々ばかり特殊研究でもやつたんぢやあないか、」と言ふ人がありませう、それには私は微笑んで答へますまい。

さて、話といふのは……

この「人心」は、『迷へる魂』（大正10年11月20日発行、金星堂）の其五として収録された。その後、『迷へる魂』の「其一、津田沼行」「其二、人の身の上」「其三、或る年の瀬」「其四、悉く作り話」は、全集版『苦の世界』（昭和43年7月25日発行、中央公論社）の「その三」、「その四」、「その五」、「その六」として再録された。しかし、『迷へる魂』の「其五、人心」は、単行本『苦の世界』には含まれなかった。これは、『苦の世界』の主人公の「私」が、絵師であるのに対し、「人心」の主人公の「私」は小説家であるからであろう。宇野浩二は「人の身の上」の

「はしがき」で、「苦の世界」「筋のない小説」「迷へる魂」それ等の外篇として「人心」を位置づけている。また、宇野浩二は、「人心」について、「僕の作品に就て文学に志す若き人々へ」（「文章倶楽部」昭和3年10月1日発行、第13巻10号）の中で、左記の如く述べている。

　この作は大正八年十二月に諏訪温泉で書いた。「中央公論」から頼まれたので、その作は好評だつた。広津が非常に賞めてくれ、瀧田樗蔭が激賞してくれた。しかし、変なもので、此頃自分で読んで、余り感心しなかつたが、この作は矢張り僕の作品の中では、僕自身にも意味があるし、悪い作ではない。僕の愛する作の一つである。

瀧田樗蔭の「激賞」は口頭での批評であろうか。広津和郎の批評は、「創作月旦―新春文壇の印象―」（「新潮」大正9年2月1日発行、第32巻2号）であろう。広津和郎はそのなかで、「筋のない小説」は「物足りない」と評した後に、この「人心」を取りあげて、次のように述べた。

　その物足りなさを充たして呉れたものは『人心』である。『人心』を読むと、初めて此作者の、ほんとう《ママ》の、赤裸々な面目に接した喜びを感ずる。はだかになつて、何のかざりもなく、作者の全面目を、おちついた、ゆつたりした、而も淋しい悲しい気持で、しづかに見せてゐる。もう工夫に充ちた手振りや足振りはない。『のだ』止めの、投げ出したやうな無雑作な文章の中に、今までの彼の巧みをたくんだ文章の中には見られなかつた、ほんたうに素朴な『名文』がある。或ところは舌足らず、或ところは冗漫に流れてゐても、それを取りつくろはない中に、作者の此人生で見たもの、触れたものから受けた心の憂愁が、自然に、何のイヤミも、態とらしさもなく溢れ出てゐる。或ところは怠屈でさへある。而もその怠屈が、却つて作を生かしてゐる。と云ふ意味は、彼が読者に怠屈など少しも感じさせずにケレンにケレンを重ねて行つた以前の所謂『うまさ』には、読者が怠屈を感じようが感じまいが、そんな事はかまはず自分だけの事をやつてゐようと云つたやうな真実がなかつたからである。——此作者の今までの作は、一度読めば、それで沢山で、二度読む気を起させない程、あまりに隅から隅まで作者が読者に見せつけてゐたが、今度は読者が見落したら見落したで、平然として自分だけの事をやつてゐる奥床しさがあるので、二度でも三度でも読み返して見たいと云ふ気を起させる。二度読めば二度、三度読めば三度の味が、新たに感じられさうな根深さがある。——今までの此作者の浅はかな（確に浅はかではなかつたか？）遊戯を十分償つてゐるだけの真実がある。——彼に対する毀誉褒貶区々の折から、（私自身も彼に対して非難の心を抱いてゐたのだ）彼の此作をあらためて推賞したいと思ふ。

次に、水守亀之助「新春の創作を許す—武者小路・久米・宇野の三氏—」（「文章世界」大正9年2月1日発行、第15巻2号）である。

宇野浩二氏の「人心」（中央公論）はあの長篇を一気に読ませるだけの面白さと、内容とがある。併し、氏の特色たる人情智、世間智、それから物分りの好い頭の好さは、さう大して敬服させる程のものではないと思ふ。私は寧ろ、異常な不思議な「語り手」としての氏の技倆に感心する。それは、あの長い物語りを根気よく、縷々として、蛇ののたくるやうに、ぶちまけた油が流れ廻るやうに、前になつたり、後になつたり、枝が出たり、葉がのびたりするやうな調子で、些の疲労も息切れも見せずにどこ迄行つても終りのないやうな事を書きつづける技巧である。有体に云へば、私などはその技巧に驚嘆すると同時に、且つ不満に思ふものである。何故なれば吾々が市井の苦労人、通人から興味あり、随分深いところに触れた経験法などをきかされても、後から考へると案外感銘が残らないが、同じ人情世間話にしてもそれが小さんや、円喬などの名人の口に上ると洗練され芸術化されて、強い印象を与へられるのである。この事は我が親愛なる宇野君にもあてはめて云はれる事である。何故、氏は折角の題材と技巧を持ちながら、三軍を統帥する将軍の意気を以て、複雑紛糾せる題材を芸術家の心を以て統べ率ひてゆく事をしないのか。そこに私の疑ひがある。それとも氏は矢張、ワザと韜晦《ママ》して市井の苦労人通人の長談議の如きに甘んじて、芸術家の厳粛と節制と洗練を擲んとするか。こんな事を云ふと君はセセラ笑ふだらうが余り長くなるから、「人心」のデテエルにわたる批評は止めにする。随分感心したところもあつたが《ママ》。唯一言つけ加へて置きたいのは、氏の対人生の態度が積極的でも消極的でもない、得体の知れない心境にとどまつてゐる事を不満に思ふ事である。

恋愛合戦

「恋愛合戦」は、「改造」（大正9年1月1日発行、第2巻1号、115～174頁）に発表された。宇野浩二は、「僕の作品に就て文学に志す若き人々へ」（「文章倶楽部」昭和3年10月1日発行、第13巻10号）で、「恋愛合戦」に関して、左記の如く記している。

　僕の処女作は一般に外の作を引合ひに出されるが、実際は二十二歳の夏、暑中休暇に帰省もせず、あの作の最初の章にある通り、牛込の下宿屋にごろ〳〵してゐた時、八十枚か百枚以上書いたのである。大正元年のことである。その原稿がどういふ訳か、大正八年迄残つてゐたのである。その間に、僕がどんな生活をしたか、大抵僕の何かの作に書いてゐる。殊に六七年頃は『苦の世界』の時代だから、よくもそんな古い原稿が残つてゐたか、今から考へて殆ど分らない。その間にヴエルレエンの詩集の翻訳したのや、ハイネの詩集を訳したのや、ゴオゴリの『タラス・ブルバ』の翻訳（これはその後加藤武雄君のところへ持つて行つて断られた）その他いろ〳〵の売れなかつた翻訳の原稿があつたのだが、それ等はみな紙屑屋に売つたことを覚えてゐる。ゲエテの『エルテル』や『タラス・ブルバ』や、トルストイの『芸術論』など、二ケ月位に、客気に任せて訳してしまつたものだ。

　却説、その中に今いふ後の『恋愛合戦』の、恐らく、今一冊になつて居る本の五分の一位の原稿が真赤になつて残つてゐたのである。その中、大正八年に、『蔵の中』『苦の世界』を発表してから、急に方々から原稿を頼まれ出したので、大正九年の一月の「改造」に、その原稿を殆どそのまゝ写し出して載せた。

宇野浩二は、また「あとがき」（『蔵の中〈改造文庫〉』昭和14年8月16日発行、改造社）では、「『蔵の中』は一般に私の処女作のやうに思はれてゐるが、私が試作のつもりで初めて書いたのは『恋愛合戦』の最初の四五十枚で、それは、大正二三年（一千九百十二三年）頃、私が二十三四歳の時分である。」と述べている。

宇野浩二は、「恋愛合戦」の執筆時期について、さきの「文章倶楽部」では、「大正元年」といい、『蔵の中〈改造文庫〉』では、「大正二三年」としている。どちらが正しいのか定かではない。なお、この「恋愛合戦」は、次号の「続恋愛合戦」と合わせて、単行本『恋愛合戦』（大正11年7月15日発行、新潮社）に収められた、その第一編の部分である。

さて、「恋愛合戦」の同時代評であるが、江口渙は、「新年の創作評(3)―宇野浩二氏「苦世界《ママ》」以後の傑作―」（「時事新報」大正9年1月8日発行）で左記の如くに述べている。

宇野浩二氏は新年に大きなものを三つ書いた。中で私は「恋愛合戦」（改造）を最初に読んだ。そして、少からず感心した。前半約三分の一は例に依つて可なり無駄が多い。併し後半女主人公が上京してからは、何等の無駄らしい無駄もなく、何等の停滞もなく、最後まで読者を引き摺つて行くところは、実に鮮かな手腕である。殊に、中に出て来る人物の性格描写が鮮明に施されてゐるのがこの作品の実在性をより大きくしたものと云はなければならない。

それに、例の「耕右衛門物」や「長い恋中《ママ》」などの中に宇野氏が故意に挿入した悪ふざけや擽りが、その作には殆どない。そして、氏独特の皮肉とヒユウモアーとが、読者に反感を起させない程に於て、作全体に溢れてゐる。その上、文章が以前の諸作に比して大変素直になつた上に上手になつた。これ等の点に於て、「恋愛合戦」はたしかに「苦の世界」以後の傑作である。

併し、主人公大下千吉郎の極めて虫の好すぎる自己弁護を作者自身が是認してゐる事と、作全体の調子がどうかするとまだまだとかく低くなりたがるのが欠点である。この二つの病根が除去されれば、けだし宇野氏の前途は洋々たるものがあるであらう。

筋のない小説―続『苦の世界』―

「筋のない小説―続『苦の世界』―」は、「解放」（大正9年1月1日発行、第2巻1号、26～60頁）に発表された。「筋のない小説」は、「一、憐れな老人等　二、花屋敷にて　三、私の伯父の一生」の三章にわかれている。これは、『宇野浩二全集第一巻』（昭和43年7月25日発行、中央公論社）所収の「苦の世界」の「その二」の「一、あはれな老人たち　二、花屋敷にて　三、私の伯父の一生」の部分にあたる。

「筋のない小説」について評したものに、南部修太郎「新年の創作評㈠」（「時事新報」大正9年1月1日発行）があった。それには次の如くにある。

私は宇野浩二氏の傑作だと云ふ噂のある「苦の世界」なるものを読んでゐないので、その続篇「筋のない小説」の筋が一そう頭に通らない事になつた。が、とに角例に依つてこの落語小説家は気楽に、締りなく、そして甚だ饒舌に長たらしい物語を書いてゐる。扁々、例へば作中の人物がメリイゴオラウンドに乗る処、あやつり人形を見物する処などの描写は哀歓交々全く巧いものである。然し、最近愈々のはうづになりきつて作者自身こんな作を書き続け、またそれを倦きもせず面白がつて迎へる読者もある以上、文壇の空気も先づ泰平至極である。チエエホフはその初期の作品を「この才能ある作家が人を笑はせよう為めにのみ筆を執るとは……」と非難されてゐる。チエエホフを宇野氏の前に担ぎ出すのは勿体ないが、宇野氏はもう少し自己の創作的態度に不安を感じて好い筈である。もう少し人間を真摯に見るべきである。そして、もう少しその作の背後に何物かを持つべきである。（解放）

広津和郎「創作月旦―新春文壇の印象」（「新潮」大正9年2月1日発行、第32巻2号）である。広津は、「去年氏が創作を書き出して以来、私が氏の作にほんたうに興味を持ち得たのは最初の『蔵の中』だけであつた。評判の『苦の世界』などは、どうもほんものと云ふ気がしなかつた。」と述べるが、「筋のない小説」に関しては、次のように記している。

併し今度の『筋のない小説』『人心』を読むに至つて、やつぱり彼はほんものだつたと思はれて来た。『筋のない小説』は『苦の世界』の続篇であるが、『苦の世界』よりも余程いゝ。そして『腕』から云つても、あの花屋敷の中の描写などは、並大抵なものではない。――前篇の『苦の世界』にあつた、ふにやけたやうな、見物人の前で、唯面白をかしく芸をやつて見せてゐるやうな態度は、この作にはずつと減じて、而も芸そのものも、前よりもずつとうまくなつてゐる。而も、その底には一味人生の悲しさが、ヂミな、浮つかない気分で流れてゐる。終りに近づく程、その感は深くなつて、大はしやぎにはしやいだ後、しづかに手を拱きながら沈思に耽りかけ初めたやうな悲しみがある。此作は雑誌で最後の三分の一を載せなかつたのださうであるが、折角、ほんとうの味の出かゝつて来たところで、ちよんぎられたのは惜しい気がする。

併し、それにしても、此作には未だ読者が眼前にある。その前で手振り足振りしながら、読者に与へる効果を計算してゐる作者の狡獪な眼付がある。そこが、如何に花屋敷の描写が巧みでも、結局見物してゐる面白さと云ふ以上のものを、胸に与へない。そこが物足りない。

続恋愛合戦

「続恋愛合戦」は、「改造」（大正9年2月1日発行、第2巻2号、93〜118頁）に発表された。

「続恋愛合戦」の評は、小島政二郎「矮人看戯（二月の文藝評）」（「時事新報」大正9年2月6日発行）である。小島政二郎は、「『雄弁』に載つてゐる、里見弴氏の「髪の鞭打」を読んで私は感服した。」と述べた後で、次のように記している。

　里見氏の跡で、宇野浩二氏の作品を読むと、いかにもグヅ〳〵と締りのない上に、かなり出鱈目なのに呆れ返へる。その代り、そのグヅ〳〵と締りのないところや、心理的に出鱈目なところなどに、万更興味がないこともない。兎に角、「改造」に載つてゐる「続恋愛合戦」を読んで見ても、「解放」の「筋のない小説」を読んで見ても「雄弁」の「あの頃の事」を読んで見ても、至極暢気なところが面白い。そのくせ、取り扱はれてゐる世界はなか〳〵暢気などゝいふ言葉で形容される世界ではないのだ、一人の女を大勢の男が犬のやうに張り合つてヤキモキしたり、ヒステリイの女に苦しめられた挙句、三百代言に威かされたり、非常な貧乏にたくられたりする人間ばかり出て来るのだが、一向そこに現実的な苦しみも悲しみも浮かんで来ない。宇野氏は常に無尽蔵の春を蔵してゐるかに見える。

　誤字―具合（正しくは工合）、ゐらつしやる（入らつしやる）、据えて（ゑ）、向ふの（う）、聞きかぢつて（じ）、藪睨み（籔）、……のせい（ゐ）、多勢（大勢）、相恰（相好）、愛嬌（愛敬）、独特（独得）、肝心（腎）、はづむ（ず）悧好（利口）、肝癪（癇積）、理屈（窟）づぼら（ず）、つひ（い）、お神さん（お上さん）、普段羽織（不断）気まりの悪さ（極まりの悪さ）御存知（御存じ）、抱えて（へ）。其他「やう」と「よう」との区別不分明なり。

宇野浩二は、「僕の作品に就て文学に志す若き人々へ」（「文章倶楽部」昭和3年10月1日、第13巻10号）で以下のように記している。

大正八年に、『蔵の中』『苦の世界』を発表してから、急に方々から原稿を頼まれ出したので、大正九年の一月の「改造」に、その原稿を殆どそのまゝ写し直して載せた。そして、『続恋愛合戦』を同誌の二月に連載した。この作は最初の四五頁が少し退屈だが、その後可成り面白い大がゝりのものだつた。人づてだつたが、佐藤春夫が谷崎潤一郎に初めの方を少し辛抱したら面白いものだといつて、初めの方で止めてゐた潤一郎が佐藤の忠告に依つて、それを読みつゞけ、賞めてゐた。―といふのは、改造社長の山本実彦氏から聞いた。それは「改造」では二回切りで止めたが、みんなで百八十七枚あつた。二回目は七十枚位あつたと思ふが、諏訪の温泉へ行つて、二日で書き上げて、直ぐ東京へ引返して、締切に間に合はした。

迷へる魂

「迷へる魂」は、大正九年四月一日の「中央公論」（第35年4号、247〜298頁）に載せられた。「迷へる魂」は、一、発端　二、発端の続　三、津田沼行き　四、「うき草や…」の四つの章で構成されている。この作品は、『迷へる魂』（大正10年11月20日発行、金星堂）の、其一、津田沼行一、二、三、四　にあたる。その後、『苦の世界〈改造文庫第2部〉』（昭和7年11月12日発行、改造社）では、苦の世界（その三）「一、さ迷へる魂その一」「二、さ迷へる魂その二」「三、津田沼行その一」「四、津田沼行その二」と改められている。全集版『苦の世界』（『宇野浩二全集第1巻』昭和43年7月25日発行、中央公論社）では、「苦の世界」その三として、先にあげた改造文庫版『苦の世界』（その三）と同じ表題がとられている。

宇野浩二は、「僕の作品に就て文学に志す若き人々へ」（「文章倶楽部」昭和3年10月1日発行、第13巻10号）の中で、この作品について以下の如くに語っている。

さ迷へる魂

これが『苦の世界』の第三編である。大正九年三月の作で、「中央公論」の四月号に発表した。百〇三枚である。これも四節位に分れてゐた。芥川がひどく激賞したことを聞いた。（中略）却説、この『さ迷へる魂』と題する『苦の世界』の第三編は、僕の愛する作の一つである。その題で、以前本を出したが、余り知る人はないだらう。僕は『苦の世界』を纏めて、「上中下」として出版したいと思つてゐる。

宇野浩二が述べている芥川龍之介の評は、「四月の月評四」（「東京日日新聞」大正9年4月13日発行）で、次の通りである。

宇野浩二氏の「迷へる魂」（中央公論）は、例に依つて達者なものである、「一」「二」よりは「三」「四」の方が好い。「三」だけでも短篇が一つ出来さうな気がする。唯、これだけ読んでゐると好いが、たとひ完結しないでも、「苦の世界」だけ一冊の本になつた時に、存外作中の題材に重複した所が出来て来て、単調になりさうな懸念も起らないではない。これは杞憂かも知れないが　念の為に此処へつけ加へる。

妄想

「妄想」は、「雄弁」（大正9年5月1日発行、第11巻5号、219～228頁）に発表された。

「妄想」評は、否定的評価がほとんどであった。まず、水守亀之助「五月の創作(一)」（「東京日日新聞」大正9年5月6日発行）である。

宇野浩二氏の「妄想」（雄弁）はうまい。面白い。そして、諷刺や皮肉もある。が要するに戯画化された作品に過ぎない。作家的手腕は十分認められるが、厳密に云つて作者が芸術家としての主観は余りに放縦であり過ぎると思ふ。

須藤鐘一は、「五月の文壇」（「文章世界」大正9年6月1日発行、第15巻6号）で以下のように記している。

宇野浩二氏の『妄想』（雄弁）は最初の二三頁には、氏一流の人を小馬鹿にしたやうな頓狂な処に、微笑ませる力があつたけれども、後半に至り早大の教壇に於けるK氏をモデルにしたらしい処からは、甚だふるはなくなつた。結局龍頭蛇尾に終つてしまつた。氏もいつまでもこんなものを書いてゐては仕方があるまい。

美女

「美女」は、「改造」（大正9年6月1日発行、第2巻6号、56～71頁）に発表された。この作品は、創作短篇集『美女』（大正9年12月15日発行、アルス）に収録された。

広津和郎は「六月の創作評―筋は大阪落語で技巧は宇野式―」（「時事新報」大正9年6月4日夕刊）で、この「美女」を次のように評した。

宇野浩二氏の「美女」は如何にも宇野氏の書きさうなものだ。題材から云つても、これは新しいものではない。大阪落語などに前からあるものだ。一人の男が途中で美人に会つて、その余りの美しさに、何処までも後をつけて行く。するとその間に、此方が恍惚としてゐる間に、いつの間にか紙入をその女からすられてしまつてゐるといふ筋である。それでその筋について今更此処で何も立ち入つた事は云はない事にして、我々の興味は、此解り切つてゐる筋を宇野氏が宇野式の技巧で如何に運ばせて行くかと云ふ点にある。そしてその点から見ても、此作は決して成功してゐるとは云へない。部分部分に宇野氏の才筆のうかがはれるところは幾つかあるが、併し第一にその美女の後をつけて行く大丸の店員なる男の心持が少しも書けてゐない。従つてその男の眼から見た「女の美しさ」が少しも浮かんで来ない。時々作者は此話の語り手である主人公のその男が女の後をどう云ふやうに蹤けて行つたかと云ふ説明を入れてゐるが、直その主人公を忘れてしまつて、乃至は重要視しないで、作者自身がのさばり出て行つては読者に向つて、その女が如何に美しかつたかを説明してゐる、主人公の眼からではなく、作者の眼から、勝手気ままに読者に説明してゐるのだ。ところが、かう云ふ作は、その美女を追うて行く主人公の心持がほんたうに書けて来なければ、その美人そのものも具体的なものとして生て来るものではない。主人公がほんたうに書けて来れば、彼が追うて行く美人の美貌も、作者がたとひあの管々しい説明の言葉を五分の一に畳んだところで却つてずつと生々と読者の眼前に浮かんで来たゞらうと思ふ。

次に、谷崎精二「六月の文壇―創作月旦―」（「新潮」大正9年7月1日発行、第33巻1号）である。

宇野浩二氏の「美女」（改造）曽我の家の当り狂言にたしか之れと同じ材料を取扱つたのがあつたと記憶する。好色的な大阪人の間に伝はる一種の伝説の様にも思はれる。筋と云ふ程の筋も無い是れだけの物を一気に読了させる作者の説話術の巧みさには敬服の外はない。だが作者は始めから余りに骨惜しみをして居る。説話術の巧みさを読者に見せるだけで満足して居る。其れが物足りない。もつと真剣で材料の中へ飛び込んで行けたらよかつたと思ふ。

次に、白石実三「六月の文壇」（「文章世界」大正9年7月1日発行、第15巻7号）である。

つとめて静かな物言をしようと思ひながら、我慢できないのは宇野浩二氏の『美女』（改造）といふ作だ。大阪の大丸に黒豆奉公をしてゐた堅気な番頭が、銀行から主人の金を引出して帰り路の巡航船で乗合はせた美女に見とれる。船を出てからも、我を忘れてどこまでも美女の後を跟けて行く。女もしまひには堪へきれず、立止つて『しつこい！』と一声、此方の足元へぱさつと何か投げた。見ると、自分の懐にあつた財布だつた――それだけの話である。ほんたうにそれだけの話である。馬鹿々々しくつて腹も立てられない。読者の好奇心に媚びる作者の意図が見え透いて不快である。さすがに作者の筆はその馬鹿々々しい世界へ読者を引張つて行く魅力はあるが、読後の印象は実に空虚で、単純で、浮薄な、不真面目なものだつた。西鶴の永代蔵か置土産かに、四十男がふと遊里に足を踏入れて太夫にうつゝを抜かし、あるかぎりの身代を使ひ果す物語があつたが、あれなぞは実に鋭く巧みに人生の一角が掴まれて書かれてあつた。『美女』なぞの比ではない。

この時期の宇野浩二は、「恋愛合戦」七十枚をわずか二日で書きあげたというように、筆力旺盛であった。大正九年一月だけでも、小説「人心」「恋愛合戦」「筋のない小説」三篇と、童話「三疋の熊」を発表している。これらに対する同時代評は、「ニクイ程のウデを見せ」、「一気に読ませるだけの面白さと、内容がある」、「例に依つて達者なもの」「うまい。面白い。そして、諷刺や皮肉もある」「異常な不思議な『語り手』としての氏の技量に感心する」などと、宇野浩二の本領をぞんぶんに発揮した物語作者としての話芸の巧みさが評価され、文壇的地位を確実に築いたようだ。しかし、その反面、「もつと真剣で材料の中へ飛び込んで行けたらよかつた」「不真面目なものだつた」などの否定的評価も見られ、常に「毀誉褒貶」批評がついてまわったようだ。

三、「化物」から「遊女」まで

次に、大正九年七月から大正十年一月までに発表された、「化物」「若者」「甘き世の話」「女優」「桃色の封筒」「或法学士の話」「遊女」の七篇に対する同時代評を紹介する。この時期、宇野浩二は、これらの作品のほか、最初の新聞連載小説「高い山から」（『大阪毎日新聞』大正9年8月29日〜11月14日発行）や、短篇「浮世の法学士」（『現代小説選集〈田山花袋・徳田秋声誕生五十年祝賀記念〉』大正9年11月23日発行、新潮社）、「八木弥次郎の死」（『新潮』大正10年1月1日発行）、長篇「女怪」（『婦人公論』大正10年1月1日〜11年12月1日発行）を発表しているが、この四作についての同時代評は、探し出せなかった。

化物

「化物」は、『中央公論』（大正9年7月15日発行、第35年8号、150～173頁）に発表された。宇野浩二は、この「化物」と同じ題材を、のち、「熊虎合戦」（『赤い鳥』大正10年11月1日発行、第7巻5号、20～29頁）で童話化している。どちらも、主人公の私が、高額な金に釣られて、熊の毛皮を着せられ、虎と対決させられる。本物の虎だと思って怯えていたが、実は虎も、大変精巧にできている毛皮を着た人間であった。という題材を用いている。

しかし、両作品は、小説と童話という相違だけでなく、内容においてもかなりの違いがみられる。「化物」では、瓜二つの人物、「私」と「島木島吉」を登場させ、絵空事のような、奇妙な作品を形成している。表題の示す通り、登場人物も、作品世界も〝化物〟のような異様さ、不自然さがある。

一方、「熊虎合戦」は、現在立派な実業家である父の、ニューヨークで、書生であった頃の話である。貧困状態で困っていた時、西洋人に、何がしかの金で、熊の役をさせられたという苦労話を、息子に話してやると言う童話である。「化物」のような、エキセントリックな様相はなく、実際、ありそうな話として淡々と描いている。

渋川驍は、「童話」（『宇野浩二論』昭和49年8月30日発行、中央公論社）で、「『熊虎合戦』のほうは、アメリカのサーカスで、熊と虎に扮装して、格闘する人間の話が扱われている。この題材を宇野は短篇では『化物』（『中央公論』大正9年7月）に生かしている。しかし、その短篇よりも、この童話のほうが勝っている」と「熊虎合戦」の方を高く評価した。その理由としては、「『化物』が、日本の劇場の出来事として、友人から聞いた話になっていて、なんとなくそらぞらしい感じがあり、童話のほうは、太郎の父のアメリカ滞在中の貧乏な時代の体験談の形式になっていることで、現実感が感じられるからである」と述べている。

この「化物」は、次の著書に収録された。

1、『男心女心』大正九年十一月二十日発行、新潮社、一三三～一八七頁。

2、『新選宇野浩二集』昭和三年八月二十日発行、改造社、一六三〜一八一頁。
このとき「熊と虎」と改題され、大幅な改稿がなされた。

3、『宇野浩二全集第二巻』昭和四十三年八月二十六日発行、中央公論社、二六六〜二八五頁。
この全集では、改稿前の『男心女心』の本文を底本に採用された。なお、初出「化物」に、次の付記がみられる。

その後、私が芥川龍之介に会つた時、この話をして、君、こんな話を聞いたんだが、どうも僕、何か西洋の小説で読んだやうに思ふのだが、君、覚えはないかい？と聞くと、いや、知らん、それや、面白いね、との答なのである。随分物識りの龍之介さへ知らないのだから、と私は大きに安心して、こゝに島木島吉の人物の一端と共に、書いて見たのである。

宇野浩二が「化物」の付記で「西洋の小説」と記した作品については、桑原三郎が、「宇野浩二の童話」（『「赤い鳥」の時代―大正の児童文学―』昭和50年10月20日発行、慶応通信）で、アメリカの作家、オー・ヘンリーの短篇であるというが、その短篇名は未詳である。宇野浩二は、題材が自分のオリジナルではないこと、また、人を喰ったような内容やその描き方をしていることで、日本の伝統的な、リアリズム文学の風潮のなかにあっては、批評家から批判をあびせられると懸念したのであろうか、初出末尾には、「（禁無断月評）」と記した。そのこともあって、「化物」の同時代評は少ない。次の二点が管見に入った。

生田春月「八月の創作」（『文章世界』大正9年9月1日発行、第15巻9号、147〜148頁）には、次のように記されている。

宇野浩二氏の『化物』（同）は終りに『禁無断月評』といふ六号活字の制札が立つてゐる。成程、モンストラスな企て、若くは気まぐれではある。所謂モンスタアの書いた化物ならばそれ位のことはあつても不思議はない。ところで月評家としては売られた喧嘩を買はねばならぬ。和戦いづれに決すべきか。おとなしく宇野君に葉書を送つて月評の許可を得るのも一寸皮肉で面白いと思つた。またこの五個の六号活字を蹂躙して、宇野君がどういふ態度を執るか、それを見るのも面白いと思つた。だがどちらにしても笑ひ話以上に出ないのではつまらない。不真面目を標榜する怪物君、百尺竿頭一歩を進めていつそ『禁無断罵評』としてはどうでせう？　いや、それよりも、何も書かない方が月評を恐れてゐないようでもつとモンストラスではないでせうか。

無署名「雑記帳」（『文章世界』大正9年9月1日発行、第15巻9号、173～173頁）には、次のようにある。

▲小うるさいやうだがもう一つの宇野浩二君のことを書く。「中央公論」夏季特別号で宇野君は『化物』と称する小説を発表してゐるが、そのおしまひへ持つて行つて（禁無断月評）と傍書してゐた。同誌は丁度夏季増刊で社会奉仕の鼓吹、民衆文化の提唱と銘打つてあるが、さう云ふ表看板はどうであらうと中味の芸術は飽迄も唯我独尊的のものと見えて、宇野君の如きは頭から衆愚を排斥する挑戦的態度をとつてゐるのも彼比対照して興あることだ。かう挑戦的に出られては定めし月評家達も筆を揃へて化物退治をすることだらうと思つてゐたが、新聞の上でも案外騒がれずに済んだのも物足りない。時事新報に侃々諤々の弁を揮つて月評した逸名氏も次第に依つては控訴院までも争つて悪戯者宇野浩二をとつちめてやるのだがと云ひながら、唯手許に雑誌がないばかりに月評の禁制を破り得ないと残念がつたりしたところ、聊か負惜みの愚かさもなくばふざけ半分の態である。ところで宇野浩二君、おなじ逸名氏は作家の方で無断月評を禁ずるなら月評家の方で無断発表を禁じてやるぞと力んでゐるが、今度は一つ『禁無断繙読』とでも断り書をつけたらどうだらう。さうすると本当に宇野君の小説を読みたい人、謂はゞ宇野浩二崇拝者だけが一々許を乞うて有難く拝読すると云ふこととなる。さう云ふ理解ある同情ある一人の読者を持つことは、百人の群盲を読者に持つよりもどれだけ有難いことか知れない。宇野君以て如何となす。

宇野浩二が「〔禁無断月評〕」と明記したために、この作品そのものについての批評はなく、作品をはなれて、宇野浩二が「〔禁無断月評〕」と書いたことのみを、ゴシップ的にとりあげられている。この「〔禁無断月評〕」ということについては、無署名「不同調」（『新潮』大正9年9月1日発行、第33巻3号、49～49頁）でも、次のように問題にしている。

　宇野浩二君は「中央公論」に出した小説に「無断月評を禁ず」と書いたさうだ。宇野君が何故そんな事をしたか、それは大抵見当がつく。併し、同じことなら、すべての作をさうしたら好いではないか。一時の戯れつ気からやつたのならどうでも好いが、併し、それにしてはつまらないことだ。

　初めのうちは月評などを馬鹿に気にして、一喜一憂しながら、少し認められて来て、原稿が売れるやうになると、馬鹿にお高くとまつて、批評から超越するのならまだ男らしいが、批評を避けやうとするのは如何にも卑怯だ。雑誌編輯者と低級な読者と、その門に出入する雑輩のお世辞に満足して納まり返つてすましてゐるなどはどうしても感心されない事だ。（但し、これは宇野君の事ではない。）いつそ、すべての批評家の口を封じて了ふやうな意気込みで高飛車にでも出るなら、多少の壮快味がないでもない。が、「無断月評を禁ず」など〵云ふ小細工をやると、殊に宇野君の如き大才がやると、如何にも小さく見へ《ママ》て、その小心さが見へ《ママ》透いて却つて気の毒になる。人気を取るなり、面白がらせたりするにはどこ迄も芸の力でやつてゆくべきだ。寄席芸人も今は可なり堕落したが、本当に真打格の力のある人間は、決して小細工をやらない。まだ確りした自信のない、未熟な前座などが余計な事を付け加へて、馬かにされてゐるとは知らず、小細工で客の興味をつないで行かうとするものだ。

　宇野君のやる事は一種の衒気だ。奇人でもない癖に何か変つた事をやらなければ人気に対して不安があるからだ。さう云ふ事を売物にしたがる卑しい商売人根性はいけない。――とまあ思ふのだが、宇野君は果して首肯するかどうかそれは分らない。兎に角、自ら戯作者がり、苦労人振り、物分りが好いとか云つて自ら信ずる人の芸当としては余りに垢抜がしなさ過ぎる。洒落気がなさすぎる。若しさうでなかつたら、どんな作者や、本屋でもがやる「乞御高評」と云ふ月並な言葉を以て、「無断月評を禁ず」にかへた方が、どの位愛嬌があつて、洒脱で、余裕があつて、且つ垢抜がしてゐて、数等男振をあげるか分らない。但し頭に「月評家先生へ」の文字を添へる事勿論である。あゝ、今日の江戸つ子を以て任ずる人も、通人を以て任ずる人も、滔々として、この野暮と、衒気との臭味を脱しきれないのかと思ふと、慨嘆したくなる。

宇野浩二が「(禁無断月評)」と付したことは、「化物」という作品に対して、自信がないように見做され、この荒唐無稽な物語は批評家にはうけなかった。宇野浩二は、「憚り乍ら批評家諸君!∧予が本年発表せる創作に就いて―三十九作家の感想―∨(『新潮』大正8年12月1日発行、第31巻6号)で「僕の『蔵の中』を、その発表の当時黙殺しておいて、或ひはよく分らないでそのまゝに見逃しておいて、その後それに対して正宗白鳥の声がゝりがあり、さて又世間的に少々評判のよかつた「苦の世界」が出ると、「蔵の中」の方がよかつたなどといふやうな、無定見な、人の顔色を見てからでなければ物が言へないやうな批評家は、(中略)悪魔にでも食はれてしまふがよい」と憤慨している。この当時、宇野浩二は、批評家不審に陥っていたのかもしれない。

若者

「若者」は『文章世界』(大正9年8月1日発行、第15巻8号、182～235頁)に発表された。「若者」という作品について、宇野浩二は、「あとがき」(『蔵の中他四篇∧改造文庫・第2部387∨』昭和14年8月16日発行、改造社)で次の如くに述べている。

この小説の半分あまりを占める高市町と高天村の話は、この小説を書いてから六年程後、大正十五年(一千九百二十四年)の三日に書いた『高天ケ原』の話と可なり共通するところがある。

宇野浩二が言及するように、「若者」は、日本神話で神々がいたという地域である、奈良県の高市町と高天村が舞台の作品であり、「高天物」といわれる一連の作品の一つである。「高天物」という作品群は、宇野浩二が、大阪の伯父の家に寄宿していた頃から、早稲田大学在学中、もしくは文壇デビュー以前の明治後半から大正初期の、自伝的なこと、及び、その当時の彼の周囲の人々を描いた作品である。この時期に、宇野浩二の母親、キョウが奈良県高市郡天満村の遠縁、中川マスエの離れを借りて住んでいた。キョウは、この村で、三味線と踊りを教えていた。この高天ヶ原の風景が、作品中に出てくる。

これらの「高天物」と呼ばれる作品には、「若者」の他に、「高天ケ原」「鶩の卵」「枯野の夢」などがある。全て、作品世界は、宇野浩二が、作家をめざしていた、若かりし頃の話である。それぞれ、相互に関連があり、重なり合う部分も見られる。しかし、執筆年代が異なることもあって、主題や中心人物の描き方が作品によって違う。

この「若者」では、親類を頼って高天へ寄宿している母を、或る時、〈私〉が訪れる。そこで、恋心の芽生えた〈私〉と、加代子を巡る文学好きな友人などの姿を、それを取り巻く人々の中で、生き生きと描いた作品である。若き日の純粋な青年男女の淡い恋心が、せつなく描かれる。祖母の、「男でも女でも、決して自分の思ふ人と添ひ遂げることは出来ない」という言葉に、この作品のテーマが集約されている。

この「若者」は、次の著書に収録された。

1、『美女』大正九年十二月十五日発行、アルス、三三〜一〇九頁。

2、『蔵の中〈改造文庫〉』昭和十四年八月十六日発行、改造社、一三九〜一九九頁。

この時、「若い日の夢」と改題された。

3、『二つの道』昭和十七年二月二十八日発行、実業之日本社、四一〜一〇九頁。

この時、「若い日の事」と改題された。

4、『二つの道』昭和二十一年十二月十日発行、実業之日本社、四一〜一〇九頁。
5、『宇野浩二全集第二巻』昭和四十三年八月二十六日発行、中央公論社、二八六〜三一七頁。

岡栄一郎「八月の月評」（『東京日日新聞』大正9年8月8日発行）には、次のように記されている。

　宇野浩二氏の「若者」は、饒舌無比な作者が駿足ではあるが、恐ろしく道草ばかり食つてゐる馬のやうに、書き尽くし、描き尽くして、然も未だもの足りないらしい、長々とした恋物語の一である。例に依つて、おどけた伽噺風の小説だけれど、何処かに一脈の哀愁が出てゐるのに、ちよつと感服する。それに、読者を念頭に置いてゐるやうな、ゐないやうな、我儘極まる叙述ではあるが、飽かさずに読み終らす手腕は、兎に角偉いものだ。

逸名氏「八月文壇評(五)—宇野浩二氏の「若者」—」（『時事新報』大正9年8月10日発行、10〜10面）には、次のように記されている。

　宇野浩二氏の作品は、曾て「転々」が雑誌に発表された当時読んだきり、その後些つとも読まないで来た。今度の「若者」文章世界を読むのが、同氏の作品を読む二度目なのである。元より宇野氏は「転々」を発表してから「若者」を発表するまでの間に、かなり沢山の作品を発表して居る。その中には相当に世評をさわがしたものもある。しかし、「転々」を読んであいそをつかした自分は、その後の作品を何うも読む気がしなかつたのである。余りに好い気になり過ぎた読者も、自分自身も、それから自分のやつて居る仕事も——即ち小説を書くこと——小馬鹿にした、巫山戯きつた態度と、自分の才気を自分で抑へることを知らない、それどころか才気そのものを恃み過ぎて居るやうな、如何にも流行児らしい浅薄さが、自分には鼻持がならなかつたのである。

　宇野浩二も之では仕方がないと思つた、尤も今考へて見れば無理はないのである。彼も未だ年は若い、それに自分の同輩連中はさつさと新進作家になつて行くのに、自分だけが文壇の下積みになつて代訳やお伽噺の筆をこつ〳〵取つて隠忍して居た、それが一躍文壇の流行児となつたのである、豈宇野浩二ひとりのみならず、はらの出来ない若者としては有頂天にならざるを得んやである「転々」はそんな場合に書かれたもので、気障で、厭味で、不真面目の骨頂であった。

ところが彼にも近頃は女房も出来、才気に任して書き飛ばして居たのが、さう〳〵は書き飛ばせないやうな、表現上の危機も通つて来たらしく、「若者」は大分落着いて作者の持味が相当に出て居るものである。極センチメンタルの甘いところではあるが、一寸しみ〴〵とした人情味がある。一体宇野氏は、浮世の酸いも甘いも嚙み分けた、一ぱしの通人気取りで、それを時々発売する雑文や、それから少《ママ》説を物語って行くスタイルの上に露骨にひら《ママ》かしては居るけれども、少くも此の「若者」を読んでみたところだけでは、(自分は宇野氏といふ人物を能く知らないのである。)それ等は上べだけの気取りで、彼自身は極人情ぽく、涙もろい、センチメンタルな、甘ちやんであるらしい。

しかし彼はそんな風に人から見られることが厭なのである。人から見られることが厭なばかりでなく、自分自身でもそれを意識することすらが気耻ずかしくてたまらないのである。宇野氏も矢つ張り他人の哀れに泣きながら、その泣くといふやうなことが耻かしくて堪らないために、涙を呑み込んで好い加減な笑ひ話にごま化して了ふといつた側の人間である。彼のイヤに砕けた伝法がりや、通人がりは、その自《ママ》の本当さを蔽はずには居られない含耻と、それから丁度一高に入りたての生徒が、新しい帽子や袴を故意と汚したり、破いたりするのと同じ稚気から来て居るらしい。

「若者」は極度の人情脆さが、極度の強がりの表現の中に盛られて居る。話を物語つて行くその運びも達者だし、あつたこと、なかつたことを識り交ぜたり、事実として何の関係もなく懸け離れたことを一つ筋に継ぎ合せたりして、一つの物語を作り上げて行くうで前も確かだが、そして面白くは読めるが、自分は之だけでは物足りない。何も正面から人道主義だの理想主義だのと、そんなものを振り翳す必要は毛頭ないが、どんな形式や形で書かれて居ようと元より関《ママ》はないが、最う少し作者の高い心が欲しい、気魄が欲しい、それが欠けて居てはどんなに巧妙に書かれて居ても、どんなに面白くても、要する《ママ》そのものゝ価値が自分に取つては低い。

谷崎精二「八月の文壇―創作月旦―」（『新潮』大正9年9月1日発行、第33巻3号、34～34頁）には、次のように記されている。

宇野浩二氏の『若者』（同）自家薬籠中の物にすと云ふ言葉があるが、其れとは違つた意味で、此の作者はどんな題材を持つて来ても、皆巧みに宇野浩二化して、其の得意の説話術の種にしてしまふ。いつ見ても鮮かな手際である。だが時にはもう少し違つた味を見せて貰ひたい、少くとも其の持ち味をもつと複雑に、多方面にして欲しい――かう思ふのは恐らく私のみではあるまい。

生田春月「八月の創作」（『文章世界』大正9年9月1日発行、第15巻9号、150～150頁）には、次のように記されている。

宇野浩二氏『若者』（文章世界）この作には問題の禁札は見えないやうだが、その代り作中に『読者よ、月評家見たいに、眉を逆立てゝ下さるな』等の文句が見える。例の蛇がのたくつてゐるやうな書き方だが、人情噺を真向から振りかざさない中に、反つてしみ〴〵した味ひがある。

無署名「雑記帳」（『文章世界』大正9年9月1日発行、第15巻9号、173～173頁）には、次のように記されている。

▲宇野浩二君の文章には妙な癖がある。誰でも気づいて居るだらうが、それは例の『×××したことである』とか『×××言つたことである』とかを盛に連発することだ。例の大隈候の『あるんである』と好一対で、それが宇野君の作品に宇野調ともいふべき一種独特の味をつけて居ることである、が何だか故意に巫山戯けて筆

を弄して居るやうで、あまりいゝ癖とは思はれない。ところが、先月の本誌に出た『若者』は、五十余頁に亘る長篇なるに拘らず、その『×××ことである』が僅かに二つしかないさうだ。それのみならず、いつもの宇野君とはちがつて、馬鹿にしんみりした調子が出て居るといふことだ。或る人曰く、これは宇野君が流石に文章世界だからと思つて、芸術的良心一方で真面目に本気に書いたので、本当の宇野君が出たので、恐らく同君の文体の一変化を示すものだらう《ママ》』とさりながら、悪《ママ》るい癖だがあれがないと矢張り寂しい気がするのも不思議であることである。

宮島新三郎「八月の文壇」（『早稲田文学』大正9年9月1日発行、第178号、58～58頁）には、次のように記している。

　宇野浩二氏の『若者』は一寸変つた所があると他人から聞いたのでかなりの期待を持つて読んで見たが、結局評者には深い感銘が得られなかつた。作品の底に何だか不純なものが働いてゐるやうに思はれて、それがいゝ感じを与へない。読者にこびてゐる――尠くともさういふ点が評者には見えてゐる。例へば、表現に就いて見ても、何々したことであるなとゞ《ママ》といふのは作者がもうこれは俺の一手販売だから何処へ使つても差支へないと考へて、使はないでもいゝところへ使つてゐるやうな跡が見える。自然であるならいゝけれども無理に使つてはみにくい。これは丁度大隈候はよく語尾に何々したんであるんであるを使ふといふことをきゝかぢつて、半可通の速〇《ママ》者や新聞記者が候の談などに矢鱈にその語尾をくつつけて得意になるやうなものである。

石田三男「八月号小感〈論壇〉」（『文章世界』大正9年10月1日発行、第15巻10号、457～457頁）には、次のように記されている。

　宇野浩二氏の「若者」は、長編の為めの長編に過ぎない。午眠の後の読み物にしては感興がなし、生命力を投げ出す朝の太陽に向つて読むにはダレ過ぎてゐる。と来ると温泉あたりに避暑して「時」の価値を味ふことの出来ない者の読物として絶好！　宇野浩二なる者本体を現はして、相馬、高木両氏の作風を顧みるの必要があらう。私は好意をもて此《ママ》のことを書く。

渋谷悠蔵「距れる憾み〈自由論壇〉」（『新潮』大正9年12月1日発行、第33巻6号、152～153頁）には、次のように記されている。

「蔵の中」「転々」「美女」と読んで来てそのふざけた書き方や、人を馬鹿にしたやうな括弧の中のことゝゝゝはり書に、腹も立たない程、馬鹿馬鹿しさを感じて居たが、今度文章世界の八月号へ出た「若者」といふ一篇を読んで、何だか笑つたり反感を持つたりしてのみは過せない気持を感じた。あらゆるものゝ姿をすぐ滑稽な馬鹿げたものに見やうとする癖は勿論目につき過ぎる程沢山あつたけれど、一篇を通じて泣く程悲しい事を仕様事無しに、しかも真面目な顔してふざけ乍ら語るやうな、一種捨て鉢な悲哀がしみぐとにじみ出て居た。さうした時よく聴者は相手の言葉の可笑しさにつり込れて、笑ひ出すものゝ眼にはきつと涙を持つて居るものである。

私も氏に対する先入見から可成り強い反感を持つて読み始めたけれど、そしてところぐではわれ知らず笑ひ出しさへし乍らもいつものやうに嫌な気がしないばかりか、読後一種の寂寥感を覚えずには居れなかった。「蔵の中」や「転々」では主に主人公の姿や特異な性癖や行為が取り扱はれて居たし、文章が風変りなところに持つてきて事件や人物の風変りな並外れなことで読者を釣らうとするあるやまに気付かずには居れなかつたが「若者」にはさうしたところが尠かつた。作者が特別な目的から無理につくり出した人間が居なかつた。他人の妾をして居るのも知らず加代子に恋をして、さうと知つてからもその恋を捨て切れずに居る主人公の気持にも、お凸の奥目の獅子鼻の、文学志望の咲谷重兵衛の悲しみにも同情することが出来るし、望と恋を失つた同志が芝浦の埋立地の砂の上に座つて「ほんまにこの世は苦の世界だすな」とかこつあたりにも涙ぐましいやうな悲しみの味がある。一篇を読むうちに悲哀と苦悩が可成り深く迫る。しかし乍らさうした泣いても足りない人生を、また作中の人物がいづれも躍起となつて泣いたり悲しんだり焦つたりして居るのを作者はいつも離れて眺め乍ら、時にはふざけ乍らおどけまじり《ママ》に語つて居る。浅薄なセンチメンタリズムや人道的昂奮から来るあくどさがそこにはないかはりにいつでも諦めと自棄と自嘲の気味が離れない。

　自分の心一杯を投げ出す真剣さは無くて自分に対しても世間に対してもからかひ気味で居る。真の作者の感情がいつもおどけの蔭にかくされて居る。

　若し作中の人物と相似たる人があつて、漫画化されたる自身の姿をその作の中に見る時、果してどうした感を抱くであらうか。私はゴーゴリの「外套」の主人公アカーキアカーキギツチのことを思はざるを得ない。同情は同情であり乍ら、作者がその人と相擁して泣いて呉れない物足らなさがある。作者の悲哀と作中の人物の悲哀とにある距りがある。自分の悩みをより真剣に生かさうとするものにはその同情は畢竟ある憤りの材料となるに過ぎない。そして私はドストエイフスキーが「貧しき人々」の主人公マカール、デイヱヴシキンの口を藉りてその作に就て云つた次の数語を思ひ起す。

「……これを読んだ読者の中に私に外套を買つて呉れようといふ人があるだらうか、何うだらう、新らしい靴を買つてくれる者があるだらうか?――、いや〱ヴーリンカ、読者は読み終るとさらに続きをと所望するだけなのです……。」（青森市安方町

また、このほかに、小野松二は、「宇野浩二と室生犀星〈論壇〉」（『文章世界』大正9年10月1日発行、第15巻10号、454～454頁）で、「今度の「若者」と、「桃色の電車」「夏葱」とを読んでから急にこの一篇が書きたくなつたから書いた」と述べて、宇野浩二と室生犀星が「現今の我文壇に於ける兄弟」であるという点、「それは一、一貫した筋のない小説であること。一、何処からはじまって何処で終つてゐるかわからないやうな即ち纏りのない小説であること。一、お話本意であること。一、美文でないのにその文章が読んでゐて気持のいゝこと。」を指摘し、「従前の

小説の「型」より脱した小説が宇野氏なり室生氏なりの独自境」であると述べている。「若者」は、「蔵の中」や「苦の世界」よりも同時代評が多く、しかもおおむね、「何処かに一脈の哀愁が出てゐる」、「一寸しみぐ〵とした人情味がある」、「一種捨て鉢な悲哀がしみぐ〵とにじみ出て居た」と、いったように、発表当時、世評が高かった作品である。

甘き世の話―新浦島太郎物語―

「甘き世の話―新浦島太郎物語―」は、『中央公論』（大正9年9月1日発行、第35年10号、250～309頁）に発表された。文末に＜（九・八月、未定稿）＞とある。渋川驍は、「『甘き世の話』は、『人心』からはじまった諏訪もののうち、著者自身の運命の転機を示すものとして意義がある。このときの事情がわからないかぎり、その後の諏訪ものの発展のニュアンスは、よく理解しにくいことであろう」と（『宇野浩二全集第二巻』（昭和43年8月26日発行、中央公論社））のあとがきで述べている。「甘き世の話」は、次の単行本に収録された。

1、『美女』大正九年十二月十五日発行、アルス、一～三二頁。
2、『わが日・わが夢』大正十一年二月十五日発行、隆文館、三～一二一頁。
　この時、副題が削除された。
3、『我が日我が夢』昭和二年八月十日発行、新潮社、八九～一六五頁。
4、『山恋ひ』昭和二十二年九月十日発行、共立書房、三～八七頁。
5、『宇野浩二全集第二巻』昭和四十三年八月二十六日発行、中央公論社、四一〇～四五三頁。

同時代評は次の一つである。
岡栄一郎「九月の月評第二(二)」（『時事新報』大正9年9月14日発行、10～10面）に次のようにある。

宇野浩二氏の「甘い世《ママ》の話」は宇野氏が如何に読者の注意を惹かうかと苦心してゐる作家であるが、この小説の傍註を、描かれてゐる人物の名前に徴しても明かである冗長極まる説明で終止《ママ》してゐるこの作品は、いつもの泣き笑ひの心持ちを描いたものでないのは、作者の唯一の財産であるらしいヒステリイ女の虐待が見えなが《ママ》らであらう。その代りに、信州諏訪の芸者の美しいのを、喋々喃々さ《ママ》る言説を以て紹介してゐるから、その点だけでも読んだゞけの甲斐があるのだが、時々作者が調子に乗り過ぎて紙上の遊蕩に堕しているのは悪傾向である。宇野氏は当代無比の饒舌を以て文壇を跨に掛けてゐながら、恐ろしく足の幅の短かい人だと見えて、此の作品なども作者と一緒に歩いてゐるのに甚だ退屈した。此の作品の面白さは、やがて小説家志望の不心得な著者を方々で製造しないではおかないらしい大に危険な所に懸かゝ《ママ》つてゐるらしい。私かに危惧する所以である。

女優

「女優」は、『解放』（大正9年9月1日発行、第2巻9号、2~52頁）に掲載された。文末に、〈—「恋愛合戦」の中—〉とある。この「女優」は、長篇『恋愛合戦』の第二篇にあたる。宇野浩二は、「僕の作品に就て文学に志す若き人々へ」（『文章倶楽部』昭和3年10月1日発行、第13巻10号、24~31頁）で「大正九年九月号に前の『解放』といふ、『改造』『中央公論』などと競争してゐた雑誌に、『女優』という題で、『恋愛合戦』の後編として、百三十六枚書いた。／これは千葉県の成東といふ鉱泉宿に三泊まつてゐて書いた」という。

「女優」は、次の単行本に収録された。

1、『恋愛合戦』大正十一年七月十五日発行、新潮社、一四一~二四〇頁。

2、『恋愛合戦〈新潮文庫9〉』昭和四年二月一日発行、新潮社、一一〇~一八七頁。

3、『恋愛合戦〈新潮文庫340〉』昭和十三年十二月十三日発行、新潮社、一〇九〜一八二頁。
4、『恋愛合戦〈名作現代文学〉』昭和二十二年八月一日発行、文潮社、一〇九〜一八四頁。
5、『宇野浩二全集第二巻』昭和四十三年八月二十六日発行、中央公論社、七二〜一一八頁。

この「女優」の同時代評には、次の寸評一つが管見に入った。

無署名「九月の誌雑《ママ》」（『読売新聞』大正9年9月7日発行、7〜7面）に、次のようにある。

　芸術家の新講談さへ出る世の中に新鋭話術家とでも云ふのがあつて差当り宇野浩二氏あたりを推薦したらどうだらう◇宇野浩二氏の『女優』は、宇野氏の所謂綿々として尽きざる材料を巧みな説話術で遺憾なくい〻気に発揮したもので、例によつて面白い事は相応に面白いが、さてそれだけのもの

桃色の封筒

「桃色の封筒」は、『大観』（大正9年10月1日発行、第3巻10号、248〜268頁）に掲載された。末尾に、〈（九・九・一四）〉とある。

「桃色の封筒」は、次の単行本に収録された。

『美女』大正九年十二月十五日発行、アルス、二二一〜二五五頁。

「桃色の封筒」の同時代評は、次の二点である。

南部修太郎「十月の雑誌から―創作月旦―」（『新潮』大正9年11月1日発行、第33巻5号、47〜48頁）には、次のように記されている。

　宇野浩二氏作「桃色の封筒」――大観。

とに角、この作者の作品も大概書かれる事の当がついて来た。と云ふのは、「苦の世界」あたりでは面白可

笑しい内にもこの作者一流の人情を物語つてみせて、読者をホロリとさせる苦の世界に誘ひ込んで行つたものがある。処が、最近になつてくると、それが面白可笑しい世界だけになつて来た。作者も筆先で巧に笑へば、読者もその筆先を辿つて他愛なく笑はされる。で、例に依つて飄々乎たる書出を見、奇氏変性帳にでもありさうに奇妙な名前を見附けて、「またかな……」と思ひながら一行二行と読み始める。と、憎い事である。またうまうまと作者の罠にかかつて最後まで読ませられて、我ながら「フンフン……」と苦笑してしまつた。処で、「さてこの作に何が書いてあつたかな……」と思つて振り返ると、中味は南柯の一夢の如く茫然としてと《ママ》しまつてゐる。が、作その物に対してゐる間は、譬へば描写だの解剖だの技巧だのと云はせない内に、幾人かの人物が鮮かに活躍し、走馬燈のやうな事件が巧に描写されてゐる感興、興味に引き摺られてゐる。この作でも山元君の手の描写、その山元君を女に化させる処の百合子の描写、妙見堂の場面の描写などは、其処に多少面白可笑しさの為めの誇張がないとは云へないが、誠にそのうまみが手に入つてゐる。とに角、何時も物語体の作風で、時にはそれが話術の為めの話術家になりたがるが、巧に読者を吸引して筆致の妙に酔はしめる処、誰かが特種の名を冠したがこの作者には確に堂に入つた芸術家的手腕を持つてゐる。然しながら、その作の世界の盛興乃至は興味が遂に筆致を辿る刹那々々だけに出ない事は、云ひ換へれば、作から離れてしまふとそれが余に心に残らな過ぎる事は、何等かの意味でこの作者の作の弱味ではあるまいか。それからその作的態度、その題材、その筆致——それが何時もながら常套的で、最近の作では聊か一種のマンネリズムに陥つて来た事は、やがてはこの作者の作が読者に単調と倦怠を感じせしめる一歩になりはしまいか。

　とに角、この作者は作その物が語るやうに甚だ苦労人である。そして、甚だ聰明である。で、自己に対する非難や冷嘲や、時には罵詈を柳に風と受け流す一種の押の強さと同時に、自己の正体を飄々乎と踏晦《ママ》させる事を鮮かに心得てゐる。処で、これは余言に亘るかも知れないが、最近この作者に親しく出会つてぢつとその人を見詰めながら、その作品の世界を思ひ浮べると、人と作品との間にしつくりしてゐない処の物が感じられる。云ふならば、作者はその聰明さに依つて自己の本体をくらましながら、自己から一歩離れて作の世界を作り上げる。つまり人である宇野浩二氏と、作家である宇野浩二氏とは一種の二重人格である、で、其処に私はこの作者の芸術が特種の名を冠せられる理由があると同時に、それがまたこの作者の芸術の弱味―物足りなさを作るのではあるまいかと思はれる。

原田実・木村毅・島田青峰「十月の文壇」(『早稲田大学』大正9年11月1日発行、第180号、58〜58頁)には、次のように記されている。

宇野浩二氏の『桃色の封筒』(大観)は、気の抜けた一向読みごたへのない作であつた。こんなだらけた物の観方や考へ方では、我々の生活に何物をも附加することの出来ぬのは勿論、何物かを我々の生活から奪ひ去ることすら能はぬであらう。かうして、色々と面白ろ《ママ》をかしく、話の筋にカラクリをしたりシカケをしたりするには、相応の努力を要することであらう。かういふ努力に、芸術家の心が何時か老いて行つたりするのだと思ふと、さびしい。

或法学士の話

「或法学士の話」は『太陽』(大正9年12月1日発行、第26巻14号、174〜187頁)に発表された。「或法学士の話」は、どの単行本にも収録されなかった。

「或法学士の話」に対する同時代評は、次の二つが管見に入った。

紫硬人・魯漫漢「極月文壇㈣」(『時事新報』大正9年12月7日発行、10〜10面)には、次のようにある。

宇野浩二作「或法学士の話」(太陽)所載。

女たらしではないが、女たらしと名を唄はれてゐる――さうして事実、結果からみるといつも女たらしであるところの或る法学士が「私」に語りかける女たらしの話が即ちこの小説である。

私は宇野氏に甚好意を平素から持つてゐるもので氏が単なる説話家としても、相当尊敬に値する事を知つてゐるものである。さうして、それと同時に、常に氏が、単なる説話家の境地から一日も早く脱出して、真に立派な小説家となる事を衷心から希望してゐるものである。勿論かう云つたからとて、氏が小説家でないとは決して申さないのである。只、ナレエシヨン以外には、氏が果して芸術家としての腕を立派に試み得るや否かについて些か疑ひを抱いてゐるばかりある《ママ》。――も一つ断つておくがナレエシヨンが芸術でないと云ふのでも、勿論ないのである。

曾て某日、我親愛なる火曜評論子は、宇野氏の芸術が危急角に立つものであると云つたが、それには私も至極同感なのである。近作「高い山から」の瞥見からも、しみ〴〵とその然るを覚えたのである○《ママ》私は思ふ。氏にして「ある法学士の話」の如きを、再び筆に上す機があるならそれは、明かに氏に対して抱く私等の期待を、離反せしむるの時であると。

だが、断つておく。私は氏の此の作が決して氏に愛された子でもなく、且つ、然るが故に、業々しく批判される事を非常に迷惑に氏が感じるであらう事を推測する事の誤りではなからうと信じるものであると。――頼まれて月評家たるまた難いかなと、茲で私は○《ママ》ふのである。

次に岡栄一郎「歳末の文壇を評す―宇野氏の「或法学士の話」―」(『読売新聞』大正9年12月7日発行、7〜7面)には、次のようにある。

「太陽」では宇野浩二氏の「或法学士の話」を読んだ。従来宇野氏は恐ろしく道草を食ひたがる駿馬に比すべき筆路を、思ふ存分に駆けらしてゐたのだが、此の小説で見ると、かなり道草を遠慮してゐると見えて、存外素直に緊めつけてゐるから、奔放自在な趣きは稍や不足してゐるとは云へ、同氏独特の無遠慮な暢達な味は、不断の通り翫賞する事が出来て甚だ結構である。併し、恐ろしく足の幅の短い人が、当代無比の饒舌を擅にしてゐる趣に至つては、可也少くなつてゐる代り、意識してゐるのか、してゐないのかは敢え《ママ》て僕の知る所ではないが、なかなか大跨に歩き出してゐることが分かつて来た。それと共に、話の運び方が宇野氏式の緻密を欠いて、読者の意表の外に出でようとのみしてゐる狡慧な手段が見え透いて来たのである。宇野氏がいつも覗つてゐるらしい矛盾と撞着との滑稽が、泣き笑ひの愛すべき情趣と相伴はない結果《ママ》。「文学士」某君が「法学士、会社員、古木小三郎」君に会は《ママ》見してゐる際、単に読者嘲笑の的になつたに過ぎないのが大に不満足である。此の作者はやはり旧態依然として、批評家の楽屋からは「不真面目だ、不心得だ」と罵られながら、泣き笑ひの芸当で文壇を跨に掛けて押廻られん事を希望する。此の作品が案外にも粗礪で、同氏特有な変々たる好趣を欠いてゐるのは、或ひは忙中落筆の故かも知れないと言つたら、不服らしい顔をして苦笑しながらも、首肯するだけの体裁は人間並に装つてくれるだらう。

或女の境涯

「或女の境涯」は、『中央公論』（大正10年1月1日発行、第36巻1号、111〜165頁）に発表された。初出文末に、「前号所載室生犀星氏作「まむし」につき、当局より注意を受けし為め、本篇の下検閲を乞ひしに、遂に数ヶ所に多数の伏字を附するの止むを得ざるに至りぬ。此旨著者並に読者諸彦の御諒恕を乞ふ。（編者しるす）」とある。「或女の境涯」は、次の単行本に収録された。

『善男善女』大正十年十二月十五日発行、太陽堂、一〜一〇六頁。

「或女の境涯」に対する同時代評は、次の一つである。

千葉亀雄「新年の創作評」（『太陽』大正10年2月1日発行、第27巻2号、147〜148頁）に、次のようにある。

　宇野浩二氏の『或女の境涯』は、平生にあれほど気の置けない、楽々と書きのばして居るやうな手法が、これでは目につくほど堅苦しくなり、いろ〳〵と方々に苦しいカアブを作つて居る努力の跡を見ると、少なくとも氏が最近のヘヸィをかけた作物であることが推察される。こんな女性の或る生涯は、相当にはつきりと表現されて居るし、それを裏付ける心理的観照もそれ〴〵器用に落ちがなく行き亙つて居る。唯だ此の女主人公を観る作家の態度は、離れやうとして居るのか著かうとして居るのか、可なりあいまいであるやうに思はれる。作家は最初の中はまだいくらか親切に劬はつて居たやうだが終りに近づくに従つて突つ放したやうな心状《ママ》のやうにも思へる。それから作者は彼女の性慾生活を重に示現しようとしたのが始めからの意図であつたのか、何にしても此問題が出て来てからの叙述は、どこかちぐはぐになつてぴつたりと胸に映つて来ない。

遊女

「遊女」は、大正十年一月〜四月にかけて、『国粋』に連載された作品である。その発行年月日を順にあげておくと、次の如くである。

「その一　難波新川」（『国粋』大正10年1月1日発行、第2巻1号、213〜227頁）
「その二　難波病院」（『国粋』大正10年2月1日発行、第2巻2号、130〜141頁）
「その三　友菊と千鳥の話」（『国粋』大正10年3月1日発行、第2巻3号、129〜143頁）
「四　雪景色」（『国粋』大正10年4月1日発行、第2巻4号、166〜187頁）

この「遊女」は、次の単行本に収録された。

『宇野浩二全集第三巻』昭和四十三年九月二十五日発行、中央公論社、三八〜六九頁。

渋川驍は、「大阪と『遊女』」（『宇野浩二論』昭和49年8月30日発行、中央公論社）で、「遊女」を、「大阪を扱った新しい素材」とし、「構成がよく計算されていて、しかも全篇に詩趣のただよった短篇の秀作であろう」と評価している。

「遊女」の同時代評は、次の一点がみられた。

加藤武雄「三月の文壇㈠」（『東京日日新聞』大正10年3月3日発行、4～4面）には、次のように記された。

遊女（宇野浩二氏――国粋）　これも続きもので、私は、本号の分だけ読んだのだが、虐げられた売笑婦達の病院内の悲惨な生活の描写には思はず胸をうたれた。最初は、例の浩二式の気軽な話と思つて漫然と読み出したのであるが、読んで行くうちに、きいと心がひきしめれて来るやうな気がした。こんな処で、宇野君の傑作にぶツつからうとは、全く思ひがけなかつたのに――。

四、「空しい春」から「或る女の横顔」まで

ここに紹介する宇野浩二に対する同時代評は、宇野浩二が、大正十年四月から発表した短篇小説「空しい春」「鴉」「滅びる家」「切腹」「一と踊」「夏の夜の夢」「心中」「船暈」「或る女の横顔」についてである。これらの作品の多くは、仕事場として滞在した鵠沼の東屋で執筆された。宇野浩二は『文学の三十年』の中で、「この鵠沼と東屋とには、私には、さまざまの尽きせぬ思い出がある」と述べている。

此の時期の宇野浩二は、「空しい春」のような、片岡鉄兵から聞いた話で一篇の作品を書きあげてしまうというような、何人の追随を許さない、独特の話術の天分を発揮したようだ。この時期に注目すべき作品は「一と踊」と

「夏の夢」であり、それに対する広津和郎の批評である。

空しい春（或ひは春色梅之段）

「空しい春」は、「新文学」（大正10年4月1日発行、第16巻4号、183～221頁）に発表された。この作品は、次の単行本に収録された。

一、『空しい春』（大正10年6月発行、金星堂）＊未確認。
二、『新選宇野浩二集〈新選名作集〉』（昭和3年8月20日発行、改造社）
三、『子を貸し屋、蔵の中他二篇〈春陽堂文庫一〇三〉』（昭和9年11月20日発行、春陽堂）
四、『宇野浩二集〈市民文庫29〉』（昭和29年1月10日発行、河出書房）
五、『宇野浩二集〈現代文豪名作全集〉』（昭和29年1月31日発行、河出書房）
六、『宇野浩二全集第三巻』（昭和43年9月25日発行、中央公論社）

宇野浩二は、この「空しい春」について、「僕の作品に就いて文学に志す若き人々へ」（「文章倶楽部」昭和3年10月1日発行、第13巻10号）で次のように述べている。

　これは大正十年三月の作で、六十八枚、片岡鉄ちやんから材料をもらつた。しかし、登場人物は一人も知らない。好きな作の一つである。鉄ちやんの話もうまかつた。が、後で、「あの話をあんな風に書くんですかな」と鉄ちやんに賞められたから、僕の方が話術がうまかつた訳だらう。

宇野浩二が、「大正十年三月」の作と述べる如く、初出末尾には、「(十・三・一六)」と記されている。「私もその男を二三度見たことがある」で始まるこの作は、片岡鉄兵と目される人物―尾礼音吉から、堀田芳花という男の話を聞かされる。その堀田芳花を主人公として描いた小説である。堀田芳花とは、「身体中のうちで完全なのは顔だけで、二目と見られないひどい片輪者である」が、「河野紅夢と両々並んで、吉井勇張りのセンチメンタルな歌を作る」人物であった。河野紅夢とは、「この小説の第二の主人公」で、「彼等の歌はその署名を活版職工が誤植して、その作者の名前をあべこべに印刷しても、当の彼等自身さへ気が付かずにゐはしないかと疑はれる程よく似てゐた」が、容貌は正反対で、「『春画の殿様』といふ綽名を得てゐる」ように、恰好のよい人物である。二人の主人公が大部分を埋めるM――新聞の短歌欄に、ある時、守谷れん子という女性が歌を寄せた。その女は、「芳花や紅夢よりも巧いかと思はれる程」に歌が上手で、また、「以下二首紅夢様へ」とか、「芳花様へ」などと書き、二人に熱烈な恋情を寄せるのだった。守谷れん子という女性について、二人は調べるが一向にわからない。そのうち、芳花は、いかにも女性にもてるように話す紅夢にいまいましさを感じ、その美貌に嫉妬心を抱いた。そこで、芳花は、守谷れん子を名乗り、紅夢にラブレターを出す。そこには、「今日午後一時に城の公園の梅の段までお運び願へないだらうか」と記してあった。容姿端麗でありながらも、実際は、女性に縁のない紅夢は「燃えるやうな目付」で手紙を読み、早速、公園の「梅の段」へとんでいった。時間がきても、れん子はやってこない。そのうち、紅夢は苛々し出した。それを「ぢつと見下ろしていた芳花は、いつの間にか憎悪の気持も、嫉妬の情も消えて」しまう。そして、芳花は、突然泣き出してしまったのである。以上のような物語であるが、最後に、守谷れん子とは、「私」の友人尾礼音吉の匿名だった。というおちでおわり、意外性をひく。いかにも、近世戯作文学の流れをくむ、大阪文学的発想による終末である。

さて、この「空しい春」に対する同時代評は、次の二点がある。

中村星湖「四月の創作評（七）」（「読売新聞」大正10年4月9日発行、7〜7面）

宇野浩二氏の『空しい春』（同前）別題（或ひは春色梅之段）とある。以てその内容と形式とを知るべしである。いつぞやわたしの許へやつて来た青年が、「宇野浩二はすつかり小金井蘆州ですね」と言つた事がある。

この新らしい小説家とあの古い講談師とを比較するとは何ういふわけだか、その時、わたしには解らなかつた。その後、廬州の講談をちよい〱見てみるとさすがにしやべり屋だけによくしやべる。見て来たやうなウソを並べるのはなか〱うまい。今度、その予備知識を以て宇野氏の作品に向ふと、「なる程なあ」といふ気がした。で、悉く感心してしまつたわけで、「春色梅之段」の手前、野暮は禁物だと思ふが、「私もその男を二三度見たことがある。」といふ第一人称的表現で行きながら、勝手に「彼」や「彼女」の心のなかへ飛び込むのは、作者が不注意の為めではなくて、承知の上の図々しさだらうと推量した事だけを言つて置く。

村松正俊「四月の創作界」（「太陽」大正10年5月1日、第27巻5号、144～144頁）には、次のようにある。

同氏の『空しい春』（新文学）の方がはるかに優れてゐる作品である。そこには生活に対する哀感が漲つてゐる。それは作者の意識しないところにあるのかも知れないが、それだけの表現が充分に出てゐる。尾礼音吉といふ男に悪戯をさせたところは、いかにも宇野氏にちがひないが、それにもかゝはらず芳花に於ても、紅夢に於ても、作者は考へさせるあるものを充分に示してゐるのである。

宇野浩二自身が「空しい春」について、片岡鉄兵よりも、「僕の方が話術がうまかつた」と述べる如く、宇野浩二の一種独特の「語り」や「表現」が評価されているのが注目される。また『子を貸し屋・蔵の中他二篇〈春陽堂文庫一〇三〉』の、「序にかへて」の中で、宇野浩二は「『空しい春』は殆ど全く空想の作」と述べているが、この「空しい春」と同じ系列の作に、「尾上半二の結婚」（『善男善女』収録）がある。なお、「序にかへて」で「『空しい春』は今度手を入れ」たと述べているように、昭和九年の春陽堂文庫では、本文の異同がみられる。

滅びる家

「滅びる家」は、「文章俱楽部」（大正10年5月1日発行、第6巻5号、2〜8頁）に発表された。初出末尾に、「十・三・三〇」とあるから、執筆年月日は、大正十年三月三十日であろう。「滅びる家」は、次の単行本に収録されている。

一、『わが日、わが夢』（大正11年2月15日発行、隆文館）

二、『宇野浩二全集第三巻』（昭和43年9月25日発行、中央公論社）

宇野浩二は、父を明治二十七年、三歳のときに亡くし、父の遺産を、母は父の亡姉の夫、入江寛司に預けていた。しかし、入江の家は、「いつとなしに破産して、月々の金どころか、預けた金もなくなつてしまつた」そうだ。この「滅びる家」は、入江の家から送られてくる送金がなくなり、母と二人で入江の家を訪れる場面が描かれている。

「滅びる家」に対する同時代評は、次の一点が管見に入った。

平林初之輔「望遠鏡下の小説―「潮風」のブルジョワ趣味―〈文壇月評(二)〉」（「読売新聞」大正10年5月4日発行）に次のようにある。

　宇野浩二氏の「滅びる家」（文章俱楽部）と、小川未明氏の「すべてが美しく」（文章俱楽部）とは、どちらも骨休めの意味で書いたものらしい。前者が器用で後者が不器用なことを感じたゞけである。

ここでは、「骨休めの意味で書いた」と評されているが、宇野浩二の実体験に基づいた、不幸な出来事を題材にし、幼少時に、入江寛司に会ったときの、気持ちが描かれている。この、入江家の様子は、『遠方の思出』（昭和16年5月20日発行、昭和書房）に、「古びて、ところどころ壁土など剝げ落ちてはゐたが、白壁の塀をめぐらした、豪家らしい構への家であつた。」「玄関の間は六畳ぐらゐで、その間の天井には天井の大きさより一廻りほど小さい四角な枠が上から仕掛けられてあつて、その枠の上にさまざまの形の槍が十二三本置きならべられてあつた。」とある。「滅びる家」では、この『遠方の思出』での入江家の様子が、そのまま使われている。入江家に並んでいる槍を、伯父の入江寛司からお土産として宇野浩二は貰い受ける。末尾の、「どうして、そんな槍なんかくれたのか、わたしはその訳を知らない。その伯父はその翌年死んだ。その時の槍はどうしたのか、今もうない。」という一文は、余韻を感じさせる。

鴉

「鴉」は、「中央公論」（大正10年4月1日発行、第36年4号、111〜138頁）に掲載された。この「鴉」は、『空しい春』（大正十年六月発行、金星堂）に収録された。

「鴉」について、岡栄一郎の「浩二氏の「鴉」を読む」（「時事新報」大正10年4月10日夕刊、10〜10面）は次のように評した。

　雑誌の広告もなかなか馬鹿には出来ない。宇野浩二氏の「鵄《ママ》」といふ小説を講《ママ》んで見ると、なるほど「夢か現か神経衰弱か」（よく覚えてゐないが、こんな文句が遣つてあつた）のせゐで、汽車に乗る前後の見聞した事実とそれから起る妄想とを交錯させて、読者を変な世界に引つ張り込んで行く所が、広告の文字通りであつたから、かなり感心した。此の褒め言葉はそつくり作者宇野氏に献じて差支へがないと思ふ。

　併し、断るまでもなく、眼前の光景を前にも一度経験したやうな気持ちになるのは、確に神経衰弱の加減である、それは「どうでもいゝが、読者としての希望をいふと、変な気持ちを作者が不思議だ不思議だと云つて警戒してゐる割合に、不思議な妄想の世界に釣り込まれる不安な調子が存外少いといふ事である、風馬牛でゐて平気に聞いてゐられる奇怪な物語を、うんさうか、そんな事もあるだらうなと云つてずんずん饒舌らしてゐる気がする、己は面白いが第一だと作者が云ふかも知れないが、正に面白い事は、不断の面目を十二分に発揮した縦横無尽の才気だから、相不変感服して、一々御尤もでと云つて頭を下げるのだが、一向身に沁みてさぞ不安だつたらうとか不思議だとは感じない克明に繰返して、以前にもかうだつた、同じ人間だ、同汽車だと説明してくれると、またこん度もさうだらうと安心して読めるのだから、一層不安な気持ちになれない。その意味では案外成功した小説だとは云ひ悪いが、自分の要求が見当違ひの所を覗つてゐるのかも知れない。が、「表現主義」の男をもつと有効に使へないものか知ら。それから、寝台列車に短刀が出るのは、少し際物じみた思ひ付きである。此の小説でグスタフ、ヰ、ドの『午後十一時』を思ひ出したが、その方が自分の要求から云へば頗るよろしい。

村松正俊の「四月の創作界」（「太陽」大正10年5月1日発行、第27巻5号、144〜144頁）では、次のように評した。

　変つたものとして見るべきは、宇野浩二氏の『鴉』（中央公論）である。しかしそれは近ごろの文壇では変つてゐるかも知れないが、実はさう変つた思ひつきといふわけではない。悪魔主義一派の空気から生れたやうな作品である。疑ひもなく作者は最近の社会事実からヒントを得て構想したのであらう。そこに種が知れてゐるといふ弱点がある。同時に鴉をつかふところなどに、模倣のあとが見出される。さうして作者はいゝ気になつて書きつゞけてゐる。結局奇怪になるべき小説が殆ど奇怪な感じを与えてゐない。

無署名「四月の雑誌（中央公論）」（「読売新聞」大正10年4月15日発行、7〜7面）には、次のようにある。

◇宇野浩二氏の「鴉」◆

　氏の一転機と見らるべき制作であるが、かうした作物は作者の人格が持つ情感の濃い不思議の世界から泉《ママ》まるべきもので、氏の得意なくどい説明と記述とだけでは事実の興味以外には与へる印象の可なり薄いものだ。

　この「鴉」という作品では、「表現主義」の本を読んでいる、いわゆる「表現主義」者の男が、語り手の「俺」を殺すという話が描かれている。しかし、それが、本当の出来事なのか、夢なのか不明であるという設定になっている。「俺」が、「表現主義」の男に、短刀で刺されたあと、「俺」は、「せめて、あの男の、あの下手人の頻りに読み耽つてゐた、『表現主義』といふ本の名前だけでも一言言つておきたいと思ふ、実際をかしな本だ、何の本だらう、表現主義なんて、屹度俺は知らないのだが、それを言つたら、裁判官なり警察官なりに直に判断がつくかも知れない」と述べている。

切腹

「切腹」は、「大観」(大正10年5月1日発行、第4巻5号、150〜166頁)に発表された。この作品は、どの単行本にも収録されなかった。「切腹」に対する同時代評は、次の一つがみつかった。
内藤辰雄「五月の文壇評㈣」(「時事新報」大正10年5月5日夕刊、10〜10面)に次のようにある。

　宇野浩二氏作「切腹」(大観)これはコシラヘモノだ。祖父宗左衛門の切腹研究に際して受ける印象だつて七十余になる年寄りか三十前後の武士かちつともはつきり来ない。彼の心持ちにはまア無理はないと割引出来ても、彼の外面描写即ち手足皮膚音声一つとして年寄りらしく書いてない。描いてあるのはチヨンマゲ丈だ。氏はやはりヒステリイの女性などを描いてゐる方がいゝ。中には氏を非難する者もあるが、私も芸術家として氏の所期するところには文句があるが、それでも新文章の創始者ではあり、さうした作品には現実味があり、実感があり、哀愁があり、弱い微笑があり、只に面白いとばかりいつてゐられない人生味がある。がこれはコシラヘモノの愚作だ。

「切腹」では、祖父の宗左衛門が孫の宗太郎が国事犯に問われるような大罪を犯したことを悔やみ、見事な切腹で自害する話を描いている。内藤辰雄は、「愚作」と評しているが、江戸と明治を生きぬいた、宗左衛門が、日本人の大和魂である武士道を守り続け、潔い最期を遂げるところは爽快である。

一と踊

「一と踊」は、「中央公論」（大正10年5月1日発行、第36巻5号、58～88頁）に発表された。次の単行本に収録されている。

一、『わが日・わが夢』（大正11年2月15日発行、隆文館）
二、『我が日我が夢』（昭和2年8月10日発行、新潮社）
三、『新選宇野浩二集〈新選名作集〉』（昭和3年8月20日発行、改造社）
四、『山恋ひ〈改造文庫、第二部194〉』（昭和7年11月30日発行、改造社）
五、『人間往来』（昭和11年1月15日発行、黎明社）
六、『夢の通ひ路〈有光名作撰集一〉』（昭和16年7月15日発行、有光社）
七、『山恋ひ』（昭和22年9月10日発行、共立書房）
八、『子を貸し屋〈新潮文庫〉』（昭和25年1月20日発行、新潮社）
九、『蔵の中・子を貸し屋　他三篇〈岩波文庫〉』（昭和26年6月25日発行、岩波書店）
十、『宇野浩二全集第三巻』（昭和43年9月25日発行、中央公論社）
十一、『宇野浩二〈日本文学全集30〉』（昭和48年6月8日発行、集英社）

「一と踊」は、いわゆる宇野浩二のゆめ子物の短篇の一つである。ゆめ子とは、大正八年、宇野浩二二十八歳の時、広津和郎と二人で上諏訪にゆき、二週間滞在して仕事をした時、滞在場所のかめ屋で知った芸者原とみをさす。芥川龍之介は、このゆめ子について、『我が日・我が夢』（昭和2年8月10日発行）の「序」で、「最後に僕の述べたいのは僕も亦一度宇野君と一しよにこの本の中の女主人公――夢子に会つてゐることである。夢子は実際宇野君の抒情詩を体現したのに近い女だつた。」と述べている。

「一と踊」に対する同時代評は、次の二点である。

平林初之輔「文壇月評(八)」(「読売新聞」大正10年5月12日発行、7～7面)に次のようにある。

宇野浩二氏の「切腹」(大観)と「一と踊」(中央公論)とを読むと、どうしても此の作者のもつてゐる独特の天分を認めないわけにはゆかない。今日の凡庸作家時代にありて氏はたしかに何人の追随を許さないタレントを所有してゐる。そのタレントは吉田絃二郎氏などとは――例へば――正反対のそれだ。後者は言はゞ作品をはじめからしまひまで註解して読者に提供するが、宇野氏は一切註解なしにストーリー・テラーの秘伝を持つて読者を釣りこんでゆく。そこに一般にライターの二種のタイプが見られる。「切腹」にしても「一と踊」にしても、そこに醸し出されてゐる雰囲気は、石川啄木の或る歌を思はせるやうな、泣き笑ひの気分だ。啄木程鋭くないが、凡てが悲喜劇だ。「切腹」の中で祖父の宗左衛門が蔵の中で切腹のけいこをするところだとか(抑もこの作は国粋主義の祖父と国事犯で死刑になる孫とを対照させた所からして悲喜劇だが)、「一と踊」の中の老婆が踊るところなどはその適例である。たゞどつかに変な臭味があるのが気になる。たとへばクロウトあがりの女にどこかそれがあるやうに。それが何故だかはよく分らないが、多分ぶつきらぼうに捨身になつてゆく態度にではなかろうかと思はれる。大抵のことが氏の筆と想像力にかゝると、どうなりかうなり読める小説になつてゆくからといつて、身辺の材料ばかりを刈り集めてゐないで、その達筆をふるつてもうすこし大物を料理して貰ひたい。例へば「ダヴイデと子達」といふやうな。それまでは、氏の思索の深みがどの程度まで達してゐるかわからないので、容易に信用が私はおけない。

広津和郎「いろいろな事」(「時事新報」大正10年5月21日夕刊発行、12～12面)に次のようにある。

宇野浩二君の「一と踊」はなかなか味をやつてゐるなと思つた。世の中で評判がよかつたが、ひと通り評判の好いのは無理はなさゝうだ。うまい事はうまい。が、表面なだらかに、すべすべとやつてゐるが、その工夫の裏の動機は、そんなに深いところにはない。結局書き方の工夫だ。気持ちの上では、近頃この世の中に余り不満が無くて、何か事足りたやうな気がして、妙に愚に返つてしまつたと云ひたい位のお人好しの作者気分か、いらいらしてゐるよりはさう云ふ方が、結句読者に切迫つまつた感じを与へないで済むと云つた程度の快さで出てゐるだけで、それ以上のものではない。――それだけで、この作者に自己に対する文句がないならそれでも好い。物の解つた好い叔父さん顔してゐて、この人生が満足出来るならそれでもいゝ。だが、宇野君がこんなに好人物になり切つてしまふ筈ではなかつた。と云つて、事の意外に驚く我々の驚き顔もちつとは考へて貰ひたいと云ふ注文が、彼を知つてゐる私の頭には起らずにゐない。

誰にも腹を立たせないで好い子になつた宇野君よりは、正直な話昔の宇野君の方が、たとひどんなにアクがあつても直接胸に来る感じが強かつた。どんな風なものを生み出すかと云ふ期待が持てた。こんなに早く満足してしまつて、包丁の切れ味ばかり見せてゐるのは、世間相手には好いだろうが、或人間には、一寸淋しすぎる。

宇野浩二は、「二と踊」について、「僕の作品に就いて文学に志す若き人々へ」(「文章倶楽部」昭和3年10月1日)で、

この作は、全然作家が空想で書いたものだが、多くの人に愛される性質の作品だと思ふ。大正十年三月の作で、鵠沼東家で書いた。四十枚。「中央公論」所載『我が日我が夢』に収む。

と述べているが、「同時代評」も、大変評判がよかった。また、宇野浩二は『蔵の中・子を貸し屋』(昭和26年6月25日発行、岩波文庫)の「あとがき」で次のようにいう。

『二と踊』は、これも、ある友人が、ある時、ある山の温泉に滞在ちゆうに、ここに書いたやうな、(もつとも、ここに書いたやうなのは私の空想であるが、まづ、このやうな、)二人の老婆の踊りを見た、といふ話から、

私のいはゆる体験したやうな事を元にして書いた、やはり、作り話である。（なほ、その友人がかういふ老婆の踊りを見た場所は赤倉温泉である。）

この老婆が踊るシーンは、この作品のクライマックスともいうべき箇所で、同時代評でもとりあげられている。宇野浩二は、老婆二人が手をつないで踊るという、友人から聞いた話を、効果的に用い、妻とゆめ子が自分を巡る三角関係で憎み合わず、仲良くできればという、大正十年頃の自分の心情をリアルに表現している。

夏の夜の夢

「夏の夜の夢」は、「新潮」（大正10年6月1日発行、第34巻6号、64〜85頁）に発表された。「夏の夜の夢」は次の単行本に収録された。

一、『わが日・わが夢』（大正11年2月15日発行、隆文館）
二、『我が日我が夢』（昭和2年8月10日発行、新潮社）
三、『宇野浩二全集第三巻』（昭和43年9月25日発行、中央公論社）

「夏の夜の夢」は、「一と踊」と組み合わせて書いたもののようで、「夏の夜の夢」の「末尾」に、宇野浩二は次のように述べている。

「この一篇は五月の中央公論に発表した「一と踊」といふ作と、二つ組み合はして一篇の小説として、「わが日・わが夢」（一、一と踊。二、夏の夜の夢）といふ題で、当時一緒に書き上げたものではあるが、都合で「一と踊」だけ離して発表したのである。で、前の作と離してこの篇だけを見ると、間々前後の関係の分りにくいところがあるかも知れないが、今二三筆を加へて発表することにした、多分筋の上に大した不都合はないつもりであるが、一寸お断りしておく。五月二十一日、作者。」

「夏の夜の夢」に対する同時代評は、次の四点が管見に入った。

まず、広津和郎「六月の創作評」（「時事新報」大正10年6月3日夕刊、10〜10画）である。

先づ一番最初に宇野浩二氏の『夏の夜の夢』から始めよう。これには最後に作者が、先月の「中央公論」に出た『一と踊』と二つ組合はして『わが日、わが夢』（一、一と踊。二、夏の夜の夢）と云ふ題の一篇の小説とするつもりだつたと云ふ断り書をしてゐる。

けれどもこれだけでも無論立派な一篇をなしてゐるし、私の読んだ感じから云へば『一と踊』よりも此『夏の夜の夢』の方が、ずつと気持が好い。或は此作は作者近来の佳作ではなからうかと思ふ。尤もこの作者の月々に沢山に発表する一々の作をみんな読んでゐるわけではないから、他にどんなのがあるか解らないが。

私はどんな作について批評する場合でも、何よりもその作を書いた時の、作者の心の姿を思ひ浮べる。そしてその作者の心の姿が、読む自分の胸に、澄んで来るか濁つて来るかを一番先に、そして一番重要なものとして、考へる。私の批評の心がけは、実際それより外にはないのだ。

此宇野浩二氏の『一と踊』と『夏の夜の夢』とを二つ考へて見る時、作者の意図は類似したものにあり類似した気分によつて、二つの作を統一しようとしたのであらうが私の胸に来る印象から云ふと『夏の夜の夢』は『一と踊』よりもずつと素直だ。透明だ。そして此作にも、作者の工夫は、たくみは、かなり使つてあるが、併しそれが『一と踊』よりも作者の心の中に於て調和が取れてゐる。——『一と踊』に於いて、最後に出してある二人の老婆の踊も、「夏の夜の夢」に於いて、最後に出してあるゆめ子の母親とゆめ子の赤ん坊も、作者がそれを出してゐる作の効果についての意図は互に似通つてゐるけれども、その結果は『夏の夜の夢』の方が自然であり、又重要である。

『一と踊』の老婆の踊は、現にあの主人公が見たにしてからが、あの作に作者があれを重要視してゐる程、それ程、主人公の心に取つては、ほんたうはそんなに重要ではない。主人公よりも作者の方があれを題材の一つとして感心し過ぎてしまつてゐる。けれども『夏の夜の夢』の老婆と赤子は、あれは主人公に取つての重要さと、作者が感じてゐる重要さとが、ほんたうに一致してゐる。

　私が此作者の旧作の中で『其《ママ》の世界』よりも『人心』を称賛するのも、それと同じ理由だからだ。ほんたうの重要な事は、時に作者の意識を越えて、作物の中に滲み出て来る。――そして今度の『夏の夜の夢』の全体を考へて見ても、時々作者が此処と思つて、得意で腕を揮つたところよりも、唯何となく書いて行つたところの方に却つて好いリズムが出てゐる。その他作者の人生観、と云ふと語弊があるが、人生に対する心臓の位置（一寸変な云ひ方だが）については、論じて見たい事があり、不服があり注文があるが、今度は月評だから作について述べるに止める。

ＫＩ生「今日の小説㈡」（「文章倶楽部」大正10年7月1日発行、第6年7号）は、「夏の夜の夢」の梗概紹介である。それには次のようにある。

　田舎の芸妓であつた自分の妻の朋輩が赤坂で半子といつて住替してきてゐるのを知つたので、ある機会にその女に会つた。其女は自分が嘗て愛してゐた子持芸者のゆめ子と顔の似てゐるところから前から愛着を持つてゐたのだつた。自分も三十幾歳に達してどうやら生活の方針も定まり、ほつと一息ついたところで、そこに少しばかりぽかりと穴があいたのでもあるのかよくその女に会つた。半子は男の為に東京へ出てきたことを聞いた。自分の妻と半子とゆめ子とが一つ家に住んで苦労したことなども想像した。その前の年のことであつた。自分の女房がきて初めての年、妻に隠れてゆめ子の町に行つた時のことである。ゆめ子の抱へ主なる女将は自分の抱へ達に子を生ませぬためある神へ日参をさせた。自分がいつものやうに呼んだゆめ子と連れ立つて町を歩いた。温泉場らしい坂道からやがてゆめ子の家の前で自分は別れたがすぐ宿屋の門へ這入る気もなく又反対の道を歩いてゆくと官幣大社の暗い境内へ来た。なに気なく廻廊へ上つて涼しい夜風に歩いてゐると赤ン坊のむづかる声がした。その方へそつと行くと皺枯れた声で老婆が子守唄をうたつてゐた。見るとそれがゆめ子の抱へ主である因業な内儀であつた。湖水の向う《ママ》の空で稲妻が光つてゐた。自分は騒がしい都を歩いてゐてもその光景を思ひ浮べると涙が出てきた。これは何の涙であるか（新潮）

次に、耕一「六月の文壇(九)」（「東京日日新聞」大正10年6月7日発行、8～8面）である。

▲「夏の夜の夢」（宇野浩二氏――新潮）子を生みたがる半子と、子を生んだゆめ子と、子のない小瀧と、そして私と称する男との間の「私も甘い心の男であるか？」といふ提案にはじ《ママ》まつて「これは何の涙であるか？」といふ疑問で終る事実を、またしてものほゝんとした理解でまるめ込んだものである。かうなると人生は単なるかゝりあひで恋といふものはヂヤン拳でもきまりさうだ。――が夢廼家の婆さんが子供を暗い神社の境内であやしてゐる條はこの作者と雖も真実の心持にならざるを得なかつたと見える（耕一）

無署名「六月の雑誌（新潮）」（「読売新聞」大正10年6月15日発行、11～11面）には、次のようにある。

◇宇野浩二氏の創作「夏の夜の夢」は「一と踊」と組み合されて一つの作になるのだとあるが、これは矢張り独立して居る方がよい、そしてどつちがすぐれて居るかの問題になると、「一と踊」の方がずつとすぐれて居る◇大袈裟に云へば、「一と踊」は人生相の一角を、強く実感してその儘に斫りとつて来た自然の純な咏嘆があるのだが、此の「夏の夜の夢」の方になると、作者が強ひて意識して構図したところの、安手な人情味の愁嘆場だと云ふ感じがする、氏の折角のペエソスもかうまでになると一寸考へものぢやないかな◇

「夏の夜の夢」では、女房に隠れて、ゆめ子の町へ行った、「夏の或る夜」、因業で蓄財家と、恐れられていた、ゆめ子の養母が、子をあやしているのに出あう。「その夏の一夜の光景」が「私」に「忘れられぬ絵」となり、思わず、涙を流す、という話を描いている。どんな女性にも、温かい母性愛が存在するというテーマは、広津和郎が褒めるように、「気持が好い」感じがする。宇野浩二が、初出「夏の夜の夢」の末尾で、「一と踊」とペアで、「我が日　我が夢」という小説にする予定だった。と述べているので、「夏の夜の夢」と「一と踊」のどちらが優れているかという点が議論されているが、どちらの作も、短篇として、独立していて、読みごたえのある佳作である。

心中

「心中」は「改造」(大正10年9月1日発行、第3巻10号、137～175頁)に発表された。「心中」は、次の単行本に収録されている。

一、『わが日・わが夢』(大正11年2月15日発行、隆文館)
二、『我が日我が夢』(昭和2年8月10日発行、新潮社)
三、『山恋ひ〈改造文庫・第二部194〉』(昭和7年11月30日発行、改造社)
四、『山恋ひ』(昭和22年9月10日発行、共立書房)
五、『宇野浩二全集第三巻』(昭和43年9月25日発行、中央公論社)

この「心中」も、「一と踊」「夏の夜の夢」と同じく、ゆめ子物の一つである。宇野浩二は、「僕の作品に就て文学に志す若き人々へ」(「文章倶楽部」昭和3年10月1日発行、第13巻10号)の中で、次のように述べている。

これは同年八月、改造社から帝国ホテルの宿料を出してもらつて、十日ばかり滞在。しかし大方遊んでゐて、三日くらいで書いた。八十三枚である。これも作者の空想から生まれたもので好きな、或る自慢の作の一つである。『我が日我が夢』に収む。

「心中」に対する同時代評は、葛西善蔵「九月の雑誌から」(「時事新報」大正10年9月13日、14日夕刊発行、9

～9面）で、次のように述べた。

昨年の「改造」に出た「美女」では彼の文章に感心し、「浮世の法学士」は氏の作の中ではかなり好きな方だつたが、それから「婦人公論」の「女性」の最初の二三回――その後読む機会を失つたが――それから僕の友人Ｍ笛声氏もモデルの一人だつた何とか云ふ題の作などは所謂小説術と云ふ方面からは相当に感心されたが、近来は新聞の長篇の方に独特の怪腕をふるつてゐられるのか、此頃はトント気持のいゝ短篇には出会はなかつた。面白可笑味と云つても鼻について、一九三馬のものなど読んだ時のやうな、あとで何とも云へない洒脱な笑諧味の頓服でも飲んだ気持ちにでもされるとまだいゝんだが、所謂小説術とかの手練手管に乗つて無理にも読んで見ても、吃度何かしら不快なものがいつまでも舌に残される。それも氏の持味だとすれば、さう云ふものがまた現代の読者の熱烈な要求であるんだとすると、そしてそれが即ち新らしい小説なんだとすると、自分の如き旧人派は退いて読まないことにするまでゞ、お互に文句のない訳である。そんな訳ではあるが宇野氏の小説は余り精読しないが、氏の所謂一度の飯よりも好きな文学の研究や苦心談などゝ云つたやうなものは僕は氏とは交際はして居るがなかなかさう云つた秘訣苦心の談と云ふものを惜しがる訳でもあるまいがして呉れないので、諸雑誌に出るのを見付けた度には、吃度妙薬か何かのつもりで注意して読んで居る。そしてさすがに用意の周到なのには敬服を禁じ得ない。それでさう云ふ点では僕にも解つてゐるつもりだが、唯氏は、小説と云ふものは氏の書くもの――そんなものだけが小説と云ふものだと大きく呑み込み過ぎてるやうで、僕なんかの書くやうなものは小説でないと思つて居るのか、また小説家などゝ云ふものではない異類のものと考へて居るのか、またさうだつたとしても非常に幼稚貧弱なものだと軽蔑して居るらしいんで、それは雑誌「人間」六月号でもそんな口吻を漏らしてゐた。僕に云はせると、それはアベコベなのだ。

僕には今理屈を並べてる余裕がないが、しかし時が、それを教へて呉れるだらう。時は教へずに置かないのだ。ジヤーナリズムが沢山の芸人を要求する、それで沢山の芸人が出来た訳だ、芸人が飯の食へるのが当然な時代なのであつて、自分等如き貧弱な芸人でさへどうにか飢ずに暮て居《ママ》れる位なんだから、要するに多量に書く書かないかの問題なんで、必ずしも君が特に小説術を会得したのだと心得たらば間違ひと云ふもので大抵のカツポレ八木節だつて要するに間に合ふ時代なんだと云ふことを多少は念頭に置いて見たらいゝだらう。その上でとつくりと人間としての方向について考へて見、芸術のことも考へるべきではないだらうか。

　無論こんなことは人間の大問題なのだから、なか〲一朝にして考への定まるべきものではないので、下愚僕の如きこのいゝ年をして世上に醜体晒て居る有様で、無論他人のことなど云へる訳のものではなく、賢愚天品自ら分のある訳で、君なぞは或は芸の神様の申し子であるかも知れないが、それにしては聊か茶気慢の嫌はないか。さてついでだから云つて置くが今度の「心中」をざつと読んで見たが、なるほどだいぶ時の転換法やらを研究されたらしくその苦心のほどは僕にも解つたが、それについて君が先月だか先々月だかの「文章倶楽部」で君の小説苦心談の中に、人の云ふところによると時の転換法を葛西善蔵が徳田秋声の模倣をした――そんなやうなことを云つて居るが、そんなことはよしたがよからう。

　人の云ふところによると――誰が云ひ出した事か知らんが、君自身が以前「新潮」に葛西善蔵論を書いた時そんなことを云つたのではないか？……そんなことはいゝが僕は秋声先生の手法を模倣したと云はれようと、盗んだと云はれようと、僕は少しも介《ママ》はないが、卑陋鈍才僕の如き人間に模倣されたとか盗んだとか出たらめなことを云はれては秋声先生が苦笑しなさる。僕は十五年来此の先生に対する真実な礼儀から敢て云ふ――君なんかに聴かせる言葉ではないが――僕は秋声先生の弟子でもなければ、先生の手法など模倣するにさへ値ひしない人間なのだ。そんな気持を、兎に角何年か表面だけでもつき合つて来て、それで君がわからないのだとすると、君の物知り顔が何の役に立つか。知つて敢てそんなことをするのだとすると、嫌がらせを云つて空気を濁すのだとすると、それは最早幇間性の逆手を云ふ奴で、それだけは断じて封じて貰はにやならん。すべを正手で行け、出来ないまでも逆手はやめ給へ。

君の社交性を正当に使用してる分には、文壇の賑かしにもなり、兼ねて六号人気を煽る利器ともなつて僕はたいへん結構なことゝ思つてゐた。僕が今度母が危篤で帰郷した時、郷里へまで葉書をよこして呉れたのは君一人だつた。それに類したことで君に感服してゐることが随分あつた。がそれが悪化されて働かれた時には臭気に堪えない《ママ》。僕も以前には君の『諏訪日記』までデヂケートされた間柄である。僕も友情は抱いて居るつもりだ。郷里で君の葉書に接した時も、こんなことは云ふまいと思つたのだが、僕は甚だしく、ゴシップ子式なことで大事なことに触れられたり、揶揄されたりすることを好まない。文壇のお歴々を以て任じて居る人が無責任な六号式方言をタレて納つて居るやうな風潮を好まない。さう云ふことをするやうな人は別に世間に沢山あるではないか。僕のさうした場合に特に君を藉りたくは思はないのだ。

「心中」では、ゆめ子の姉芸者と私の、子のない夫婦の間に、ゆめ子の子をもらい受けようと決心する。その時の、妻やゆめ子、私の心中の動揺を描いている。

船暈

「船暈」は、「大観」（大正10年9月1日発行、第4巻9号、162〜170頁）に発表された。「船暈」は、どの単行本にも収録されなかった。

「船暈」に対する同時代評は次の寸評がある。耕「読んだものから」（「東京日日新聞」大正10年9月2日発行、8〜8面）である。

▲【宇野浩二】氏の「船暈」（大観）は、つまらない輪投げでも船の中ではそんな遊戯が決して馬鹿らしく

なくなる――それがほんとうの船暈だといふ解釈のものと《ママ》に、男が女に対する他愛のない嫉妬を描いたものだ。これが船暈なのだ。相変らず達者な筆で面白く読ませる。

「男が女に対する他愛のない嫉妬を描いた」と評されているが、その男心を、宇野浩二は、短い中に、上手く描いている。

或女の横顔

「或女の横顔」は、「太陽」（大正10年9月1日発行、第27巻11号、218～237頁）に発表された。「或女の横顔」は、どの単行本にも収録されなかった。「或女の横顔」に対する同時代評は、次の一点である。

無署名「九月の雑誌（太陽）」（「読売新聞」大正10年9月10日発行、7～7面）である。

　◇長与氏の「西行」も、武者小路実篤氏の「或る夫婦」も、問○《ママ》を提供する作品として見るところに意味がある。それを此号ノ宇野浩二氏の「或る女の横顔」と対照する事によつて、前二氏の態度が益す《ママ》はつきりとなる◇宇野氏の作物が益す《ママ》ペエソス本位になつて行くには注意すべきことだが、それはいはゆる人情味を加へただけの事で有りやうは人生の報告の一断片に過ぎない、そうした《ママ》人生がどんな様式だと規範するのではない◇人生を批判的立体的に見るか、報告的平面的に見るかが、どつちに意義があるか、そこに重大な問題が宿つてゐる。〔太陽〕

大正十年には、これらの作品の他に、「或る人々」（「婦人の友」大正10年6月1日発行、第15巻6号）を発表しているが、この作品に対する同時代評は、みつからなかった。

五、「二人の青木愛三郎」から「ある家庭」まで

大正十一年の宇野の活躍について、小島徳弥は、「大正十一年創作壇の人々」（「早稲田文学」大正11年11月12日発行、205号）の中で、「多作を以つて知られた宇野浩二氏が」、「数篇の小説しか書か」なく、「著しく元気がなくなつた」という見解を示した。大正十一年における宇野浩二の創作を発表月ごとに一覧すると、次のようである。

一月	「二人の青木愛三郎」「屋根裏の恋人」「或る青年男女の話」「或る女の冒険」
二月	「あの頃この頃」
四月	「夢見る部屋」「婚約指輪」「生まぬ母親」
五月	「或る奇妙な結婚の話」
七月	「青春の果」
八月	「山恋ひ」「夏の海辺の話」
九月	「続山恋ひ」
十月	「早起の話」「長髪」
十一月	「ある家庭」「或る人の記録」

この他に、初出未詳で大正十一年に発表されたと思われる「彼と群衆」があり、長編「女怪」の第十三回から第二十三回の部分を、一月から十二月にかけて、「婦人公論」に連載している。

宇野は大正十一年には、短篇小説十八篇を発表し、流行作家として活躍した。決して小島徳弥が言うように「著しく元気がなく」「数篇の小説しか書かなかつた」のではない。しかし、小島徳弥が、宇野浩二の大正十一年の活躍を概括して、「数篇の小説しか書かなく元気がなくなつた」という印象を受けたのは何故であろうか。大正十一年における宇野の作品に対する同時代評で管見に入ったものを次にあげる。

二人の青木愛三郎

「二人の青木愛三郎」は、「中央公論」（大正11年1月1日発行、第37年1号、115〜208頁）に発表された。「二人の青木愛三郎」は、次の単行本に収録されている。

一、『青春の果』（大正11年9月20日発行、天佑社）

二、『宇野浩二全集第三巻』（昭和43年9月25日発行、中央公論社）

「二人の青木愛三郎」の初出末尾には、（十・十二）とある。大正十年末には脱稿したらしい。「宇野浩二の半日」（文士見たまゝの記——一——）（「文章倶楽部」大正11年2月1日発行、第7年2号）には、記者と二人で自動車に乗ったことが記された後に、

　この人（宇野浩二）は不思議な人で、家庭にゐる時は割合に口数が少いのに、外へ出て、殊に乗物に乗ると雄弁になるやうだ。「二人の青木愛三郎」の筋を委しく話すのが大変面白かつた。

とあり、共に過ごした半日のうちに、自作やギッシングの小説などについての話を面白く語ったようである。同時代評には、次の堀木克三「今月の創作界（四）」（「時事新報」大正11年2月5日発行、9〜9面）がある。

　例の新年の「二人の青木愛三郎」などにしても、あの作のやはり根本の不満は作者に確かりしたものがなくして、現代の人道主義者を冷笑しやうとするが為めに、本物も贋物も一つ（何にもないものに両者の間の真の区

別なぞは分りそうな筈はないが）、だから折角本物の青木愛三郎と贋物の彼れ《ママ》とを書き分けやうとしても何れも贋物位の程度にしか書けないが、従つて作者が折角皮肉なつもりの主題として考へた二人の青木愛三郎も二人にはならなく、況んや作者が解釈の本物も贋物も偉いも偉くないも何でもない一寸したことの差異だ——例へば押し行く《ママ》力、面皮が厚いか薄いかの差異だ（このことは作者が余程信じて居ることゝいえて《ママ》此の「あの頃この頃」の中でもそんなことを云つて居る）、偶然の結果だと云ふやうな解釈も一向価値の少いことゝなるわけである。そう云ふやうなわけで彼の「二人の青木愛三郎」なぞもその面白さは、やはりその枝葉の（と云つてもよくしたもので作者には自然と其拠が主になつて来る）いきさつや、出来事を語つて居る所にあるのであつた。

屋根裏の恋人

「屋根裏の恋人」は、「改造」（大正11年1月1日発行、第4巻1号、240～285頁）に掲載された。「屋根裏の恋人」は、次の単行本に収録された。

一、『屋根裏の恋人〈金星堂名作叢書十九〉』（大正11年6月15日発行、金星堂）
二、『宇野浩二全集第三巻』（昭和43年9月25日発行、中央公論社）
三、『部落問題文芸作品選集三九』（昭和52年3月20日発行、世界文庫）

この作品に対する同時代評は、堀木克三「今月の創作界㈣」（「時事新報」大正11年2月5日発行、9～9面）しか見当たらなかった。不適切な差別的表現があるが、そのまま引用する。

今一つ宇野氏の新年のもので屋根裏に住む独身者が女恋しいところから知らずに隣の部屋に居た特殊部落の娘と関係してしまう《ママ》所を書いたものを読んだのであつたが、あれはいゝものであつた。女のことをすなほに書けば誰にでもいゝものが出来ると見える

或る青年男女の話

「或る青年男女の話」は、「表現」（大正11年1月1日発行、第2巻1号、14～50頁）に発表され、次の著書に収録された。

一、『青春の果』（大正11年9月20日発行、天佑社）

二、『宇野浩二全集第三巻』（昭和43年9月25日発行、中央公論社）

この作品に対する同時代評は、探し出せなかった。

或る女の冒険

「或る女の冒険」は「婦人世界」（大正11年1月1日発行、第17巻1号、145～162頁）に発表された。大正11年1月1日発表された四作品のうち、この作品だけはどの単行本にも未収録である。また、同時代評も見られなかった。

あの頃この頃

「あの頃この頃」は、「大観」（大正11年2月1日発行、第5巻2号、398～413頁）に発表された。

明治末年頃の文科の学生達の生活振りや、流行などが、クラス会での会話や余興を通して巧みに描かれる。特に後年役者になる男やその仲間達、作家志望の〈私〉など、それぞれ個性的でありながら、ちょっぴり冷めた眼で描かれている。

「あの頃この頃」は、どの単行本にも収録されなかった。

「あの頃この頃」に対する同時代評は、次の一点である。

堀木克三「今月の創作界㈣」（「時事新報」大正11年2月5日、9～9面）には次のように記されている。

宇野浩二氏の『あの頃この頃』（大観）これはほんの一寸したもので同氏の新年の『二人の青木愛三郎』など力の入つたものとは異なる。けれども一寸したものでも氏の例の面白く話をして聞かせる単に現代書生式気分のものではあらうがことは何れでも同じである。この小説では作者の（と云つてよかよ《ママ》う）某大学放浪時代の級友の一人が新時代の俳優になつた——その実旧に変らない斬つたり、はつたりする芝居で有名になつたのであるが、を《ママ》、これも例によつて冷笑するやうな、褒めたやうな、皮肉るやうな調子で書いたものである。冷笑し、皮肉つて居ると如何にも面白いやうであるが、たゞその冷笑や、皮肉が、現代の単なる智巧さ以上に出て居ないものであつて、作者はそれ以上の何ものをも有せないとしたならば、単に笑せる意味の面白いもの、話し上手なもの以上に、真個の文学芸術と云ふ立場から見て何れだけ価値のあるものであらう。私はこの作者のものに対して常に此の疑ひを抱くものである。

夢見る部屋

「夢見る部屋」は「中央公論」（大正11年4月1日発行、第37年4号、217～259頁）に発表された。宇野浩二は「僕の作品に就て文学に志す若き人々へ」（「文章倶楽部」昭和3年10月1日発行、第3巻10号）に於いて、次のように自評している。

「大正十一年作、九十三枚。矢張り作者の空想の産物。作者のロマンティイシズムの傾向を表現した作。捨て難し。」

宇野浩二には、初期の「清二郎夢見る子」に始まり、「夏の夜の夢」「夢見る部屋」…とまだ紹介はしていない一連の「夢」を重視した作品が多い。「夢」を考えるための一作品として此の作を読めば面白いといえる。なお、「夢見る部屋」の中の煙草屋の娘は、星野玉子をモデルにしたものだといわれている。また『夢見る部屋〈桜井版名作選書〉』（昭和17年2月20日発行、桜井書店）の「後記」で、「私小説の形をしてゐながら、『夢見る部屋』は空想が九分であり、」と自注したあとで、次のように述べている。

『夢見る部屋』は、大正十一年三月の作であるから、私が、三十二歳の年で、今の桜木町の家の前の家（今の家から五六軒さきの、大地震前まで住んでゐた、家である。その家は江口渙に紹介してもらつた借家で、江口はその家の真裏の家に住んでゐた。又、その家には、私が越してから、一年あまり、牧野信一が住んでゐた。）で書いた小説である。この小説を読んだ久米正雄が、その頃、私に、「君は面白い生活をしてゐるね、」と云つたので、私が「あれは嘘だよ、」と答へると、「なアんだ、嘘か、」と久米は微苦笑した。つまり、「夢見る部屋」は、よかれあしかれ、久米を微苦笑させた小説である。さうして、たとひ器量はよくないとしても、私には憎からぬ作品である。

この「夢見る部屋」は、次の単行本に収録された。

一、『青春の果』（大正11年9月20日発行、天佑社）

二、『新選宇野浩二集〈新選名作集〉』（昭和3年8月20日発行、改造社）

三、『夢見る部屋〈桜井版名作選書〉』（昭和17年2月20日発行、桜井書店）

四、『宇野浩二集〈現代文豪名作全集〉』（昭和29年1月31日発行、河出書房）

五、『宇野浩二全集第三巻』（昭和43年9月25日発行、中央公論社）

六、『宇野浩二・広津和郎集〈現代日本文学大系46〉』（昭和46年9月15日発行、筑摩書房）

七、『宇野浩二〈日本幻想文学集成27〉』（平成5年8月20日発行、国書刊行会）

この作品についての同時代評は探し出せなかった。

婚約指輪

「婚約指輪」は、「新小説」（大正11年4月1日発行、第27年4号、98〜119頁）に発表された。

この作品は「婚約指輪の軽蔑すべからざる所以」という演題での講演という形式で書かれた。饒舌を駆使した一風変わった作品である。

「婚約指輪」は、『青春の果』（大正11年9月20日発行、天佑社）にのみ収録された。

「婚約指輪」の同時代評は、次の二つが管見に入った。

宮島新三郎「四月の創作（下）」（「読売新聞」大正11年4月5日発行、7〜7面）に、「紙数がない」からとして次の寸評がある。

　宇野氏の『婚約指輪』は、性格を深く鋭くほつて行つてこそ、意義ある作品となるのだが、之では観察が皮相だ。外殻だけだ。面白い観察とは言へても深刻な観察とは言へない。

次に十一谷義三郎「四月号から」（「時事新報」大正11年4月8日発行、9〜9面）である。

　宇野氏の饒舌もこの作品では内容をフヤケさす以上の効果を持つてゐないやうだ、たとへ不自然でも又たとへアクドクともそこにアムビシヨンのある間は氏の饒舌にも生命があると私は考へてゐる、それは前以つて決定的にある種の調子を作品に与へて終ふと云ふ欠点を持ちながらも尚且つ作者の空想の活躍を自在ならしめると云う《ママ》好い特徴を持つてゐるためだ、然しそのアムビシヨンが影を薄めると空想も平凡なものになり従つて作者の饒舌も生気を失つて芸術味の希薄なものになつて終ふのだ、勿論この場合には作者の反省によつてその饒舌は捨てられるべきだ。

　この作のA―君に似た性格を独歩が扱つてゐたのを思ひ出す。独歩は真正面からゆくことより知らない作家だつた。独歩の題は確か『非凡人』と云つた。それとこの『婚約指輪』とを並べて考へるとこの作者の側面からのいき方及びそれによつて作者が当然支払はねばならぬ代価がハツキリするやうだ。作者にもつと誠実があればあの初め数頁に渡るダルな叙述は捨てゝ終つて非凡な平凡人A―君を更に活躍させ得たらう。作者にもつとアムビションがあればこの作品は更に機智と詼謔と従つて魅力とを加へ得たらう。

青春の果

「青春の果」は「新小説」（大正11年7月1日発行、第27年7号、11〜39頁）に発表された。次の単行本に収録された。

一、『青春の果』（大正11年9月20日発行、天佑社）
二、『新選宇野浩二集〈新選名作集〉』（昭和3年8月20日発行、改造社）
三、『宇野浩二全集第三巻』（昭和43年9月25日発行、中央公論社）

「青春の果」の同時代評は、次の一点が管見に入った。

藤森淳三「七月月評・批評と紹介（八）」（「時事新報」大正11年7月15日発行、9〜9面）に、「新小説には正宗白鳥氏の他に、なほ宇野、近松両氏の作品があるが、この両氏の対象はいろんな意味で私に興味があつた、」とした後、次のようにある。

先づ宇野浩二氏の『青春の果』は題に示す如く、三十歳を過ぎて二十歳時代の青春を回顧しながら焦燥たる気持になり、謂はば漸く過ぎ去つた青春の歓楽を追馳ける、といふやうな心持を描いたものである。手法は相変らず、巨細構はず書き尽すといふ行き方で、それが寧ろ煩雑に過ぎる位お喋りである。而もそのお喋りも以前ほど巧くなくなつた。何んだか読み辛く読んだ印象もどうやら稀薄な気がした。そして又、風俗壊乱発売禁止といふやつを恐れたためか、所々削つた箇所もありながら、妙にイヤらしい春本的な臭ひが漂つてゐるのも堪らなかつた。

この同時代評の「所々削つた箇所」というところを調べてみた。初出「青春の果」で一行ずつ空白になっている所が数か所と、三八頁に九行もの空白箇所がみられる。これは、『宇野浩二全集第三巻』の、三二八頁下段十五行目から、三二九頁上段八行目にあたる。初版本『青春の果』で、約⅓おこされ、昭和三年の『新選宇野浩二集〈新選名作集Ⅴ〉』以降の単行本では、完全におこされた。

山恋ひ

「山恋ひ」は、「中央公論」（大正11年8月1日発行、第37年9号、1～62頁）に発表され、「続山恋ひ」は、「中央公論」（大正11年9月1日発行、第37年10号、57～101頁）に掲載された。「山恋ひ」は「続山恋ひ」とまとめられ、次の単行本に収録された。

一、『山恋ひ〈中編小説叢書八〉』（大正11年11月28日発行、新潮社）
二、『我が日我が夢』（昭和2年8月10日発行、新潮社）
三、『近松秋江・宇野浩二集〈明治大正文学全集42〉』（昭和4年10月25日発行、春陽堂）
四、『山恋ひ〈改造文庫第二部194〉』（昭和7年11月30日発行、改造社）
五、『山恋ひ』（昭和22年9月10日発行、共立書房）
六、『宇野浩二集〈現代文豪名作全集〉』（昭和29年1月31日発行、河出書房）
七、『宇野浩二全集第三巻』（昭和43年9月25日発行、中央公論社）
八、『長野県文学全集三〈大正編Ⅱ〉』（昭和63年7月15日発行、郷土出版社）

「山恋ひ」に対する同時代評は、次の三点である。

林政雄「八月々評のつゞき（三）」（『時事新報』大正11年8月4日発行、9〜9面）は、「今文壇で、ユーモアを有つた作家と謂へば近頃の藤森成吉氏と宇野浩二氏とだらう」と、藤森成吉「或る体操教師の死」（『解放』大正11年7月1日発行）と並べて、宇野浩二の「山恋ひ」を、次のように評した。

斯の作者は、浮世の恋と酸いと甘いとを、ゴーゴリ張りの寂しい静観に堪へて、もの和かに微笑する、そしてどの人物からも作者一流の人間らしい滑稽味を抽き出して来て、さて徐かに筆を執ると、小さな板ベラは、その抽き出した絵具で、しつくりと和らかに、深々しい潤ひを有たせて、塗りくるめられるのである。要するに斯の作は、以上の気分と情調とを出したもので、例の芸妓夢子を想ふ「私」といふおとなしい主人公と、故郷の信州を離れて東京に出ると、ゆくりなくも「山恋ひ」にかかる、はにかみやで内気な或る若い男との物語りである。そしてこの作者は、情景をはつきり印象に捕捉《ママ》することや心理を究めて行くことに不得手らしい。だから作は、部分的には、描写の稀薄なだらだらと寧ろ冗漫の嫌ひさへある。しかし逆てその故に、全体としての気分と情調とを流す物語り風なものが作者の境地らしい。

次に、直木三十二「新秋の作品（六）」（『時事新報』大正11年9月14日発行、9〜9面）である。

宇野浩二氏の「山恋ひ」前編は読まなかつた一《ママ》「続山恋ひ」（中央公論）を読んでみた余り感心しなかつた人の噂さによると前編の方がよかつたさうであるさうだらうと自分も思ふこの続編は余りに継ぎはぎだらけのやうな気がする細工が目につきすぎるで《ママ》ある。

次に、藤森淳三「作と人との印象（其五）—宇野浩二と私—」（『新潮』大正12年2月1日発行、80〜80頁）に次の評がある。

「山恋ひ」は当時雑誌で読まなかつたので、今度これを書くために、実は一昨日一日がかりで、退屈しながら、それでも漸つと読み通した。しかし、この作品は決して悪いものぢやあなかつた。宇野浩二ぢやあないが、いゝものならそれがたとひ親の仇きの書いたものでも素直に感心する私は、無論親の仇きでも何んでもない彼の書いた小説だもの、それあよければ直ちに感心する位の度量は持合してゐる。「山恋ひ」は先づよろしい。つまり、傑作とまでは思はないのである。しかし私は、漸く此処らあたりで、宇野が素直に自分の生地を出して来たんぢやあないかと思ふ。鼻の寸の詰つた西向観山といふ男や、女の腐つたみたいな堀戸や、又哲学者で相場をやるといふ、そして始終借金取に追かけられてゐる市木や、さうしたへんに滑稽感を誘ふ、その上惨めな人物ばかりを登場させてゐる点は、やはりこれまでの彼と些かの変りもない。が、彼はこの作では稀らしく生地で行つてゐる。それだけは確かだ。其処がいゝと思つた。而も彼は、これで見ると詩人であつた。主人公はじめ、大抵の人物が山を恋ふる気持と云ひ、又、主人公がゆめ子を思ふあのプラトニツク・ラヴ（?）と云ひ、彼もまた遂に詩人であつた。作者は作中の一人物を藉りて、「あなたは浪漫派ですねえ」と云はせてゐる。全くその通り、この作者は浪漫派の詩人なんだ。主人公と西向と堀戸の三人が山へ登るところなんか、さう云へば如何にも詩人らしい描写（いや、説明）であつた。何んの、何んの、宇野浩二が人生の通人なぞであるものか。彼は先づ何よりもさきに、その性根《しやうね》は浪漫派の詩人なんだ。

宇野浩二は『山恋ひ』（昭和22年9月10日発行、共立書房）の「あとがき」で、次のように述べている。

「題名は『山恋ひ』であるが、ここにをさめられてゐる小説は、俗に、「諏訪物」といはれる、連作である。その連作を、小説の話の順でいふと、『人心』、『甘き世の話』、『心中』、『一と踊り』、『夏の夜の夢』、『山恋ひ』、の順である。（中略）この小説を発表したころは、『私小説』といふものが流行して、それらの小説は、たいてい、作者自身のことをありのままに述べたやうにいはれてゐたが、私の小説は、嘘と誠のまぜこぜで、事実といへば、嘘のほうが多い。（中略）たとへば、『山恋ひ』の前編のなかに、諏訪の神社の御柱の祭の光景は、読んだ人が、「私は、御柱の祭は見たことがあるけれど、あの小説にあるやうなことはなかつた、」といつた。それは、あたりまへで、私は、あの祭の話は、人から聞いただけで、あとは空想で書いたからである。」

宇野浩二は、『山恋ひ』をなつかしんでいる。

「山恋ひ」は大正八年九月、広津と二人で初めて上諏訪を訪れた宇野が、信州の山々とそれに囲まれた湖の美しさに魅せられ、そこで出会った旦那のいる子持ち芸者〝ゆめ子〟とのプラトニックな恋を描いたものである。音楽好きな芸者、明神の御柱祭り等を織り込みながら、届きそうで届かない山々の稜線をゆめ子になぞらえ、彼女への憧憬や愛情を感じさせる作品である。

ある家庭

「ある家庭」は「女性改造」（大正11年11月1日発行、第1巻2号、86〜99頁）に掲載された。「ある家庭」は、『子を貸し屋』（大正13年7月5日発行、文興院）にのみ、収録された。

この作品については、モデルについて取り沙汰されたようで、無署名「不同調」（「新潮」大正11年11月1日発行、第37巻5号、70〜71頁）に次のように記されている。

近頃不愉快な小説は、「女性改造」所載、宇野浩二氏の「ある家庭」である。江口渙氏が「無数の写真機」といふ小説に、宇野といふ人物が出て来る。その言語動作の端々に宇野浩二氏らしいところがちよい〳〵出てゐる。その外に、岡、佐々木、久米、大橋などといふ人物が出て来る。佐々木が、佐々木茂索氏であるなら、佐々木茂索氏の憤慨するのは無理はない。江口氏も、サリトハやり過ぎたものである。あの江口氏近来の佳作も、かういふ楽屋落的悪イタヅラの為めに、大分価値がさがつてゐる事を感じざるを得ない。だが、「ある家庭」を書いた宇野氏の意識に、「無数の写真機」のシツペイ返しの気持が含まれてゐるとすれば、宇野氏は、一にむくゆるに十を以てしたものといはなければならない。「無数の写真機」は、まじめに書かれてゐるが、宇野といふ人物は、唯ユーモラスにしか取扱はれてゐない。「ある家庭」は、ユーモラスの筆であるが、底意地の悪い悪意が見え透いてゐる。

楽屋落文学、更に堕落して、私憤文学となり、犬糞文学となる。唾棄す可きである。

聞説、宇野浩二氏は、江口渙氏が、「無数の写真機」の中でモデルにしたからと云つて、復讐的に、「婦人改造」に「ある家庭」と題して、江口君と元の細君との家庭生活の素破抜きを書いたと云ふことである。若し、これが真なりとすれば、文壇の弾正台を以て任ずる不同調子は到底黙過することは出来ないのである。怒つたのなら堂々と本人に向つて抗議を申し込めば好い。何も作品に於て具体的にうそまことこき交ぜて、描く必要はないのである。

これ正に芸術の名によつて私憤を洩らさんとする陋劣唾棄すべき心情を暴露したのに過ぎないのである。江口君にも悪いところがあるかも知れぬ。併し、それだからと云つて、作品で、敵打をしようとするなぞは女の腐つたやうな人間のやることである。

同時代評としては、次の一点がある。松葉螺（「東京日日マガジン」大正11年11月12日発行、第1巻38号、7〜7面）である。それには、次のようにある。

「ある家庭」（宇野浩二）――女性改造　先月の新潮に出た江口渙氏の「無数の写真機」に、宇野氏がモデルにつかはれた腹癒せを、この作でしたと伝へられて、文壇の物ずきな連中を騒がせたものである。いつものやうに落語家調のみごとな筆で、興味中心に読むもの丶心が運ばれて行くやうに思はる。細君の留守に女中を口説いて成功しなかつた主人公の足尾潔が、翌朝になつてその女中が逃げたといふことを聞いて、細君といつしよにその女中の蒲団をあけて寝小便の後を発見したとき、細君からその始末をきかれて、『捨てつちまへ！』と元気にいつたといふ結末などは、宇野氏でなければ、見られないものである。とりとめもないもの丶多い氏の作の中で、これなどはかなりによく纏つたものゝ一つであらう。

その他、「生まぬ母親」「或る奇妙な結婚の話」「夏の海辺の話」「早起の話」「長髪」「或る人の記憶」などがあるが、これらに対する同時代評はみつけられなかった。

大正十一年に発表した作品は、『屋根裏の恋人』、『青春の果』、『山恋ひ』、『夢見る部屋』と著書のタイトルになって刊行されており、前記したように、それぞれ多くの本に収録されている。初期の宇野浩二を考える場合、もっとも宇野浩二らしい作品であることは明らかである。「夢と詩があつての人生であり、詩と夢があつての文学である」という宇野浩二にとって、「夢」がどんなに大事なものであるか、『清二郎夢みる子』に始まって「夢」のタイトルのついた著書は、実に十冊にものぼることからも推察される。

しかし、「夢見る部屋」に対する同時代評は一点も管見に入らなかったし、「山恋ひ」にしても、林政雄の、「ユーモアを有つた作家」だとか、「描写の稀薄なだらだらと寧ろ冗漫の嫌ひさへある。」などという評であったり、直木三十二も、「続編は継ぎはぎだらけのやう」だとかで当時の評論家の受けは必ずしも芳しいものではなかった。

こういう状況で、大正十一年は宇野浩二の作品が少なかった、という印象を小島徳弥にもたれたようである。

III

宇野浩二小説（創作）目録

宇野浩二は、昭和三十六年に肺結核で世を去るまで、非常に多くの小説を残した。その創作活動に対する執念は凄まじいもので、野口富士男は、「私のなかの宇野浩二」（『宇野浩二回想』昭和38年9月21日発行、中央公論社）の中で、「文学のために、ほとんど人間であることをすらやめてしまったかのごとき観がある。文学以外は何ものもありはしないといった生き方を、私はそこにまざまざと見せつけられたように思わずにはいられなかったのだ」と、宇野浩二の一途な文学に対する情熱を回想している。本目録は、このように、生涯を文学に生き、「文学の鬼」と、自他共に呼ばれた、宇野浩二の小説（創作）を発表年月日順に配列したものである。記載の順序は次の通りである。

作品名（「発表誌紙名」発表月日、巻号、掲載頁）

なお、全①〜⑨印は、『宇野浩二全集』（中央公論社）収録の巻数を示す。すなわち、①は第一巻収録作品であることを示す。

＊・＊＊印は注記である。「付記」あるいは執筆年月日などを記した。宇野浩二の著書に未収録の作品については、「単行本未収録」と注記した。その注記以外の作品はすべて宇野浩二の著書に収録されている。

†印は未確認であることを示す。

明治四十一年（一九〇八年）十七歳

故郷（「桃陰」５月、天王寺中学校校友会雑誌、第33号）†

＊＊単行本未収録

明治四十二年（一九〇九年）十八歳

ほのほ（「桃陰」２月、天王寺中学校校友会雑誌、第35号）†

自然の法則（「桃陰」５月、天王寺中学校校友会雑誌、第36号）†

明治四十五年（一九一二年）二十一歳

清二郎の記憶（二篇）（「短檠」３月５日、創刊号、28〜32頁）全①

宗右衛門町の小品（五篇）（「しれえね」３月15日、創刊号）†全①

暁の歌〈戯曲〉（「しれえね」３月15日、創刊号）†全⑨

清二郎の記憶（三篇）（「短檠」４月１日、第２号、46〜53頁）全①

生は静かなり（「短檠」８月、第６号）†

秋のはじめ（「ノロシ」10月、第８号）†

大正二年（一九一三年）二十二歳

堀割の心（「きたるら」３月10日、第２号）†

清二郎夢見る子（『清二郎夢見る子』４月20日、白羊社書店、１〜162頁）全①

大正七年（一九一八年）二十七歳

二人の話（「大学及大学生」８月１日、19〜35頁）全①

＊のち「苦の世界」の一部

屋根裏の法学士（「中学世界」10月１日、第21巻13号）†全①

大正八年（一九一九年）二十八歳

蔵の中（「文章世界」４月１日、第14巻４号、２〜51頁）全①

枝金先生（「中学世界」６月１日、第22巻８号）†

苦の世界（「解放」９月１日、第１巻４号、11〜68頁）全①

＊末尾に「それから、三人は花屋敷に行つて、如何に面白くメリイ・ゴオ・ラウンドに乗つて長い時間を遊び暮したか、如何に泉水に生捕られてゐる獺が面白いと言つて、時の移るのを忘れて鮒をやり過して、看守に叱られたか、如何に「桃から生れた桃太郎」の唱歌に聞き惚れて、三人が果は泣き出したか、如何にをんなが突然帰つて来たか、如何に又別のヒステリイの女子が現れたか、そしてそれから、そしてそれから……仲々この話は男女の仲が話題となつてゐるだけに、連綿と尽きないのである。だが、これだけの話でさへ、「下手の長談義」なる話手には、終になつて行く程面白くなくなつたやうな次第であるから、こゝで一先未定稿として、「読切」とし

ておく。」とある。

耕右衛門の改名（「改造」10月1日、第1巻7号、2～34頁）全①

長い恋仲（「雄弁」10月1日、第10巻11号、337～377頁）全①

転々（「文章世界」10月1日、第14巻10号、秋季特別号、77～128頁）全①

十月の日記（「新潮」11月1日、第31巻6号、139～145頁）

＊末尾に「―この日記を「不能者」の作者、葛西善蔵に献ず。―」とある。

＊＊単行本未収録

耕右衛門の工房（「新小説」11月1日、第24年11号、162～207頁）

＊末尾に「作者申す。僕は雑誌に小説のつゞき物を載せることを、読者のため及び作者自身の好みから取らない、雑誌編輯者にしても恐らくさうだらう。僕のやうに、大抵普通より長い小説の作者は殊にかういふことを考へるのである。それが非常に長い小説の場合はそれを切つて載せても、なるべくその時その時で読み切つても、差支へないやうにしたいと僕は心がけてゐる者である。だが、今度ばかりはさうはならなかつた。斯ういふ場合は大抵罪は作者にあると定つて居るが、僕のこの場合だけはさうでないのである。新小説の記者が半分でもいゝからどうしても直くれ、との強つての願ひなので、仕様がなかつたのだ。と言つて、この小説の最後の数行はそのために作者がつけたと思ふ読者及び批評家があるかも知れないが、さうではない。これはこの小説が全部完結しても、作者は徹回しないつもりである。一言弁解しておく。（十月二十三日。）」とある。

＊＊単行本未収録

耕右衛門と彼の周囲（「新小説」12月1日、第24年12号、65～121頁）

＊末尾に「さて、「耕右衛門後日譚」といふものに、この次があるのであるが、もうこんな長い、だらしのない話は、読者諸君もほとほと飽きたことだらうが、作者も十分飽きたことである。又年改つて三四月のよい気候にでもなつたら、上記のやうな題で、諸君にもう一度耕右衛門を目見えしむるであらう。（作者）」とある。

＊＊単行本未収録

大正九年（一九二〇年）二十九歳

人心（「中央公論」1月1日、第35巻1号、250～314頁）全①

＊末尾に「―大体こんなことを、元よりこれでは簡単過ぎたり冗漫過ぎたり、よろしきを得ませんが、私は私の所謂譬話で、今度小説に書いて見ようと思ふのです。批評家諸君、及び賢明なる読者諸君、これ迄度々私に就い

てお叱りの御忠告を受けますが、一田舎芸者をさへ、どうしてどうして馬鹿になぞ、人並以上に出来ない私なんです。まして、どうして人生を？　私には何も分らないのです。分らないのです。いづれ改めてこれを小説に書いた上は、十分同情を以て御批評あらんことを。（八年十二月）」とある。

恋愛合戦（「改造」1月1日、第2巻1号、115〜174頁）全②

＊末尾に「十二月二日朝。作者曰く、編者よ、これから、といふ所で切つて申訳なし。」とある。

筋のない小説―続『苦の世界』―（「解放」1月1日、第2巻1号26〜60頁）全①

＊のち「苦の世界」の一部

女人国（「報知新聞」1月3日〜3月10日）†

＊＊単行本未収録

続恋愛合戦（「改造」2月1日、第2巻2号、93〜118頁）全②

＊末尾に「―以上、第一巻―」とある。

筋のない小説（接前）―続『苦の世界』―（「解放」2月1日、第2巻2号、61〜90頁）全②

＊末尾に「親愛なる読者諸君！紳士及淑女！作者はこゝに再び諸君に向かつてお詫しなければならない。「苦の世界」のこと、書いても書いても尽きないのは、諸君も先刻お察しのことであらう。作者としては、これで、つひ無駄なことを喋り過ぎてゐながら、時々ふつと余り話が長くなるのに気がついて、言ひたいこと、話したいことを随分切り捨てゝゐるのである。それ等の切り捨て方が、話した方よりももつと筋立つたことであるかも知れなかつたとさへ思へる程、切り捨てゝゐるのである。とはいふものゝ、又書いたことを消して、切り捨てた話を入れようなぞといふのも、もう作者には少し面倒になつて来た。そしてまだこの話が纏まりもなく、終らないことを作者は、小説家としての手際がないことに、恥ぢ入る次第である。

　この物語は、日本流の言葉で言ふと、輪廻の世界で、西洋流に、アンドレエフといふ男の言葉を借りると、車の輪の廻るやうな永遠の世界なのである。だが、そんな言葉を無暗に連発してゐると、首筋の辺がむづ〳〵して来るが、兎に角私は約束しやう、もう一度続篇をつゞけて書けば、何とか小説らしくきまりがつきさうに思ふ。又浪花節の切口上ではないが、鶴丸のその後は如何、山本のその後は如何、里見の女房の芸者は、話手梅野のその後は、そしてをんなは、問題の中心である彼女が又如何に屢々梅野を悩ますか、彼は下宿を出て何処に行つたか？……多分作者はこの後篇をつゞけて書くつもりではあるが、これは又これとして、読切としておかう。（一月十八日。以上を校正するに当つて一筆――この稿は一月号のと合はして一篇の小説をなす作者の意図であつた。ところが、題名「筋のない小説」といふのが災をなしたのか、全部昨年の十一月号に完成して、大鎧閣に送つてあつたにも拘らず、一月号の雑誌編輯の都合上、切断されたものである。作者と及び彼の作「筋のない小説」のために一言弁解しておく）」とある。

＊＊のち「苦の世界」の一部

あの頃の事（「雄弁」2月1日、第11巻2号、423〜449頁）全①

＊末尾に「（九、一、一二）」とある。

迷へる魂（「中央公論」4月1日、第35年4号、247〜298頁）全①

＊末尾に「又しても「苦の世界」である。だから、これから末だつゞくのである。」とある。

＊＊のち、「苦の世界」の一部。

兄弟―（或る人間の手記）―（「改造」4月1日、第2巻4号、137〜183頁）

＊末尾に「（九・三、一四）」とある。

因縁事（「中央公論」5月1日、第35巻5号、35〜65頁）全①

妄想（「雄弁」5月1日、第11巻5号、219〜228頁）

＊末尾に「―（九・四・九）―」とある。

ある人物（「文章倶楽部」5月1日、第5巻5号、70〜73頁）

＊末尾に「作者曰、右は小生のやがて書かうと思つてゐるところの長篇小説『浮世学校』の第一頁であります。こんな断片を見せて恐縮ですが、実の所『浮世学校』そのものがまだこれだけしか書いていないのです。どうぞお許し下さい。（四月十一日）」とある。

＊＊単行本未収録

美女（「改造」6月1日、第2巻6号、56〜71頁）全①

＊末尾に「（九・五・一四）」とある。

人の身の上（「雄弁」7月1日、第11巻7号、374〜398頁）全①

＊のち「苦の世界」の一部

片思―私の伝説―（「婦人公論」7月1日、第5年7号、1〜16頁）

化物（「中央公論」7月15日、第35年8号、150〜173頁）全②

＊末尾に「その後、私が芥川龍之介に会つた時、この話をして、君、こんな話を聞いたんだが何か西洋の小説で読んだやうに思ふのだが、君、覚えはないかい？と聞くと、いや、知らん、それや、面白いね、との答なのである。随分物識りの龍之介さへ知らないのだから、と私

は大きに安心して、こゝに島木島吉の人物の一端と共に、書いて見たのである。〔禁無断月評〕」とある。

若者（「文章世界」8月1日、第15巻8号、182〜235頁）全②
＊末尾に「―九・七・二〇―」とある。
高い山から⑴〜(54)（「大阪毎日新聞」8月29日〜11月14日夕刊）全②
＊「東京日日新聞」大正九年八月三十一日〜十一月二十一日。
甘き世の話―新浦島太郎物語―（「中央公論」9月1日、第35年10号、250〜309頁）全②
＊末尾に「(九・八月、未定稿)」とある。
女優（「解放」9月1日、第2巻9号、2〜52頁）全②
＊末尾に「―「恋愛合戦」の中―」とある。
＊＊のち「恋愛合戦」の一部。
小説作り話＜目次小説作り話＞（「雄弁」9月1日、第11巻9号、335〜352頁）全①
＊末尾に「―「人の身の上」の中―（・九八）」とある。
＊＊のち「苦の世界」の一部。
帰去来（「改造」10月1日、第2巻10号、76〜108頁）
＊末尾に「それで諸君も十分想像されたであらうと思ふ、つまり厨戸朝生はその翌日、掲示の職を怱ち止めて、それから二三日後に飯田町の停車場から、故郷の山梨県に帰る汽車に乗つた訳である。
この話の始に書いた、厨戸朝生、といふ名前が言はれたら、彼の友達が皆頬に笑を浮べると私が話した訳も、それが非常に軽蔑した笑でもなく、又非常に悲壮を感じたそれでもないと言つたことも、これだけの話を読んで自ら諸君は諸君の顔に浮かぶ笑で、それがどんなものであるかと言ふことを幾分感じられることだらうと思ふ。(九・九)」とある。
＊＊単行本未収録
桃色の封筒（「大観」10月1日、第3巻10号、248〜268頁）
＊末尾に「(九・九・一四)」とある。
二つの物語（「国粋」10月1日、第1巻1号、28〜46頁）
＊末尾に「(ボッカチオより)」とある。
＊＊単行本未収録
夫の遁走（「日本一」10月1日、第6巻10号＜性慾文芸号＞、170〜190頁）
橋の上（「電気と文藝」11月1日）†全③
浮世の法学士＜再録＞（島崎藤村他篇『現代小説選集＜田山花袋・徳田秋声誕生五十年祝賀記念＞』11月23日、新潮社、545〜560頁）
＊「屋根裏の法学士」を改題。
或法学士の話＜目次「或る法学士の話」＞（「太陽」12月

1日、第26巻14号、174～187頁）

大正十年（一九二一年）三十歳

或女の境涯（「中央公論」1月1日、第36巻1号、111～165頁）
＊末尾に「前号所載室生犀星作「まむし」につき、当局より注意を受けし為め、本編の下校閲を乞ひしに、遂に数ヶ所に多数の伏字を附するの止むを得ざるに至りぬ。此旨著者並に読者諸彦の御諒《ママ》恕を乞ふ。（編者しるす）」とある。

ある年の瀬（「大観」1月1日、第4巻1号、313～332頁）全①
＊末尾に「「苦の世界」の内、（九・十二・六）」とある。
＊＊のち「苦の世界」の一部。

女怪─（新長編小説）─（「婦人公論」1月1日、第6年1号、14～26頁）
＊「はしがき」が冒頭にある。

鷲の卵（「実業之世界」1月1日、第18巻1号、225～259頁）
＊末尾に「（千《ママ》九十一、一未定稿）」とある。
＊＊単行本未収録

八木弥次郎の死（「新潮」1月1日、第34巻1号、122～149頁）全③
＊末尾に「（九・十二・十八）」とある。

遊女─新連載─（「国粋」1月1日、第2巻1号、213～227頁）

女怪─第二回─（「婦人公論」2月1日、第6年2号、12～26頁）

遊女─第二回─（「国粋」2月1日、第2巻2号、130～141頁）

女怪─第三回─（「婦人公論」3月1日、第6年3号、44～56頁）

遊女─第三回─（「国粋」3月1日、第2巻3号、129～143頁）

鴉（「中央公論」4月1日、第36年4号、111～138頁）
＊末尾に「（九・三・二二）」とある。

女怪─第四回─（「婦人公論」4月1日、第6年4号、35～47頁）

遊女─第四回─（「国粋」4月1日、第2巻4号、166～187頁）

空しい春（或ひは春色梅之段）（「新文学」4月1日、第16巻4号、183～221頁）

一と踊（「中央公論」5月1日、第36巻5号、58～88頁）
＊末尾に「（十・三・一六）」とある。
全③

女怪─第5回─（「婦人公論」5月1日、第6年5号、49～62頁）

切腹（「大観」5月1日、第4巻5号、150～166頁）
＊末尾に「（四、十四）」とある。
＊＊単行本未収録

滅びる家（「文章倶楽部」5月1日、第6巻5号、2～8

頁）全③
＊末尾に「（十・三・三〇）」とある。
二青年（「報知新聞」5月30日～7月27日夕刊）
夏の夜の夢（「新潮」6月1日、第34巻6号、64～85頁）
全③
＊末尾に「この一篇は五月の中央公論に発表した「一と踊」といふ作と、二つ組み合はして一篇の小説として、「わが日・わが夢」（一、一と踊。二、夏の夜の夢）といふ題で、当時一緒に書き上げたものであるが、都合で「一と踊」だけ離して発表したのである。で、前の作と離してこの篇だけを見ると、間々前後の関係の分りにくいところがあるかも知れないが、今二三筆を加へて発表することにした、多分筋の上に大した不都合はないつもりであるが、一寸お断りしておく。五月二十一日、作者。」とある。
女性—第六回—（「婦人公論」6月1日、第6年6号、32～46頁）
歳月の川（「国粋」6月1日、第2巻6号、62～73頁）全③
＊末尾に「（十・三・二八）」とある。
恋愛三昧（「大阪毎日新聞」6月18日～10月20日夕刊1～1面）全②
＊九十一回連載。「恋愛合戦」の第三編。

女怪—第七回—（「婦人公論」7月1日、第6年7号、45～56頁）
女怪—第八回—（「婦人公論」8月1日、第6年9号、41～52頁）
＊末尾に「（本文四十三頁以下六行は編輯の都合で省略致しましたから、此段筆者並に読者諸君にお断り申上げます。）」とある。
小説及び小説家（「中央公論」9月1日、第36年10号、277～317頁）
＊末尾に「（十・八・二七）」とある。
心中（「改造」9月1日、第3巻10号、137～175頁）全③
＊末尾に「（八・一八）」とある。
女怪—第九回—（「婦人公論」9月1日、第6年10号、40～53頁）
或女の横顔（「太陽」9月1日、第27巻11号、218～237頁）
＊末尾に「彼女の話は、その前もなければその後もない、それだけなのである。その時以来、彼女とその兄とは、死んだのか生きてゐるのか、遠くにゐるのか近くにゐるのか、一度も会つたことがないと言ふこと、その話の中に出て来る父親といふ人は現にまだ田舎に生きてゐて、やつぱり百姓をしてゐるといふことを言つた外、私が「田舎つて、何処？」と聞いても、「そして君はどうして

斯ういふ所に？」と尋ねても、彼女は例の目につく三本の金歯を光らせて笑ふだけで、何も言はないのである。」とある。
＊＊単行本未収録
船暈（「大観」9月1日、第4巻9号、162～170頁）
＊＊単行本未収録
女怪―第十回―（「婦人公論」10月1日、第6年11号、42～54頁）
贋造紙幣（「国粋」10月1日、第2巻10号、43～57頁）
女怪―第十一回―（「婦人公論」11月1日、第6年12号、50～63頁）
心中〈再録〉（『第二人間集』12月28日、人間出版部、1～60頁）
＊初出「改造」九月一日。
尾上半二の結婚（初出掲載誌未詳）

大正十一年（一九二二年）三十一歳

或る見合の話（「雄弁」1月1日、第13巻1号）†
二人の青木愛三郎（「中央公論」1月1日、第37年1号、115～208頁）全③
＊末尾に「（十、十二）」とある。
屋根裏の恋人（「改造」1月1日、第4巻1号、240～285頁）全③
＊末尾に「（十二・二）」とある。
女怪―第十三回―（「婦人公論」1月1日、第7年1号、80～94頁）
或る青年男女の話（「表現」1月1日、第2巻1号、14～50頁）全③
或る女の冒険（「婦人世界」1月1日、第17巻1号、145～162頁）
＊単行本未収録
女怪―第十四回―（「婦人公論」2月1日、第7年2号、51～64頁）
あの頃この頃（「大観」2月1日、第5巻2号、398～413頁）
女怪―第十五回―（「婦人公論」3月1日、第7年3号、61～75頁）
夢見る部屋（「中央公論」4月1日、第37年4号、217～259頁）
明るい時（「婦人界」4月1日～12月1日、第6巻4～12号）†
女怪―第十六回―（「婦人公論」4月1日、第7年4号、73～87頁）
婚約指輪（「新小説」4月1日、第27年4号、98～119頁）
＊末尾に「（二・三）」とある。
生まぬ母親（「鈴の音」4月1日、第6号、26～38頁）
＊単行本未収録

女怪―第十七回―（「婦人公論」5月1日、第7年5号、45〜60頁）
或る奇妙な結婚の話（「女性」5月1日、第1巻1号、12〜43頁）
＊末尾に「(長篇小説『或る美術家の群』の中)」とある。
女怪―第十八回―（「婦人公論」6月1日、第7年6号、51〜61頁）
女怪―第十九回―（「婦人公論」7月1日、第7年7号、46〜60頁）
青春の果（「新小説」7月1日、第27年7号、11〜39頁）
全③
山恋ひ（「中央公論」8月1日、第37年9号、1〜62頁）
全③
女怪―第二十回―（「婦人公論」8月1日、第7年9号、61〜？頁）
夏の海辺の話（「婦人公論」8月1日、第7年9号、40〜44頁）全①
＊末尾に「(七・一六)」とある。
続山恋ひ（「中央公論」9月1日、第37年10号、57〜101頁）
全③
女怪―第二十一回―（「婦人公論」10月1日、第7年11号、60〜73頁）

早起の話（「表現」10月1日、第2巻10号、2〜28頁）
＊末尾に「―『青春苦』の中―（九・八）」とある。
長髪（「国民新聞」10月29日〜12月26日夕刊）五十三回連載
＊単行本未収録
女怪―第二十二回―（「婦人公論」11月1日、第7年12号、55〜68頁）
ある家庭（「女性改造」11月1日、第1巻2号、86〜99頁）
＊末尾に「(十・八)」とある。
或る人の記録（「女性」11月1日、第2巻5号、30〜67頁）
＊単行本未収録
女怪―第二十三回―（「婦人公論」12月1日、第7年13号、1〜7頁）
＊「小説（前号まで）の梗概」が冒頭にある。
彼と群集（初出掲載誌名未詳）

大正十二年（一九二三年）三十二歳

厭世奇譚（「中央公論」1月1日、第38年1号、287〜345頁）
＊末尾に「(十二・十二)」とある。
＊＊単行本未収録
子を貸し屋（「太陽」3月1日、第29巻3号、135〜151頁）
全③
＊末尾に「(未完)」とある。
子を貸し屋（続編）（「太陽」4月1日、第29巻4号、271

〜297頁）全③

＊「前号の梗概」が二九七頁にある。

四人ぐらし（「中央公論」4月1日、第38年4号、193〜220頁）全④

＊末尾に「(三・十一)」とある。

ぢやんぽん廻り（「女性改造」4月1日、第2巻4号、2〜21頁）全④

＊末尾に「(三・二)」とある。

俳優（「局外」五月）†　全④

我家の小説―或は従兄弟の公吉―（「改造」6月1日、第5巻6号、97〜120頁）全④

＊末尾に「それから丁度一ケ月が経つのであるが、彼はその後十日程して、「私の頭は今混乱して滅茶滅茶です、私はどうしていゝか分りません、今後の私はどんなになるか分りません、今のところ居所も定りません」、といふ葉書を寄遺《ママ》した切りである。私はそれを見て、混乱といふ、成る程、文字通り混乱といふやうな景色があつて、その中に小さい公吉がぐる〳〵廻つてゐるやうな気がして、非常に感に打たれた。私はもつとはつきりした言葉で彼に指図してやらなかつたことが後悔もされた。公吉のやうな境遇に置かれた者は、どんな風に生きて行くものだらうか、と夜眠れないで考へられもした。無理に探したら分らないこともないだらうから、大阪までそつと迎へに行つてやらうかとも思つた。

　ところが、近頃又前記神戸の山崎の家にゐる私の哀れな兄に一つの事件が起つて、若しかすると、彼が私の家に一緒に住みに来るやうな事になるらしいのである。すると、変なもので、母が彼のことで私に遠慮することがあるやうに、私もまた公吉のことでは母に遠慮する気味になつて、ついそのまゝになつてゐるのである。公吉よ、私も亦松尾芭蕉に真似て、「これ天にして、汝が性のつたなきを泣け、」と言はねばならぬか。

　まだ梅雨には間があるのに、昨日も今日も鬱陶しい雨つゞきである。」とある。

出世五人男（「女性改造」6月1日、第3巻6号、2〜18頁）全⑤

心づくし（「中央公論」7月1日、第38年8号、56〜111頁）全④

＊末尾に「(六・十六)」とある。

出世五人男（「女性改造」8月1日、第3巻8号、2〜17頁）全⑤

鯛焼屋騒動（「改造」9月1日、第5巻9号、166〜200頁）全④

東館（「サンデー毎日」10月5日、第2巻43号、8〜9頁）

全④
夫婦交替（「サンデー毎日」10月28日、第2年47号、3～4頁と25頁）
夫婦交替（「サンデー毎日」11月4日、第2年48号、4～5頁と23頁）
＊末尾に「＝未完＝」とある。
＊＊単行本未収録
私の弟と彼の友人（「新潮」11月10日、第39巻5号、64～87頁）
＊末尾に「(十・二五)」とある。
お蘭の話（「改造」12月1日、第5巻12号、52～65頁）全④
＊末尾に「(十一・十)」とある。

大正十三年（一九二四年）三十三歳

悲しきチヤアリイ（「中央公論」1月1日、第39年1号、139～166頁）
＊末尾に「(十一・二三)」とある。
＊＊単行本未収録
昔がたり（「改造」1月1日、第6巻1号、214～240頁）全④
＊末尾に「(十一・二八)」とある。
古風な人情家（「新小説」1月1日、第29年1号1～19頁）全④
＊末尾に「(十二・四)」とある。
暮方の自動車行（「随筆」1月1日、第2巻1号、93～109頁）
＊末尾に「(十一・三〇)」とある。
＊＊単行本未収録
結婚の問題（「女性」1月1日、第5巻1号、130～148頁）
＊末尾に「(八・二四)」とある。
＊＊単行本未収録
一夢（「我観」1月1日、第3号、109～127頁）
＊末尾に「(十二・九)」とある。
＊＊単行本未収録
わが父と母（「改造」4月1日、第6巻4号、44～65頁）
＊単行本未収録
晴れたり君よ（「新潮」4月1日、第40巻4号、2～14頁）全④
＊末尾に「(―三・十四―)」とある。
父と子（「週刊朝日」4月5日、第5巻15号、3～6頁）
＊単行本未収録
春夜（「婦人グラフ」6月1日、第1巻2号、1～3頁）
四方山（「中央公論」6月1日、第39年6号、99～134頁）全④
髪針（「婦人公論」6月1日、第9年6号、1～16頁）
＊単行本未収録
接吻（「随筆」6月1日、第2巻5号、20～34頁）

出世五人男（「女性改造」6月1日、第2巻6号、2～18頁）全⑤
鼻提灯（「苦楽」7月1日、第2巻1号、2～20頁）全④
或る春の話（掲載誌名未詳7月1日）†
出世五人男（「女性改造」8月1日、第2巻8号、2～17頁）全⑤
さ迷へる蠟燭（「中央公論」9月1日、第39年10号、231～283頁）全④
＊末尾に「だが読者諸君よ、三木田幹夫とは、実はこの話をしてゐる自分の名だといつたらどうであらう？」とある。
一挿話〈戯曲〉（「改造」9月1日、第6巻9号、107～126頁）
＊単行本未収録
出世五人男（「女性改造」9月1日、第2巻9号、2～18頁）全⑤
浮気（「週刊朝日」10月1日、第6巻15号、22～24頁）
＊単行本未収録
出世（「旬刊写真報知」10月5日、第2巻34号、18～19頁）

大正十四年（一九二五年）三十四歳

見残した夢（「中央公論」1月1日、第40年1号、109～156頁）全④
兄と歩く（「改造」1月1日、第7巻1号、35～55頁）
＊単行本未収録
抜井戸（「時事新報」1月1日～5日）
＊単行本未収録
六月の夜の事（「改造」2月1日、第7巻2号、46～62頁）
＊単行本未収録
出世五人男（「女性改造」3月1日、第3巻2号、53～69頁）
鈴の音（「時流」2月1日、第3巻2号）†
＊単行本未収録
浮世の窓（「苦楽」3月1日、第3巻3号、17～36頁）全④
人癲癇（「中央公論」4月1日、第40年4号、87～135頁）全④
思ひ出の記（「改造」4月1日、第7巻4号、79～101頁）全④
貸と借（「文藝春秋」4月1日、第3巻4号、13～25頁）
男の領分（「婦人公論」4月1日、第10年4号、43～58頁）
或る番頭の話（「週刊朝日」4月1日、第7巻15号、47～50頁）
＊単行本未収録
出世五人男（「女性改造」5月1日、第3巻5号、82～98頁）全⑤
千万老人（「新潮」5月1日、第42巻5号、249～263頁）全④

人に問はれる（「中央公論」6月15日、第40年7号、29～80頁）全④

＊末尾に「（一四・六）」とある。

如露（「サンデー毎日」7月1日、第4巻29号、30～33頁）全④

十軒露地（「中央公論」9月1日、第40年10号、135～172頁）全⑤

夏の夜話（「文章倶楽部」10月1日、第10巻10号、6～13頁）

甘味（「サンデー毎日」10月1日、第4巻42号、7～8頁）

＊単行本未収録

従兄弟同志（「中央公論」11月1日、第40巻12号、97～125頁）全⑤

＊末尾に「私は幸ひこの従兄弟の満治の下宿で居候してゐる時に書いた小説が世の中に出て、以來雄三の家から母をも引取つてどうにかかうにかその日その日の暮しを立てることが出来るやうになつた。満治は高木から金を出させることに失敗した代りに、身をもつて私を三ケ月養つてくれたのであつた。満治の弟たちのことをいひ洩らしたが、景高は今どこか関西の方の町役場に勤めてゐるさうだ。一満はもう長い間脊髄の病気で、大阪にある満治の妻子の残つてゐる家に居候してゐるといふ話だ。／今でも毎日、何々仲買店内、相良とした封筒に、株式日報といふ小さな新聞が私の家に配達される。満治の心づくしである。彼は今だに五万円どころか、五千円も儲けないらしい。／これは此間から一つ書きかゝつてゐる小説の筆がどうしても渋つて進まない時、ふと机の傍に封を開かずに積んである株式日報を見て、思ひ浮かんだまゝを書いて見たのである。噓の話ではない。」とある。

大正十五年・昭和元年（一九二六年）三十五歳

足りない人（「中央公論」1月1日、第41年1号、122～174頁）全⑤

片方の恋（「文藝春秋」1月1日、第4巻1号、13～24頁）

＊＊単行本未収録

恋の童話（「週刊朝日」1月1日、第9巻1号、26～29頁）

＊単行本未収録

気に入つた女（「婦人画報」1月1日、第244号、148～160頁）

＊＊単行本未収録

怪人（「新潮」2月1日、第23巻2号、162～177頁）

恋敵（「新潮」3月1日、第23巻3号、82～121頁）

＊単行本未収録

母の秘密（「中央公論」4月1日、第41巻4号、43～71頁）

＊末尾に「（下略）」とある。

高天ケ原（「改造」4月1日、第8巻4号、176～240頁）全⑤

永久の恋人（「文藝行動」4月1日、第1巻4号、127〜135頁）
＊単行本未収録
青春のたそがれ（「サンデー毎日」4月1日、第5巻15号、19〜20頁）
＊単行本未収録
魔都（「報知新聞」4月28日〜11月4日）全⑤
＊百九十一回連載。のち「出世五人男」と改題。
「木から下りて来い」（「中央公論」6月1日、第41巻6号、112〜143頁）全⑤
出水（「新小説」7月1日、第31年7号、120〜127頁）
＊単行本未収録
下女（「中央公論」9月1日、第41年9号、195〜208頁）
旧悪（「文藝春秋」9月1日、第4巻9号、35〜41頁）
＊単行本未収録
小人の公園（「現代」9月1日、第7巻9号、132〜137頁）
＊単行本未収録

昭和二年（一九二七年）三十六歳

軍港行進曲（「中央公論」2月1日、第42年2号、1〜50頁）全⑥
＊末尾に「（なれ《ママ》は前篇です。作者）」とある。
日曜日（「新潮」3月1日、第24巻3号、90〜96頁）全⑥
続軍港行進曲（「中央公論」4月1日、第42年4号、187〜219頁）全⑥
恋の軀（「改造」4月1日、第9巻4号、88〜101頁）
汽車で（「文藝春秋」4月1日、第5巻4号、19〜28頁）
＊単行本未収録
彼等のモダーン振り（「婦人公論」4月1日、第12年4号、14〜30頁）
＊単行本未収録
悪鬼（「文藝春秋」6月1日、第5巻6号、43〜53頁）
＊末尾に「作者曰。これを前篇とします。後篇はこの倍くらゐになるかも知れません。そしてこの倍くらゐ面白くなるつもりです。後篇だけ読んでもらつても、面白いものを書きあげるつもりです。」とある。
＊＊単行本未収録
「鬼に食はれてしまへ」（「新文学」6月）†
＊単行本未収録
悉く作り話（「週刊朝日」6月19日、第11巻28号、14〜17頁）全①
＊後「苦の世界」の一部
東海道中（「文藝倶楽部」7月）†
＊単行本未収録

昭和三年（一九二八年）三十七歳

女心の朝夕（「サンデー毎日」1月1日、第7巻1号、12

〜14頁)
＊単行本未収録
めぐる春（「福岡日日新聞」3月5日〜12日）†
善き鬼・悪き鬼（「報知新聞」9月20日〜10月13日）
＊二十三回連載
昭和四年（一九二九年）三十八歳
縁のない実子（「現代」3月1日、第10巻3号、228〜239頁）
＊単行本未収録。
昭和七年（一九三二年）四十一歳
春寒（「現代」3月1日、第13巻3号、238〜251頁）
悪鬼（「文学クオタリイ」6月30日、第2輯、201〜214頁）
＊末尾に「(未完＝未定稿)」とある。
昭和八年（一九三三年）四十二歳
枯木のある風景（「改造」1月1日、第15巻1号、229〜249頁）全⑥
枯野の夢（「中央公論」3月1日、第48年3号、1〜52頁）全⑥
躍鬼（「経済往来」4月1日、第8巻4号、391〜406頁）全⑥
＊末尾に「後書。この創作は「中央公論」四月号に発表した『枯野の夢』と同じ題材であるが、『枯野の夢』の最後の十枚（「中央公論」紙上に於て創作欄四十八頁十五行より五十二頁十八行（をはり）迄に該当する所を三十七枚に書き直したのである。その訳は——同誌〆切日を四日過ぎた時『枯野の夢』を百五枚まで書いたところ、同誌発行日の都合の為に「あと何枚」と極めてほしいと記者から要求され、「では十枚」と約束してその枚数の範囲で早々に書いたものである。『枯野の夢』は拙き作ではあるがこの最後の十枚は二日つづけて徹夜したのと打続く疲労の為に特に拙いので、私はあの作を書き了つた時「あの十枚をせめて三十枚ほど書きたかつた」と思つた、さうして一ケ月後に書いたのがこの創作である。従つて『枯野の夢』の最後の十枚（雑誌の頁で四頁四行）の内の何行の文章と最後の一枚がこの創作の中に採用される事をお断りしておく、若し『枯野の夢』に幾分でも好意を持たれた読者でこの創作を読まれた読者があればこの創作は『中央公論』四月号創作欄四十八頁十五行以後になる事をお含みねがひたい、尤も若し『枯野の夢』と題して単行本にする事でもあつたら、この創作を元として、あの最後の章を幾らか参考にして入れるつもりである、最後に、この創作に幾分でも好意を持たれる読者があれば、前記『枯野の夢』をおついでの折読んで下さると有難い、もう一つ最後に、この創作はこれだけで独立して読める程度に書いたつもりである、尚、表題の『躍鬼』は造語で本文中にある『躍起』を捩つたもの

である。作者。」とある。
海戦奇譚（「経済往来」6月1日、第8巻6号、357〜376頁）
子の来歴（「経済往来」7月5日、第8巻8号、481〜510頁）全⑥
湯河原三界（「文藝春秋」9月1日、第11巻9号、366〜374頁）全⑥
湯河原三界（承前）（「文藝春秋」10月1日、第11巻10号、394〜407頁）全⑥
一週間（「文学界」10月1日、第1巻1号、2〜10頁）全⑥
＊後「女人往来」の一部。
人さまざま（「改造」11月1日、第15巻11号、1〜29頁）全⑥
一週間（承前）（「文学界」11月1日、第1巻2号、2〜22頁）全⑥
＊後「女人往来」の一部。
＊＊末尾に「(十、二)」とある。
思出話―一名旧交友録―（「文学界」12月1日、第1巻3号、200〜208頁）全⑫
線香花火（「週刊朝日」12月3日、第24巻25号、3〜6頁）全⑥

昭和九年（一九三四年）四十三歳

蝙蝠とぶ空―或る小説の序詞―（「文学界」2月1日、第2巻2号、180〜183頁）
＊末尾に「附記―この一篇は大正二年に作つたものに幾らか手を入れて、昭和八年一月七日の『中外商業新報』の日曜夕刊に出したものだが、近いうちに書き始めようと思ふ中篇小説の序詞にする為めに、もう一度手を入れたものである。御覧の如く幼い文章であるが、文字通り、読者の御笑覧に入れる。」とある。
＊＊単行本未収録
歴問（「中央公論」6月1日、第49年6号、64〜87頁）全⑦
＊末尾に「作者附記―この作は『歴問』といふ題の示す通り、作者の計画はもつと多くの人物を次ぎ次ぎと書く予定で、この作もせめてこの二倍か三倍まで書きたかつたのであるが、前から体に可なり無理をした為めにこれだけしか書けなかつた。」とある。
＊＊のち「楽世家等」の一部。
異聞（「改造」6月1日、第16巻7号、1〜44頁）全⑥
＊のち「女人不信」と改題。
彼と群集と〈再掲〉（「早稲田文学」6月1日、第1巻1号、202〜215頁）
＊単行本未収録
人間往来（「中央公論」11月1日、第49年12号、1〜66頁）全⑥

＊末尾に「―『歴問』の内―」とある。
文学の鬼（「文藝春秋」11月1日、第12巻11号、392～418頁）全⑥

昭和十年（一九三五年）四十四歳

夢の跡（「中央公論」6月1日、第50年6号、87～103頁）全⑥
＊末尾に「（附記、作者として残念で仕様のないのは、主人公を予定通り名古屋と大阪まで旅させられなかつた事である。従つて、この主人公が名古屋と大阪で新しい経験をし、いろいろの変つた男女に会ふ話を読者に伝へられなかつたことである。）」とある。
旅路の芭蕉（「浄土」9月1日、第1巻5号、26～31頁）全⑥
終の栖（「中央公論」10月1日、第50年10号、351～363頁）全⑥

昭和十一年（一九三六年）四十五歳

風変りな一族（「中央公論」3月1日、第51年3号、81～103頁）全⑦

昭和十二年（一九三七年）四十六歳

夢の通ひ路（「中央公論」1月1日、第52年1号、1～45頁）全⑦
閑人閑話（「文藝懇談会」1月1日、第2巻1号、2～4頁）全⑦
夢の通ひ路（「人民文庫」10月5日、第2巻13号、406～457頁）全⑦

昭和十三年（一九三八年）四十七歳

鬼子と好敵手（「中央公論」1月1日、第53年1号、87～125頁）全⑦
母の形見の貯金箱―或ひは『何も彼も打ち明け話』―（「財政」2月1日、第3巻2号、320～332頁）全⑦
＊末尾に「附記、これは、随筆風の小説、小説風の随筆。―といふやうなつもりで書いた。」とある。
楽世家等（「改造」5月1日、第20巻5号、65～102頁）全⑦
器用貧乏（「文藝春秋」6月1日、第16巻9号、280《ママ》～402頁）全⑦
雪と女（「東京朝日新聞」12月8日～12月10日、7～7面）
＊三回連載
＊＊単行本未収録

昭和十四年（一九三九年）四十八歳

木と金の間（「文藝春秋」2月1日、第17巻3号、364～392頁）全⑦
木から金へ（「改造」4月1日、第21巻4号、144～169頁）全⑦
＊末尾に「附記。この作は、「文藝春秋」二月号に発表

した『木と金の間』の続篇をなすものであるが、これだけでも、曲りなりに、独立した小説のやうなものになつてゐるかと思ふ。」とある。

十二時間―あるをんなごころ―（「新風土」6月1日、第2巻5号、45～55頁）

＊単行本未収録

身を助ける芸（「サンデー毎日」6月）†

四日間（「新潮」10月1日、第36巻10号、197～202頁）全⑥

＊末尾に「附記―この小説は、大正十四年三月に書いた『貸と借』と昭和八年八月九月に書いた『一週間』と共通する人物を使つたので、この二篇の小説と似たところはあるが、内幕をいへば、今年（昭和十四年）の六月と八月に得た材料であるから、前の二篇の小説とは全く違ふ。唯、残念なのは、全体の五分の一か四分の一（多分五分の二）ぐらゐしか書けなかつた事であるが、この次ぎの号で完結するつもりである。さうして、今度の分は発端の発端といふところである。」とある。

＊＊のち「女人往来」の一部。

四日間（「新潮」11月1日、第36巻11号、278～303頁）

＊末尾に「附記『四日間』が『一日半』分しか書けないうちに、初めに予定した枚数の殆ど倍になつた。その上、この小説の筋の上から、以前に書いた『貸と借』と『一週間』と重複するところが可なり多いが、これは仕方がなかつた。この上は、後の二日半は単行本にした時に書き足すより仕方がない。猶、全く読み直してゐないので、脱字その他いろいろあると思ふ。」とある。

＊＊単行本未収録

妙な働き者（「中央公論」11月1日、第54年12号、35～50頁）全⑦

＊末尾に「後記。この切り方は中途半端であるが、ここまで書いて来て、いろいろな事情で書けなくなつたのでこの後を、二三日休息して書きつづけて、完結するつもりである。猶、この小説は、昨年の春、「文藝春秋」に出した『器用貧乏』と、今年の夏頃「サンデイ毎日」に掲載した『身を助ける芸』とに続くもので、『器用貧乏』といふ全体で百六十枚ぐらゐの小説は、この小説で完結する筈である。しぜん、この小説は前の二つの小説と少しづつ重複するところがあるが、これだけで、曲りなりに、一つの小説にするつもりである。」とある。

妙な働き者（続・完）（「中央公論」12月1日、第54年13号、130～151頁）

＊末尾に「前号で、対島の芦辺としたのは壱岐の芦辺の誤りである。」とある。

善き鬼・悪き鬼―みちづれ―（「改造」12月1日、第21巻

13号、54〜65頁）全⑦
＊末尾に「以上を仮りに『序』としておいて、若し後に纏める時があつたら、若しかしたら、この『序』は捨てるかも知れない。猶、この稿は全く改めて、来年の三四月頃に発表したいと思つてゐる。」とある。

昭和十五年（一九四〇年）四十九歳

人間同志（「文藝春秋」2月1日、第18巻2号、296〜309頁）全⑦
＊末尾に「（前篇としておく）」とある。
善き鬼・悪き鬼（「改造」4月1日、第22巻6号、1〜13頁）全⑦
＊末尾に「この小説は二た月おきか、三月おきか、さういふ事を極めないで、『終り』となるところまで、つづけたいと思つてゐる。」とある。
人間往来（「公論」6月1日、第3巻6号）†全⑥
夢にもならない話（「日本評論」6月1日、第15巻6号、282〜296頁）全⑥
＊のち「人間往来」の一部。
人間往来（「公論」7月1日、第3巻7号）†全⑥
善き鬼・悪き鬼（「改造」8月1日、第22巻14号、24〜37頁）全⑦
＊末尾に「後記―この小説の中へ、旧作の、『あの頃の事』『鬼子と好敵手』の中の或る部分と重複するところがあることを断つておく。しかしこれは材料の関係で仕方がない。それから、今後、葛西善蔵、相馬泰三その他の小説の中の話と幾分か似た話が出て来るかも知れないことも断つておく。もう一つ、この次ぎは、この倍ぐらゐ書くつもりである。」とある。
人間往来（「公論」8月1日、第3巻8号）†全⑥
戦争聞書（「文藝」9月1日、第8巻9号、1〜16頁）
人間往来（「公論」9月1日、第3巻9号、325〜333頁）全⑥
戦争聞書（「文藝」10月1日、第8巻10号、2〜11頁）
人間往来（「公論」10月1日、第3巻10号、296〜304頁）全⑥
人間往来（「公論」11月1日、第3巻11号）†全⑥
人間往来（「公論」12月1日、第3巻12号）†全⑥

昭和十六年（一九四一年）五十歳

人間往来（「公論」1月1日、第4巻1号）†全⑥
二つの道（「文藝春秋」6月1日、第19巻6号、318〜332頁）全⑦
人の身（「文藝」7月1日、第9巻7号、118〜132頁）
＊末尾に「後記―この一篇は、長篇小説『人間往来』の最後をなすものであるから、『母の形見の貯金箱』と『人間往来』の前に書いた部分と重複するところがあるが、これは、急に書くことになつたので、なるべくこの

一篇だけでも分かるやうにしたいと思つたからである。」とある。

青春期（「改造」9月1日、第23巻17号、17〜43頁）全⑦

＊末尾に「―長篇『善き鬼・悪き鬼』の内。」とある。

身の秋（「中央公論」11月1日、第56年11号、1〜20頁）全⑦

昭和十七年（一九四二年）五十一歳

二宮尊徳（「新風土」4月1日、第5巻4号、2〜9頁）

二宮尊徳㈡（「新風土」5月1日、第5巻5号、2〜11頁）

＊末尾に「後記―かういふ事を書くのは、好まないことであり、よくない事であるのは承知してゐるが、校正をしながら、われながら退屈を覚えたので―尊徳の生涯は、これから、地味な中にも、変化がおこるので、この文章も、これからは、すこし変化がおこるつもりである。」とある。

馬琴読本（「中央公論」6月1日、第57年6号、1〜5頁）

＊末尾に「後記。この作を書くについて真山青果氏の随筆『滝沢馬琴』に負ふところが多かつた。」とある。

準備時代（「改造」6月1日、第24巻6号、39〜62頁）全⑦

二宮尊徳㈢（「新風土」6月1日、第5巻6号、2〜8頁）

馬琴読本（承前）（「中央公論」7月1日、第57巻7号、214〜226頁）

＊末尾に「（つづく。次号完結）」とある。

二宮尊徳㈣（「新風土」7月1日、第5巻7号、48〜58頁）

二宮尊徳㈤（「新風土」8月1日、第5巻8号、64〜71頁）

北斎絵巻（「八雲」8月25日、第1輯小説戯曲篇、49〜82頁）

二宮尊徳㈥（「新風土」9月1日、第5巻9号、58〜67頁）

二宮尊徳㈦（「新風土」10月1日、第5巻10号、56〜64頁）

＊末尾に「附記・九月号「九」の二行目（六十頁）の『茂木《もぎ》』は『茂木《もてぎ》』、つまり、振り仮名の「モギ《ママ》」は『モテギ』の間違ひであつたから訂正する。（作者）」とある。

二宮尊徳㈧（「新風土」11月1日、第5巻11号、2〜11頁）

昭和十八年（一九四三年）五十二歳

二宮尊徳㈨（「新風土」1月1日、第6巻1号、2〜15頁）

二宮尊徳㈩（「新風土」2月1日、第6巻2号、48〜56頁）

見事な軍艦（「少国民文化」2月1日、第2巻2号、125〜132頁）

＊単行本未収録

二宮尊徳(十一)（「新風土」3月1日、第6巻3号、46〜56頁）

二宮尊徳(十二)（「新風土」5月1日、第6巻5号、42〜57頁）

＊末尾に「後記―『二宮尊徳』は、これで終りではないが、「新風土」の連載はこれで終りとして、残りの分は、終りまで、いはゆる書きおろして、一冊の本にするつもりである。まづい物ではあるが、もしこれが本になつた

ら、六七年前から頭にあつたものを形にする事になる。それだけが慰めである。それから、この『二宮尊徳』を書くのに、佐々井信太郎氏の『二宮尊徳伝』（二宮尊徳、生誕百五十年、卒去八十年記念出版）に負ふところが多かつたことを特に附記する。この佐々井氏の本は、主観的なところが特徴で、「至れり尽せり」の名著である。私のは、佐々井氏の反対に、まつたく主観を入れなかつたので物足りないものになつた。―宇野浩二」とある。

水すまし（「文藝」4月1日、第11巻4号、112～127頁）全⑦

＊末尾に「後記―この小説を書くのに、高崎正男氏と矢野文夫氏の文章に負ふところが非常に多かつた、両氏に厚くお礼申し上げる。宇野浩二」とある。

昭和二十一年（一九四六年）五十五歳

浮沈（「展望」2月1日、第2号、95～127頁）

青春期㈠（「新生」2月1日、第2巻2号、55～82頁）全⑧

＊末尾に「（その一未完）つゞく」とある。

青春期㈡（「新生」4月1日、第2巻4号、29～34頁）全⑧

＊末尾に「（「その二」終り。つづく）」とある。

青春期㈢（「新生」5月1日、第2巻5号、51～64頁）全⑧

青春期㈣（「新生」6月1日、第2巻6号、51～63頁）全⑧

十二時間―女心の朝夕―（「新文藝」6月1日、第1巻3号、135～143頁）

＊末尾に「「後記」―この小説は、十七八年前に作り、七八年前に、ある雑誌に出したが、題材のために、ほとんど全く削除されたものを、こんど、手を入れたものである。」とある。

＊＊単行本未収録

青春期㈤（「新生」7月1日、第2巻7号、57～62頁）全⑧

思ひ草（「人間」11月2日、第1巻11号、2～36頁）全⑧

＊末尾に「（次号完結）」とある。

思ひ草（「人間」12月1日、第1巻12号、2～36頁）全⑧

＊末尾に「（昭和二十一年九月二十六日）」とある。

昭和二十二年（一九四七年）五十六歳

思ひ出の家（「文藝春秋」3月1日、第25巻2号、124～138頁）

思ひ出の家（承前）（「文藝春秋」5月1日、第25巻4号、56～83頁）

＊末尾に「（未完）」とあり、更に「（作者附記）この小説のなかに、「浮沈」と「思ひ草」の一部分と重複するところがあるが、それは、この作品として、しかたがなかつた。」とある。

＊＊単行本未収録

青春（「光」5月1日、第3巻5号、20～38頁）

＊末尾に「（長篇小説『青春期』のうち）」とあり、更に「後記―この作は、をはりに書いたやうに、長篇小説

『青春期』のうちの、一篇であるから、まへに書いた『青春期』(上)の終りのはうと、重複するところがあり、また、四五年まへに書いた『青春期』と『準備時代』の一部とも重複するところがあるけれど、それは、仕方がなかつた。それは今のべたやうに、長篇小説の一部であるから、この作だけをよむ人のためである。」とある。

＊＊単行本未収録

昭和二十三年（一九四八年）五十七歳

西片町の家（「小説季刊文潮」5月15日、第1輯、69～92頁）全⑧

思ひ川―（あるひは夢みるやうな恋）―（「人間」8月1日、第3巻8号、2～31頁）全⑧

＊末尾に「後記――この小説は、題材の関係で、大正十年ごろに書いた『如露』『晴れたり君よ』と、昭和五年にかいた『湯河原三界』と、おなじ場面その他があるが、仕方がなかつた。」とある。

思ひ川―（あるひは夢みるやうな恋）―（「人間」9月1日、第3巻9号、48～64頁）全⑧

＊末尾に「あとがき――作者として、かういふことは書きたくないが、この小説は、書かうとおもつてから、二年半以上も、かきなやんだ。そのために、いはゆる『ガクヤバナシ』をすることになるが、はじめ、百枚ぐらゐとおもつたのが、まへ（八月号）に出したものだけで、百枚をこした。わたくしとしては、すこし、もてあました。百枚で『カタ』がつかず、ダラシがなくなつたからである。それをこんどで完結させようとおもつたのが、このやうなありさまになつたからである。そこで、このつぎのぶんで、いくらかとりかへさうとおもつたら、筋肉痛といふやつかいな病気になつた。しかし、このつぎで、なんとか、とりまとめるつもりである。」とある。

思ひ川―（あるひは夢みるやうな恋）―（「人間」10月1日、第3巻10号、53～64頁）全⑧

＊末尾に「あとがき――この号に出した表題のいへのカツトは、大正十二年のたしか八月の中ころ、久米正雄君が、避暑と遊山（気ばらし）のために、鎌倉の海岸のちかくに、てごろな家をかりて、住んでゐたころ、その家の庭にそなへつけてあつた『カマ』で、じぶんで、絵をかいて、つくつて、くれた、楽焼の皿の、その絵を、模写してもらつたものである。いまも、むかしも、人気者の久米君のことであるから、その家は、文字どほり、『千客万来』であつた。その『千客』のなかの一人として、私も、一ど、訪問したとき、この菓子皿を、もらつたのである。これをわざわざカツトにえらんだのは、この小説のはじめに、「大正十二年は、九月一日に、関東地方に、

まれな大地震があつた年である。」とある。その『記念』のやうなつもりである。」とある。
若い日の頃—一つの記憶—(「新生」10月1日、40～63頁)
＊末尾に「後記—これは、小説のやうで小説でないやうなところがあるけれど、このままのかたちで書きつづける。あつかはれてゐる時代が明治の末から大正のはじめになるから、これまで書いたいくつかの文章に出てくる「はなし」とすこし重複するところもあるが、これは仕方がない。」とある。
＊＊単行本未収録
思ひ川—(あるひは夢みるやうな恋)—(「人間」11月1日、第3巻11号、44～64頁)全⑧
＊末尾に「あとがき、(ばかり、書くことになるが、)—この小説ははじめ百枚ぐらゐのつもりであつたが、この雑誌にかくうちに三百二十五六枚になつた。いよいよ書きはじめたのは七月七日で、それからほとんど毎日つづけて、十月十八日に、まづ、をはつた。そのあひだに、これといふ病気はしなかつたが、ものを書くのに一ばん都合のわるい『筋肉痛』(背中のいたむ病気)にかかつたので、こんなに、だらしのないものになり、そのうへ、だらだらと、わけて出さねばならぬことになつた。よんでくれてゐる方があつたら、さぞ不愉快かとおもふが、書いてゐるものにはいやな気がする。(十月十八日、かき終つた日)」とある。
思ひ川—(あるひは夢みるやうな恋)—(「人間」12月1日、第3巻12号、49～64頁)全⑧
＊末尾に「この小説は、百枚ぐらゐで、一度に出すつもりであつた。それが、書いてゐるうちに、三倍をこした。それに、書いてゐるあひだに病気などをしたので、もともと、だらしのない作品が、こんなに、きれぎれに、だらしなく、出すことになつてしまつた。／なほ、この小説には、続篇があつて、それで、ほんたうの『をはり』になるのである。(作者)」とある。

昭和二十四年(一九四九年)五十八歳

富士見高原(あるひは寂寥の人)(「展望」4月1日、第40号、57～82頁)全⑧
＊末尾に「(カット竹久夢二)」とある。
秋の心(「文藝春秋」7月1日、第27巻7号、78～95頁)全⑧
＊末尾に「あとに——この小説は、昭和十年にかいた『夢の跡』と重複するところがあるが、それはしかたがなかつた。——宇野浩二」とある。
うつりかはり(「風雪」9月1日、第3巻8号、5～48頁)全⑧
＊末尾に「あとに——この小説は、(いつも、こんな事

になるが、）二年ほど前に書いた、『浮沈』と『思ひ草』といふ小説のある部分が、重なるところがあるが、（そのために、ずゐぶん、書きにくかつたが、）やはり、しかたが、なかつた。」とある。

昭和二十五年（一九五〇年）五十九歳

自分一人（「人間」1月1日、第5巻1号、69〜75頁）全⑨

＊末尾に「後記―この小説は、これだけで独立のものになるつもりであるが、昭和十三年から十五年までのあひだに書いた『器用貧乏』といふ小説のつづきのやうなものである。そのために『器用貧乏』とほんの少し重複するところがある。しかし、やむをえない事情で、未完になつたこの小説のこれからさきは、そのやうなことにあまりならないつもりである。」とある。

自分一人（「人間」2月1日、第5巻2号、82〜91頁）全⑨

自分一人（「人間」3月1日、第5巻3号、138〜149頁）全⑨

相思草（「中央公論」4月25日、文芸特集号、6〜53頁）全⑨

＊末尾に「後記―この小説は、二年ほど前に書いた『思ひ川』といふ小説の後篇になるものである。」とある。

自分一人（「人間」4月1日、第5巻4号、130〜141頁）全⑨

＊末尾に「（「一」をはり）」とある。

自分一人（「人間」5月1日、第5巻5号、130〜138頁）全⑨

＊末尾に「（(二)つづく）」とあり、さらに「後記―『一』のをはりにちかいはうの「二月のはじめの寒い日であつた。」を、「十月の中頃のうすら寒い日であつた。」とあらためる。」とある。

自分一人（「人間」6月1日、第5巻6号、78〜87頁）全⑨

＊末尾に「（二つづく）」とある。

自分一人(承前)(「人間」10月1日、第5巻10号、139〜150頁)全⑨

＊末尾に「（二―つづく）」とある。

昭和二十六年（一九五一年）六十歳

自分一人（「人間」2月1日、第6巻2号、112〜140頁）全⑨

大阪人間（「文藝春秋」2月1日、第29巻2号、216〜251頁）全⑨

＊末尾に「（連作「大阪人間」のうち）」とあり、更に「（後記）この小説は、小説の常として、事実のごとく書いてあるけれど、ことごとく、作者のつくりごとである。」とある。

昭和二十七年（一九五二年）六十一歳

わが友の青春の詩（あるひは斎藤寛の青春の詩）（「中央公論」1月1日、文芸特集号、10号、16〜44頁）

＊末尾に「後記――この文章は、ごらんのごとく、小説ではない、いはゆる実名小説でもない、題のしめすとほりの文章である。つまり、これは、私が、旧友、斎藤寛の青春の詩を、ゆくりなく、読み、その『斎藤　寛の

青春の詩』についての青山　潤の解説を読んで、感激したので、その感激を述べよう、と思つて、書いたものである。ところが、斎藤のことを思ふと、斎藤と私との青春の交りが、なつかしく思ひ出されたので、私も、私のまづしい青春の事をおもひだして、『斎藤　寛の青春の詩』（と青山潤のその解説）に、蛇足のやうなものを、書いたのである。『蛇足』とは、いふまでもなく、「無用の長物、有りて益なき物」といふ程の意味である。終りに、斎藤　寛の詩と、斎藤　寛の訳詩集『仏蘭西古典哀傷集』とフランスの象徴詩が、あらためて、本になつて、世に出ることを、私は、切に、祈るものである。」とある。

**単行本未収録

寂しがり屋（「文藝春秋」6月1日、第30巻8号、224〜251頁）全⑨

＊末尾に「後記―このあとに、昭和二十五年のクリスマス前夜の前の晩に、直木三十五の選集を出す相談のために『灘万』で、その会があつた。その時、久米、広津、佐佐木、宇野の四人が集まつて、相談をした。その席に、前にかいた山口誓子の妹の実花と久米が歌沢について談じあつたり、「灘万」のおかみの武原はんが俳文について気焔をあげたり、最後に、久米とおはんとその他二三人で、銀座のチョコレエト・ショップの階上の大ダンスホオルに出かけ、そこで、久米が、玩具の帽子をかぶつて、談笑の間に、いろいろな男女と、あぶなげに見える腰つきで、ダンスをしたり、かと思ふと、かたはらの腰から上が裸体の十五六に見える踊り子の肌にちよいと触つたりするところ。さうして、最後に、それが久米と私が永久に別れることになつたところの、銀座の雑踏の中でわかれの挨拶をかはす時の光景などを書くつもりであつたが、悪例のシメキリのために、それらの話はみな別に書くつもりである。」とある。

昭和二十八年（一九五三年）六十二歳

友垣（「新潮」9月1日、第50巻9号、148〜180頁）全⑨

友垣（承前）（「新潮」10月1日、第50巻10号、167〜190頁）全⑨

えら者たち（「東京新聞」12月）†全④

昭和三十二年（一九五七年）六十六歳

自分勝手屋（「別冊文藝春秋」10月28日、第60号、20〜42頁）全⑨

＊末尾に「（『大阪人間』のうち）」とある。更に「作者附記　さて、ここまで、やつと作り出した拙い物語に登場した『竹木高三郎』の作り話を、こんな所で打ち切るのは、少し不本意でもあるが、つぎに述べるやうな事情も

あるからである。／竹木高三郎は、あの芦屋の岡の上の家から、池田市の南の方の町はづれの岡の上の、芦屋の家の倍もある家に、引越した。（この時分を、私は、物語を進行させる便宜のために、昭和十年の秋の頃とした。さて、）この家の庭は、芦屋の家の庭の百倍以上で、八千坪ぐらゐある。それは、この家がその頂上にある岡全体が庭になつてゐたからである。それから、岡の麓の門から岡の上にある家まで左と右に坂道が二つあつて、その坂道は半町の半分ぐらゐあり、その二つの坂道の間は麦畑になつてゐた。それから、岡の上の家のちかくに池があつて、その池の辺に立てば、西の方が開けてゐたので、西の方を向くと、すぐ近くに、伊丹の町と陸軍の飛行場の跡（今の伊丹の飛行場）が見え、遠くは、六甲山、有馬山、武田尾、長尾山、その他、晴れた日は、丹波の山々まで、眺められた。或る時、竹木は、深見に、「こんどの家は、小林一三が住もと思てこしらへよつた家やさうや、……おれが今まで住んだ家のなかで一ばん大けい、」と云つた。この家に住んでゐる間に、竹木は、直江津の東の方の、永代橋の西詰から戸倉川にそうて三町ほど行つた所に、いくらか本式にちかいステンレスの工場と会社を創設し、古城町の海岸のすぐ側の疎らな林のはづれに狭い台所と湯殿と二畳と四畳半と六畳、といふ簡単な平屋をたて、そこに芦屋の近くに家を持たせておいた梅と云ふ女を呼びよせて、毎日、社員の出る十分ぐらゐ前に、その会社に行つた。（物語に少しでも変化をつけるために、作者は、この梅を工材社につとめてゐた女事務員にした、さて、）その工場では、主にステンレスを加工して停車場やバスで使用する『パイプ』を製造した。その時分に、東京で逢つた竹木に、深見が、「そのパイプは何に使ふんだ、」と聞くと、竹木は、昂然として、「方方の駅のテスリ（つまり、欄干）やバスの中の柱や、……あの銀の棒は、みな、ガランド（『空虚』のこと）や、ガランドやから、『持ち』がええネ……名古屋の駅の『テスリ』見たか、あれは、皆、おれンとかで、したんや、」と云つた。

竹木は、この直江津のステンレス会社をやつている間は、一と月うちの、上半分（つまり、一日から十四五日の間）は、池田の弘大《ママ》な家にかへり、下半分（つまり、十五六日から月末まで）の間は、直江津の仮り住居で暮らした。池田にゐる間は、二三日ぐらゐ大阪に出て、前に堂島の工場をやつてゐた時に関係した、ステンレスの地金屋から『借り』で地金を直江津に送つてもらふ約束をし、かたがた、借金を延ばしてもらふ事をたのみ、大阪から東京に出る間に、得意まはりをし、東京で二三日すごして、直江津に帰ることにしてゐた、――と、かういふ作り話を、私は、『大阪人間』といふ題の小説を、昭和二十六年の二月号の「文藝春秋」に出した。その『大阪人間』には、物語をいくらでも面白くするために、この『竹木高三郎』と、深見や竹木と中学校の同級生だつた男に、さいはひ、海軍中将になつた男がゐたので、この男を『志村』といふ名にして、この志村と竹木を主人公にしたので、竹木の方は半分ぐらゐしか作れなかつた、が、それでも、さきに述べたやうな『物語』を『大阪人間』の中に書いたので、竹木高三郎の物語をこの辺で打ち切り、勝手ながら、あの打ち切つた物語の後を、七年ほど前に作りだした『大阪人間』の中の竹木高三郎の、『その後の物語』といふことにして、打ち切つたのである。それから『あとがき』の初めの方に、「少し不本意でもあるが、」と述べたのは、竹木が、女の事の失策が池田に住んでゐる妻と三十歳になる出戻りの娘に発見されて、その娘から、「そんな汚らはしい人は、父と思はぬ、これから絶対にこの家に帰つてはならぬ、」といふ手紙をもらつたために、月のうちに上半分だけ帰ることになつてゐる池田の家を恐れて、直江津から大阪の方に帰つても、池田の駅をとほる電車に絶対に乗らない、といふ話を思ひついたが、それが、（その他の事が、）ここに書けなかつたのを『不本意』と思つたからである。

更に一そう不本意なのは、この物語㈠のつぎに、㈡として、昭和二十六年頃から今日（昭和三十二年頃）までの、大阪と、その大阪に現出した、二十五六歳から三十三四歳までの、風がはりで自分勝手な女たちの事を作りだすつもりであつたのが、いろいろな事情で書けなくなつた事である。その物語は、作り出して書けば、原稿紙のこの『物語』ぐらゐの枚数になる筈であるから、それはつづけて書くつもりであるから、この物語は、㈠だけで『未完』とする、『未完』は㈡と㈠の残りとである。／――未完――」とある。

昭和三十六年（一九六一年）七十歳

人間同志（絶筆）（「中央公論」11月1日、第76年11号、132～135頁）全⑦

＊末尾に「（原稿はここで中断）」とある。

平成三年（一九九一年）

彼と群集と〈再掲〉（「早稲田文学」10月1日、第185号、94～102頁）

＊初出未詳

宇野浩二童話目録

大正期の作家達は、芥川龍之介を始め、佐藤春夫・江口渙・豊島与志雄など、優れた童話を残している。宇野浩二も、多くの童話を発表している。宇野浩二の場合、「蔵の中」で、文壇にデヴューする以前から、童話を書いていた。まず、宇野浩二は、童話作家としてスタートしたのである。又、宇野浩二は、昭和二年に大病を患う。そして、昭和八年一月に、「枯木のある風景」(「改造」)を発表するまで、沈黙する。大患により、文壇に復帰するまでの四、五年の間、宇野浩二は、「赤い鳥」「幼年倶楽部」「少年倶楽部」「少女倶楽部」などに、童話を書いて生活をしのいでいたのである。

宇野浩二の童話は、例えば「いとも悲しき片葉の蘆の物語」(「少女の友」大正7年9月1日発行、第11巻10号)が、小説「片思」(「婦人公論」大正9年7月1日発行、第5巻7号)に発展していくものもある。宇野浩二の文学を考える場合、童話は極めて重要な意味を持つと思われる。

宇野浩二の、童話目録としては、既に、笠原美栄「宇野浩二の童話」(「日本文学<立教大学>」昭和39年11月25日発行、第13号)がある。併し、この笠原美栄の「宇野浩二の童話」については、関口安義が、「宇野浩二の児童文学」(「信州白樺」昭和55年4月10日発行、第36・37合併号)で、「『童話作品のすべて』と称して、作品・作品集合せて七十六をあげているが、これはかなり杜撰なもので、初期の『少女の友』掲載童話が大量に脱落し、その上、昭和十年代の小学館発行の学年別学習雑誌に載ったものは、一篇も記載されていない。また、現物確認をしていないせいか、掲げられたものにはまちがいが多い。」と指摘していて、とうてい信頼の出来るものでない。そこで、宇野浩二の童話について、管見の入ったものを記す。

記載の順序は、作品名（「雑誌名」月日、巻号、頁数）である。

✝印は未確認を示す。

「幼年倶楽部」など、未調査の雑誌もあり、まだまだ不十分な目録である。大方の御教示をお願いする次第である。

大正四年（一九一五年）二十四歳

揺籃の唄の思ひ出（「少女の友」5月1日、第8巻6号、36〜46頁）

国境の峠に濺ぐ涙の雨（「少女の友」8月1日、第8巻9号、99〜110頁）

亡き母の国を慕ひて（「少女の友」10月1日、第8巻11号、42〜52頁）

「付記」に「この話はこれで終りといたします。ユリのお母さんの、お里の手紙を読んで見るつもりでしたが、余り長くなりさうですから、それは又改めてのこととします。どうしてお里が西京の父と妹の家を捨てゝ和蘭までも出て行つたか、又どうしてそこでユリのお母さんになつたか。波瀾多く、教訓深い一生は、やがてその手紙が説明することでございませう。そして又この物語の中で合点の行かぬことも、総べてはその手紙が説明することでございませう。（作者）」とある。「（記者曰く）」に「この手紙は本紙秋《ママ》の増刊に掲載いたします。是非御覧下さい。」とある。

和蘭へ行つたお里の手紙（「少女の友」10月5日、第8巻12号、60〜71頁）

泣きながら和蘭へ帰る娘（「少女の友」11月1日、第8巻13号、68〜77頁）

大正五年（一九一六年）二十五歳

鬼の面と母の面（「新少女」1月1日）✝

先生の顔（「日本少年」3月1日、第11巻3号、56〜60頁）

育てた母の心（「少女の友」4月5日、第9巻5号、66〜77頁）

寂しい一生の物語（「少女の友」7月1日、第9巻8号、

38～45頁）
谷間の畑（「日本少年」8月1日、第11巻9号、58～62頁）
お糸の窓のあかり（「少女の友」11月1日、第9巻13号、53～59頁）

大正六年（一九一七年）二十六歳

十七年の春秋（「少女の友」9月1日～12月1日、4回連載）
十七年の春秋㈠（「少女の友」9月1日、第10巻10号、40～47頁）
十七年の春秋㈡（「少女の友」10月1日、第10巻11号、38～45頁）
十七年の春秋㈢（「少女の友」11月1日、第10巻13号、38～45頁）
十七年の春秋㈣（「少女の友」12月1日、第10巻14号、40～47頁）

大正七年（一九一八年）二十七歳

春の日の光（「良友」3月1日、第3巻3号、60～66頁）
墓に供えて（「良友」6月1日）†
海の夢山の夢（「良友」9月1日）†
いとも悲しき片葉の蘆の物語（「少女の友」9月1日、第11巻10号、60～68頁）
涙の泉（「少女の友」10月5日、第11巻12号、62～71頁）
向ふの山（「良友」11月1日）†
父の大根畑（「良友」12月1日）†
悲しき兄弟（「日本少年」12月1日、第13巻14号、74～79頁）

大正八年（一九一九年）二十八歳

晴れ渡る元日（「少年倶楽部」1月1日）†
誰が身の上（「少年倶楽部」3月1日、第6巻4号、60～68頁）
先生のこゝろ（「少女の友」4月5日、第12巻5号、62～73頁）
さとり御前（「こども雑誌」8月1日、第1巻2号、36～43頁）
伝奇物語悲しき歌（「少年倶楽部」9月1日、第6巻12号、34～43頁）
狼よりも虎よりも（「こども雑誌」10月1日、第1巻4号、38～45頁）
龍介の天上（「解放」11月1日、第1巻6号、158～163頁）
「付記」に「右はオランダ国の詩人、ラメエ、デタの著すところ「日本童話集」の中から、翻訳したものである。デタは幾多の詩集及び小説集の著者だと聞いてゐるが自分はまだそれ等を読む機会を得ない。一はそれ等の英訳書がないからでもある。こゝに掲げた「龍介の天上」原名「鼻」は先に掲げた英訳書からの重訳で、所々固有名詞などは読者の頭に入りよいやうにとの老婆心から、訳者が任意に変へたところもあることを断つておく。尚デタの右の書物の中には、此の外色々興味の深い小説があるが、その中時々訳して読者の清鑑に資するつもりである。(訳者)」とある。

大正九年（一九二〇年）二十九歳

三疋の熊（「こども雑誌」1月1日、第2巻1号、21〜27頁）
奇妙な楽隊（「こども雑誌」4月1日、第2巻4号、4〜11頁）
昔噺物臭太郎（「日本一」7月1日、第6巻7号、165〜176頁）
西遊記（「童話」大正9年10月1日〜大正12年11月1日、36回連載）
西遊記（「童話」10月1日、第1巻7号、28〜36頁）
西遊記(2)（「童話」11月1日、第1巻8号、22〜30頁）
西遊記(3)（「童話」12月1日、第1巻9号、36〜43頁）
西遊記(4)（「童話」大正10年3月1日、第2巻3号、25〜29頁）
西遊記(5)（「童話」4月1日、第2巻4号、46〜53頁）
西遊記(6)（「童話」5月1日、第2巻5号、58〜66頁）
西遊記(7)（「童話」6月1日、第2巻6号、54〜61頁）
西遊記(8)（「童話」7月1日、第2巻7号、61〜69頁）
西遊記(9)（「童話」8月1日、第2巻8号、42〜49頁）
西遊記(10)（「童話」9月1日、第2巻9号、54〜62頁）
西遊記(11)（「童話」10月1日、第2巻10号、40〜48頁）
西遊記(12)（「童話」11月1日、第2巻11号、29〜37頁）
西遊記(13)（「童話」12月1日、第2巻12号、47〜55頁）
西遊記(14)（「童話」大正11年1月1日、第3巻1号、74〜83頁）
西遊記(15)（「童話」2月1日、第3巻2号、47〜55頁）
西遊記(16)（「童話」3月1日、第3巻3号、54〜62頁）
西遊記(17)（「童話」4月1日、第3巻4号、56〜65頁）
西遊記(18)（「童話」5月1日、第3巻5号、48〜57頁）
西遊記(19)（「童話」6月1日、第3巻6号、42〜51頁）
西遊記(20)（「童話」7月1日、第3巻7号、24〜33頁）
西遊記(21)（「童話」8月1日、第3巻8号、33〜41頁）
西遊記(22)（「童話」9月1日、第3巻9号、48〜56頁）
西遊記(23)（「童話」10月1日、第3巻10号、54〜63頁）
西遊記(24)（「童話」11月1日、第3巻11号、58〜67頁）
西遊記(25)（「童話」12月1日、第3巻12号、56〜64頁）
西遊記(26)（「童話」大正12年1月1日、第4巻1号、51〜59頁）
西遊記(27)（「童話」2月1日、第4巻2号、39〜47頁）
西遊記(28)（「童話」3月1日、第4巻3号、25〜33頁）
西遊記(29)（「童話」4月1日、第4巻4号、42〜49頁）
西遊記(30)（「童話」5月1日、第4巻5号、34〜41頁）

西遊記(31)（「童話」6月1日、第4巻6号、43〜51頁）
西遊記(32)（「童話」7月1日、第4巻7号、31〜39頁）
西遊記(33)（「童話」8月1日、第4巻8号、49〜57頁）
西遊記(34)（「童話」9月1日、第4巻9号、37〜45頁）
西遊記(35)（「童話」10月1日、第4巻10号、68〜75頁）
西遊記(36)（「童話」11月5日、第4巻11号、58〜66頁）
人魚の王子（「少年倶楽部」10月11日、第7巻15号、26〜36頁）

大正十年（一九二一年）三十歳

蕗の下の神様（「赤い鳥」1月1日、第6巻1号、42〜51頁）
死神様の正体（「東京朝日新聞」2月22〜25日、3月1〜2日、1〜1頁、8〜8頁）
花子さんと小人（「面白倶楽部」3月1日、第6巻4号、73〜75頁）
或アイヌ爺さんの話（「赤い鳥」4月1日、第6巻4号、28〜37頁）
福の神の正体（「赤い鳥」6月1日、第6巻6号、24〜31頁）
熊虎合戦（「赤い鳥」11月1日、第7巻5号、20〜29頁）

大正十一年（一九二二年）三十一歳

雪の野路（「日本少年」1月1日、第17巻1号、58〜63頁）
埋れた黄金（「小学男性」1月1日〜6月1日、6回連載）
埋れた黄金（「小学男性」1月1日、第4巻1号、40〜45頁）
埋れた黄金（「小学男性」2月1日、第4巻2号、42〜47頁）
埋れた黄金（「小学男性」3月1日、第4巻3号、34〜39頁）
埋れた黄金（「小学男性」4月1日、第4巻4号、42〜47頁）
埋れた黄金（「小学男性」5月1日、第4巻5号、42〜47頁）
埋れた黄金（「小学男性」6月1日、第4巻6号、42〜47頁）
地蔵の村（「赤い鳥」4月1日、第8巻4号、18〜27頁）
山国の子（「時事新報」5月14日）
王様の嘆き（「赤い鳥」7月1日、第9巻1号、52〜61頁）
見世物成金（「金の鳥」7月1日〜8月1日、2回連載）
見世物成金（「金の鳥」7月1日、第1巻4号、6〜17頁）
見世物成金（「金の鳥」8月1日、第1巻5号、12〜15頁）
我侭太郎（「赤い鳥」10月1日〜11月1日、2回連載）
我侭太郎（「赤い鳥」10月1日、第9巻4号、34〜43頁）
我侭太郎（「赤い鳥」11月1日、第9巻5号、58〜65頁）
蚊とんぼ物語（「金の鳥」11月1日、第1巻8号、6〜？頁）†
角突次郎（「金の船」12月1日）†

大正十二年（一九二三年）三十二歳

天と地の出来事（「赤い鳥」1月1日〜4月1日、4回連載）
天と地の出来事（「赤い鳥」1月1日、第10巻1号、78

〜83頁)
天と地の出来事(「赤い鳥」2月1日、第10巻2号、72〜81頁)
天と地の出来事(「赤い鳥」3月1日、第10巻3号、72〜81頁)
天と地の出来事(「赤い鳥」4月1日、第10巻4号、56〜65頁)
木曽へ、木曽へ(「金の鳥」1月1日〜2月1日、2回連載)†
木曽へ、木曽へ(「金の鳥」1月1日、第2巻1号、6〜?頁)†
木曽へ、木曽へ(「金の鳥」2月1日、第2巻2号、6〜?頁)†
ぢやんぽん廻り(「女性改造」4月1日、第2巻4号、2〜21頁)
七面鳥の五郎(「婦人公論」5月1日、第8巻5号、65〜84頁)
天国の夢(「赤い鳥」7月1日、第11巻1号、16〜25頁)
三味線林(「赤い鳥」9月1日、第11巻3号、56〜63頁)

大正十三年(一九二四年)三十三歳

海から聞いた話(「赤い鳥」2月1日、第12巻2号、74〜81頁)
ちゆう助の手柄(「赤い鳥」4月1日、第12巻4号、72〜81頁)
姉と弟の唄(「金の星」4月1日〜5月1日、2回連載)
姉と弟の唄(「金の星」4月1日、第6巻4号、6〜13頁)
姉と弟の唄(「金の星」5月1日、第6巻5号、104〜111頁)
八郎兵衛と猫(「童話」4月1日、第5巻4号、42〜55頁)
故郷の少女に贈る(「少女の友」5月1日)†
頓助の物語(「赤い鳥」8月1日、第13巻2号、74〜83頁)
ねむり御殿(「金の星」8月1日、第6巻8号、6〜14頁)
不思議な金魚(「赤い鳥」9月1日〜10月1日、2回連載)
不思議な金魚(「赤い鳥」9月1日、第13巻3号、46〜55頁)
不思議な金魚(「赤い鳥」10月1日、第13巻4号、72〜81頁)
のらくら太郎(「童話」10月1日、第5巻10号、128〜137頁)
鬼の草蛙(「赤い鳥」大正13年12月1日〜大正14年1月1日、2回連載)
鬼の草蛙(「赤い鳥」12月1日、第13巻6号、58〜65頁)
鬼の草蛙(「赤い鳥」大正14年1月1日、第14巻1号、70〜75頁)

大正十四年(一九二五年)三十四歳

優しい心(「童話」1月1日、第6巻1号、26〜33頁)
雪だるま(「赤い鳥」2月1日、第14巻2号、8〜19頁)
森の頭になる話(「金の星」3月1日〜4月1日、2回連載)

森の頭になる話（「金の星」3月1日、第7巻3号、6～11頁）
森の頭になる話（「金の星」4月1日、第7巻4号、30～36頁）
聞きたがり屋（「赤い鳥」4月1日、第14巻4号、20～27頁）
塔の上の畑（「赤い鳥」6月1日～7月1日、2回連載）
塔の上の畑（「赤い鳥」6月1日、第14巻6号、112～121頁）
塔の上の畑（「赤い鳥」7月1日、第15巻1号、112～123頁）
鳳凰の羽根（「童話」8月1日～9月1日、2回連載）
鳳凰の羽根（「童話」8月1日、第1巻8号、114～119頁）
鳳凰の羽根（「童話」9月1日、第1巻9号、24～30頁）
優しい娘の話（「赤い鳥」9月1日、第15巻3号、20～29頁）
不仕合の神様（「キング」9月1日、第1巻9号、50～58頁）
お菊と小菊（「赤い鳥」11月1日、第15巻5号、24～33頁）

大正十五年・昭和元年（一九二六年）三十五歳

黒と白の戦（「赤い鳥」1月1日、第16巻1号、106～119頁）
嫁さがし（「キング」1月1日、第2巻1号、116～123頁）
人にすぐれた芸（「赤い鳥」3月1日、第16巻3号、106～115頁）
木仏金仏石仏（「幼年倶楽部」4月1日、第1巻4号、90～97頁）
金の財布と命の皮（「講談倶楽部」4月1日、16巻4号）†
日の光（「幼年倶楽部」5月1日、第1巻5号、130～136頁）
正直小判（「赤い鳥」6月1日、第16巻6号、74～83頁）
石の渡し（「幼年倶楽部」7月1日）†
ガラスの心臓（「赤い鳥」8月1日、第17巻2号、88～97頁）
春を告げる鳥（「幼年倶楽部」8月1日）†
啄木鳥のおばあさん（「幼年倶楽部」9月1日）†
小人の公園（「現代」9月1日、第7巻9号、132～137頁）
お話の先祖（「幼年倶楽部」10月1日、第1巻10号、146～153頁）†
踊る笛（「赤い鳥」11月1日、第17巻5号、36～43頁）
母の声（「幼年倶楽部」11月1日）†
神様にすてられたアイヌ（「幼年倶楽部」12月1日）†

昭和二年（一九二七年）三十六歳

曲馬団と少年（「赤い鳥」1月1日、第18巻1号、18～27頁）
王様と靴直し（「少年倶楽部」1月1日、第14巻1号、57～65頁）
阿古太丸（「幼年倶楽部」1月1日～6月1日、6回連載）
阿古太丸（「幼年倶楽部」1月1日、第2巻1号、80～88頁）
阿古太丸（「幼年倶楽部」2月1日、第2巻2号、64～71頁）

阿古太丸(「幼年倶楽部」3月1日、第2巻3号、80〜87頁)
阿古太丸(「幼年倶楽部」4月1日、第2巻4号)†
阿古太丸(「幼年倶楽部」5月1日、第2巻5号)†
阿古太丸(「幼年倶楽部」6月1日、第2巻6号)†
犬の「世の中」へ(「赤い鳥」4月1日〜5月1日、2回連載)
犬の「世の中」へ(「赤い鳥」4月1日、第18巻4号、70〜77頁)
犬の「世の中」へ(「赤い鳥」5月1日、第18巻5号、32〜39頁)
瓢簞ぢいさん(「講談倶楽部」4月1日、第17巻4号)†
不思議な裁判〈子供に聞かせる面白い話〉(「現代」5月1日、第8巻5号、400〜407頁)
犬の言葉(「文藝倶楽部」6月1日、第33巻8号、100〜105頁)
たましひの敵討(「赤い鳥」7月1日、第19巻1号、24〜33頁)
父の国と母の国(「幼年倶楽部」8月1日〜昭和3年3月1日、8回連載)†
おしやべり按摩(「少年倶楽部」12月1日、第14巻12号、33〜40頁)

昭和三年(一九二八年)三十七歳
向ふの山(「少女倶楽部」2月1日、第6巻2号、34〜39頁)
枯木仏と黄金仏(「幼年倶楽部」9月1日、第3巻9号、144〜151頁)

昭和四年(一九二九年)三十八歳
母いづこ(「幼年倶楽部」1月1日〜昭和5年2月1日、14回連載)
母いづこ(「幼年倶楽部」1月1日、第4巻1号、112〜120頁)
母いづこ(「幼年倶楽部」2月1日、第4巻2号、116〜125頁)
母いづこ(「幼年倶楽部」3月1日、第4巻3号)†
母いづこ(「幼年倶楽部」4月1日、第4巻4号)†
母いづこ(「幼年倶楽部」5月1日、第4巻5号)†
母いづこ(「幼年倶楽部」6月1日、第4巻6号)†
母いづこ(「幼年倶楽部」7月1日、第4巻7号)†
母いづこ(「幼年倶楽部」8月1日、第4巻8号)†
母いづこ(「幼年倶楽部」9月1日、第4巻9号)†
母いづこ(「幼年倶楽部」10月1日、第4巻10号、120〜128頁)
母いづこ(「幼年倶楽部」11月1日、第4巻11号、112〜119頁)
母いづこ(「幼年倶楽部」12月1日、第4巻12号、84〜91頁)
母いづこ(「幼年倶楽部」昭和5年1月1日、第5巻1

号、113〜121頁）

母いづこ（「幼年倶楽部」２月１日、第５巻２号）†

アイヌ爺さんの話（「文藝読本尋常科第四学年用」10月20日、第８巻７号、128〜140頁）

揺籃の唄の思ひ出（「文藝読本尋常科第五学年用」10月20日、第８巻７号、121〜139頁）

昭和五年（一九三〇年）三十九歳

暑中休暇の日記―又の題「少女と夜店」―（『父の国と母の国』６月５日、大日本雄弁会講談社、292〜301頁）

八重子の日記（「幼年倶楽部」８月１日、第５巻８号、154〜162頁）

向ふの山（「幼年倶楽部」10月１日、第５巻10号、51〜57頁）

慾なし爺さん（「幼年倶楽部」12月１日、第５巻12号、120〜127頁）

人にすぐれた芸（「キング」12月１日、第６巻12号、244〜253頁）

昭和六年（一九三一年）四十歳

王様と靴直し（「赤い鳥」１月１日、復刊１巻１号、68〜77頁）

花の首輪（「少年倶楽部」１月１日〜６月１日、６回連載）

　花の首輪（「少年倶楽部」１月１日、第18巻１号、73〜83頁）

　花の首輪（「少年倶楽部」２月１日、第18巻２号、73〜84頁）

　花の首輪（「少年倶楽部」３月１日、第18巻３号、73〜83頁）

　花の首輪（「少年倶楽部」４月１日、第18巻４号、73〜83頁）

　花の首輪（「少年倶楽部」５月１日、第18巻５号、73〜88頁）

　花の首輪（「少年倶楽部」６月１日、第18巻６号、73〜88頁）

なつかしき故郷（「幼年倶楽部」１月１日〜昭和７年８月１日、18回連載）

　なつかしき故郷（「幼年倶楽部」１月１日、第６巻１号、42〜50頁）

　なつかしき故郷（「幼年倶楽部」２月１日、第６巻２号、42〜50頁）

　なつかしき故郷（「幼年倶楽部」３月１日、第６巻３号、42〜50頁）

　なつかしき故郷（「幼年倶楽部」４月１日、第６巻４号、98〜106頁）

　なつかしき故郷（「幼年倶楽部」５月１日、第６巻５号）†

なつかしき故郷（「幼年倶楽部」６月１日、第６巻６号、98～106頁）
なつかしき故郷（「幼年倶楽部」７月１日、第６巻７号、24～32頁）
なつかしき故郷（「幼年倶楽部」８月１日、第６巻８号、34～42頁）
なつかしき故郷（「幼年倶楽部」９月１日、第６巻９号、98～106頁）
なつかしき故郷（「幼年倶楽部」10月１日、第６巻10号、106～114頁）
なつかしき故郷（「幼年倶楽部」11月１日、第６巻11号、98～106頁）
なつかしき故郷（「幼年倶楽部」12月１日、第６巻12号、98～106頁）
なつかしき故郷（「幼年倶楽部」昭和７年１月１日、第７巻１号、84～91頁）
なつかしき故郷（「幼年倶楽部」２月１日、第７巻２号、92～99頁）
なつかしき故郷（「幼年倶楽部」３月１日、第７巻３号、114～121頁）
†なつかしき故郷（「幼年倶楽部」４月１日、第７巻４号）

なつかしき故郷（「幼年倶楽部」５月１日、第７巻５号、48～55頁）
なつかしき故郷（「幼年倶楽部」６月１日、第７巻６号、46～53頁）
なつかしき故郷（「幼年倶楽部」７月１日、第７巻７号、46～54頁）
なつかしき故郷（「幼年倶楽部」８月１日、第７巻８号、56～64頁）
第三番目の娘さん（「少女倶楽部」４月１日、第９巻４号、17～32頁）
さとり爺さん（「少年倶楽部」５月１日、第18巻５号、16～25頁）
蚊とんぼ物語（「少年倶楽部」７月１日、第18巻７号、64～77頁）
長鼻天つく（「幼年倶楽部」７月１日、第６巻７号、44～53頁）
人にすぐれた芸（「児童文学」７月20日、第一回（一巻）、254～268頁）
狼よりも虎よりも（「幼年倶楽部」８月１日、第６巻８号、58～65頁）
二人のあんま（「幼年倶楽部」10月１日、第６巻10号、115～121頁）

鏡物語（「少女倶楽部」10月1日、第9巻10号、22〜33頁）
坊ちゃんと新聞（「幼年倶楽部」11月1日、第6巻11号、124〜130頁）
重宝な財布（「キング」11月1日、第7巻11号）†
カタカナ童話（「セウガク一年生」月日未詳）†

昭和七年（一九三二年）四十一歳

海こえ山こえ（「少女倶楽部」1月1日〜6月1日、6回連載）
海こえ山こえ（「少女倶楽部」1月1日、第10巻1号、48〜63頁）
海こえ山こえ（「少女倶楽部」2月1日、第10巻2号、34〜50頁）
海こえ山こえ（「少女倶楽部」3月1日、第10巻3号、64〜81頁）
海こえ山こえ（「少女倶楽部」4月1日、第10巻4号、48〜64頁）
海こえ山こえ（「少女倶楽部」5月1日、第10巻5号、64〜81頁）
海こえ山こえ（「少女倶楽部」6月1日、第10巻6号、128〜144頁）
ある驢馬の身の上話（「週刊朝日」2月21日〜3月27日、6回連載）
ある驢馬の身の上話㈠（「週刊朝日」2月21日、第21巻10号、9〜9頁）
ある驢馬の身の上話㈡（「週刊朝日」2月28日、第21巻11号、36〜36頁）
ある驢馬の身の上話㈢（「週刊朝日」3月7日、第21巻12号、34〜34頁）
ある驢馬の身の上話㈣（「週刊朝日」3月13日、第21巻13号、32〜32頁）
ある驢馬の身の上話㈤（「週刊朝日」3月20日、第21巻14号、36〜36頁）
ある驢馬の身の上話㈥（「週刊朝日」3月27日、第21巻15号、32〜32頁）
瓢箪ぢいさん（「キング」4月1日、第8巻4号、420〜427頁）
乞食と袋（「婦人子供報知」5月25日、第30号、6〜7頁）
慾ばり万作（「幼年倶楽部」11月1日、第7巻11号、54〜66頁）

昭和八年（一九三三年）四十二歳

枯木仏と黄金仏（「日曜報知」1月1日、第136号、18〜21頁）
慾ばり損（「日曜報知」1月1日、第136号、59〜63頁）
慾のない老夫婦（「日曜報知」1月1日、第136号、159〜163頁）
子よどこへ行く（「幼年倶楽部」1月1日〜12月1日、12回連載）

子よどこへ行く（「幼年倶楽部」１月１日、第８巻１号、49〜59頁）
子よどこへ行く（「幼年倶楽部」２月１日、第８巻２号、37〜48頁）
子よどこへ行く（「幼年倶楽部」３月１日、第８巻３号、50〜61頁）
子よどこへ行く（「幼年倶楽部」４月１日、第８巻４号、70〜81頁）
子よどこへ行く（「幼年倶楽部」５月１日、第８巻５号、88〜98頁）
子よどこへ行く（「幼年倶楽部」６月１日、第８巻６号、66〜70頁）
子よどこへ行く（「幼年倶楽部」７月１日、第８巻７号、40〜50頁）
子よどこへ行く（「幼年倶楽部」８月１日、第８巻８号、58〜69頁）
子よどこへ行く（「幼年倶楽部」９月１日、第８巻９号、78〜89頁）
子よどこへ行く（「幼年倶楽部」10月１日、第８巻10号、60〜70頁）
子よどこへ行く（「幼年倶楽部」11月１日、第８巻11号、58〜69頁）
子よどこへ行く（「幼年倶楽部」12月１日、第８巻12号、50〜61頁）
勝つ話と負ける話（「家の光」３月１日、第９巻３号、212〜216頁）

昭和九年（一九三四年）四十三歳
話を買ふ話（「幼年倶楽部」３月１日、第９巻３号、136〜143頁）
英雄になった少年（「幼年倶楽部」４月１日、第９巻４号、124〜130頁）
糸くづ物語（「少女倶楽部」10月１日、第12巻10号、228〜234頁）
何が一番強いか（「幼年倶楽部」10月１日、第９巻10号、36〜43頁）
めぐり会ふまで（「少女倶楽部」11月１日〜12月１日、２回連載）
めぐり会ふまで（「少女倶楽部」11月１日、第12巻11号、124〜137頁）
めぐり会ふまで（「少女倶楽部」12月１日、第12巻12号、230〜243頁）

昭和十年（一九三五年）四十四歳
八雲と鷹丸（「幼年倶楽部」１月１日〜12月１日、12回連載）
八雲と鷹丸（「幼年倶楽部」１月１日、第10巻１号、110

～117頁）
八雲と鷹丸（「幼年倶楽部」2月1日、第10巻2号、156～163頁）
八雲と鷹丸（「幼年倶楽部」3月1日、第10巻3号、172～179頁）
八雲と鷹丸（「幼年倶楽部」4月1日、第10巻4号）†
八雲と鷹丸（「幼年倶楽部」5月1日、第10巻5号）†
八雲と鷹丸（「幼年倶楽部」6月1日、第10巻6号）†
八雲と鷹丸（「幼年倶楽部」7月1日、第10巻7号）†
八雲と鷹丸（「幼年倶楽部」8月1日、第10巻8号）†
八雲と鷹丸（「幼年倶楽部」9月1日、第10巻9号、94～101頁）
八雲と鷹丸（「幼年倶楽部」10月1日、第10巻10号、174～181頁）
八雲と鷹丸（「幼年倶楽部」11月1日、第10巻11号）†
八雲と鷹丸（「幼年倶楽部」12月1日、第10巻12号、178～185頁）
王様と学者（「児童と家庭」2月1日、第2巻2号、57～60頁）
一人の老人と三人の若者（「キング」4月1日、第11巻4号、488～489頁）

昭和十一年（一九三六年）四十五歳

殿様とお百姓（「家の光」3月）†
元のとほりになる話（「幼年倶楽部」3月1日）†
お父さんの大根畑（「幼年倶楽部」7月1日、第11巻、78～84頁）
七人の客と七人の友（「幼年倶楽部」9月1日、第11巻9号、44～57頁）

昭和十二年（一九三七年）四十六歳

森の頭（「お話の木」6月1日、第1巻2号、24～35頁）
お婆さんとへうたん（「家の光」7月1日）†
父を助ける子（「幼年倶楽部」7月1日～昭和13年2月、8回連載）†

昭和十三年（一九三八年）四十七歳

ラッパのおかげ（「福岡日日新聞」1月1日）
シヤウヂキノトク（「セウガク一年生」1月1日）†
みんなが夢中（「せうがく三年生」2月1日）†
海の夢山の夢（「小学四年生」9月1日）†
鳥ノオンガヘシ（「セウガク一年生」12月1日）†
元のとほりになる話（「幼年倶楽部」12月1日）†

昭和十四年（一九三九年）四十八歳

丸作と細吉と石仏（「二年生」2月1日）†
春の日の光（「家の光」4月1日、第15巻4号、208～212頁）†

へいたいをたすけた少年（「幼年倶楽部」5月1日、第14巻5号、176～187頁）
マメノ「トム」（「セウガク二年生」7月1日、第15巻4号）†
イソップ獅子と蜂・馬と驢馬（「家の光」10月1日、第15巻10号、215～217頁）

昭和十五年（一九四〇年）四十九歳

晴れわたる元日（「家の光」1月1日、第16巻1号、210～214頁）
イシのハシ（「セウガク一年生」3月1日）†
たんきはまける（「セウガク二年生」10月1日）†

昭和十六年（一九四一年）五十歳

モツトヂイサン（「コクミン一年生」5月1日）†
どちらが利口（「家の光」11月1日、第17巻11号、108～111頁）

昭和十八年（一九四三年）五十二歳

航空隊長（「少国民の友」2月1日、第19巻11号、57～63頁）
木仏と金仏（「少国民の友」8月1日、第20巻5号、23～29頁）
ししやとらたち（「少国民の友」12月1日）†

昭和二十三年（一九四八年）五十七歳

みんながともだち―すいこでんものがたり（「小学三年生」1月1日～連載完結未調査）†

〔初出未詳〕

蕗の台（『海の夢山の夢』）　胡桃とチユリツプ（『帰れる子』）　王様の巾着（『帰れる子』）　帰れる子（『帰れる子』）　生命の皮（『赤い部屋』）　とんとん拍子（『赤い部屋』）　でたらめ経（『春を告げる鳥』）　恐いお使い（『春を告げる鳥』）　猫の八郎兵衛（『春を告げる鳥』）　ピツチヨラー（可愛いやつ）（『花の首輪』）　財布の裁判（『帰れる子』）　天狗ト百姓（『新イソツプ物語』）　コジキトフクノカミ（『新イソツプ物語』）　孟子の母（『童話読本、二年生』）　エンリコと鬼（『童話読本、二年生』）　ねこのハリス（『童話読本、二年生』）　忠犬物語（『春の日の光』）

宇野浩二著書目録

本目録は、宇野浩二の著書を、一、小説、二、評論・随筆、三、童話・少年少女小説、四、文庫本、五、著作集・個人全集、六、文学全集叢書類、七、広津和郎名儀訳、八、復刻本、に分類し、発行年月日順に並べた。個人全集は巻順とした。

記載順序は次の通りである。

書名（叢書名）

発行年月日　発行所　判型　製本　頁数　定価　装幀者名

§収録作品名

直接確認することの出来なかった著書については署名の下に†印を付した。

頁数については、本文と目次との総計を記した。収録作品名が本文と目次との表記が異なる場合には、本文題名を採用した。

『島崎藤村読本』などの編著については省略した。

児童書についての叢書類は、「三、童話・少年少女小説」の部に入れた。

箱・カバーは管見に入ったものだけを記した。

＊印は注記である。

本目録作成にあたり、関西大学図書館、日本近代文学館、国会図書館、大阪府立中之島図書館、国際児童文学館を利用させて頂いた。厚くお礼を申し上げます。

一、小説

清二郎　夢みる子（少《ママ》さき話集）

大正二年四月二十日発行　白羊社書店　四六判　厚紙装　一七七頁　四十五銭　紙カバー

§著者自からの序／人形になりゆくひと／醜き女が物語／ある雨の夜／ガラス写しの写真／うた／天王寺の南門／西の桟敷に／玩具の錨／清二郎彼自らの話（浜／水の流れ／南地／北陽や堀江／東横堀の浜／いろ〳〵の話／終に）／細目の格子／堀割の誘惑／蝙蝠飛ぶ夕／櫛を抱いて／人形とすご六／与力の心／悲しき祖母の寝物語／古都と／冥加知らん人の栄華／其父と未だ見ぬ従兄／伯父の小唄／友禅の座蒲団

蔵の中

大正八年十二月二十四日発行　聚英閣　四六判　厚紙装　三八二頁　二円二十銭　装幀・鍋井克之　箱

§近松秋江論（序に代へて）／蔵の中／屋根裏の法学士／転々／長い恋仲

苦の世界

大正九年五月二十日発行　聚英閣　四六判　二八六頁　厚紙装　二円　箱

§あの頃の事／苦の世界その一（私といふ人間／浮世風呂／三、難儀な生活／四、無為と人々／五、をんなの始末／六、嘗ては子供であつた人々）／苦の世界その二（一、哀れな老人等／二、花屋敷にて／三、私の伯父の一生／四、浮世の二人男／五、流転世界）

男心女心

大正九年十一月二十日発行　新潮社　四六判　三七九頁　厚紙（背クロス）装　二円　装画・鍋井克之

§人心／化物／因縁事／妄想／兄弟―或人間の手記―

美女

大正九年十二月十五日発行　アルス　布装　四六判　三八六頁　二円

§美女／若者／片思／帰去来／桃色の封筒／揺籃の唄―少年のための物語―／甘き世の話―新浦島物語―

高い山から〈新進作家叢書27〉

大正十年三月二十日発行　新潮社　菊半截判　紙装　一六

六頁　五十銭
§高い山から

空しい春†
大正十年六月発行　金星堂　四六判
§遊女／鴉／八木弥次郎の死／夫の遁走

迷へる魂
大正十年十一月二十日発行　金星堂　四六判　布装　四〇三頁　二円八十銭　箱
§迷へる魂（其一、津田沼行／其二、人の身の上／其三、或る年の瀬／其四、悉く作り話／其五、人心）

善男善女
大正十年十二月十五日発行　太陽堂　四六判　厚紙装　三八六頁　二円二十銭　装幀・秋田千秋
§或女の境涯／尾上半二の結婚／二青年

わが日・わが夢
大正十一年二月十五日発行　隆文館　四六判　クロス装　三八八頁　二円三十銭　箱
§わが日・我が夢（甘き世の話／一と踊／夏の夜の夢／心中）／歳月の川（一、父の記憶（その一）／二、父の記憶（その二）／三、博多の城／四、神戸の山）／滅びる家／或る役者の思出／橋の上（一、氷店／二、初恋／三、朝鮮の客）

屋根裏の恋人〈金星堂名作叢書19〉
大正十一年六月十五日発行　金星堂　菊半截判　厚紙装　一六二頁　六十銭　装幀・森田恒友
§屋根裏の恋人／あの頃の事

恋愛合戦
大正十一年七月十五日発行　新潮社　四六判　厚紙（背布）装　五四四頁　一円八十銭　装幀・佐藤春夫
§恋愛合戦〈第一～三編〉
＊昭和二年一月十三日発行版あり。

悪童の群
大正十一年七月二十九日発行　太陽堂　四六判　厚紙装　二四九頁　一円八十銭　箱
§序話／第一話（一、どうして彼がアトリエの新築を思立つたか／二、どういふ不満がその後彼の心中に起つたか／三、どうして彼が或女と近附になるに至つたか／四、どうして小集が計画されて又止めになつたか）／第二話（一、どうして突然未知の詩人が彼を訪ねて来たか／二、どういふ事件が犬飼と釜田とが来て起つたか／三、どうして風変りな人たちが一堂に会したか／四、どうして盗賊の真似をする相談が持上つたか／五、どうして鍵とやつとこが災難を持来したか）／第三話（一、どうして彼らが木更津に行くことになつたか／二、どうして彼が彼女と別れて又別の女と知つたか／三、どうして彼が思ひがけなく媒介者にならされたか／四、どうして彼が愈よ帰国を思立つことになつたか／著者の言葉）

青春の果

大正十一年九月二十日発行　天佑社　四六判　厚紙（背クロス）装　三九二頁　二円三十銭

§夢見る部屋／青春の果／小説及小説家／或る青年男女の話／彼と群集／婚約指輪／二人の青木愛三郎

山恋ひ〈中編小説叢書8〉

大正十一年十一月二十八日発行　新潮社　四六判　紙装七十銭

§山恋ひ

女怪

大正十二年五月十五日発行　玄文社出版部　四六判　布装五一三頁　二円三十銭　箱

§女怪（前篇／後篇）

心づくし

大正十三年四月一日発行　プラトン社　四六判　布装　二六六頁　一円八十銭

§四人ぐらし／心つくし／従兄弟の公吉／東館／古風な人情家

子を貸し屋

大正十三年七月五日発行　文興院　四六判　布装　三一二頁　一円八十銭

§子を貸し屋／お蘭の話／ある家庭／俳優／或る春の話／ぢやんぽん廻り／鯛焼屋騒動

晴れたり君よ〈短篇シリイズ5〉

大正十三年十二月三十日発行　新潮社　四六判　紙装　二〇六頁　八十銭

§著者近影／晴れたり君よ／私の弟と彼の友人／鼻提灯／昔がたり／接吻／早起の話

夢見る子†

大正十四年三月発行　井上盛進堂　四六判

＊『清二郎　夢みる子』を書名変更。

苦の世界〈代表的名作選集44〉

大正十四年九月二十六日発行　新潮社　菊半截判　厚紙装一六〇頁　五十五銭

§解題（編者識）／苦の世界（一、私といふ人間／二、浮世風呂／三、難儀な生活／四、無為の人々／五、をんなの始末／六、曽ては子供であつた人々）／蔵の中

魔都　一名出世五人男

大正十五年十二月十五日　春秋社　四六判　厚紙（背布）装　五九九頁　二円六十銭　装幀・佐藤春夫　箱

§魔都—一名出世五人男—（影を失つた男（序話）／緑の首都／大名長屋／浮世学校／続浮世学校／「大名長屋」続篇／「浮世学校」後篇／出生／出世後篇）／後書

女怪

昭和二年一月十五日発行　近代文藝社　四六判　布装　五一一頁　二円　箱

§女怪

高天ヶ原

昭和二年三月二十日発行　春秋社　四六判　厚紙（背クロス）装　四三七頁　二円二十銭　箱

§四方山／千万老人／十軒路地／鼻提灯／貸と借／母の秘密／如露／人癲癇／怪人／高天ヶ原

蔵の中

昭和二年四月二十五日発行　昭和書房　四六判　クロス装三八二頁　二円二十銭　装幀・鍋井克之　箱

§近松秋江論（序に代へて）／蔵の中／屋根裏の法学士／転々／長い恋仲

我が日・我が夢

昭和二年八月十日発行　新潮社　四六判　厚紙装　四二四頁　二円　装幀・小村雪岱

§序（谷崎潤一郎）／序（芥川龍之介）／人心／甘き世の話／一と踊／夏の夜の夢／心中／山恋ひ

新選宇野浩二集〈新選名作集〉

昭和三年八月二十日発行　改造社　四六判　紙装　六二七頁　一円

§子を貸し屋／人心／空しい春（或は春色梅之段）／蔵の中／あの頃の事／熊と虎／十軒路地／心づくし／ぢやんぽん廻り／俳優／千万老人／因縁事／一と踊／八木弥次郎の死／お蘭の話／見残した夢／美女／如露／夢見る部屋／人癲癇／鼻提灯／青春の果／浮世の窓／昔がたり／長い恋仲／或る春の話／鯛焼屋騒動／晴れたり君よ

子の来歴

昭和九年一月五日発行　アルルカン書房　Ａ５判　厚紙（背布）装　一四三頁　二円五十銭　箱

§子の来歴／子を貸し屋（改作）

＊五百部限定発行

枯木のある風景

昭和九年三月五日発行　白水社　菊判　厚紙（背クロス）装　三一九頁　二円五十銭　装幀・鍋井克之　箱

§枯木のある風景／枯野の夢／人さまざま／一週間／跋（創作余談）

湯河原三界〈文芸復興叢書〉

昭和九年五月六日発行　改造社　四六判　厚紙装　二九四頁　一円

§一週間／海戦奇譚／湯河原三界／下女／如露／恋の軀／線香花火―一名避暑地の戯恋譚―／日曜日／子の来歴

人間往来

昭和十一年一月十五日発行　黎明社　四六判　布装　五二七頁　一円八十銭　装幀・鍋井克之　箱

§歴問／人間往来／一と踊／海戦奇譚／夏の夜話／枯れ野の夢／鼻提灯／日曜日／八木弥次郎の死／四人ぐらし／終の栖／夢の跡／跋

子の来歴

昭和十一年三月二十二日発行　三笠書房　四六判　紙装一円五十銭　四九七頁　箱

§自序／子の来歴／遊女／子を貸し屋／長い恋仲／人心

軍港行進曲

昭和十一年五月二十日発行　昭森社　四六判　厚紙（背クロス）装　四一九頁　一円八十銭　装幀・鍋井克之　箱

§高い山から／旅路の芭蕉／軍港行進曲／跋

＊特製版五十部発行（定価三円）あり

未だ見ぬ母†

昭和十三年十二月発行　偕成社　四六判

楽世家等

昭和十四年三月二日発行　小山書店　四六判　厚紙（背クロス）装　三九二頁　一円　箱

§『小説の鬼』（序に代へて）／楽世家等／終の栖／閑人閑話／夢の跡／風変りな一族／鬼子と好敵手／一週間／夢の通ひ路／耕右衛門の改名／跋

器用貧乏

昭和十五年七月七日発行　中央公論社　Ａ５判　厚紙装　四一〇頁　二円　装幀・鍋井克之　箱

§母の形見の貯金箱（序に代へて）―或ひは『何も彼も打ち明け話』―／器用貧乏／木と金の間／枯野の夢／文学の鬼／後記

女人往来

昭和十五年十二月七日発行　河出書房　四六判　紙装　二八六頁　一円七十銭　装幀・鍋井克之　紙カバー　箱

§女人往来／女人不信／戦争聞書／海戦奇譚／弟とその友／巻末記

母と兄と子

昭和十五年十二月八日発行　桜井書店　四六判　厚紙装　三二八頁　一円七十銭　装幀・鍋井克之　箱

§序／心つくし／足りない人／夏の夜話／従兄弟の公吉／子が来るまで―別名　子の来歴―／子が来てから―別名人さまざま―

夢の通ひ路〈**有光名作選集１**〉

昭和十六年七月十五日発行　有光社　四六判　紙装　三一

七頁　一円三十銭　装幀・小穴隆一　紙カバー
§筆蹟／自序／夢の通ひ路／一と踊／俳優／晴れたり君よ／子の来歴／千万老人／如露／終の栖／枯木のある風景

夢みる部屋〈桜井版名作選集〉
昭和十七年二月二十日発行　桜井書店　四六判　紙装　三一六頁　二円五十銭　装幀・吉岡堅二
§宇野浩二について（青野季吉）／夢見る部屋／人癲癇／あの頃の事／風変りな一族／四人ぐらし／子の来歴／後記

二つの道
昭和十七年二月二十八日発行　実業之日本社　四六判　厚紙装　三三七頁　二円三十銭　装幀・鍋井克之　箱
§二つの道／若い日の事／終の栖／海戦奇譚／閑人閑話／枯野の夢／枯木のある風景／後記

馬琴・北斎・芭蕉
昭和十八年三月五日発行　小学館　四六判　厚紙装　二八九頁　二円二十六銭　装幀・鍋井克之
§口絵／馬琴読本／北斎絵巻／旅路の芭蕉

人間同志
昭和十九年五月十五日発行　小山書店　四六判　紙装　二四三頁　二円六十二銭
§人間同志

子を貸し屋〈虹叢書1〉
昭和二十一年八月十日発行　虹書房　B6判　紙装　一三六頁　八円
§子を貸し屋／あの頃の事／蔵の中

福沢諭吉
昭和二十一年九月一日発行　新生社　B6判　紙装　六二頁　三円五十銭
§福沢諭吉（一～十一）／附録一／附録二

枯木のある風景〈三島文庫〉
昭和二十一年十一月二十日発行　三島書房　B6判　紙装　二三七頁　十七円　装幀・恩地孝四郎
§枯木のある風景／晴れたり君よ／八木弥次郎の死／鼻提灯／長い恋仲／夏の夜話／あの頃の事／千万老人

二つの道
昭和二十一年十二月十日発行　実業之日本社　B6判　紙装　二九〇頁　十八円　装幀・鍋井克之　紙カバー
§二つの道／若い日の事／終の栖／閑人閑話／枯野の夢／枯木のある風景

二宮尊徳
昭和二十二年四月二十五日発行　桜井書店　B6判　紙装　二二二頁　二十八円　装幀・鍋井克之　紙カバー
§口絵／二宮尊徳／あとがき

器用貧乏〈現代文学選〉
昭和二十二年七月十五日発行　鎌倉文庫　B6判　紙装　三一九頁　六十円
§器用貧乏／楽世家等／終の栖／夢の通ひ路／あとがき

出世五人男
昭和二十二年八月一日発行　南鷗社　B6判　厚紙装　四一七頁　九十円　装幀・嵐紫翠
§出世五人男（緑の首都／大名長屋／浮世学校／続浮世学校／「大名長屋」続篇／「浮世学校」後篇／出世／「出世」後篇）

恋愛合戦〈名作現代文学〉
昭和二十二年八月一日発行　文潮社　B6判　紙装　四二二頁　八十円　装幀・三浦勝治
§恋愛合戦／跋

高い山から
昭和二十二年八月一日発行　地平社　B6判　紙装　一八九頁　三十八円　装幀・笹島喜平
§高い山から

山恋ひ
昭和二十二年九月十日発行　共立書房　B6判　厚紙装　三三九頁　八十円　装幀・鍋井克之　刻摺・青雲版画社
§甘き世の話／一と踊／心中／山恋ひ／あとがき

青春期（前編）
昭和二十三年二月一日発行　実業之日本社　B6判　紙装　二〇七頁　六十円　装幀・青山二郎
§はしがき／青春期（前篇）

出世五人男†
昭和二十四年二月発行　ヒースケン出版部　B6判

苦の世界〈文藝春秋選書25〉
昭和二十四年十二月二十三日発行　文藝春秋新社　B6判　厚紙装　三四四頁　二百二十円
§苦の世界その一（一、私といふ人間／二、浮世風呂／三、難儀な生活／四、無為の人々／五、をんなの始末）／苦の世界その二（一、あはれな老人達／二、花屋敷にて／三、私の伯父の一生／四、浮世の二人男／五、流転世界）／苦の世界その三（一、さ迷へる魂／二、さ迷へる魂／三、津田沼行その一／四、津田沼行その二）／苦の世界その四（一、人の身の上その一／二、人の身の上その二）／苦の世界その五（一、ある年の瀬その一／二、ある年の瀬その二／三、ある年の瀬その三／四、ある年の瀬その四）／苦の世界その六（一、ことごとく作り話その一／二、ことごとく作り話その二）／解説（上林暁）

うつりかはり
昭和二十五年三月十五日発行　中央公論社　四六判　厚紙

装　三六八頁　三百二十円　装幀・鍋井克之　箱
§心の古里（序にかへて）／富士見高原（あるひは寂寥の人）／秋の心／水すまし／身の秋／うつりかはり／あとがき

思ひ草

昭和二十五年六月十日発行　六興出版社　A5判　厚紙装　三六四頁　四百三十円　装幀・山本丘人　箱
§思ひ草／後記
＊限定版１５００部発行

思ひ川

昭和二十六年一月十五日発行　中央公論社　B6判　厚紙装　三六六頁　四百二十円　装幀・鍋井克之　箱
§思ひ川―（あるひは夢みるやうな恋）―／相思草（『思ひ川』続篇）／あとがき

思ひ川〈普及版〉

昭和二十六年五月三十日発行　中央公論社　B6判　三六六頁　二百八十円　装幀・鍋井克之
§思ひ川―（あるひは夢みるやうな恋）―／相思草（『思ひ川』続篇）／あとがき

枯木のある風景〈日本青春文学名作選14〉†

昭和三十九年九月発行　学習研究社　B40判

二、評論・随筆

誰にも出来る米相場†　田丸勝之助著

大正五年四月一日発行　蜻蛉館書店　四六判　布装　三〇〇頁　一円十銭

誰にも出来る株式相場　田丸勝之助著

大正五年四月二十七日発行　蜻蛉館書店　四六判　布装　二七〇頁　一円十銭　箱
§はしがき／序篇（株式相場とはどんなものか〈一、株式相場とは／二、秘密の世界／三、相場は賭博ではない／四、良師友たるべく〉）／第一篇（第一章株式会社との株券の話〈一、会社といふもの／二、株式会社の話／三、株券の話／四、株券の利益〉／第二章株式相場といふもの〈一、株券の売買／二、売買取引／三、取引の三種／四、商業の正味〉／第三章株式取引所（定期取引）〈一、忙しい取引所／二、取引所の様子／三、仲買店〉／第四章株券の売買方（株式相場のやり方）〈一、株券の売付方／二、株券の買付方／三、註文の諸手続／四、売買の決着（手仕舞）／五、手数料と証拠金〉／第五章相場は如何して生れるか〈一、相場の立ち方／二、競売買／三、直取引相対売買の話〉／第六章直取引の話〈一、直取引の歴史／二、直取引の話／三、直取引の計算方法〉／第七章定期取引直取引売買註文の仕方〈一、定期取引／二、直取引〉）／第二篇（第一章定期取引〈一、定期取引といふ事／二、定期取引の利用一／三、定期取引の利用二／四、定期取引の利用三／五、投資的と投機的〉／第二章相場の変動〈一、相場の変動と人気／二、変動を知る準備／三、相場変動の場合／四、仕掛ける時と手仕舞ふ時〉）／第三章相場変動の原因（材料）〈一、材料といふ事／二、材料の種類／三、一般的材料／四、特殊的材料〉／第四章相場変動の原因（人為的操相場）〈一、人為的操り相場／二、小仕掛の操り相場／三、大仕掛の操り相場〉／第五章鞘取り売買〈一、鞘取り売買と云ふ事／二、時に依る鞘取り／三、場所に依る鞘取り／四、現物と定期の鞘取り〉／第六章定期取引売買の手段（相場の奥の手）一〈一、実株売繋ぎ／二、乗換売買／三、ドデン売買／四、両建売買〉／第七章定期取引売買の手段（相場の奥の手）二〈一、難平売買／二、利乗せ売買〉）／第三編（第一章所謂株屋仲買人の事〈一、株屋の色々／二、取引所仲買人／三、その他の仲買人〉／第二章仲買店の組織〈一、支配人／二、代理人／三、その他の店員／四、外交員或ひは客引／五、現物部／六、債券部と調査部〉／第三章仲買に対する心得一〈一、仲買といふもの／二、仲買の財政／三、如何なる仲買を選ぶべきか〉／第四章仲買に対する心得二〈一、仲買の手管／二、仲買の云ふ事／三、外交員に対する注意〉／第五章公然の秘密の仲買の収入一〈一、仲買の裏面の収入／二、客註文売買の喰合せ／三、思惑売買〉／第六章公然の秘密の仲買の収入二〈一、呑むといふ事／二、附売買証明の事〉）終篇（必勝の方法と注意〈一、投資的と投機的／二、小資本者の為に／三、相場を始める前／四、素人と黒人《ママ》〉）／附録篇（一、株式用語解／二、主要なる諸会社明細表／三、有価証券利廻早見表／四、日歩年利換算表／五、年利日歩換算表／六、鞘取利廻表）

文芸夜話

大正十一年六月十五日発行　金星堂　新書判　布装　三六五頁　一円八十銭

§文芸閑話休題〈一〜七〉／随筆雑篇（労働祭の日／或る夕方―青木宏峰画会の紹介文―／東方優勝会の日／旅の日記）／友達の印象（佐藤春夫／谷崎精二／江口渙／野依秀一／広津和郎／舟木重信／広島晃甫）／論（十年文壇事始〈月評といふもの／私の月評に就いて／若山牧水の歌／隣人江口渙／里見弴の作品／芥川龍之介に就いて／相馬泰三と批評家／泰三の作風／岡本一平〉／葛西善蔵論／近松秋江論）

文学的散歩〈感想小品叢書Ⅶ〉

大正十三年六月七日発行　新潮社　四六判　紙装　二八〇

頁　一円二十銭　装画・恩地孝四郎
§文芸閑話休題（文学とヒステリイ／文学的修業／文学といゝ気〈その一〉／文学といゝ気〈その二〉／私の文学入門〈その一〉／私の文学入門〈その二〉）／創作批評（一、序言／二、新旧両派の文学／三、伊東先生の念流／四、徳田秋声の諸作／五、正宗白鳥の諸作／六、枯野文学／七、犬養健の諸作〈その一〉／八、同〈その二〉／九、久米正雄の小説／十、武者小路の文章その他／十一、新井紀一の諸作〈その一〉／十二、同〈その二〉／十三、菊池寛の「肉親」／十四、中村吉蔵の「地下室」／十五、或近代劇に就いて）／震災文章（九月一日・二日〈その一〉／九月一日・二日〈その二〉／三百年の夢／町内の人々／夜警／水火を経て来た人／バラツク住居）／近頃閑談（所謂モデルの事／文学研究の話／信濃の国の顔／懺悔告白の流行／『桃源にて』を読んで／余震雑筆）／人の印象その他（芥川龍之介の印象／人形芝居の披露）

文学の眺望

昭和九年七月一日発行　白水社　菊判　布装　三三〇頁
二円　装幀・鍋井克之　箱
§作者の道（葛西善蔵／岩野泡鳴／田山花袋―花袋なき花袋の書斎訪問記―／芥川龍之介―彼の印象―／芥川龍之介―追悼―／嘉村礒多―門出―／嘉村礒多―追悼―／長塚節）／作家の印象（里見弴／佐藤春夫／広津和郎／牧野信一）／画家の道（石井柏亭／鍋井克之）／ロシア文学断片（ゴオゴリの道／ゴオゴリの道―主として晩年のゴオゴリ―／ゴオゴリ以前／ツルゲエネフ断片―『猟人日記』と『散文詩』を中心として―／チエーホフ断片）／作品評（雑誌文学の眺望）／随筆随想（今は昔の話／晩年のN君／思出話―一名　旧交友録―／創作余談／跋―書かでもの記―）

文芸草子

昭和十年十一月二十日発行　竹村書房　四六判　紙装　四三七頁　一円九十銭　装幀・鍋井克之　箱
§斉藤茂吉と柿本人麿／深田久弥と彼の山山／近松秋江／伊藤左千夫―主として歌人としての―／芥川龍之介断片／武者小路実篤／蒲団の中／見本の日（日記）／初秋三題―犬・嵐の中・居候―／質屋の小僧／質屋の主人／三保とメリケン／小説とモデルの話―文学入門的に書いた―／夏の夜話／今昔のカフエー／四人の菊／英屋一蝶と江戸川乱歩／童話の国へ―波多野秋子女史―／労働祭の日―この一文を江口渙に―／随想随筆―主としてフロオベエルのこと―／ゴオゴリ以前／古き歌と詩の思ひ出／三田派の人々―あの頃の事―／随想随筆（一、名優の思ひ出その他／二、今の人たち／三、葛西善蔵の事など）／菊池寛と『文藝春秋』―主として菊池寛について―／文芸回想雑筆／話の聞書／桜木町より（一、敬服する作者の苦心／二、六十五翁と九十四翁／三、菊と吉の芝居／四、普及の芸術家）／絵画と展覧会と画家／或る年の秋の展覧会の招待日／文筆労働／秋都の京都の思出／書斎山岳文章断片―それからそれ―／半世紀前の登山話―主として大峰登山の話―／木曽路の旅（一、木曽福島の巻／二、日本ラインの巻／三、一人旅の巻）／文芸閑話休題（一）―文学とヒステリイ―／文芸閑話休題（二）〈T・Sの話〉／文芸閑話休題（三）〈G・Rの話〉／跋

大阪〈**新風土記叢書1**〉

昭和十一年四月四日発行　小山書店　四六判　紙装　一六六頁　一円　装幀・長谷川潾二郎　挿絵・鍋井克之　紙カバー

§口絵／口絵写真／木のない都―昔のままの姿―／さまざまの大阪気質―或ひは大阪魂の二つの型―／色色の食道楽―大阪人の食意地のこと―／様様の大阪風の出世型／様様の大阪芸人／跋

文芸草子〈**普及版**〉†

昭和十二年七月発行　竹村書房

一途の道

昭和十三年十二月五日発行　三和書房　四六判　厚紙装　五八〇頁　二円二十銭　箱

§母の形見の貯金箱―或ひは『何も彼も打ち明け話』―／斎藤茂吉と柿本人麿／二つの会／斎藤茂吉と片上伸／随想的文芸観／牧野信一の詩と芸術／斎藤茂吉の散文／思ひ出の短歌／歌壇書きのぞ記／歳末前後／早春の思出／今の夜の夢／死後の漱石と啄木／文芸三昧／晩秋三日／森鷗外私観／片岡鉄兵讃／島木赤彦断片／東郷青児讃／芭蕉の旅／短歌往来／俗物的文芸観／新秋文芸観／俳壇「かきのぞ記」／同情週間／一途の道／三度の旅行記／芥川賞銓衡譚／鈴木三重吉断片／豊田正子讃／清明文芸観／音曲の長／客気的文芸観／器用貧乏／加藤朝鳥の思出／高踏的文芸観／正岡子規讃／芥川賞に事寄せて―中山義秀の事―／芥川と直木の思出／思ひ出す詩歌と散文／文展「書きのぞ記」

ゴオゴリ〈**創元選書**〉

昭和十三年十二月十日発行　創元社　四六判　厚紙装　三四〇頁　一円二十銭　紙カバー

§口絵／序／第一章ゴオゴリ以前（一、ロシヤの言葉／二、準備時代　その一／三、準備時代　その二）／第二章初期のゴオゴリ（一、『デイカニカ近郷夜話』／二、『ミルゴロド』／三、ウクライナ物）／第三章中期のゴオゴリ（一、ペテルブルグ物／二、『鼻』）／第四章後記のゴオゴリ（一、ゴオゴリの戯曲／二、『死せる魂』その一／三、『死せる

魂』その二／四、『死せる魂』その三）／第五章結末

閑話休題

昭和十五年四月二十五日発行　牧野書店　四六判　厚紙装　三四四頁　二円二十銭　装幀・鍋井克之　箱

§みちづれ―天中の同窓―／天中の同窓／偕行社同窓の思出／雪と女／鴨／歳末前後／五拾銭札の思出／初秋三題／同情週間／加藤将軍の思出／人の知らない楽み／小説を作る家―牧野信一の家―／牛角の勝負／労働祭の日／東方優勝会の日／今は昔の話／文筆労働／風雲緩急録／深田久弥と彼の山山／信濃の国の顔／芥川と直木の思出／或る夕方―青木宏峰画会の紹介文―／旅の日記／椎の木の家―花袋なき花袋の書斎訪問記―／文芸閑話休題／あとがき

文芸三昧

昭和十五年六月二十六日発行　筑摩書房　四六判　厚紙装　四三六頁　二円二十銭　装幀・鍋井克之　箱

§文芸三昧（改作問題／独断的文芸観／独舌録／新春新人観／文芸三昧）／高踏文芸観（森鷗外／断片／谷崎潤一郎／永井荷風）／我流文芸観（七月の巻―昭和十二年―／三月の巻―昭和十三年―／四月の巻―昭和十三年―／十一月の巻―昭和十三年―／八月の巻―昭和十四年―）／我観の文学（我観の文学／新春文芸観―新人文芸観―／三人の作家―川崎・田畑・中山―）／書物の感想（谷崎訳の『源氏物語』／徳永直の『はたらく一家』／アナトオル・フランスの事―アナトオル・フランス短編小説全集刊行私感―）／旧版文芸時評（諸家の文学／個性のない文学／各人各様／批評と感想／文学談義／心を打つ文学）／巻末記

一途の道〈決定版〉

昭和十六年二月二十日発行　報国社　四六判　厚紙装　四一六頁　一円八十銭　装幀・鍋井克之　箱

§一途の道（序／島木赤彦／葛西善蔵／小出楢重／沢田正二郎／田山花袋／石川啄木／岡本かの子／古泉千樫／明石海人／若山牧水／芥川龍之介／牧野と嘉村）／斎藤茂吉と柿本人麿／二つの会／斎藤茂吉と片上伸／思ひ出の短歌／死後の漱石と啄木／文芸三昧／晩秋三日／森鷗外私観／片岡鉄兵讃／東郷青児讃／芭蕉の旅／俗物的文芸観／新秋文芸観／三度の旅行記／鈴木三重吉断片／豊田正子の事／清明文芸観／音曲の長／客気的文芸観／器用貧乏／高踏的文芸観

遠方の思出

昭和十六年五月二十日発行　昭和書房　四六判　厚紙装　三四九頁　二円二十銭　装幀・鍋井克之　箱

§一　遠方の思出／二　斎藤茂吉の散文／思出の短歌／歌壇「書きのぞ記」／思ひ出す詩歌と散文／俳壇『書きのぞ記』／短歌往来／三　加藤将軍の思出／加藤朝鳥の思出／

本多謙三の思出／早稲田の思出／近松秋江の思出／三上於菟吉と秦豊吉の思出／三富朽葉と今井白楊の思出／四　日本児童文学小史／バルザックの覚書／新春文芸観／五　二つの型―藤森成吉と中川紀元―／おほどかな歌―会津八一の『鹿鳴集』讃―／新国劇よ／皮肉な可笑し味―鍋井克之の「富貴の人」讃―／思ひ出の種―低級カメラ―／雪国の旅／相撲二景／跋（自画自讃）

文章往来

昭和十六年十月二十八日発行　中央公論社　四六判　厚紙（背クロス）装　四〇五頁　二円三十銭　装幀・鍋井克之

§一、口語文の元祖／二、言文一致の夜明けまで／蘆花・樗牛・鷗外／漱石・二葉亭・独歩／藤村・眉山・柳浪／岩野泡鳴の文章／花袋と藤村／武者小路実篤／志賀直哉と菊池寛／芥川龍之介と森鷗外／夏目漱石／正岡子規・高浜虚子・長塚節／永井荷風／谷崎潤一郎／志賀直哉／里見弴／久保田万太郎／芥川龍之介／菊池寛／久米正雄／佐藤春夫／広津和郎／宇野浩二／葛西善蔵／室生犀星／瀧井孝作／井伏鱒二／坪田譲治／川端康成／描写論（花袋・泡鳴・藤村・白鳥・青果／三重吉と未明／虚子と漱石と子規／左千夫・節・茂吉／状態的描写と印象的描写／西洋の文学―ザイツェフ―アルツィバァセフ―／作家の道（葛西善蔵／岩野泡鳴／田山花袋―花袋なき花袋の書斎訪問記―／森鷗外／谷崎潤一郎／永井荷風／荷風と潤一郎／武者小路実篤）／作家の印象（里見弴／芥川龍之介〈印象・追悼〉／佐藤春夫／広津和郎）

文章の研究〈ともだち文庫14〉

昭和十七年五月一日発行　中央公論社　A5判　九一四頁　五十銭　装幀・鍋井克之

§父兄の方々へ／文章の研究（第一章〈一、文章の分け方／二、写生の文章／三、歌と俳句の事〉／第二章〈一、最も必要な文章／二、代表的な記事文／三、紀行文（その一）／四、紀行文（その二）〉／第三章〈一、抒情文／二、叙事文〉）

文学的散歩

昭和十七年六月十一日発行　改造社　四六判　厚紙装　三二六頁　二円三十銭　装幀・鍋井克之　カット・津田青楓

§一、斎藤茂吉と青春期（その一、「劇と詩」の頃／その二、「アララギ」の初期の頃）／二、明治末期の青春期（その一、白秋、勇、薫、杢太郎、光太郎、その他／その二、異国趣味と江戸趣味）／三、初期のロシヤ文学の飜訳（その一、二葉亭と魯庵の飜訳／その二、初期の飜訳劇）／四、初期の純文学書の出版者（一）（その一、金尾文淵堂／その二、洛陽堂と東雲堂）／五、初期の純文学書の出版者（二）（その一、植竹書院と籾山書店とアカギ叢書／その二、博文館と新潮社と叢文閣）／六、「白樺」と「奇蹟」（その一、青年時代の武者小路／その二、「奇蹟」と他流試合）／七、文芸院と芸術院（その一、「ファウスト」と「ドン・キホウテ」／その二、岩野泡鳴と与謝野晶子）／八、白秋と茂吉（その一、新詩社と白秋／その二、「アララギ」と茂吉）／九、茂吉と晶子（その一、茂吉、赤彦、白秋、牧水／その二、「みだれ髪」と青踏社）／十、情熱家の時代（その一、草平とダヌンチオとワイルド／その二、光太郎と智恵子）／十一、上方文学の青春期（その一、酔茗、泣菫、春雨、梅溪、烏水、夜雨、清白／その二、「関西文学」と晶子と荷風　附天佑社）／十二、斎藤茂吉と武者小路実篤（その一、斎藤茂吉／その二、武者小路実篤）／巻末記

文学の三十年

昭和十七年八月二十八日発行　中央公論社　四六判　厚紙（背クロス）装　三三九頁　二円八十銭　装幀・鍋井克之　箱

§口絵写真／まへがき／文学の三十年（前篇〈一〜十一〉／後篇〈一〜九〉）／写真解説

作家と歌人

昭和二十一年七月一日発行　全国書房　B6判　紙装　三四九頁　十八円

§自然主義の道—自然主義の諸作家概観—（一、自然主義前派／二、島崎藤村／三、田山花袋／四、国木田独歩／五、岩野泡鳴／六、正宗白鳥／七、真山青果／八、徳田秋声）／島崎藤村／高浜虚子（一、初期の作品／二、「俳諧師」と「続俳諧師」／三、「朝鮮」と写生文／四、後期（上）／五、後期（下）／六、虚子の功績）／歌人の散文（一、正岡子規／二、長塚節／三、伊藤左千夫／四、斎藤茂吉／五、島木赤彦／六、中村憲吉／七、古泉千樫／八、土屋文明／九、与謝野鉄幹／十、与謝野晶子／十一、北原白秋／十二、若山牧水／十三、石川啄木）

文学の三十年

昭和二十二年五月二十日発行　中央公論社　B6判　紙装　三〇五頁　四十円

§口絵写真／まへがき／文学の三十年（前篇〈一〜十一〉／後篇〈一〜九〉）／写真解説

小説の文章〈松柏文庫1〉

昭和二十三年十月二十日発行　創芸社　B6判　紙装　二九七頁　二百円　紙カバー

§小説の文章（口語文の元祖／言文一致の夜明けまで／蘆花・樗牛・鷗外／漱石・二葉亭・独歩／藤村・眉山・柳浪／岩野泡鳴の文章／花袋と藤村／武者小路実篤／志賀直哉と

菊池寛／芥川龍之介と森鷗外／夏目漱石／正岡子規・高浜虚子・長塚節／永井荷風／谷崎潤一郎／志賀直哉／里見弴／久保田万太郎／芥川龍之介／菊池寛／久米正雄／佐藤春夫／広津和郎／宇野浩二／葛西善蔵／室生犀星／滝井孝作／井伏鱒二／坪田譲治／川端康成／横光利一／宮本百合子／丹羽文雄／舟橋聖一／坂口安吾／高見順／太宰治／石川淳／織田作之助）／作家の印象（里見弴／芥川龍之介／佐藤春夫／広津和郎）

＊昭和二十七年九月十五日発行第四版による。

青春の文学

昭和二十四年五月二十五日発行　文潮社　B6判　厚紙装　二三〇頁　百六十円　挿し込み二頁（口絵の写真の解説）

§口絵写真／青春の文学（一、国木田独歩のこと〈その一、吉江弧雁と中沢臨川／その二、「破戒」、「蒲団」、「窮死」／その三、独歩、春浪、民友社〉／二、昔の飜訳〈その一、花袋、白鳥、秋江／その二、英訳と原語訳、昇曙夢の飜訳〉／三、昔の訳詩〈その一、ハイネの詩、柴舟と春月、ヴェルレエヌ、荷風、その他／その二、シモンズ、ノルドウ、泡鳴、天弦、有明〉／四、晩翠と光太郎／五、鷗外と漱石と虚子／六、自然主義その他〈その一、自然主義／その二、反自然主義〉）／自然主義の初期（一、自然主義の前派／二、島崎藤村／三、田山花袋／四、国木田独歩／五、岩野泡鳴／六、正宗白鳥／七、真山青果／八、徳田秋声）／あとがき／別紙・口絵写真の解説（宇野浩二）

わが文学遍歴

昭和二十四年七月二十五日発行　白鯨書房　B6判　紙装　二四一頁　百八十円　装幀・沢野井信夫　紙カバー

§明治初期の青春期（一、吉江弧雁と中沢臨川／二、『破戒』『蒲団』『窮死』／三、独歩、春浪、民友社）／外国文学の影響（一、花袋、白鳥、秋江／二、昇曙夢の『ゴオゴリ』と『プウシキン』飜訳／三、内田魯庵の『復活』と広津和郎の飜訳）／昔の訳詩（一、ハイネの詩、柴舟と春月、ヴェルレエヌ、荷風その他／二、シモンズ、ノルドウ、泡鳴、天弦、有明）／晩翠と光太郎／鷗外と漱石と虚子／自然主義その他（一、自然主義／二、反自然主義）／明治末期の青春期（一、白秋、勇、薫、杢太郎、光太郎、その他／二、異国趣味と江戸趣味）／「白樺」と「奇蹟」（一、青年時代の武者小路／二、「奇蹟」と他流試合）

一途の道†

昭和二十四年九月発行　川崎出版社　A6判

芥川龍之介

昭和二十八年五月二十日発行　文藝春秋新社　B6判　厚紙装　六五〇頁　七百円（地方売価・七百二十円）　装幀・鍋井克之　箱

§口絵写真四葉／まへがき／芥川龍之介（一〜二三）―思ひ出すままに―／あとがき
＊普及版・昭和二十八年十月五日発行、定価四百三十円

世にも不思議な物語―私の見た松川事件―
昭和二十八年十二月十五日発行　大日本雄弁会講談社　B6判　厚紙装　一七四頁　百八十円　紙カバー　オビ
§序（広津和郎）／世にも不思議な物語／写真解説

壁の中の青春†
昭和三十年九月発行　鱒書房　B40判

芥川龍之介〈上〉
昭和三十年十月二十日発行　文藝春秋新社　B40判　紙装　二九九頁　百六十円　画・安井曽太郎　紙カバー
§口絵写真一葉／新版『芥川龍之介』／芥川龍之介（上）―思ひ出すままに―

芥川龍之介〈下〉
昭和三十年十一月十日発行　文藝春秋新社　B40判　紙装　二八六頁　百六十円　画・安井曽太郎　紙カバー
§口絵写真一葉／芥川龍之介（下）―思ひ出すままに―／あとがき

世にも不思議な物語〈角川新書63〉
昭和三十年十二月二十日発行　角川書店　B40判　紙装　一九八頁　百円　紙カバー
§世にも不思議な物語／当て事と褌―「世にも不思議な物語」後日譚―／今は昔の語り草／あとがき／略歴（無署名）

思ひがけない人
昭和三十二年四月二十五日発行　宝文館　四六判　厚紙装　二七八頁　三百円　装幀・鍋井克之　箱
§口絵写真／文楽の世界／河上肇と饅頭／御前文学談／思ひがけない人　野坂・大杉・幸徳／野坂参三への手紙／風流座―に事よせて―／親の子を思ふ／見世物時代／スポオツの大将／今昔の長崎／今昔の大阪

独断的作家論
昭和三十三年一月二十日発行　文藝春秋新社　四六判　厚紙装　三五六頁　三百五十円　装幀・鍋井克之　箱
§斎藤茂吉の面目―茂吉の散文とその癖、附、歌のこと―／折口信夫といふ人―折口の少年時代と中学時代（附、折口の詩）／愛読する人間―菊池寛のこと／文芸放談（一、荷風の戦後の作品―「春惜鳩の街」その他―／二、荷風の随筆と詩―抜け目のない手際よさ―／三、荷風と白鳥―終戦の頃の荷風と白鳥の生活／四、鷗外と茂吉―「半日」と「白桃」にうかがはれる不幸）／哀傷と孤独の文学―織田作之助の作品―／里見弴／川崎長太郎／稲垣足穂と江戸川乱歩―稲垣の天性嗜好小説と江戸川の推理探偵小説―／独

断的続後感（一、吉屋信子の近作―吉屋の小説と吉屋の心境―／二、火野葦平の力作―火野流の「赤い国の旅人」／三、村上元三と井上靖の小説―「天保六道銭」と「風林火山」―／四、長谷川伸の近業―長谷川の近業と考証小説（附・鷗外の小説）―）／忘れ得ぬ一つの話―晩年の島木と梶井の小説―／「大菩薩峠」について―「大菩薩峠」と介山―／文芸よもやま談義（一、加能作次郎の一生―加能の小説と悲惨な晩年―（附、末流作家）―／二、葛西善蔵の一生―葛西の心境小説と晩年（附、極端な利己主義者）／三、牧野信一の一生―特殊な家庭―異国への憧れ―一所不住の生活―特異の才能―新人の発見―高貴な魂―極貧の生活―不幸な晩年―）／あとがき

芥川龍之介〈筑摩叢書88〉

昭和四十二年八月五日発行　筑摩書房　B6判　紙装　三六三頁　六百八十円　装幀・原弘　紙カバー

§まへがき／芥川龍之介／あとがき

回想の美術

昭和五十一年十月一日発行　東出版　A5判　厚紙装　二二六頁　二千八百円　表紙・本扉カット・小出楢重　箱

§口絵写真／回想の美術／小出楢重／小出君の神経／石井柏亭（断片）／解説―宇野浩二と絵―（水上勉）

文学の三十年〈文芸選書〉

昭和五十八年四月二十五日発行　福武書店　B6判　紙装　二四五頁　千三百円　紙カバー　オビ

§口絵写真／文学の三十年（まへがき／前篇〈一〜十一〉／後篇〈一〜九〉）／写真解説／解説（紅野敏郎）

文章往来〈スティルス選書〉

昭和五十八年四月三十日発行　スティルス社　B6判　紙装　三〇一頁　千五百円

§文章往来（口語文の元祖／言文一致の夜明けまで／蘆花・樗牛・鷗外／漱石・二葉亭・独歩／藤村・眉山・柳浪／岩野泡鳴の文章／花袋と藤村／武者小路実篤／志賀直哉と菊池寛／芥川龍之介と森鷗外／夏目漱石／正岡子規・高浜虚子・長塚節／永井荷風／谷崎潤一郎／志賀直哉／里見弴／久保田万太郎／芥川龍之介／菊池寛／久米正雄／佐藤春夫／広津和郎／宇野浩二／葛西善蔵／室生犀星／滝井孝作／井伏鱒二／坪田譲治／川端康成）／描写論（花袋、泡鳴、藤村、白鳥、青果／三重吉と未明／虚子と漱石と子規／左千夫、節、茂吉／状態的描写と印象的描写／西洋の文学）／作家の道（葛西善蔵／岩野泡鳴／田山花袋／森鷗外／谷崎潤一郎／永井荷風／荷風と潤一郎／武者小路実篤）／解説（渋川驍）

文学の青春期

昭和六十一年十二月一日発行　沖積舎　B6判　布装　三二〇頁　三千円　装釘・戸田ヒロコ　箱　オビ

§一、斎藤茂吉と青春期（その一、「劇と詩」の頃／その二、「アララギ」の初期の頃）／二、明治末期の青春期（その一、白秋、勇、薫、杢太郎、光太郎、その他／その二、異国趣味と江戸趣味）／三、初期のロシヤ文学の翻訳（その一、二葉亭と魯庵の翻訳／その二、初期の翻訳劇）／四、初期の純文学書の出版者（一）（その一、金尾文淵堂／その二、洛陽堂と東雲堂）／五、初期の純文学書の出版者（二）（その一、植竹書院と籾山書店とアカギ叢書／その二、博文館と新潮社と叢文閣）／六、「白樺」と「奇蹟」（その一、青年時代の武者小路／その二、「奇蹟」と他流試合）／七、文芸院と芸術院（その一、『ファウスト』と『ドン・キホオテ』／その二、岩野泡鳴と与謝野晶子）／八、白秋と茂吉（その一、新詩社と白秋／その二、『アララギ』と茂吉）／九、茂吉と晶子（その一、茂吉、赤彦、白秋、牧水／その二、『みだれ髪』と青踏社）／十、情熱家の時代（その一、草平とダヌンチオとワイルド／その二、光太郎と智恵子）／十一、上方文学の青春期（その一、酔茗、泣菫、春雨、梅溪、烏水、夜雨、清白／その二、『関西文学』と晶子と荷風、附天佑社）／十二、斎藤茂吉と武者小路実篤（その一、斎藤茂吉／その二、武者小路実篤）／巻末記

三、童話・少年少女小説

哀れ知る頃〈家庭物語新集1〉

大正五年七月十九日発行　蜻蛉館書店　菊半截判　紙装一八〇頁　四十銭　鍋井克之筆

§序（星野水裏）／揺籃の唄の思ひ出／国境の峠に泣く／育てた母の心／寂しい一生の物語／父の国と母の国と（一、亡き母の国へ／二、母のお里の手紙／三、亡き父の国へ）

クオレ物語　エドモンド・ド・アミイチス著　宇野浩二訳

大正六年一月八日発行　蜻蛉館書店　四六判　厚紙装　三一六頁　一円

§はしがき／物語（パデュアの少年愛国者／ロムバルディ少年の斥候／フロオレンスの少年筆耕／サルデニアの少年鼓手／爺の看病／ロオマニアの血／勇敢なる少年／母を尋ねて三千里／難破船）／手紙（学校／精霊祭／我が母／貧民／感恩／愛国／希望／町／姉／カヴール伯爵／労働者の友達／畸形児）／日記（カラブリヤの少年／烟突掃除人／炭売と紳士／囚人／ウムベルト王／ギウセッペ　マッチ

ニ／火災／ガリバルデイ将軍／伊太利）

海の夢山の夢

大正九年一月十八日発行　聚英閣　菊半截判　厚紙装　三八一頁　一円六十五銭　装幀・小出楢重　箱

§口絵／龍介の天上／さとり御前／狼よりも虎よりも／鏡物がたり／海の夢山の夢／向ふの山／春の日の光／蕗の薹／父の大根畑／二匹の犬／悲しい兄弟／揺籃の唄の思ひ出／片葉の蘆／涙の泉／悲しい歌／先生のこゝろ／誰が身の上／晴れ渡る元日

帰れる子〈**赤い鳥の本7**〉

大正十年七月二十日発行　赤い鳥社　四六判　厚紙装　二〇四頁　一円二十銭　画・清水良雄

§口絵／序／胡桃とチユリツプ／さとり御前／奇妙な楽隊／蕗の下の神様／鏡物がたり／王様の巾着／龍介の天上／アイヌ爺さんの話／福の神の正体／帰れる子／揺籃の唄の思ひ出

赤い部屋

大正十二年二月十五日発行　天佑社　四六判　厚紙装　二一二頁　一円四十銭　装幀及挿画・久世勇三

§口絵／聞く地蔵と聞かぬ地蔵／生命の皮／熊虎合戦／とん〳〵拍子／角突き二郎／死神様の正体／王様の嘆き／蚊とんぼ物語／我儘太郎／見世物成金

天と地の出来事〈**第一童話叢書第2**〉

大正十三年二月二十日発行　第一出版協会　四六判　厚紙装　二一〇頁　一円六十銭　装幀装画・永瀬義郎　木版彫刻・菊地武嗣

§口絵／天と地の出来事／天国の夢／ねむり御殿／ぢやんぽん廻り／ちゆう助の手柄／頓助の物語／不思議な金魚／海から聞いた話

西遊記物語〈**世界名著撰家庭文庫**〉

大正十五年四月十八日発行　春秋社　四六判　厚紙装　三八九頁　二円

§西遊記（第一篇〜第八篇）

木仏金仏石仏

大正十五年五月二十五日発行　アテネ書院　四六判　厚紙装　二〇七頁　一円二十銭　装幀・亀井実

§口絵／はしがき／聞きがたり屋／人にすぐれた芸／鬼の草鞋／雪だるま／森の頭になる話／木仏金仏石仏／不仕合せの神様

春を告げる鳥

昭和二年三月二十五日発行　大日本雄弁会講談社　四六判厚紙（背クロス）装　二五三頁　一円五十銭　装幀・寺内万治郎　箱

§春を告げる鳥／胡桃とチユリツプ／不仕合せの神様／王

様の嘆き／生命の皮／でたらめ経／神様を失ふ話／恐いお使ひ／猫の八郎兵衛／啄木鳥おばあさん／村の地蔵／お菊と小菊／母の声／黒と白の戦

日本童話集(下)〈日本児童文庫〉

昭和二年十月三日発行　アルス　四六判　厚紙（背布）装　二四七頁　非売品　装幀・恩地孝四郎　口絵挿画・川上四郎

§揺り籃の唄の思ひ出／帰れる子

＊豊島与志雄・楠山正雄・秋田雨雀・浜田広介・鈴木三重吉との合集

西遊記・水滸伝物語〈日本児童文庫36〉

昭和二年十二月三日発行　アルス　四六判　厚紙（背クロス）装　二四七頁　非売品　装幀・恩地孝四郎　口絵挿画・水島爾保布

§口絵／西遊記物語（第一篇～第七篇）／水滸伝物語（発端／一～二十八）

西遊記物語

昭和三年七月五日発行　春秋社　四六判　紙装　三八九頁　一円

§西遊記物語（第一篇～第八篇）

父の国と母の国

昭和五年六月五日発行　大日本雄弁会講談社　四六判　クロス装　三〇七頁　一円三十銭　装幀・寺内万治郎　挿絵・寺内万治郎・耳野三郎　箱

§口絵／自序／父の国と母の国／阿古太丸／枯木仏と黄金仏／僕は犬である／正直小判／石の渡し／塔の上の畑／木仏・金仏・石仏／優しい心―又の題「可愛子ちゃん」―／春の日の光／姉と弟の唄／暑中休暇の日記―又の題「少女と夜店」―

母いづこ

昭和五年十月七日発行　大日本雄弁会講談社　四六判　布装　三四四頁　一円三十銭　装幀・寺内万治郎　挿絵・岡本帰一・耳野三郎・川上四郎・鈴木信太郎・寺内万治郎

§口絵／自序／母いづこ／聞きたがり屋／とん〳〵拍子／死に神様の正体／慾なし爺さん／のらくら太郎／龍介の天上／曲馬団《サーカス》の少年／ねむりの御殿／向ふの山／揺籃の唄の思ひ出

花の首輪

昭和六年十月五日発行　大日本雄弁会講談社　四六判　クロス装　三四六頁　一円三十銭　装幀・寺内万治郎　挿絵・田中良・河目悌二・耳野三郎・鍋井克之・寺内万治郎

§口絵／自序／花の首輪／さとり爺さん／狼よりも虎よりも／人にすぐれた芸／熊虎合戦／二人の按摩／三番目の娘さん／蚊とんぼ物語／ピッチヨラ―（可愛いやつ）―／王

様の靴直し／鏡物語／坊ちゃんと新聞／恵比寿三郎
＊昭和六年十月十日三版発行による。

なつかしき故郷〈**春陽堂少年文庫10**〉†
昭和七年十月発行　春陽堂　菊半截判

海こえ山こえ〈**春陽堂少年文庫11**〉
昭和七年十月十五日発行　春陽堂　菊半截判　紙装　二一六頁　二十五銭
§海こえ山こえ／猫の八郎兵衛／僕は犬である／長鼻天つく／王様と靴直し／鳳凰の羽根／たましひの敵討

水滸伝物語〈**春陽堂少年文庫38**〉
昭和七年十月十五日発行　春陽堂　菊半截判　紙装　一〇八頁　十銭
§水滸伝物語（発端／一〜二十八）

帰れる子〈**春陽堂少年文庫31**〉
昭和七年十月十五日発行　春陽堂　菊半截判　紙装　二二二頁　二十五銭
§帰れる子／蚊とんぼ物語／聞きたがり屋／黒と白の戦／正直小判／のらくら太郎／財布の裁判／わがまま太郎／ちゆう助の手柄／頓助の物語／不思議な金魚／不仕合せの神様／二人の按摩

天と地の出来事〈**春陽堂少年文庫30**〉
昭和七年十一月一日発行　春陽堂　菊半截判　紙装　二〇九頁　二十五銭　紙カバー
§天と地の出来事／塔の上の畑／瓢箪ぢいさん／王様の嘆き／慾ばり損／揺籃の唄の思ひ出／ある驢馬の身の上話

西遊記物語後篇〈**春陽堂少年文庫37**〉
昭和七年十一月十日発行　春陽堂　菊半截判　紙装　一八八頁　二十銭
§西遊記物語後篇（1〜54）

西遊記物語前篇〈**春陽堂少年文庫36**〉
昭和七年十一月十四日発行　春陽堂　菊半截判　紙装　一九八頁　二十銭
§はしがき／西遊記物語前篇（1〜52）

フランダアスの犬〈**少年世界文庫4**〉　**ウイダ原作　宇野浩二訳**
昭和十一年六月十日発行　小山書店　菊半截判　厚紙装　一一七頁　五十銭　画・鍋井克之
§口絵／フランダアスの犬

西遊記〈**少年世界文庫2**〉
昭和十一年六月十日発行　小山書店　菊半截判　厚紙（背布）装　一五八頁　五十銭　画・野間仁根　紙カバー
§西遊記物語

なつかしの故郷〈**少年少女世界文庫12**〉
昭和十一年十一月二十日発行　小山書店　菊半截判　厚紙

（背クロス）装　二二九頁　五十銭　画・鍋井克之
§口絵／なつかしの故郷

舌切雀〈講談社の絵本48〉
昭和十二年十二月一日発行　大日本雄弁会講談社　B5判
紙装　八八頁　四十五銭　耳野卯三郎画
§『舌切雀』を推奨す（保科孝一）／コジキトフクノカミ

世界お伽噺〈講談社の絵本52〉
昭和十三年一月一日発行　大日本雄弁会講談社　B5判
紙装　一二三頁　五十銭　長谷川露二画
§『世界お伽噺』を推奨す（安信季雄）／トブコトノデキルフネ

名作童話こがね丸〈講談社の絵本70　第一巻一三号〉
昭和十三年六月十日発行　大日本雄弁会講談社　B5判
紙装　一一二頁　五十銭　絵・河目悌二
§『こがね丸』に就いての想出（海軍中将子爵　小笠原直生）／ものぐさ太郎

宇野浩二集〈新撰童話〉
昭和十三年十二月十五日発行　湯川弘文社　A4判　厚紙装　二六四頁　箱
§人にすぐれた芸／木仏金仏石仏／龍介の天上／神様を失ふ話／石の渡し／聞きたがり屋／王様の嘆き／話を買ふ話／二人のあんま／不仕合せの神様／勝つ話と負ける話／王様と理髪師／糸くづ物語／慾ばり万作／財布の裁判／ピツチヨラ（可愛いやつ）／搖籃の唄の思ひ出

孫悟空〈講談社の絵本95　第二巻第三号〉
昭和十四年一月十日発行　大日本雄弁会講談社　B5判
紙装　九二頁　五十銭　絵・本田庄太郎
§『孫悟空』について／孫悟空

新イソツプ物語
昭和十四年四月三日発行　中央公論社　四六判　布装　三二五頁　一円六十銭　装幀・挿絵・鍋井克之　箱
§口絵／搖籃の唄の思ひ出／ラツパのおかげ／話を買ふ話／曲馬団の少年／慾なし爺さん／雪だるま／海の夢・山の夢／木仏金仏石仏／シヤウヂキノトク／聞きたがり屋／蚊とんぼ物語／英雄になつた少年／天狗ト百姓／王様と靴なほし／向ふの山／慾ばり損／みんなが夢中／神様を失ふ話／糸クヅガ元／三疋の熊の家／元のとほりになる話（猟師の話）／王様の嘆き／お父さんの大根畑／春を告げる鳥／龍介の天上／胡桃とチユウリツプ／太郎と新聞／二人の按摩／コジキトフクノカミ／元のとほりになる話（旅人の話）

子供知識 自然界のいろいろ〈講談社の絵本111　第二巻十九号〉
昭和十四年六月五日発行、大日本雄弁会講談社　B5判

紙装　八八頁　五十銭　絵・田中良
§タテニナツタセウネン

童話読本・一年生

昭和十四年六月二十日発行　童話春秋社　四六判　厚紙装
二三五頁　一円　装幀・平賀晟豪　挿画・木俣武
§序／シヤウジキノトク／ラツパノオカゲ／キバルトマケル／トブコトノデキルフネ／一スンボフシ／コジキトフクノカミ／ツバメトヘウタン／ウカレバイオリン／カラスノオンガヘシ／タカラクラベ／ネズミノサウダン／ヨクナシヂイサン／イトクヅガモト／モトノトホリニナルハナシ／ウマトスズメ／ダマシテソンスル―シンノカハヲキタロバノハナシ―／コドモトイヌ／ウマトロバ／クジヤクトツル／シシトハチ

童話読本・二年生

昭和十四年七月二十日発行　童話春秋社　四六判　厚紙装
二二一頁　一円　装幀・平賀晟豪　挿画・木俣武
§序／父の大根畑／太郎と新聞／孟子の母／エンリコと鬼／二人のあんま／父を助ける子／ものぐさ太郎／猫のハリス／英雄になつた少年／海の夢・山の夢

子供知識魚づくし〈講談社の絵本　第二巻二十五号〉

昭和十四年八月五日発行　大日本雄弁会講談社　B5判
紙装　八八頁　五十銭　絵・田中良
§八本の手と四十本のゆび

孫悟空と八戒〈講談社の絵本149　第三巻第十六号〉

昭和十五年六月五日発行　大日本雄弁会講談社　紙装　七六頁　五十銭　絵・本田庄太郎・宮尾しげを
§「孫悟空と八戒」について／孫悟空と八戒

コジキトフクノカミ

昭和十五年十二月二十日発行　報国社　A5判　紙装　六一頁　松山文雄画
§コジキトフクノカミ／トブコトノデキルフネ／ラツパノオカゲ／コドモガテホン／ウマトロバ／テングトヒヤクシヤウ／コドモトイヌ／カンシンノカンニン／ミンナガムチユウ／八ホンノ手ト四十ポンノ指《ユビ》

童話読本・四年生

昭和十六年三月五日発行　童話春秋社　四六判　厚紙装
二三六頁　一円　装幀・平賀晟豪　挿画・木俣武
§序／晴れわたる元日／雪だるま／みんながむちゆう／神様を失ふ話／財布の裁判／ピツチヨラ（かはいいやつ）／龍介の天上／不仕合せの神様／王様と靴なほし／正直小判／僕は犬である

十五少年〈世界名作物語〉

昭和十六年五月十五日発行　童話春秋社　四六判　厚紙装
三二五頁　一円五十銭　装幀・木村荘八　挿絵・土村正寿

カバー
§口絵／序／十五少年（第一～第十五）

童話読本・二年生

昭和十六年五月三十日発行　童話春秋社　四六判　厚紙装　二三九頁　一円　装幀・平賀晟豪　挿画・木俣武
§序／父の大根畑／太郎と新聞／孟子の母／エンリコと鬼／ふたりのあんま／父を助ける子／ものぐさ太郎／ねこのハリス／えいゆうになつた少年／海のゆめ・山のゆめ

向かふの山〈**新日本児童文庫26**〉

昭和十六年五月二十日発行　アルス　四六判　厚紙装　二七四頁　一円　装幀・恩地孝四郎　挿画・耳野卯三郎
§まへがき／向かふの山／黒白合戦／石のわたし／天と地の出来事／晴れわたる元日／父の大根畑／海の夢・山の夢／二人の按摩／母いづこ

西遊記〈**世界名作家庭文庫**〉

昭和十六年六月三日発行　主婦之友社　四六判　紙装　四四四頁　一円五十銭　装幀・恩地孝四郎　挿絵・鍋井克之
§序／前篇／後篇

童話読本・三年生†

昭和十六年六月発行　童話春秋社　B6判

聞きたがり屋〈**宇野浩二自選童話集**〉

昭和十六年六月二十五日発行　時代社　四六判　厚紙装　二八〇頁　一円四十銭　装幀・挿絵・鍋井克之　紙カバー
§まへがき／聞きたがり屋／太郎と新聞／王様の嘆き／父を助ける子／木仏金仏石仏／春を告げる鳥／蕗の下の神様／胡桃とチユウリツプ／父の大根畑／英雄になつた少年／みんながむちゆう／不仕あはせの神様／人にすぐれた芸／ピツチヨラ（かはいいやつ）／慾ばり万作／瓢箪ぢいさん／塔の上の畑／村の地蔵

孫悟空（火ノ山ノマキ）〈**講談社の絵本191**〉

昭和十六年十月十日発行　大日本雄弁会講談社　B5判　七二頁　五十銭　絵・宮尾しげを
§「孫悟空（火ノ山ノマキ）」について／孫悟空

コドモガテホン〈**宇野浩二童話集**〉†

昭和十六年十月発行　報国社

春の日の光

昭和十六年十一月二十五日発行　桜井書店　四六判　厚紙装　二七二頁　一円七十銭　装幀・挿絵・鍋井克之
§序／春の日の光／元のとほりになる話／死に神様の正体／慾なし爺さん／忠犬物語／春を告げる鳥／財布の裁判／龍介の天上／糸くづ物語／石の渡し／驢馬物語／太郎と新聞／恵比寿三郎／搖籃の唄の思ひ出

先生の心・長彦と丸彦〈日本童話名作選集〉　豊島与志雄と共著
昭和十七年十二月二十日発行　新潮社　A5判　厚紙装　二四四頁　一円八十銭　装幀・野間仁根　挿絵・鍋井克之・田代光
§先生の心／でたらめ経／猫の八郎兵衛／さとり爺さん／忠助の手柄／命の皮／あとがき（楠山正雄）

オクニノタカラ〈新日本幼年文庫〉
昭和十九年九月二十五日発行　国民図書刊行会　A5判　紙装　三二頁　一円六十一銭　画・鍋井克之・山本直治
§オクニノタカラ／コジキトフクノカミ／ミンナガムチュウ／ヰバルトマケル

龍介の天上
昭和二十一年四月二十日発行　弘文社　A5判　紙装　二六六頁　十円五十銭　装幀・古家新
§人にすぐれた芸／木仏金仏石仏／龍介の天上／神様を失ふ話／石の渡し／聞きたがり屋／王様の嘆き／話を買ふ話／二人の按摩／不仕合せの神様／勝つ話と負ける話／王様と理髪師／糸くづ物語／慾ばり万作／財布の裁判／ピッチョラ（可愛いやつ）／揺籃の唄の思ひ出

つばめとへうたん
昭和二十一年七月二十五日発行　有明書房　B6判　一〇八頁　十五円　紙装
§もとのとほりになるはなし／つばめとへうたん／うかれバイオリン／とぶことのできるふね／一すんぼふし／あとがき
＊昭和二十三年七月二十日再版発行による

宇野浩二童話名作選〈日本童話名作集7・PTA文庫〉
昭和二十二年三月十五日発行　羽田書店　A5判　紙装　一七八頁　二十八円　装幀・挿画・鍋井克之
§著者略歴（無署名）／はれわたる元日／王様のなげき／聞きたがり屋／もとのとほりになる話（れふしの話／たび人の話）／太郎と新聞／よくばり万作／へうたんぢいさん／村の地蔵／話をかふ話／二人のあんま／糸くづ物語／春を告げる鳥／神様をうしなふ話／春の日の光／あとがき

名作物語西遊記
昭和二十二年八月十五日発行　光文社　B6判　紙装　二一四頁　四十八円　画・堤寒三
§「西遊記」とはどんな本か／著者紹介／西遊記

話を買う話〈日本童話名作選〉
昭和二十二年十一月二十日発行　光文社　B6判　紙装　一五〇頁　五十円　絵・河目悌二
§著者紹介／かとんぼ物語／みんながむちゅう／聞きたがりや／龍介の天上／話を買う話／雪だるま／木仏金仏石

仏／ラッパのおかげ／むこうの山／よくなしじいさん／よくばり損／王様のなげき

西遊記

昭和二十三年四月二十日発行　弘文社　四六判　紙装　二三七頁　七十円　装幀・挿絵・鍋井克之

§西遊記物語／水滸伝物語

王さまの嘆き〈あおぞら文庫〉

昭和二十三年五月二十五日発行　国民学芸社　B6判　紙装　九一頁　四十五円　装幀・栗原碧

§王さまの嘆き／春を告げる鳥／ゆりかごの歌の思い出／太郎としんぶん／元のとおりになる話／はれわたる元日

月夜に森の中では〈日本児童文学選1〉

昭和二十三年三月一日発行　前田出版社　B6判　紙装　三一五頁　九十円　表紙・赤松俊子　口絵・富永秀夫・浜野政雄　カット・河太郎

§口絵／お母さまがたへ（編集者）／春を告げる鳥／かれ木のほとけさまときんのほとけさま／ひとにすぐれた芸

ねずみのすもう〈こどもかい文庫〉

昭和二十三年七月三十日発行　桜井書店　B6判　紙装　三二頁　十五円　表紙・挿絵・武井武雄

§まへがき／和尚と地蔵／猫とねずみ／ねずみのすもう／あっしまった／餅のあらそい／かれ木のほとけと金のほとけ

ふきの下の神さま

昭和二十三年十二月五日発行　童話春秋社　B6判　紙装　二〇八頁　百円　装幀・挿絵・藤沢龍雄

§むこうの山／ひょうたんじいさん／村の地蔵／くるみとチューリップ／ふきの下の神さま／海のゆめ・山のゆめ／忠犬物語／龍介の天上／人にすぐれた芸／ききたがりや／王さまのなげき／ゆりかごの歌の思い出

なつかしき故郷†

昭和二十四年二月発行　崇文館　B6判

春を告げる鳥〈赤い鳥名作童話読本4〉

昭和二十四年九月三日発行　明日香書房　B6判　厚紙装　一六一頁　百二十円　装幀・挿絵・鍋井克之

§序（坪田譲治・与田準一・木内高音）／春を告げる鳥／父のだいこん畑／ふしあわせの神さま／よくなしじいさん／よくばりぞん／元のとおりになる話（一、りょうしの話／二、たび人の話）／ゆりかごの唄／あとがき

十五少年†

昭和二十四年三月発行　童話春秋社　B6判

母いづこ†

昭和二十四年六月発行　文潮社

孫悟空と八戒〈講談社の絵本〉
昭和二十四年十二月発行　大日本雄弁会講談社　B5判
四八頁　百三十円　挿絵・本田庄太郎・宮尾しげを
§「孫悟空と八戒」について／孫悟空と八戒

五年の童話〈学年別童話教室〉
昭和二十四年十二月五日発行　実業之日本社　A5判　厚紙（背クロス）装　二一四頁　百八十円（地方売価・百八十九円）表紙え・さしえ・宮永岳彦
§テスト欄について／―秋―海から聞いた話
＊昭和二十六年四月一日再版発行による

孫悟空　火の山の巻〈講談社の絵本〉
昭和二十五年一月発行　大日本雄弁会講談社　B5判　四八頁　百三十円　絵・宮尾しげを
§「孫悟空火の山の巻」について／孫悟空火の山の巻

海の夢山の夢〈日本童話小説文庫7〉
昭和二十五年二月十五日発行　小峰書店　B6判　厚紙（背クロス）装　三三四頁　二百三十円　装幀・恩地孝四郎
挿絵・鍋井克之　箱
§口絵写真／まえがき（与田準一）／熊虎合戦／曲馬団と少年／天国のゆめ／黒白合戦／くるみとチューリップ／龍介の天上／わがまま太郎／村の地蔵／三味線林／福の神の正体／よくなしじいさん／ひょうたんじいさん／雪だるま／春をつげる鳥／ふきの下の神さま／よくばりぞん／晴れわたる元日／春の日の光／石のわたし／海のゆめ山のゆめ／太郎と新聞／むこうの山／父のだいこん畑／王さまのなげき／ピッチョラ（かわいいやつ）／ゆりかごの唄／智恵と人情の童話（与田準一）

春をつげる鳥・長彦と丸彦〈日本童話名作選集〉
昭和二十五年五月十五日発行　三十書房　A5判　厚紙装
二一六頁　二百二十円（地方売価・二百三十円）　装幀・初山滋　挿絵・緑川広太郎・瀬島好正
§春をつげる鳥／ふたりのあんま／糸くず物語／勝つ話と負ける話／人にすぐれた芸／かとんぼ物語／あとがき（楠山正雄）

十五少年漂流記〈中学生全集15〉
昭和二十五年十一月五日発行　筑摩書房　B6判　厚紙装
二三一頁　百八十円　装幀・倉田叕　口絵挿画・田所満夫
箱
§十五少年漂流記（第一～第十五）／読者のために
＊昭和二十七年七月十日再版発行による。

きつねの裁判〈世界名作物語〉　ゲーテ原作　宇野浩二訳
昭和二十五年十二月五日発行　童話春秋社　B6判　厚紙装　二五〇頁　百七十円　カバー

§まえがき／きつねの裁判

西遊記物語〈**世界名作全集14**〉
昭和二十六年三月十日発行　大日本雄弁会講談社　B6判厚紙（背クロス）装　三七四頁　二百円　装幀・梁川剛一表紙・口絵・さしえ・耳野卯三郎　箱
§口絵／この物語について／西遊記物語／解説―原作者と作品について―（那須辰造）

もとのとおりになる話〈**世界名作童話全集23**〉
昭和二十六年十月三十日発行　大日本雄弁会講談社　A5判　厚紙（背クロス）装　一八五頁　百八十円　装幀・恩地孝四郎　表紙・口絵・挿絵・鍋井克之
§口絵／この本を読む人に／もとのとおりになる話／ふくの神とこじき／とぶことのできるふね／よくなしじいさん／よくばりぞん／二わのはと／おじいさんにまける話／金貨の山／びんぼう神／かねもちとくつや／しょうじきな人とずるい人／かえる姫／「もとのとおりになる話」について

春をつげる鳥〈**小学生全集11**〉
昭和二十六年十一月三十日発行　筑摩書房　A5判　一八二頁　百三十円　装幀・庫田叕　表紙絵・口絵・挿絵・小林久三
§春をつげる鳥／みんながむちゅう／木ぶつ金ぶつ石ぼとけ／ゆきだるま／ねずみのすもう／むこうの山／かれ木ぶつとこがねぶつ／モチのあらそい／ふきの下のかみさま／くるみとチューリップ／おしょうとじぞう／ねことねずみ／ききたがりや／ふたりのあんま／ゆりかごのうたのおもいで

きつねのさいばん〈**世界絵文庫31**〉
昭和二十七年三月二十日発行　あかね書房　B6判変形　六〇頁　都内定価・百三十円（地方定価・百三十五円）　絵・桂川寛
§きつねのさいばん／皆さま方へ（あかね書房）

母をたずねて〈**講談社の絵本**〉
昭和二十七年三月三十日発行　大日本雄弁会講談社　B5判　紙装　四九頁　百三十円　絵・松田文雄
§「母をたずねて」について／母をたずねて

ふきの下の神さま†
昭和二十七年発行　同和春秋社

小公子〈**世界童話名作全集**〉
昭和二十八年一月十日発行　鶴書房　A5判　厚紙装　一四二頁　百六十円（地方売価・百六十五円）　装幀・口絵・挿絵・畠野圭右
§口絵／まえがき／小公子／「小公子」について

文芸童話集〈世界少年少女文学全集30〉
昭和二十八年九月一日発行　創元社　Ａ5判　クロス装　三九三頁　三百八十円　装幀・とびら絵・初山滋　さし絵・脇田和・中谷泰・稗田一穂
§口絵／宇野浩二（春を告げる鳥／雪だるま／龍介の天上）／解説（坪田譲治）

ピノキオ〈世界名作童話全集12〉
昭和二十八年九月二十五日発行　鶴書房　Ａ5判　厚紙（背クロス）装　一七〇頁　百六十円（地方売価・百六十五円）　装幀・畠野圭右　表紙・口絵・挿絵・相沢光郎
§口絵／まえがき／ピノキオ／「ピノキオ」について

母をたずねて〈講談社の絵本65〉
昭和二十八年十月五日発行　大日本雄弁会講談社　Ｂ5判　紙装　四八頁　百三十円　絵・松田文雄
§「母をたずねて」について／母をたずねて

世界の名作童話集2〈講談社の絵本　特製版〉
昭和二十八年十一月五日発行　大日本雄弁会講談社　Ｂ5判　厚紙装　一〇八頁　三百二十円　絵・嶺田弘
§「うかれバイオリン」について／世界おとぎばなし・うかれバイオリン／フレッドのうた

家なき子〈世界名作文庫〉†
昭和二十八年十一月発行　偕成社　Ｂ6判

グリム童話1〈トッパンの絵物語〉
昭和二十八年十二月十五日発行　トッパン　縦20糎横17糎5粍　四〇頁　百五十円　え・杉全直　紙カバー
§金のがちょう／白雪姫／うさぎとはりねずみ／六人のごうけつ／グリム兄弟のこと／発刊のことば（トッパン出版部）

日本児童文学全集5〈童話篇5〉
昭和二十八年十二月二十日発行　河出書房　Ａ5判　厚紙（背クロス）装　三三八頁　四百五十円　装幀及び外函意匠・須田寿　目次・色刷口絵及び本文カット・緑川広太郎・木野村福子　色刷口絵及び本文カット・安部真知
§宇野浩二集（作者の言葉／作者の略歴／くるみとチュウリップ／ひょうたんじいさん／春を告げる鳥／ふきの下の神さま／海のゆめ山のゆめ）一～五四頁／かいせつ（浜田広介）
＊豊島与志雄・江口渙・山村暮鳥・相馬泰三・千葉省三との合集。

グリム童話2〈トッパンの絵物語〉
昭和二十九年三月十日発行　トッパン　縦20糎横17糎5粍　厚紙装　四〇頁　百五十円　絵・堀文子
§運のいいハンス／野ばら姫／三つのねがい／ヘンゼルとグレーテル／グリムの童話／発刊のことば（トッパン出版

部）

春を告げる鳥・長彦と丸彦＜**日本童話名作選集**（**特製版**）＞　**豊島与志雄と共著**

昭和二十九年四月十五日発行　三十書房　A5判　厚紙（背クロス）装　二六頁　二百八十円（地方価・二百九十円）　装幀・初山滋　挿絵・緑川広太郎・瀬島好正　箱

§春をつげる鳥／ふたりのあんま／糸くず物語／勝つ話と負ける話／人にすぐれた芸／かとんぼ物語／あとがき（楠山正雄）

＊昭和三十三年十一月十五日発行版あり。

春をつげる鳥＜**第一期学校図書館文庫44**＞

昭和二十九年四月十八日発行　牧書店　四六判　厚紙装　二一二頁　百八十円　装幀・福田豊四郎　口絵・さしえ・安泰

§口絵／この本の読み方―宇野浩二の童話―（及川甚喜）／春をつげる鳥／ピッチョラ（かわいいやつ）／黒白合戦／よくばりぞん―よくばり万作―／雪だるま／春の日の光／ふきの下の神さま―かみさまをうしなう話―／『ゆりかごの歌』の思い出―ゆりかごの歌―／話を買う話／三びきのクマの家／王さまとくつなおし／くるみとチュウリップ／石のわたし／もとのとおりになる話―漁師（りょうし）の話／本のあつかいかた（もり・きよし）／この本を著わした人／この本をつくるのに協力した人びと／刊行のことば

グリム童話3＜**トッパンの絵物語**＞

昭和二十九年五月発行　トッパン　縦20糎横17糎5粍　厚紙装　四〇頁　百五十円　絵・村上松次郎

§ブレーメンの音楽隊／三人きょうだいの三つのたから／金の毛が三本ある鬼／おおかみと七ひきの子やぎ／グリム童話について／発刊のことば（トッパン出版部）

＊奥付け刊記なし。

さいゆうき＜**小学生全集56**＞

昭和二十九年九月三十日発行　筑摩書房　A5判　紙（背クロス）装　一九五頁　百九十円（地方売価・二百円）　装幀・庫田叕　表紙絵・口絵・挿絵・永井潔

§口絵／この物語について／さいゆうき／この本を書いた人

日本児童文学大系2

昭和三十年八月三十日発行　三一書房　B6判　クロス装　四二七頁　五百三十円

§口絵写真／王様のなげき（一四四～一五四頁）／解説（関英雄）／日本児童文学年表（二）（管忠道・鳥越信）

菊池寛・宇野浩二集〈少年少女のための現代日本文学全集14〉
昭和三十年十二月二十四日発行　東西文明社　A5判　厚紙（背クロス）装　二五三頁　二百五十円　装幀・青山龍水　カット・山本耀也
§口絵写真／この本を読む人に（久松潜一・伊藤整・福田清人）／宇野浩二集（心の古里／北斎のだるま／少年時代／富士見高原／母と貯金箱／熊と虎／尊徳と凶作／祖母の死／閑人閑話／大地震の時／はげしい空襲／疎開さきの家／むこうの山／王様の嘆き／解説（十返肇））

うかれバイオリン〈講談社の絵本〉†
昭和三十一年七月発行　講談社　B5判

にほんむかしばなし〈世界幼年文学全集10〉
昭和三十一年八月十日発行　宝文館　A5判　厚紙装　二四二頁　三百円　装幀・挿画・池田仙三郎　紙カバー
§口絵／はじめに／つばめとひょうたん／一すんぼうし／ねことねずみ／みんながむちゅう／かれ木ぶつとこがねぶつ／もちのあらそい／おしょうとじぞう／てんぐとひゃくしょう／ものぐさたろう／はなしをかうはなし／ねずみのすもう／さくらがいのしらべ／みょうがりょうり／いとくずがもと／あまがえる／なまけくらべ／てんぐのはな／三にんのちからもち／あかいしかのかお／おおみそかのものうり／解説（周郷博）

日本幼年童話全集1
昭和三十一年十月十日三版発行　河出書房　A5判　厚紙（背クロス）装　二八一頁　三百八十五円（地方定価・三百九十円）　装本・須田寿　口絵・挿絵・いわさきちひろ　挿絵・高橋秀
§口絵／宇野浩二（つばめとひょうたん／ねずみのすもう／ゆきだるま）（二二九〜二六六頁）／かいせつ（浜田広介）
＊初版発行年月日未確認。

赤い鳥代表作集①初期
昭和三十三年十月十五日発行　小峰書店　A5判　厚紙装　三六〇頁　五百五十円　装幀・太田丈八　表紙絵・高橋忠弥「くもの糸」　口絵・清水良雄「おふね」（赤い鳥第一巻第一号所載）さし絵　安泰・太田丈八・斎藤博之・富永秀夫　目次・とびらカット・太田丈八　小カット赤い鳥より
§色刷口絵／まえがき（坪田譲治）／ふきの下の神様／あるアイヌじいさんの話／付録赤い鳥運動の意義（阪本一郎）／赤い鳥の歴史的背景（鳥越信）／創作に際してのプリント童話と童謡を創作する最初の文学的運動（鈴木三重吉）

宇野浩二集〈新日本少年少女文学全集21〉
昭和三十四年十二月三十日発行　ポプラ社　Ａ5判　クロス装　二九六頁　三百円　装幀・武井武雄・挿絵・大石哲路
§まえがき／ふきの下の神さま／春をつげる鳥／くるみとチューリップ／ひょうたんじいさん／海の夢山の夢／ふたりのあんま／糸くず物語／勝つ話と負ける話／人にすぐれた芸／かとんぼ物語／熊虎合戦／曲馬団と少年／天国の夢／黒白合戦／三味線林／福の神の正体／雪だるま／晴れわたる元日／春の日の光／むこうの山／王さまのなげき／ピッチョラ／ゆりかごの歌の思い出／文章の研究（第一章一、文章のわけかた／二、写生の文章／三、歌と俳句のこと／第二章一、もっとも必要な文章／二、代表的な記事文／三、紀行文（その一）／四、紀行文（その二）／第三章一、抒情文／二、叙事文）／解説・与田準一―詩歌と童話を愛する無類の文学者宇野浩二―／読書指導・室谷幸吉・鈴木博・宇野浩二の年譜・宇野浩二の作品と教科書との連絡・宇野浩二の主な作品集

西遊記〈少年少女世界名作全集27〉呉承恩作　宇野浩二訳
昭和三十五年十二月二十日発行　講談社　Ｂ6判　厚紙（背クロス）装　三一八頁　二百円　装本・レイアウト・安野光雅　箱絵・挿絵・久米宏一　箱
§口絵／この物語について／西遊記／解説―この物語と作者について―

少年少女世界文学全集第48巻日本編(4)
昭和三十六年五月二十日発行　講談社　Ａ5判　クロス（背皮）装　四二二頁　三百八十円　装本・池田仙三郎　さし絵・富永秀夫・太田丈八・深沢紅子・山崎百久雄・中尾彰・斎藤三郎・硲伊之助
§色刷口絵／この巻の内容について（福田清人）／春をつげる鳥／明治・大正・昭和の社会と文学／解説・福田清人／読書指導・滑川道夫・斎藤喜門

家なき子・アルプスの少女〈幼年世界文学全集10〉川崎大治と共著
昭和三十六年七月十五日発行　偕成社　Ａ5判　クロス装　二三〇頁　二百五十円　装幀・荒屋亢・河添宗輔・近藤聰・横井大侑　挿絵・武部本一郎・辰巳まさえ
§刊行のことば／口絵／みなさんへ（宇野浩二）／家なき子／解説―〃家なき子・アルプスの少女〃について―（那須辰造）／読書指導―〃家なき子〃〃アルプスの少女〃の与え方―（阪本一郎・堀内輝三）

ピノキオ〈世界童話名作全集7〉
昭和三十六年九月五日発行　鶴書房　Ａ5判　厚紙（背ク

ロス）装　一七六頁　二百五十円　装幀・畠野圭右　口絵・新井五郎　挿絵・相沢光郎　表記校閲・若原三雄

§刊行のことば／口絵／この本のはじめに／ピノキオ／ことばのせつめい／「ピノキオ」について

小公子〈世界童話名作全集8〉

昭和三十六年九月五日発行　鶴書房　A5判　厚紙（背クロス）装　一四九頁　二百五十円　装幀・畠野圭右　口絵・挿絵・畠野圭右　表記法校閲・若原三雄

§刊行のことば／口絵／このものがたりにでてくる人びと／小公子／ことばのせつめい／「小公子」について

いなごの大旅行・春をつげる鳥・佐藤春夫・宇野浩二童話集〈日本児童文学全集6〉

昭和三十六年十一月十五日発行　偕成社　A5判　布装　二四六頁　三百五十円　装幀・沢田重隆　さし絵・安部真知・谷中安規・高橋秀

§宇野浩二童話集（春をつげる鳥／ひょうたんじいさん／海のゆめ山のゆめ／ふきの下のかみさま／くまとら合戦／くるみとチューリップ）／解説（福田清人）

西遊記物語〈世界名作全集14〉

昭和三十六年十二月十日発行　講談社　B6判　厚紙（背クロス）装　三五七頁　二百円　装幀・梁川剛一　表紙・図絵・挿絵・耳野卯三郎

§この物語について／この物語のおもな人々／西遊記物語／解説―原作者と作品について―（那須辰造）

春をつげる鳥〈日本童話名作選集11〉

昭和三十七年三月十五日発行　三十書房　A5判　クロス装　二四六頁　三百八十円　装幀・福田庄助　挿絵・吉崎正己　箱

§まへがき（与田準一）／ふきの下の神さま／雪だるま／よくばりぞん／村のじぞう／わがまま太郎／春をつげる鳥／ふたりのあんま／糸くず物語／勝つ話と負ける話／人にすぐれた芸／かとんぼ物語／宇野浩二について―人と作品―（与田準一）／《読書指導》すじを通して考えよう―「ふきの下の神さま」をめぐって―（斎藤幸一）

日本文芸童話集〈世界童話文学全集16〉

昭和三十七年五月一日発行　講談社　A5判　三二九頁　三百九十円　クロス装　装本・秋岡芳夫　レイアウト・安野光雅　挿絵・富永秀夫・中尾彰・初山滋・深沢紅子

§はじめに／つばめとひょうたん（七八～八三頁）／解説（与田準一）／読書の手引き（滑川道夫・亀村五郎）

少年少女世界文学全集48日本編4〈現代日本文学名作集〉

昭和三十七年五月一日発行　講談社　菊判　クロス（背皮）装　四二二頁　四百二十円　装本・池田仙三郎　さし

え・富永秀夫・太田大八・深沢紅子・山崎百々雄・中尾彰・斎藤三郎・硲伊之助
§この巻の内容について（福田清人）／宇野浩二（春をつげる鳥）二三九〜二四二頁／解説（福田清人）／読書指導（滑川道夫・斎藤喜門）

日本童話選〈**少年少女世界名作文学全集28**〉
昭和三十七年八月五日発行　小学館　Ｂ６判　厚紙装　三一七頁　二百円　装幀・沢田重隆　挿絵・大石哲路・井江春代・井口文秀・駒宮録郎・矢車涼
§この童話を読む前に（小川未明）／宇野浩二（春をつげる鳥）二〇二〜二一〇頁／執筆者略歴
＊昭和三十八年七月一日再版発行による。

さいゆうき〈**新版小学生全集11**〉
昭和三十七年九月十五日発行　筑摩書房　Ａ５判変形型クロス装　一九五頁　三百四十円　口絵・挿絵・永井潔
§口絵／この物語について／さいゆうき〈第一編〜第七編〉

西遊記〈**少年少女世界名作全集27**〉
昭和三十七年十一月三十日発行　講談社　Ｂ６判　厚紙（背クロス）装　三一八頁　二百三十円　装本・レイアウト・安野光雅　箱絵・挿絵・久米宏一　箱
§口絵／この物語について／西遊記／解説―この物語と作者について―

春をつげる鳥〈**新版小学生全集83**〉
昭和三十八年四月発行　筑摩書房　Ａ５判　クロス装　一八四頁　三百四十円　くちえ・さしえ・小林久三
§色刷口絵／春をつげる鳥／みんながむちゅう／木ぶつ金ぶつ　石ぼとけ／ゆきだるま／ねずみのすもう／むこうの山／かれ木ぶつ　と　こがねぶつ／モチのあらそい／ふきの下のかみさま／くるみ　と　チューリップ／おしょう　と　じぞう／ねこ　と　ねずみ／ききたがりや／ふたりのあんま／ゆりかごのうたのおもいで

少年少女日本文学全集5〈**芥川龍之介・菊池寛・豊島与志雄・宇野浩二**〉
昭和三十八年十月十五日発行　講談社　菊判　布装　三九八頁　四百二十円　製本・中島靖侃　表紙・市川禎男　挿絵・太田大八・富永秀夫　レイアウト・安野光雅
§宇野浩二（宇野浩二の人と作品について〈福田清人〉／ゆりかごの歌の思い出／春をつげる鳥／ふきの下の神さま／海のゆめ山のゆめ）／解説―宇野浩二の人と作品―（福田清人）／読書指導―作品をどう読んだらよいか―（日本文学教育連盟〈菅忠道・久米井束〉）

春をつげる鳥〈**日本童話名作選集11**〉
昭和四十年四月三十日発行　あかね書房　Ａ５判　厚紙

（背クロス）装　二四二頁　四百五十円　そうてい・渡辺三郎　さしえ・吉崎正巳
§まえがき（与田準一）／ふきの下の神さま／雪だるま／よくばりぞん／村のじぞう／わがまま太郎／春をつげる鳥／ふたりのあんま／糸くず物語／勝つ話と負ける話／人にすぐれた芸／かとんぼ物語／宇野浩二について―人と作品―（与田準一）／〈読者指導〉すじを通して考えよう―「ふきの下の神さま」をめぐって―（斎藤幸一）

にほんむかしばなし〈世界のひらがな童話29〉

昭和四十年九月十五日発行　岩崎書店　A5判　クロス装　二四二頁　三百六十円　装幀・ハチ・プロダクション　挿絵・池田仙三郎
§口絵／みなさんへ／つばめとひょうたん／一すんぼうし／ねことねずみ／みんながむちゅう／かれ木ぶつとこがねぶつ／もちのあらそい／おしょうとじぞう／てんぐとひゃくしょう／ものぐさたろう／はなしをかうはなし／ねずみのすもう／さくらがいのしらべ／みょうがりょうり／いとくずがもと／あまがえる／なまけくらべ／てんぐのはな／三にんのちからもち／あかいしかのかお／おおみそかのものうり／解説（周郷博）

現代日本名作集〈少年少女世界文学全集〉

昭和四十年十一月十八日発行　講談社　B6判　クロス装　四〇六頁　三百九十円　装本・安野光雅　箱絵・中島靖侃　カット・依光隆　題簽原画・久保孝雄　口絵・挿絵・市川禎男・久米宏一・小松久子　箱
§「現代日本名作集」について（石森延男）／海のゆめ山のゆめ／解説（石森延男）／風土記―知多半島から北海道まで―（石森延男）／読書指導―短編の味わいかた―（久米井束・大島健二郎）

少年少女新世界文学全集日本現代篇〈現代日本名作集38〉

昭和四十年一月十八日発行　講談社　A5判　クロス装　四〇六頁　四百二十円　製本・安野光雅　箱絵・中島靖侃　カット・依光隆　題簽原画・久保孝雄　口絵・挿絵・市川禎男・久米宏一・小松久子
§宇野浩二（海のゆめ山のゆめ）／解説（石森延男）／風土記―知多半島から北海道まで―（石森延男）／読書指導―短編の味わいかた―（日本文学教育連盟〈久米井束・大島健二郎〉）

少年少女世界の名作文学48〈日本篇4〉

昭和四十二年一月二十日発行　小学館　A5判　クロス装　四九七頁　四百八十円　ブックデザイン―A・D（沢田重隆）　D（坂野豊）
§はじめに（浜田広介）／口絵／『曲馬団と少年』を読む

まえに／曲馬団と少年／解説―『坊っちゃん』『山椒大夫』『耳なし芳一の話』『赤いろうそくと人魚』『杜子春』『海底軍艦』ほかについて―（滑川道夫）／表紙絵解説―＊『麗子像』西洋写実主義と東洋写生画の精神を結びつけた天才画家―（伊藤廉）／読書のてびき（森久保仙太郎）

ふきの下の神さま〈日本標準の小学生文庫１〉

昭和四十三年四月一日発行　図書出版部　Ａ５判　紙装　四〇頁　五十円　表紙・さし絵・久米宏一

§日本の標準の小学生文庫発刊にあたって（阪本一郎・滑川道夫）／作者と作品について（無署名）／ふきの下の神さま／読書の手引き（無署名）／百しょうがてんぐに勝った話／読書の手引き（無署名）

＊監修者・阪本一郎・滑川道夫

＊編集者・日本標準の小学生文庫編集委員会

にほんむかしばなし〈幼年名作としょかん28〉†

昭和五十二年一月発行　岩崎書店　Ａ５判

日本児童文学大系９

昭和五十二年十一月二十日発行　ほるぷ出版　Ａ５判　布装　五九六頁　装幀・武井武雄　箱

§口絵写真／宇野浩二集（揺籃の唄の思ひ出／寂しい一生の物語／父の国と母の国と／龍介の天上／さとり御前／海の夢山の夢／春の日の光／先生のこゝろ／蕗の下の神様／アイヌ爺さんの話／福の神の正体／角突き二郎／蚊とんぼ物語／木仏金仏石仏／春を告げる鳥）／注（成尾正治）／宇野浩二解説―童話作家としての宇野浩二―（紅野敏郎）／宇野浩二年譜（紅野敏郎）／宇野浩二参考文献（紅野敏郎）

じやんぼん廻り〈教室文庫〉

発行年月日不明　Ｂ６判　紙装　一六頁

§ぢやんぽん廻り

四、文庫本

恋愛合戦〈新潮文庫９〉

昭和四年二月一日発行　新潮社　四六判　紙装　四一七頁　一円

§恋愛合戦

苦の世界〈改造文庫・第２部193〉

昭和七年十一月十一日発行　改造社　菊半截判　布装　二八八頁　三十銭

§苦の世界その一（一、私といふ人間／二、浮世風呂／三、難儀な生活／四、無為の人々／五、をんなの始末）／その二（一、哀れな老人達／二、花屋敷にて／三、私の伯父の一生／四、浮世の二人男／五、流転世界）／その三（一、さ迷へる魂その一／二、さ迷へる魂その二／三、津田沼行その一／四、津田沼行その二）／その四（一、人の身の上その一／二、人の身の上その二）

山恋ひ〈**改造文庫・第２部194**〉

昭和七年十一月三十日発行　改造社　菊半截判　布装　三二九頁　四十銭

§山恋ひ（前篇／後篇）／一と踊／心中／人心

子を貸し屋・蔵の中他二篇〈**春陽堂文庫103**〉

昭和九年十一月二十日発行　春陽堂　菊半截判　紙装　二〇二頁　二十五銭

§序に代へて／子を貸し屋／空しい春／蔵の中／あの頃の事

恋愛合戦〈**新潮文庫340**〉

昭和十三年十二月十三日発行　新潮社　四六判　紙装　四三二頁　七十銭

§恋愛合戦／跋

蔵の中他四篇〈**改造文庫・第２部387**〉

昭和十四年八月十六日発行　改造社　菊半截判　紙装　二六五頁　五十銭

§蔵の中／屋根裏の法学士／長い恋仲／若い日の夢／あの頃の事／あとがき―自画自讃のやうな―

心つくし〈**手帖文庫第２部12**〉

昭和二十二年六月二十日発行　地平社　菊半截判　紙装　一四三頁　十四円

§心つくし／四人ぐらし

枯野の夢〈**日本文学選13**〉

昭和二十二年十二月二十五日発行　光文社　菊半截判　一七五頁　二十五円

§枯野の夢／子の来歴／解説（青野季吉）

蔵の中〈**文潮選書４**〉

昭和二十二年十二月二十五日発行　文潮社　菊半截判　紙装　一八七頁　四十五円

§蔵の中／屋根裏の法学士／転々／耕右衛門の改名／解説（上林暁）

子を貸し屋〈**新潮文庫**〉

昭和二十五年一月二十日発行　新潮社　菊半截判　紙装　二四三頁　百円

§人心／一と踊／あの頃の事／子を貸し屋／解説（川崎長太郎）

＊昭和四十一年七月十五日十一刷による。

蔵の中・子を貸し屋他三篇〈**岩波文庫**〉

昭和二十六年六月二十五日発行　岩波書店　菊半截判　紙装　二一〇頁　八十円

§蔵の中／一と踊／屋根裏の法学士／晴れたり君よ／子を貸し屋／あとがき

苦の世界〈**岩波文庫**〉

昭和二十七年二月二十五日発行　岩波書店　菊半截判　紙装　三二一頁　百二十円

§苦の世界その一（一、私といふ人間／二、浮世風呂／三、難儀な生活／四、無為の人びと／五、をんなの始末）／苦の世界その二（一、あはれな老人たち／二、花屋敷にて／三、私の伯父の一生／四、浮世の二人男／五、流転世界）／苦の世界その三（一、さ迷へる魂その一／二、さ迷へる魂その二／三、津田沼行その一／四、津田沼行その二）／苦の世界その四（一、人の身の上その一／二、人の身の上その二）／苦の世界その五（一、ある年の瀬その一／二、ある年の瀬その二／三、ある年の瀬その三／四、ある年の瀬その四）／苦の世界その六（一、ことごとく作り話その一／二、ことごとく作り話その二）／あとがき

＊改版発行に「解説」（山本健吉）を付す。

小説の文章〈**近代文庫22**〉

昭和二十八年四月二十日発行　創藝社　菊半截判　紙装　二三〇頁　八十円

§小説の文章（口語文の元祖／言文一致の夜明けまで／蘆花・樗牛・鷗外／漱石・二葉亭・独歩／藤村・眉山・柳浪／岩野泡鳴の文章／花袋と藤村／武者小路実篤／志賀直哉と菊池寛／芥川龍之介と森鷗外／夏目漱石／正岡子規・高浜虚子・長塚節／永井荷風／谷崎潤一郎／志賀直哉／里見弴／久保田万太郎／芥川龍之介／菊池寛／久米正雄／佐藤春夫／広津和郎／宇野浩二／葛西善蔵／室生犀星／滝井孝作／井伏鱒二／坪田譲治／川端康成／横光利一／宮本百合子／丹羽文雄／舟橋聖一／坂口安吾／高見順／太宰治／石川淳／織田作之助）／作家の印象（里見弴／芥川龍之介／佐藤春夫／広津和郎）

宇野浩二集〈**市民文庫29**〉　**山本健吉編**

昭和二十九年一月十日発行　河出書房　菊半截判　紙装　一六七頁　八十円

§著者略歴／口絵写真／蔵の中／空しい春（或は春色梅之段）／枯木のある風景／秋の心／解説（山本健吉）

枯木のある風景・枯野の夢〈**岩波文庫**〉

昭和二十九年九月五日発行　岩波書店　菊半截判　紙装　一二六頁　四十円

§枯木のある風景／枯野の夢／あとがき

思ひ川〈**角川文庫**〉

昭和三十一年十一月十五日発行　角川書店　菊半截判　紙装　二六六頁　百円

§思ひ川（あるいは　夢みるやうな恋）／相思草（『思ひ

川』続篇）／あとがき／解説（広津和郎）

芥川龍之介上巻〈中公文庫〉
昭和五十年八月十日発行　中央公論社　菊半截判　紙装
二九四頁　三百二十円　表紙・扉・白井晨一　カバー
§芥川龍之介―思ひ出すままに―（まへがき／一～十四）

芥川龍之介下巻〈中公文庫〉
昭和五十年八月十日発行　中央公論社　菊半截判　紙装
二九二頁　三百二十円　表紙・扉・白井晨一　カバー
§芥川龍之介下巻（十五～二三）／解説（水上勉）

思い川・枯れ木のある風景・蔵の中〈講談社文芸文庫〉
平成八年九月十日発行　講談社　菊半截判　紙装　三三八
頁　九百八十円（本体九百五十一円）　紙カバー　オビ
デザイン・菊地信義
§思い川／枯れ木のある風景／蔵の中／解説（水上勉）／
作家案内（柳沢孝子）／著書目録（柳沢孝子）

五、著作集・個人全集

枯木のある風景〈宇野浩二著作集１〉
昭和二十八年三月五日発行　乾元社　Ｂ６判　紙装　三二
二頁　四百円　紙カバー
§口絵写真／枯木のある風景／晴れたり君よ／夢の通ひ
路／終の栖／あの頃の事／器用貧乏／あとがき

文学の青春期〈宇野浩二著作集２〉
昭和二十八年六月三十日発行　乾元社　Ｂ６判　厚紙装
三二〇頁　四百円　装幀・鍋井克之　紙カバー
§口絵写真／一、斎藤茂吉と青春期／二、明治末期の青春
期／三、初期のロシヤ文学の翻訳／四、初期の純文学書の
出版者（一）／五、初期の純文学書の出版者（二）／六、
「白樺」と「奇蹟」／七、文芸院と芸術院／八、白秋と茂
吉／九、茂吉と晶子／十、情熱家の時代／十一、上方文学
の青春期／十二、斎藤茂吉と武者小路実篤／巻末記

宇野浩二全集第一巻
昭和四十三年七月二十五日発行　中央公論社　Ａ５判　布
装　四七五頁　三千円　箱
§口絵写真／清二郎夢みる子／屋根裏の法学士／蔵の中／
苦の世界／長い恋仲／耕右衛門の改名／転々／人心／あの
頃の事／因縁事／美女／あとがき（渋川驍）
＊普及版昭和四十七年四月二十日発行

宇野浩二全集第二巻
昭和四十三年八月二十六日発行　中央公論社　Ａ５判　布
装　四五八頁　三千円　箱
§口絵写真／恋愛合戦／化物／若い日の事／高い山から／
甘き世の話／あとがき（渋川驍）

＊普及版昭和四十七年五月二十日発行

宇野浩二全集第三巻

昭和四十三年九月二十五日発行　中央公論社　A5判　布装　四六三頁　三千円　箱

§口絵写真／橋の上／八木弥次郎の死／遊女／空しい春／一と踊／滅びる家／歳月の川／夏の夜の夢／心中／或る青年男女の話／二人の青木愛三郎／屋根裏の恋人／夢見る部屋／青春の果／山恋ひ／子を貸し屋／あとがき（渋川驍）

＊普及版昭和四十七年六月二十日発行

宇野浩二全集第四巻

昭和四十三年十一月二十五日発行　中央公論社　A5判　布装　四六二頁　三千円　箱

§或る春の話／四人ぐらし／ぢゃんぽん廻り／従兄弟の公吉／俳優／心つくし／鯛焼屋騒動／東館／お蘭の話／昔がたり／古風な人情家／晴れたり君よ／四方山／鼻提灯／さ迷へる蠟燭／見残した夢／浮世の窓／思ひ出の記／人癲癇／千万老人／如露／人に問はれる／あとがき（渋川驍）

＊普及版昭和四十七年七月二十日発行

宇野浩二全集第五巻

昭和四十三年十二月二十五日発行　中央公論社　A5判　布装　四一八頁　三千円　箱

§口絵写真／十軒路地／従兄弟同志／足りない人／高天ヶ原／出世五人男／「木から下りて来い」／あとがき（渋川驍）

＊普及版昭和四十七年八月二十日発行

宇野浩二全集第六巻

昭和四十四年二月二十五日発行　中央公論社　A5判　布装　四六四頁　三千円　箱

§口絵写真／軍港行進曲／日曜日／恋の躯／枯木のある風景／枯野の夢／子の来歴／湯河原三界／女人往来／人さまざま／線香花火／女人不信／人間往来／文学の鬼／夢の跡／旅路の芭蕉／終の栖／あとがき（山本健吉）

＊普及版昭和四十七年九月二十日発行

宇野浩二全集第七巻

昭和四十四年四月二十五日発行　中央公論社　A5判　布装　四七三頁　三千円　箱

§風変りな一族／閑人閑話／夢の通ひ路／鬼子と好敵手／母の形見の貯金箱／楽世家等／器用貧乏／木と金の間／善き鬼・悪き鬼／人間同志／二つの道／身の秋／水すまし／あとがき（山本健吉）

＊普及版昭和四十七年十月二十日発行

宇野浩二全集第八巻

昭和四十四年五月二十四日発行　中央公論社　A5判　布装　四五九頁　三千円　箱

§口絵写真／青春期／思ひ草／西片町の家／思ひ川／富士見高原／秋の心／うつりかはり／あとがき（水上勉）

宇野浩二全集第九巻

昭和四十四年六月二十五日発行　中央公論社　A5判　布装　四七八頁　三千円　箱

§口絵写真／自分一人／想思草／大阪人間／寂しがり屋／友垣／自分勝手屋／人間同志／戯曲（暁の歌）／童話（揺籃の唄の思ひ出／海の夢山の夢／向ふの山／龍介の天上／春の日の光／晴れ渡る元日／蕗の下の神様／アイヌ爺さんの話／福の神の正体／胡桃とチュリップ／熊虎合戦／王様と嘆き／蚊とんぼ物語／黒と白の戦／人にすぐれた芸／雪だるま／春を告げる鳥／石の渡し／暑中休暇の日記／曲馬団と少年／王様と靴直し／二人の按摩／ピッチョラ／勝つ話と負ける話／話を買う話）／あとがき（水上勉）

＊普及版昭和四十七年十二月二十日発行

宇野浩二全集第十巻

昭和四十三年十月二十五日発行　中央公論社　A5判　布装　五一一頁　三千円　箱

§口絵写真／葛西善蔵論／近松秋江論／嘉村礒多／石井柏亭／鍋井克之／長塚節／岩野泡鳴／一途の道／文芸三昧／森鷗外私観／改作問題／ゴオゴリ／自然主義の道／島崎藤村／哀傷と孤独の文学／愛読する人間／川崎長太郎／芥川龍之介選評／あとがき（山本健吉）

＊普及版昭和四十八年一月二十日発行

宇野浩二全集第十一巻

昭和四十四年三月二十五日発行　中央公論社　A5判　布装　四七五頁　三千円　箱

§口絵写真／芥川龍之介／忘れ得ぬ一つの話／里見弴／斎藤茂吉の面目／文芸よもやま談義（加能作次郎の一生／葛西善蔵の一生／牧野信一の一生）／あとがき（山本健吉）

＊普及版昭和四十八年二月二十日発行

宇野浩二全集第十二巻

昭和四十四年八月二十日発行　中央公論社　A5判　布装　五〇三頁　三千円　箱

§口絵写真／震災文章／蒲団の中／質屋の小僧／質屋の主人／思出話／遠方の思出／三田派の人々／二つの会／大阪／晩秋三日／文学の三十年／御前文学談／世にも不思議な物語／当て事と褌／忘れ難き新中国／晩秋の九州／年譜（渋川驍）／主要著作年表／主要著書目録／あとがき（渋川驍）

＊普及版昭和四十八年三月二十日発行

六、文学全集叢書類

佐藤春夫・宇野浩二篇〈現代長篇小説全集20〉
昭和四年十月一日発行　新潮社　四六判　クロス装　八一七頁　非売品　挿絵・田中良
§出世五人男（影を失つた男（序話）／緑の首都／大名長屋／浮世学校／続浮世学校／「大名長屋」続篇／「浮世学校」後篇／出世／「出世」後篇）四三九～八一五頁

近松秋江・宇野浩二篇〈明治大正文学全集42〉
昭和四年十月二十五日発行　春陽堂　四六判　布（背紙）装　六五四頁　非売品　装幀・恩地孝四郎　編輯校訂・岡康雄・清水義政・泉斜汀
§筆者筆蹟／高天ヶ原／蔵の中／子を貸し屋／心づくし／山恋ひ（前篇）／山恋ひ（後篇）／千万老人／宇野篇解説（著者）／著者近影（巻頭）

広津和郎・葛西善蔵・宇野浩二集〈現代日本文学全集48〉
昭和四年十一月十日発行　改造社　菊判　クロス装　五〇三頁　一円　装幀・杉浦非水
§巻頭写真（照影）／序詞（筆蹟）／苦の世界（前編）／苦の世界（後編）／高天ヶ原／軍港行進曲／続軍港行進曲／年譜

現代随筆全集3
昭和十年七月二十日発行　金星堂　四六判　布装　五〇五頁　二円
§小説を作る家―一名、牧野信一の事／信濃の国の顔／文筆労働／今は昔の話／深田久弥と彼の山山―深田久弥の『わが山山』の紹介文―／椎の木の家―花袋なき花袋の書斉訪問記―（二四九～三〇五頁）

宇野浩二篇〈現代長篇小説全集7〉
昭和十二年十二月二十三日発行　三笠書房　四六判　四〇二頁　一円五十銭
§恋愛合戦／跋

日本小説代表作全集1〈昭和十三年・前半期〉
昭和十三年十月三十一日発行　小山書店　四六判　厚紙装五七七頁　二円
§序（編纂者）／器用貧乏（一〇五～一二七頁）

日本小説代表作全集3〈昭和十四年・前半期〉
昭和十四年十一月十五日発行　小山書店　四六判　厚紙装五一六頁　二円
§木から金へ（六一～八六頁）／昭和十四年度上半期主要雑誌掲載小説目録／後記―大全集の意義に就て―（編纂者）

日本小説代表作全集8〈昭和十六年・後半期〉
昭和十七年八月二十五日発行　小山書店　四六判　厚紙装
四四四頁　二円五十銭
§身の秋（三三九〜三六一頁）／昭和十六年度下半期主要雑誌掲載小説目録／編輯の言葉（編輯者）

日本小説代表作全集14
昭和二十二年九月十日発行　小山書店　B6判　紙装　三六八頁　百二十円
§浮沈（二三〜六六頁）／昭和二十一年度前半期主要雑誌掲載小説目録／編輯者のことば

現代日本文学選集7
昭和二十五年三月三十一日発行　細川書店　四六判変型　厚紙装　三三三頁　三百五十円
§作者のことば／略歴／口絵写真／枯木のある風景

広津和郎・葛西善蔵・宇野浩二集〈現代日本小説大系33〉
昭和二十五年七月十日発行　河出書房　B6判　厚紙装　四四〇頁　百八十円（地方定価・百九十円）
§宇野浩二集（苦の世界／如露／子を貸し屋）／解説（片岡良一）

広津和郎・室生犀星・宇野浩二・豊島与志雄集〈現代日本小説大系47〉
昭和二十七年二月十五日発行　河出書房　B6判　厚紙装　三〇二頁　二百三十円（地方定価・二百四十円）　紙カバー　オビ
§宇野浩二集（枯木のある風景／子の来歴／一週間／夢の通ひ路）／解説（中島健蔵）

文芸三昧・愛と死と〈現代日本随筆選6〉
昭和二十八年十二月一日発行　筑摩書房　B6判　二五〇頁　二百二十円
＊広津和郎との合集

宇野浩二集〈現代文豪名作全集〉
昭和二十九年一月三十一日発行　河出書房　B6判　クロス装　四四二頁　二百八十円（地方定価・二百九十円）　オビ
§蔵の中／長い恋仲／あの頃の事／八木弥次郎の死／空しい空（あるひは春色梅之段）／夢見る部屋／山恋ひ（前編）／山恋ひ（後編）／千万老人／如露／軍港行進曲／日曜日（あるひは小説の鬼）／枯木のある風景／終の栖／夢の通ひ路／楽世家等／うつりかはり／年譜／解説（臼井吉見）

広津和郎・宇野浩二集〈昭和文学全集48〉
昭和二十九年十一月十五日発行　角川書店　A5判　クロス装　四〇〇頁　二百八十円（地方価・二百九十円）　箱オビ

§巻頭写真／宇野浩二集（筆蹟／枯木のある風景／子の来歴／一週間／終の栖／器用貧乏／思ひ草／改作問題／随筆〈様様の大阪芸人／隣人江口渙に就いて／葛西善蔵／ゴオゴリ以前〉／解説（田宮虎彦）／年譜）

広津和郎・宇野浩二集〈**現代日本文学全集32**〉
昭和三十年十二月五日発行　筑摩書房　A5判　クロス装四三八頁　三百五十円　装幀・恩地孝四郎　箱
§口絵写真／宇野浩二集（蔵の中／子を貸し屋／枯木のある風景／枯野の夢／子の来歴／夢の通ひ路／器用貧乏／うつりかはり）／宇野浩二（山本健吉）／解説（平野謙）／年譜

菊池寛・宇野浩二集〈**少年少女のための現代日本文学全集14**〉
昭和三十年十二月二十四日発行　東西文明社　A5判　厚紙（背クロス）装　二五三頁　二百五十円　装幀・青山龍水　カット・山本輝也　紙カバー
§宇野浩二集（心の古里／北斎のだるま／少年時代／富士見高原／母と貯金箱／熊と虎／尊徳と凶作／祖母の父／閑人閑話／大地震の時／はげしい空襲／疎開さきの家／むこうの山／王様の嘆き／解説（十返肇））

大正名作集Ⅱ〈**日本国民文学全集24**〉
昭和三十二年一月二十日発行　河出書房　A5判　布装三八二頁　三百四十円　装幀・原弘
§蔵の中／年譜／解説（山本健吉）

国民の言葉〈**現代国民文学全集18**〉
昭和三十三年二月十五日発行　角川書店　A5判　クロス装　四〇七頁　三百二十円
§国民の言葉（五九〜五九頁）／名著解題近代日本思想史（瀬沼茂樹）／後記（亀井勝一郎）

現代紀行文学全集1〈**北日本篇**〉
昭和三十三年七月十五日発行　修道社　B6判　布装　四三五頁　四百八十円　地図監修・石田龍次郎　地名校閲・岡田喜秋
§北海道遊記（二五〜四〇頁）／発表誌一覧

現代紀行文学全集7〈**山岳篇下**〉
昭和三十三年八月二十日発行　修道社　B6版　布装　四二九頁　四百八十円　写真・浅野孝一・多川精一・中沢義直・浅石靖・三木慶介・馬場勝喜・三浦敬三・山北哲雄・船越好文・白井徳蔵・月原俊二・橋本三八　地図監修・石田竜二郎　地名校閲・岡田喜秋　見返地形模型・西村健二
§半世紀前の登山話―主として大峰登山の話―（三四九〜三五四頁）／発表誌一覧

現代紀行文学全集4〈**西日本篇**〉
昭和三十四年四月十日発行　修道社　B6判　布装　四四

三頁　四百八十円　地図監修・石田龍次郎　地名校閲・岡田喜秋
§木のない都―昔のままの姿―（二四九〜二五五頁）／発表誌一覧

現代紀行文学全集11〈中国編Ⅱ〉
昭和三十五年二月二十五日発行　修道社　A5判　布装　三四〇頁　五百五十円　口絵写真・中島健蔵・亀田東伍・北川桃雄・草野心平・火野葦平・吉田穂高　敦煌文物研究所　亜細亜通信E・P
§口絵写真／忘れ難き新中国―新中国見聞記―（二三五〜二四二頁）／出典一覧／地図

現代紀行文学全集5〈南日本篇〉
昭和三十五年三月三十一日発行　修道社　B6判　布装　四六四頁　四百八十円　地図監修・石田龍次郎　地名校閲・岡田喜秋
§今昔の長崎（二一九〜二二七頁）／発表誌一覧

宇野浩二集〈現代知性全集38〉
昭和三十五年六月十五日発行　日本書房　B6判　布装　二九四頁　二百五十円（地方定価・二百六十円）　紙カバー　オビ
§口絵写真／序／Ⅰ（自然主義の道〈一、自然主義の前派／二、島崎藤村／三、田山花袋／四、国木田独歩／五、岩野泡鳴／六、正宗白鳥／七、青山青果／八、徳田秋声〉／文芸放談〈一、荷風の戦後の作品／二、荷風の随筆と詩／三、荷風と白鳥《1、荷風の『罹災目録』／2、白鳥の『戦災者の悲しみ』》／四、鷗外と茂吉《1、短篇『半日』／2、歌集『白桃』》〉／歌人の散文〈一、正岡子規／二、長塚節／三、伊藤左千夫／四、斎藤茂吉／五、島木赤彦／六、中村憲吉／七、古泉千樫／八、土屋文明／九、若山牧水／十、与謝野鉄幹／十一、与謝野晶子／十二、北原白秋／十三、石川啄木〉／改作問題）／Ⅱ（哀傷と孤独の文学／里見弴／武者小路実篤／愛読する人間）／Ⅲ（文楽の世界／見世物時代／御前文学談／親の子を思ふ）／Ⅳ（北海道遊記／晩秋の九州／忘れ難き新中国／年譜）

広津和郎・宇野浩二集〈日本現代文学全集58〉
昭和三十九年四月十九日発行　講談社　A5判　クロス装　四四六頁　六百円　箱
§宇野浩二集（巻頭写真／筆蹟／蔵の中／苦の世界前篇・後篇／子を貸し屋／枯木のある風景／子の来歴／うつりかはり／近松秋江論／芥川龍之介―追悼―）／宇野浩二年譜（渋川驍）／宇野浩二参考文献（渋川驍）

里見弴・宇野浩二集〈日本文学全集21〉
昭和三十九年七月二十日発行　新潮社　B6判変型　五一八頁　二百六十円

§蔵の中／枯木のある風景／終の栖／思ひ川／注解（吉田精一）／年譜（渋川驍）／解説（河盛好蔵）

宇野浩二・葛西善蔵・牧野信一集〈現代文学大系29〉

昭和四十二年七月十日発行　筑摩書房　四六判　クロス装

§思ひ川／子を貸し屋／枯野の夢／子の来歴／夢の通ひ路／年譜（渋川驍）／人と文学（臼井吉見）

宇野浩二・久保田万太郎〈現代日本文学館22〉

昭和四十四年三月一日発行　文藝春秋　Ｂ６判　布装　四六二頁　四百八十円　装幀・杉山寧　挿画・鍋井克之「思ひ川」　内山雨海「末枯」「春泥」「うしろかげ」

§宇野浩二伝（水上勉）／思ひ川―あるいは夢みるような恋―／蔵の中／枯木のある風景／子の来歴／解説（水上勉）／注解（吉田精一）／年譜（吉田精一）

広津和郎・宇野浩二・葛西善蔵集〈日本近代文学大系40〉

昭和四十五年七月十日発行　角川書店　Ａ５判　クロス装　五四二頁　千三百円　装幀・原弘　箱

§口絵写真／凡例／宇野浩二集解説（渋川驍）／宇野浩二集注釈（勝山功）／蔵の中／苦の世界／補注／参考文献（勝山功）／年譜（勝山功）

宇野浩二・広津和郎集〈現代日本文学大系46〉

昭和四十六年九月十五日発行　筑摩書房　Ａ５判　クロス装　四八三頁

§巻頭写真／筆蹟／蔵の中／長い恋仲／夢見る部屋／子を貸し屋／千万老人／如露／軍港行進曲／子の来歴／夢の通ひ路／うつりかはり／若き日の宇野浩二（江口渙）／宇野浩二の世界（伊藤整）／宇野浩二年譜（渋川驍）／著作目録（渋川驍）

宇野浩二〈日本文学全集30〉

昭和四十八年六月八日発行　集英社　Ｂ６判　クロス装　四五一頁　二百九十円　装幀・後藤市三　挿絵・関野準一郎

§口絵写真／筆蹟／思ひ川／屋根裏の法学士／蔵の中／一と踊／子を貸し屋／千万老人／軍港行進曲／続軍港行進曲／枯木のある風景／器用貧乏／注解（小田切進）／作家と作品―宇野浩二―（渋川驍）／年譜（小田切進）

部落問題文芸作品選集39

昭和五十二年三月二十日発行　世界文庫　Ｂ６判　布装　二四九頁　箱

§屋根裏の恋人／因縁事

現代日本のユーモア文学4　吉行淳之介・丸谷才一・開高健編

昭和五十五年十二月三十日発行　立風書房　Ｂ６判　紙装　二五〇頁　千円　装幀・山藤章二　カバー構成・池上幸男　紙カバー　オビ

§川崎長太郎（二二四〜二五〇頁）

長野県文学全集3＜大正編Ⅱ＞

昭和六十三年七月十五日発行　郷土出版社　Ｂ６判　布装　四八四頁　三千円　校訂・新海郎男・征矢野宏・柳裕・高田彰・中村みどり

§口絵写真／山恋ひ（前篇）／解説（宮脇昌三）第三巻／略年表／第三巻の底本について

昭和文学全集3

昭和六十四年一月一日発行　小学館　Ａ５判　布装　一〇八一頁　四千円　装幀・菊地信義

§口絵写真／枯木のある風景／枯野の夢／子の来歴／器用貧乏／思ひ川—あるいは夢みるような恋—／うつりかわり／芥川龍之介より—思い出すままに—＜十二章〜十五章＞／宇野浩二・人と作品（野山嘉正）／宇野浩二年譜（渋川驍）

長野県文学全集7＜昭和戦後編Ⅰ＞

平成元年十一月十八日発行　郷土出版社　Ｂ６判　布装　四二〇頁　三千円

§口絵写真／山都松本／解説（平野勝重）／第七巻の底本について

都市の周縁＜モダン都市文学Ⅲ＞川本三郎編

平成二年三月八日発行　平凡社　Ａ５判　厚紙装

§鯛焼屋騒動（二九八〜三三八頁）

宇野浩二＜日本幻想文学集成27＞　堀切直人編

平成六年八月二十五日発行　国書刊行会　Ｂ６判　厚紙装カバー　三一四頁　二千円（本体千九百四十二円）　装画・装丁・梅木英治

§屋根裏の法学士／夢見る部屋／清二郎夢見る子／人癲癇／さ迷へる蠟燭／偉大なるガラクタ（堀切直人）

七、広津和郎名儀訳

モオパッサン評伝＜泰西文豪評伝叢書2＞

大正八年二月十五日発行　春陽堂　菊半截判　厚紙（背布）装　一九二頁　六十五銭

§モオパッサン評伝（彼の家系と其近親者／少年時代—エトウルタアの日—／神学校時代（詩作第一期）／中学校時代（詩作第二期）—詩人ブイユエの事—／普仏戦争／巴里の生活（舟遊びと詩作）／フロオベエルの指導—トウルゲニエフその他の交友の事—／仕事の準備／詩人としての彼／小説の処女作—メダンの夜がたり—／劇作家としての彼／創作時代／富と著名／芸術慾と生活慾／ノルマンディイの別荘—旅—／世間嫌ひ—ゴンクウルとの関係—／文学に対する態度／彼の病気の始め／眼疾と病的趣味／作品に

現はれたる病状／狂気／臨終まで／葬式―ゾラの追悼文―）／ギイ・ド・モオパツサンの追想―彼の従業フランソワの日記抄―（奉公の始め／エトウルタア行き／第一流の漕者／「ベラミイ」の出来た秋／「サランムボオ」／彼の天文学／独逸に対して／「ホルラ」作者は狂気か／「ピエエルとジヤン」の成立／芸術家の心―フロオベエルの思ひ出―／巴里の春の日／ポアシイにて／フランソアとフロオベエル／苦参の樹／フランソアとゾラ／旅より家へ／テエヌの「橄欖畑」評／令弟、エルヴの追想／優しきG―博士／医師の診察／旅立／医師ダラムベエル／『フエエカンの僧』／幻覚、身体の衰弱／暮の日記／悲しき正月／最後の食卓／深夜の出来事／看病の夜の思ひ出／独逸に対する敵愾心／肉屋の涙／ブランシユ博士の病院へ／ブランシユ博士の絶望／夏より秋へ／春の逍遙）

マノン・レスコオ〈エルテル叢書191〉プレヴオ作

大正八年七月二十日発行　新潮社　菊半截判　クロス装
二〇九頁　六十五銭　紙カバー
§序／マノン・レスコオ（一～十三）

八、復刻本

蔵の中〈名著復刻全集近代文学館〉
昭和四十四年四月発行　日本近代文学館

帰れる子〈復刻「赤い鳥の本7」〉
昭和四十四年七月発行　ほるぷ出版
＊昭和五十二年三月発行版あり。

赤い部屋〈名著復刻日本児童文学館〉
昭和四十六年一月発行　ほるぷ出版
＊昭和四十七年二月発行版あり。

九、翻訳本

"Love of Mountains"
Two stories by Uno Kōji 1997
Cover designed by Lauren Choi
English translation　University of Hawaii Press

初出一覧

Ⅰ

宇野浩二家系図について
関西大学「国文学」平成八年三月一日発行、第七十三号。平成七年度笹川科学研究助成金交付論文。

近世期以後の宇野浩二家
関西大学「国文学」平成九年三月十五日発行、第七十五号。

宇野浩二『苦の世界』書誌的周辺
関西大学「国文学」平成六年六月三十日発行、第七十一号。

宇野浩二「枯木のある風景」論——絵画の構図との関連——
徳島大学総合科学部「言語文化研究」平成十年二月一日発行、第五号。

宇野浩二「枯木のある風景」論——その素材・その他——
関西大学「国文学」平成十年三月十日発行、第七十七号。

Ⅱ

宇野浩二文学に対する同時代評
一　「蔵の中」から「転々」まで

関西大学大学院「千里山文学論集」平成五年三月二十日発行、第四十九号。

二　「耕右衛門の工房」から「美女」まで

関西大学大学院「千里山文学論集」平成五年九月一日発行、第五十号。

三　「化物」から「遊女」まで

関西大学大学院「千里山文学論集」平成六年九月一日発行、第五十二号。

四　「空しい春」から「或る女の横顔」まで

関西大学大学院「千里山文学論集」平成七年九月一日発行、第五十四号。平成七年度笹川科学研究助成金交付論文。

五　「二人の青木愛三郎」から「ある家庭」まで

関西大学大学院「千里山文学論集」平成八年三月一日発行、第五十五号。平成七年度笹川科学研究助成金交付論文。

III

宇野浩二小説（創作）目録

関西大学大学院「千里山文学論集」平成七年三月一日発行、第五十三号。

宇野浩二童話目録

関西大学大学院「千里山文学論集」平成六年三月一日発行、第五十一号。

宇野治二著書目録

関西大学「国文学」平成四年十二月二十日発行、第六十九号。

あとがき

私が宇野研究に取り組み始めたのは、関西大学大学院に進学してからである。まだ、七年にしかならない。本書は、主として、大学院中に調べたものである。いうまでもなく、本書は、私の宇野浩二文学研究の到達点ではない。これからの私の宇野文学研究の出発点である。大正期の異彩を放つ宇野浩二について、私の関心は、伝記的研究、あるいは個々の作品論や、大正・昭和期における文壇史などにある。これから更に、勉強を深めて、宇野浩二研究に邁進したいと思う。

私が、宇野浩二の作品に初めて出会ったのは以外にも早かった。私はそのことを忘れていた。平成六年の春、宇野浩二氏の話を聞きたくて、閑静な二階家に住む東京洗足池の宇野浩二氏の御子息、宇野守道氏を訪ねた。その時、守道氏から宇野浩二の童話の出ている岩崎ちひろ装丁の、一冊の国語の教科書を見せて頂いた。それは私が、小学一年生の時に習っていた国語の教科書であった。そこには、宇野浩二の童話「てんぐとおひゃくしょう」が、載っていた。なんと小学校一年生の時に宇野浩二の童話に出会っていたのである。今こうやって宇野浩二の研究を続けていることを思うと不思議な因縁を感じる。その後、宇野家との付き合いは、お孫さんの宇野和夫氏の代まで続き、本書収載の論文が出来たのも宇野家の御好意によるものが大きい。心から感謝の気持ちを申し上げます。

本書収録の宇野浩二の小説・童話・著書についての調査もまだ不十分なものであると思う。初出雑誌発表後、浅子逸男氏、林真氏から御教示を得た。厚く御礼を申し上げます。今後とも、増補改訂を重ねていきたいと思うので、大方の御教示をお願いします。今回収録出来なかった宇野浩二のエッセイ目録は早く完成したいと思う。

最後に、大学および、大学院を通して御指導を賜わった、谷沢永一、浦西和彦、吉田永宏先生に心から御礼申し上げます。また、本書の公刊を御快諾下さった和泉書院広橋研三社長をはじめ、お世話になった編集スタッフの皆様に厚く御礼を申し上げます。

また、本書は、平成七年度「笹川科学研究助成金」を受けた論文を収録している。財団法人日本科学協会に謝意を表します。

二月吉日

増田周子

■著者略歴

増田周子（ますだ・ちかこ）

1968（昭和43）年9月　福岡県北九州市生まれ。
1992（平成4）年3月　関西大学国文学科卒業。
1997（平成9）年3月　関西大学大学院博士後期課程単位取得退学。
同　年4月　徳島大学総合科学部専任講師就任。

宇野浩二の他に河野多恵子の研究論文がある。

近代文学研究叢刊 18

宇野浩二文学の書誌的研究

二〇〇〇年六月二〇日初版第一刷発行
（検印省略）

著者　増田周子
発行者　廣橋研三
印刷所　日本データネット
製本所　渋谷文泉閣
発行所　有限会社 和泉書院

大阪市天王寺区上汐五－三－八
〒五四三－〇〇〇二
電話　〇六－六七七一－一四六七
振替　〇〇九七〇－八－一五〇四三

装訂　倉本 修　　ISBN4-7576-0051-8　C3395